LA HABITACIÓN 421
Autora Úrsula Llanos

Bemasoft Ediciones S.L.
C/Lagasca 95, Madrid
ediciones@bemasoft.es

Julio de 2018, edición 2ª
ISBN 978-84-944974-9-0
Depósito legal M-18300-2018

LA HABITACIÓN 421

Úrsula llanos

EDICIONES BEMASOFT S.L.

A Mara y a Marina, dos chicas estupendas de Pelayos de la Presa, con las que he compartido momentos inolvidables.

Al doblar el último recodo del camino vio el edificio del hotel. Se recortaba sobre un cielo que había ido oscureciéndose por momentos y sobre el que destacaban las torrecillas puntiagudas del tejado, rematadas con pizarra negra al igual que el resto de la cubierta del inmueble y con su nombre en lo alto de la fachada: HOTEL OASIS.

El pantano quedaba abajo. Aún podía vérsele desde allí desperezándose lentamente hacia la presa, pero Regina apenas si le dirigió una inquieta mirada. Desde que una hora antes saliera de Madrid, no había sido capaz de fijarse en el paisaje que discurría a través de la ventanilla de su automóvil... ni en nada. Con el corazón golpeteante, conducía sujetando rígidamente el volante con ambas manos, dirigiendo al mismo tiempo angustiadas miradas al espejo retrovisor para comprobar si él la había seguido. ¿Qué haría cuando al llegar a casa se cerciorara de que no estaba? Y lo que era peor, ¿cómo reaccionaría al leer la nota que le había dejado?

Imaginó el rictus de furor que contraería sus facciones y a duras penas logró reprimir el temblequeo de sus piernas. Pero estaba muy lejos ya y no la encontraría en aquel pueblo de la sierra que distaba sesenta kilómetros de Madrid y del que él desconocía su existencia, se dijo para tranquilizarse. Debería entenderlo, porque se lo decía en la nota, aunque se había limitado a manifestarle que la relación que habían mantenido durante los diez años que llevaban casados habían sido muchos, demasiados y que no quería volver a verle. Había omitido exponerle que esos diez años habían sido un infierno para ella y que, si se hubiera atrevido, habría terminado con él mucho antes. Y no se había atrevido porque le tenía miedo. Un miedo que no conseguía analizar porque nunca había levantado una mano contra ella, pero que le paralizaba el cuerpo y le producía un dolor físico, una desmoralizadora sensación de fracaso, que se entremezclaba con el absurdo sentimiento de que era ella la culpable porque todo lo hacía mal.

Armando le repetía tarde tras tarde, cuando se veían a escondidas, que no tenía por qué continuar junto a un hombre que la consideraba tan solo como un objeto más de su propiedad. Como un objeto de los muchos que había en la casa, pero incluido dentro de los inútiles, de los que no servían para nada. Al menos así se sentía ella, humillada por el sarcasmo con el que se le dirigía en cuanto al anochecer regresaba de su estudio de arquitectura al piso en el que vivían, y se dejaba caer en el sofá del salón desparramando por el suelo los cojines que había mullido ella y arrojando sobre la alfombra el florero con las rosas que había colocado sobre la mesita de cristal. Lo tiraba al poner sobre esa mesita los pies con los zapatos, a menudo embarrados, con los que después se paseaba dejando huellas a su paso sobre el pavimento por toda la casa, para después increparle por no haber limpiado como era su obligación.

Se había despedido Regina al casarse de la empresa de perfumería en cuya oficina trabajaba como secretaria, porque Gerardo se había empeñado. Consideraba indigno para su prestigio profesional que la mujer de un arquitecto de su talento realizase un cometido que consideraba poco cualificado. Había prescindido ella como consecuencia de una actividad que le gustaba y en la que se relacionaba a diario con un sinfín de personalidades famosas que publicitaban los productos que fabricaba la empresa y que aparecían en la oficina envueltos en una nube de glamour, por la soporífera soledad de las cuatro paredes de su casa. Por la consecución de unas tareas que además despreciaba Gerardo, que no perdía ocasión de repetirle que vivía a costa de él por lo que debería sentirse agradecida, además de remacharle que guisaba mal, que limpiaba peor y que como ama de casa era una calamidad.

También le recriminaba a diario, aunque no viniera a cuento, que la culpa de que no hubieran tenido hijos radicaba exclusivamente en ella, aunque se había negado obstinadamente a acudir a la consulta del médico para que dictaminara sobre su caso. Regina sí se había prestado a realizar las pruebas que le había indicado el ginecólogo y éste la había tranquilizado al informarle de que no había motivo alguno para que no pudiera engendrar y traer a este mundo los niños que tanto deseaba y le había recomendado asimismo que se relajase, que no se obsesionara con ese tema.

Y ese había sido el principal motivo de que hubiera decidido abandonarle. Se había quedado embarazada, pero no de él. Al menos quería creer que el diminuto ser que llevaba en su interior no había sido concebido por el marido despótico que en los últimos tiempos apenas si hacía otra cosa que roncar a su lado. Tenía que ser hijo de Armando, de las tardes de amor que derrochaban a escondidas en el piso de éste y del que regresaba apresuradamente a su casa temiendo que su rostro trasluciera la culpabilidad que sentía.

Había conocido a Armando cuando todavía trabajaba en la empresa de perfumería, aunque él no era un artista de cine ni un futbolista de renombre. Era propietario de un hotel de cinco estrellas en Pelayos de la Presa, un pueblecito de la sierra oeste de Madrid en el que en las lujosas tiendas ubicadas en la planta baja se vendían los productos que se fabricaban en la entidad que trabajaba ella y por esa razón se presentaba a menudo en la oficina para entrevistarse con el director. Notaba Regina que en esas ocasiones, al pasar por delante de su mesa, la miraba disimuladamente y la saludaba con un escueto "Buenos días", para seguir camino luego hacia el despacho de su jefe sin volver la cabeza en su dirección. Era un hombre de mediana estatura y muy moreno, con una espesa mata de pelo oscuro y unos profundos ojos negros. A ella le pareció muy atractivo desde la primera vez que le vio y le preguntó quién era a Paquita, la secretaria del subdirector. Por esa chica supo que estaba casado y que su mujer era una rubia muy vistosa que se presentaba a menudo en la oficina, ya que regentaba precisamente las tiendas del hotel en las que se vendían los perfumes que ellos fabricaban. Le pareció antipática desde el día en el que, sabiendo ya quién era, se fijó en ella. Pasaba siempre con la cabeza alta por delante de su mesa, en la que ella tecleaba en el ordenador, ignorándola como si fuera una reina y Regina una hormiga. Esa fue al menos la sensación que en cada ocasión le hizo sentir y a la que no estaba acostumbrada. Era muy joven entonces, con un brillante cabello oscuro y unos grandes ojos verdes que destacaban en su piel morena y que atraían todas las miradas. Pero las de la rubia, no. Taconeando y bamboleando su dorada melena se dirigía en línea recta al despacho del director sin preguntarle previamente a ella si podía recibirle. Paquita la informó más adelante de que probablemente tenía una aventura con éste, ya que, aparte de las largas horas en las que permanecía con él en el despacho, se los había encontrado en una cafetería en una actitud que no dejaba lugar a dudas. Regina tenía entonces veintidós años y muy poca experiencia de la vida por lo que se quedó asombrada. Le pareció absolutamente ilógico que la rubia hubiese optado por mantener ese tipo de relación con su jefe, que era gordo, barrigón y cascarrabias, teniendo como tenía un marido de tan buen ver y desde entonces les observó atentamente a los dos cada vez que aparecían por la oficina, elucubrando sobre cuál podría ser el motivo.

Por aquel entonces no llegó a hablar con Armando en ninguna ocasión, aunque inconscientemente esperaba su llegada todas las mañanas e incluso se arreglaba especialmente, cepillándose su larga melena y perfilando con el lápiz sus ojos, con el absurdo deseo de que se fijase en ella, lo que no llegó a suceder, al menos no de una forma tangible.

Fue varios años más tarde, cuando ya estaba casada con Gerardo, cuando se lo encontró por casualidad en una cafetería en la que había entrado a desayunar después de salir de la consulta del ginecólogo, que acababa de practicarle las pruebas que requería su supuesta infertilidad. Desayunaba siempre en su casa, dado que Gerardo le reprochaba que gastase dinero en cosas superfluas, pero se encontraba mal, con el estómago vacío, y pensó que un café la entonaría y le permitiría tomar el Metro y llegar hasta su casa sin riesgo de desmayarse por el camino. Lo pidió en la barra, encaramada a una banqueta, para que lo que su marido calificaría como un despilfarro fuese menor que en una mesa, y cuando estaba disolviendo el azúcar en el oscuro líquido, dándole vueltas con la cucharilla, el hombre que estaba a su lado volvió la cabeza en su dirección. En su bronceado semblante se pintó en primer lugar la sorpresa y luego le sonrió.

—Eres… eres la secretaria de Marcelo Hidalgo, ¿verdad? — le preguntó.

Se atragantó Regina con el café y negó con la cabeza.

—No, no.

—¿No eres su secretaria? Te recuerdo perfectamente, aunque últimamente no te veo sentada en tu mesa, como antes.

¿Últimamente? Habían transcurrido nueve años largos ya desde que se había casado y consecuentemente se había despedido. Nueve años eternos, interminables, pero al parecer habían pasado en un soplo para él.

—No, ya no trabajo— murmuró apenas—. Me casé y me marché de la empresa.

La observó en silencio sin que su rostro trasluciese lo que pudiera estar pensando.

—¿Te casaste? — inquirió al fin en un tono en el que creyó captar cierta decepción.

—Sí.

—¿Y te despediste de la empresa en la que trabajabas? ¿Te quedaste en casa para cuidar de los niños?

—No, no tengo hijos. Me quedé en casa para guisar, para limpiar…. Para esas cosas.

—¡Ah! — murmuró él con una inflexión indefinible. Luego añadió—: Yo tampoco tengo hijos. A Manuela no le gustan los niños. Dice que atan mucho y que suponen una grave cortapisa para el trabajo de las mujeres. ¿Te gustan a ti?

¿Qué debería responderle?, se preguntó. ¿Qué llevaba nueve años deseándolos sin que hasta la fecha se hubiera cumplido ese deseo y sin conseguir convencer a Gerardo de que se sometiera a las pruebas médicas necesarias para averiguar el motivo?

—Sí me gustan— reconoció, en lugar de traducir sus pensamientos en palabras— Quizás más adelante…

Sus palabras se quedaron flotando en el aire como la queja que no había llegado a pronunciar y volvió él a mirarla con curiosidad. Luego le comentó:

—Recuerdo que cuando te veía en la oficina de Marcelo me dabas la impresión de ser la chica más feliz del mundo. Siempre sonriente, con unos ojos que parecían querer abarcar ilusionados todo lo que veían a su alrededor. Muchas veces me pregunté en qué residiría ese sentimiento y me veo obligado a reconocer que en más de una ocasión sentí envidia. Ahora…

No llegó a decir que en el presente la veía distinta, avejentada pese a que solo tenía treinta y dos años, decepcionada de lo que había vivido y sin esperanza de que el futuro le deparase algo mejor. Debió pensarlo, pero no lo dijo o tal vez ni siquiera lo pensó. En su lugar hizo un gesto ambiguo con una mano grande y cuadrada y murmuró:

—Quizás si volvieras a trabajar… El trabajo puede ser a veces un sustitutivo importante de lo que no llegamos a conseguir. Me pareciste en su día una secretaria muy competente y podría ofrecerte un puesto similar al que desempeñabas. Soy copropietario de un hotel en la sierra oeste de Madrid, en Pelayos de la Presa. y me vendría bien contar con una persona que se ocupara de la burocracia que conlleva. A mí me aburre y además soy bastante desordenado. ¿Tienes permiso de conducir?

—Sí, pero no tengo coche. El que compró Gerardo cuando nos casamos lo utiliza solamente él y se lo lleva todas las mañanas cuando se marcha a su estudio. ¿Dónde está tu hotel?

—En la sierra, ya te lo he dicho, a unos sesenta kilómetros de Madrid. Hay un autobús que sale de la Moncloa y que te llevaría hasta allí. No me importaría que no llegaras a las ocho de la mañana como todo el mundo, ¿qué te parece?

No se atrevió a decirle la verdad, porque se hubiera extrañado de que de improviso le pareciera a ella que el sol brillaba con una intensidad nueva en aquella nublada mañana de invierno y que volviera a sentirse joven de repente. Era una sensación tan olvidada que de momento no encontró las palabras que debería pronunciar.

—¿Estás pensando en lo que opinará tu marido sobre la cuestión? — insistió él adivinando lo que cruzaba por su mente—. Supongo que no serás una de esas chicas dependientes que necesitan su permiso para mover un dedo. ¿Te lo ha pedido él para ejercer su profesión?

—No, pero…

—Pensarás que no es lo mismo, ¿pero por qué no es lo mismo?

Se lo preguntó a sí misma, pero no fue capaz de hallar la respuesta.

—No lo sé. Él quiere que me ocupe de la casa.

—¿Y qué quieres tú?

—Yo… No lo sé. No me importaría, si tuviera hijos que cuidar.

—Pero como no los tienes aún, ¿qué es lo que quieres en este momento?

Volvió a preguntárselo y esta vez encontró en el acto la contestación.

—Quisiera tenerlos y… y que él fuera diferente.

Le pareció que había hablado de más y se mordió los labios al darse cuenta de que le estaba descubriendo sus intimidades a un desconocido con el que anteriormente no había intercambiado más que un breve saludo cuando aparecía en la oficina por las mañanas, pero él no dio muestras de advertirlo. Había desviado la mirada hacia lo lejos y un pliegue hondo surgió en su frente cuando murmuró como para sí mismo:

—Sí, yo también.

—¿Tú también?

No le contestó. Había desviado la mirada hacia un punto indefinido que solo él parecía ver y cuando regresó al presente y advirtió que estaba sentado en la barra de aquella cafetería junto a ella consultó apresuradamente el reloj.

—Es muy tarde y tengo que marcharme. Te daré el número de mi móvil para que me contestes cuando hayas decidido la respuesta a mi ofrecimiento. Y, por cierto, me llamo Armando.

Ni tan siquiera le dijo su apellido, como si fueran dos adolescentes que hubieran coincidido por casualidad en una cafetería antes de dirigirse a la academia en la que estudiaban. Al menos así lo sintió ella, que a su vez y como si también hubiera retrocedido a esa etapa de su vida, murmuró:

—Y yo Regina.

—Bien, espero tu llamada.

Salió precipitadamente del local tras pagar la consumición de los dos y ella regresó a su casa donde aguardó con la comida preparada el regreso de Gerardo, que la llamó para decirle que no le esperara, porque iba a comer con un cliente.

Durante el resto de la tarde le fue dando vueltas a la idea y se dio cuenta de que volver a la rutina diaria de una oficina era precisamente lo que necesitaba para salir de la depresión que padecía y recuperar los deseos de vivir. Volvería así a intercambiar impresiones con sus compañeros de trabajo y en un hotel vería entrar y salir a personas muy diversas sobre cuya existencia podría dar rienda suelta a su imaginación, lo que era uno de sus pasatiempos favoritos. Y tampoco el medio de transporte tenía por qué suponer un problema. Había ahorrado algo durante los años en los que trabajó como secretaria en la empresa de perfumería y su madre le había dejado también algún dinero al morir, por lo que podía comprarse un cochecito de segunda mano. Gerardo desconocía la existencia de esa cuenta bancaria, de la que consiguientemente era la única titular. La ignoraba, porque antes de casarse se le olvidó comunicárselo y después, porque un sexto sentido se lo aconsejó. Sentía así que tenía algo que era solo suyo, cuando él alardeaba de que la mantenía. Estaba segura además de que sería la primea objeción que le opondría en cuanto le dijera que le habían propuesto un trabajo y que estaba dispuesta a aceptarlo. Le contestaría que no estaban en condiciones de asumir más gastos y que se olvidara de la posibilidad de adquirir un segundo automóvil con la finalidad de desplazarse hacia el lugar en el que estaba emplazado el hotel.

Se equivocó, no obstante, en el enfoque con el que Gerardo acogió la sugerencia. Regresó tarde y malhumorado y le siguió ella hasta el dormitorio, donde tiró él de cualquier modo el abrigo sobre la colcha de la cama y a continuación se tumbó encima. Desde los pies del lecho donde se sentó, intentó Regina referirle el ofrecimiento que había recibido, pero no pudo terminar de explicarle en qué consistía ese puesto de trabajo. Ni siquiera le preguntó dónde se ubicaba el local en el que debería prestar sus servicios. Se limitó tan solo a dirigirle una mirada desdeñosa.

—¿Que quieres trabajar nuevamente como secretaria? ¿Estás loca? ¿Has imaginado lo que pensaría mi familia? ¿En lo que dirían nuestros amigos? ¿Y mis clientes? ¿Has imaginado lo que murmurarían mis clientes?

—Pero…— intentó ella interrumpirle para explicarle.

—He dicho que ni hablar. Tu puesto está en esta casa, en la que por cierto deberías poner más atención, porque deja mucho que desear. Estoy dispuesto a pagarte un curso de cocina, si es que consideras que te sobra tiempo, porque lo que guisas suele estar incomestible. También podrías pedirle ayuda a mi madre. Es una gran ama de casa y te enseñaría a plancharme las camisas, porque desde que nos casamos me las pongo tal y como las recoges del tendedero, o sea, con más arrugas que antes de lavarlas. ¿Cómo puedes ser tan desastrada?

La madre de él era muy mayor y una suegra en todo el sentido peyorativo que encierra esa palabra. La miraba por encima del hombro y la acusaba siempre que tenía ocasión de haberle quitado a su niño, por lo que Regina no estaba dispuesta en ningún caso a contar con ella. En otra ocasión cualquiera hubiera aceptado el sofión de Gerardo sin protestar, pero estaba tan cansada, tan harta de sus exabruptos y de sus malos modos que levantó desafiante la barbilla.

—Y si no te gusta como las plancho, ¿por qué no te las planchas tú?

Creyó Gerardo haber oído mal y de la sorpresa se sentó de golpe en la cama.

—¿Cómo has dicho?

—He dicho que te las planches tú. Cuando nos hicimos novios no me dijiste que lo que buscabas era una criada. De haberlo sabido, creo que mi respuesta hubiera sido otra.

Le había conocido en una discoteca, a la que había acudido una tarde de sábado con una amiga y se fijó en él, porque parecía mucho mayor que la multitud de muchachos de ambos sexos que bailaban al compás de una música ensordecedora. Le calculó que al menos tendría veinte años más que ella, pero esa circunstancia no le incomodó, sino al contrario. Su padre había muerto cuando era pequeña y apenas le recordaba, pero inconscientemente asoció el aire circunspecto y protector de Gerardo con el que dio por hecho que tendría su progenitor y creyó llenar con su asiduidad el hueco que la falta de padre le había hecho sentir desde niña. Después, conforme le fue conociendo, se fue dando cuenta de que no era eso lo que había buscado. Empezó él por criticar su forma de vestir y de arreglarse, que en todo caso consideraba provocativa, revisaba los mensajes de su móvil y se enfurecía cuando algún hombre la miraba por la calle, lo que sucedía a menudo, porque era joven y muy atractiva. Le

17

ponía a su madre de ejemplo en toda circunstancia y, en lugar de entender que le llevaba él muchos años e intentar adaptarse a la edad que tenía ella, pretendió que fuera Regina la que se acomodara a la suya. Debió terminar con él entonces, pero pensó que cambiaría cuando se casaran. Y ciertamente había cambiado, pero para peor.

En ese momento la miraba de hito en hito, rojo de ira, con sus ojillos color avellana bordeados de arrugas, que cuando le conoció le parecieron bonitos.

—Tampoco yo me hubiera casado contigo de haber sabido que no íbamos a poder tener hijos— le vociferó—. Últimamente estoy dándole vueltas a ese asunto y he llegado a la conclusión de que lo mejor que podríamos hacer los dos sería divorciarnos.

Se tambaleó aturdida, pero, como estaba sentada, él no lo advirtió. No se lo había planteado ella anteriormente, pero en ese momento le pareció esa posibilidad una liberación. Había heredado la casa de su madre, que desde su fallecimiento permanecía cerrada, por lo que disponía de un lugar donde vivir y podría mantenerse con su trabajo en el hotel de Armando, pero sobre esas consideraciones prevalecía la idea de que al fin le perdería de vista. De improviso la invadió una repentina calma y clavó su mirada en el enrojecido semblante de Gerardo para replicarle tranquila:

—Me parece bien. Podemos buscar un único abogado, si llegamos a un acuerdo.

Se quedó sin habla él. Se llevó una mano al pecho como si le costara trabajo respirar, a la par que la envolvía en una desdeñosa mirada y achicaba los ojos para observarla como si fuera un molesto insecto.

—¿Que quieres divorciarte, so estúpida? ¿Pero a donde ibas a ir si no tienes donde caerte muerta?

—Eso es asunto mío— se jactó Regina poniéndose en pie para alejarse del alcance de sus manos. No le había pegado nunca anteriormente, pero en ese instante parecía estar fuera de sus casillas y temió que le atizara un guantazo.

—¿Que es asunto tuyo? — le gritó—. Tú no vas a ninguna parte ni opinas sobre ningún asunto. El matrimonio es para toda la vida, ¿te enteras? ¿O es que ya se te ha olvidado lo que nos dijo el cura que nos casó? Nos dijo que estaríamos juntos toda la vida en la salud y en la enfermedad hasta que la muerte nos separara, ¿es que lo has olvidado?

Se encogió Regina olímpicamente de hombros.

—No, no lo he olvidado, pero te recuerdo que has sido tú el que me lo has propuesto.

—¿Y qué? — volvió a gritarle—. Lo he propuesto porque me ha dado la gana y tú te callas, porque no eres nadie. Y ahora lárgate de aquí. Vete a la cocina y procura preparar una cena que sea comestible. Déjamela en la mesa del comedor y desaparece de mi vista. No quiero volver a verte esta noche, ¿está claro?

Se apresuró Regina a salir de la habitación y se dirigió a la cocina, pero no para obedecer lo que había sonado como una orden. Se limitó a cenar ella sola y en cuanto terminó de meter los platos en el lavavajillas se encaminó hacia el otro dormitorio de la casa que constaba de una sola cama y se encerró por dentro. Tumbada en el lecho oyó poco después los bramidos de él reclamando su cena, a la par que arremetía a patadas contra la puerta, pero no le abrió.

Tampoco a la mañana siguiente le preparó el desayuno ni salió del dormitorio hasta que le oyó marcharse del piso dando un portazo. Solo entonces se atrevió a dirigirse al salón para coger su móvil y llamar a Armando.

—Armando, soy Regina.

Notó en la voz de él que le alegraba oírla.

—¡Hola! Estoy desayunando en la cafetería donde nos encontramos ayer. ¿Por qué no vienes?

No esperaba esa proposición y no supo qué contestarle. Había preparado cuidadosamente lo que iba a decirle y lo que acababa de proponerle él no entraba en el guion. A duras penas consiguió volver a anudar en su garganta las frases que había hilvanado.

—No, no, verás, es que no voy a poder aceptar el trabajo del que me hablaste.

—¿Por qué no?

—Porque…

—¿Porque a tu marido no le ha parecido bien?

Parecía adivinar lo que pasaba por su mente en ese momento y Regina carraspeó nerviosa.

—No, bueno, no sé. Yo…

Le dio la impresión de que se estaba impacientando, porque la interrumpió en el acto.

—¿Por qué no vienes? Así podrás explicarme el motivo y le buscaremos una solución. Si es necesario, puedo hablar yo con él.

—No, no— Se negó, horrorizada ante la idea.

—¿Por qué no? — insistió tozudo— Estoy seguro de que podría convencerle.

¿Convencer a Gerardo? Solo con imaginarlo le entraron ganas de reír, pero, de haber podido emitir una carcajada, hubiera sido una risa histérica, casi agónica.

—No, no. Tú no le conoces— objetó con un hilo de voz.

—No, aún no. ¿Pero por qué no vienes de una vez? ¿Te pido un café con leche y un suizo o prefieres una tostada?

De improviso se decidió. Le apetecía tanto hablar con alguien que no fuera Gerardo… La forma en la que Armando la miraba la hacía sentirse de nuevo joven y bonita, sensación que tenía olvidada y además Gerardo no se enteraría. Para cuando regresara de su estudio a la hora de comer habría regresado ya.

—Prefiero una tostada— repuso atolondradamente—. Si puedes esperar a que me arregle…

—No es necesario que te arregles. Hace frío, así que ponte un abrigo encima y punto.

Pero sí se arregló, aunque solamente lo imprescindible. Se cambió la ropa que llevaba en casa por un pantalón azul marino y un jersey de color fresa, se cepilló la melena y se pintó ligeramente. Parecía otra. Parecía la de antes.

La mirada en la que la envolvió él cuando entró en el local y se acercó a la mesa en la que estaba sentado lo corroboró. Se puso en pie en cuanto llegó y mientras aguardaban a que el camarero le trajera a ella lo que había pedido se acodó sobre el mantel y le dijo:

—Soy todo oídos. Ahora me vas a explicar el motivo de que hayas cambiado de opinión tan repentinamente. Ayer te apetecía el trabajo que te comenté, así que dime qué es lo que te ha hecho verlo de otra manera esta mañana.

Buscó Regina una respuesta verosímil con la que al mismo tiempo quedara bien Gerardo.

—Es que mi marido piensa que sería un esfuerzo excesivo para mí. Tu hotel está a bastantes kilómetros de mi casa y él viene a veces a comer.

Enarcó él interrogativamente sus oscuras cejas.

—¿A veces?

—Sí, a menudo lo hace con sus clientes, pero cuando decide comer en casa…

—Tienes que estar tú esperándole, ¿no es eso?

—Bueno, sí.

—Y cuando decide irse con sus clientes ¿qué haces tú? ¿Comer sola?

—Sí, claro.

—Pues debe de ser muy divertido— rezongó con sorna.

Le hubiera gustado a Regina poder explicarle lo difícil que era su vida con Gerardo, pero no le pareció oportuno. En su lugar murmuró en voz muy baja:

El matrimonio requiere mucha comprensión. No es tan sencillo el día a día a como lo pintan en las novelas.

—En eso estoy completamente de acuerdo— convino él—. ¿Pero estás segura de que es solamente comprensión lo que derrochas tú? Si aun así eres feliz, no tendría yo que meterme en lo que no me importa, pero en caso contrario estás a tiempo de cambiar de actitud. Y créeme si te digo que lo hago con conocimiento de causa.

Un rictus amargo había endurecido sus facciones y Regina se atrevió a preguntarle:

—¿También tú tienes problemas con tu mujer? La vi pasar por delante de mi mesa cuando trabajaba como secretaria de don Marcelo Hidalgo y me pareció muy guapa.

Asintió Armando con expresión sombría.

—Sí, también a mí me lo pareció cuando la conocí, pero ha transcurrido mucho tiempo desde entonces. Siete años nada menos.

—¿Y ya no te parece guapa?

—En el presente me da igual que lo sea— repuso él tras unos segundos de vacilación—. Ya no me importa.

Pareció recapacitar sobre lo que acababa de decir y finalmente manifestó cierta inseguridad.

—Perdona. No sé por qué te estoy comentando estos problemas, porque no vienen a cuento. Apenas nos conocemos—. Se acodó en la mesa para preguntarle a continuación—¿Tu negativa a aceptar el puesto que te ofrecí es definitiva?

—Pues...

—No me contestes ahora— la interrumpió—. Mañana a esta misma hora te esperaré en esta cafetería y me dirás lo que has decidido, ¿de acuerdo?

—De acuerdo.

—Bien, hasta mañana entonces.

Y así fue como empezaron a desayunar juntos a diario. El insufrible egoísmo de Gerardo le pareció a partir de entonces a Regina más soportable sabiendo que a la mañana siguiente iba a encontrarse con Armando y que durante la media hora que solía durar el desayuno que realizaban juntos iba a sentirse valorada y comprendida, aunque apenas si intercambiaban las dos otras cosas que naderías sin trascendencia alguna. Pero solamente el verle le hacía sentirse feliz. Aquellos minutos matinales transcurrían a una velocidad increíble y podía rememorarlos después minuto a minuto cuando regresaba a su piso y se sentaba junto a la ventana con la mirada fija en algo que no llegaba a ver, pero que le permitía reproducir en su retina hasta los detalles más nimios de sus gestos y de sus ademanes.

Hasta el día en el que sin previo aviso se presentó Armando en la cafetería con un aire especialmente sombrío. No tomaba azúcar con el café y a pesar de ello empezó a darle vueltas con la cucharilla sin decir palabra y con un pliegue muy hondo en la frente.

—¿Te ocurre algo? — le preguntó Regina.

—Sí—le contestó en un tono que se asemejaba mucho a un gruñido.

—¿Y qué es lo que te ocurre?

—Que ya no aguanto más— repuso con un exasperado resoplido—. Que no la soporto. Ayer fui a ver a un abogado y voy a pedir el divorcio. El abogado ha quedado en hablar con ella para intentar llegar a un acuerdo. No me importa que se quede con la casa en la que vivimos ni con otra que tengo en la playa. Con todo lo que hemos adquirido durante nuestro matrimonio, pero con el hotel no. El hotel es un bien privativo que heredé de mi padre, por lo que no estoy dispuesto a cederle a ella la menor participación.

—Si es solamente tuyo…— empezó a decir Regina.

—No es solamente mío— la atajó él—. Mi padre constituyó una sociedad anónima sobre el hotel cuando lo puso en marcha y más tarde le vendió a un amigo bastante más joven el cincuenta por ciento de las acciones. Manuela ha regentado desde que nos casamos las tiendas ubicadas en su planta baja. Yo heredé el hotel al fallecimiento de mi padre y Manuela, en base al trabajo que, según dice, ha desempeñado, me reclama el veinticinco por ciento de esas acciones, o sea, la mitad de las que tengo.

—¿Y qué le has contestado?

—Que no. Que el hotel es solo mío y que si no está de acuerdo con lo que le he ofrecido interpondré una demanda de divorcio contenciosa, aunque el procedimiento sea más largo y más costoso.

—¿Y qué crees que va a hacer?

—Mantenerse en sus trece, de modo que tendrá que buscarse otro abogado que se pelee con el mío. No he tenido tiempo esta mañana, porque quería llegar puntualmente a esta cafetería para desayunar contigo, pero en cuanto terminemos voy a buscar un piso al que trasladarme de inmediato. Después iré a la que hasta ahora ha sido mi casa a recoger mis cosas.

—Pues sí que lo siento— musitó Regina con un soplo de voz al verle tan agitado.

—No lo sientas, porque antes o después esto tenía que ocurrir. Hace tiempo que cada uno vive su vida y si hasta la fecha hemos seguido habitando en la misma casa ha sido porque supone un esfuerzo plantearse una ruptura legal y es más cómodo obviarlo mientras se puede.

Rememoró Regina la imagen de la altiva rubia que cruzaba el local de la oficina con la cabeza alta, taconeando al caminar y sin dignarse saludar al personal con el que se cruzaba. Le había dado la impresión de poseer una enorme seguridad en sí misma y de saber muy bien lo que quería, por lo que murmuró:

—Tengo entendido que después de un divorcio el marido tiene que satisfacerle una pensión a su ex mujer, ¿no es así?

—Sí, por regla general, sí, si ella queda en peor situación económica, pero en la actualidad los jueces suelen limitar a un año el lapso de tiempo en el que les imponen a ellos esa obligación. Consideran que después, si son jóvenes, deben ellas trabajar para mantenerse. Pero ya te he dicho que con todo lo que estoy dispuesto a adjudicarle no tendrá problemas económicos. Ni yo tampoco. El hotel está emplazado en plena sierra y tiene mucho nivel, por lo que registramos llenos en toda época. Será una liberación además perderla de vista y que de las tiendas se ocupe otra persona.

Se la quedó mirando y creyó ella ver una ilusionada chispita en el fondo de sus ojos oscuros.

—¿Querrías aceptar tú ese cometido?

—¿Yo?

—Sí. No es un trabajo de mecanógrafa, lo que al parecer es lo que le molesta a tu marido.

Se retiró pensativamente Regina la oscura melena de su rostro. Lo que a Gerardo le molestaba era que pudiera hacer ella cualquier cosa que no fuera estar a su disposición y le satisfacía igualmente que dependiera económicamente de él. Disfrutaba haciéndoselo notar y se lo repetía en cuanto intentaba llevarle la contraria.

—No creo que a Gerardo le pareciera bien— musitó.

—¿Por qué no?

—Porque… porque es muy posesivo. No tengo más dinero que el que él me da a primero de mes para que haga la compra y luego me exige cuentas cuando regresa a casa de en qué me lo he gastado. Me da la impresión de que disfruta comprobando que no puedo rebelarme ni rechazar el papel que me ha asignado al casarnos, porque no tengo a dónde ir.

—¿Cómo que no tienes a dónde ir? — se enfadó Armando—. Puedes decirle que estás harta de que sea él el que decida por los dos, que has encontrado un trabajo satisfactorio y muy bien remunerado y que de ahora en adelante tendréis que buscar a una persona que realice los trabajos domésticos de los que te ocupabas tú.

Meneó Regina negativamente la cabeza con los ojos agrandados por el miedo.

—Tú no le conoces. Se pondría como una furia, me llamaría de todo y…

—¿Te levanta la mano también?

—No, nunca me ha pegado, pero al cabo de los años que llevamos casados ya no me atrevo a enfrentarme con él, aunque sé que debería hacerlo. Si hubiera imaginado que nuestra vida de casados sería así, le hubiera dado calabazas en su momento, pero entonces era yo muy joven y me hacía gracia que fuera tan celoso y, como te he dicho antes, tan posesivo.

—Y ahora no le puedes aguantar— resumió él.

No se decidió ella a admitirlo, aunque lo había expresado con total exactitud. La existencia junto a Gerardo no era la que había imaginado. Era más bien una pesadilla. Si hubiera supuesto que los días transcurrirían tan tediosos, tan insoportablemente eternos hasta que llegaba él a la casa y tan desmoralizadores a partir de ese momento en los que invariablemente le repetía que todo lo hacía mal, jamás se hubiera casado con él. Pero ya no tenía remedio, se dijo.

Al levantar la mirada hacia Armando le pareció que aguardaba impaciente su respuesta y no se atrevió a reconocer que tenía razón porque, le pareció una deslealtad hacia Gerardo. Trató por consiguiente de cambiar de conversación.

—¿Y dónde has pensado buscar tu nueva casa? Si quieres, te puedo acompañar.

Aceptó de inmediato él y pasaron toda la mañana visitando pisos hasta que cerca del mediodía se decidieron por uno que les gustó a los dos y que se hallaba en la cuarta planta de un edificio, cuyas ventanas se abrían al Paseo de Rosales. Era demasiado grande para lo que en principio pudiera él necesitar, pero a ninguno de los dos le pareció un inconveniente, sino que, por el contrario, lo consideraron una circunstancia favorable, como si fueran una pareja que aspirara a comenzar en él su vida en común y pretendieran disponer de varios dormitorios para los niños que vendrían en el futuro.

A partir de ese día empezaron a verse en ese piso. El abogado de Armando interpuso la demanda de divorcio y ella se debatió entre el deseo de hacer lo mismo y el miedo que le inspiraba la reacción de Gerardo. Le creía capaz de cualquier cosa y cuando regresaba a media tarde a su casa después de haber pasado el día con Armando le esperaba asustada en la sala de estar temiendo que trasluciera su semblante que había estado con el otro.

Y así pasaron los días y los meses. Por fortuna Gerardo no solía fijarse en ella, por lo que a veces se observaba en el espejo del cuarto de baño, preguntándose cuál sería la causa, porque seguía siendo muy bonita, con aquellos ojos tan claros que destacaban en el color bronceado de su piel. Se limitaba a protestar por todo sin mirarla, como si fuera un mueble más, pero un día al pasar por su lado se detuvo con el ceño fruncido junto a la butaca que ocupaba.

—¿A qué hueles? — le preguntó con cara de pocos amigos.

Al salir horas antes para reunirse con Armando en el piso de éste se había perfumado Regina y al parecer conservaba aún el aroma, por lo que buscó desesperadamente una respuesta salvadora.

—A colonia— repuso procurando que su voz sonase firme.

—¿Y de dónde la has sacado?

Se la había regalado Armando, pero como no podía reconocerlo, intentó sonreír con expresión inocente.

—La compré.

Las cejas de él se elevaron iracundas sobre su frente.

—¿La compraste? ¿Y con qué dinero la compraste?

—Con el que ahorré del que me das para la compra— musitó apenas.

—Así que te sobra dinero y te lo gastas en tonterías— le gritó—. Bueno es saberlo, porque de ahora en adelante te reduciré esa cantidad para impedir que despilfarres—. La observó con el semblante congestionado y levantó la voz todavía más para decirle—: Y ahora mismo vas a tirar ese frasco a la basura. Hueles como una zorra barata y no puedo permitir que me avergüences cuando sales a la calle. ¿Dónde lo tienes?

Por primera vez en mucho tiempo se rebeló Regina. Era el primer regalo que había recibido de Armando y no estaba dispuesta a obedecerle. Decidió en ese instante que estaba dispuesta a arriesgarse a lo que pudiera hacerle, porque ya no podía soportarle más. Levantó la cabeza y enfrentó su mirada con unos ojos en los que procuró que él pudiera leer el desprecio que le inspiraba.

—No voy a tirar la colonia, porque es mía y no eres quién para decidir por mí. No soy tu esclava y quiero que sepas que no estoy dispuesta a seguir aguantándote.

—No, ¿eh? — rugió Gerardo— ¿Y qué has pensado hacer? ¿No te has dado cuenta todavía de que no tienes a dónde ir? Esta casa es mía, el dinero que gano es mío y tú no eres más que una estúpida. En cuanto a tu pestífero mejunje, lo encontraré, aunque lo hayas escondido bajo siete llaves.

Salió de la habitación como una fiera y Regina le oyó trastear en el cuarto de baño. Debió de dar con el frasco, porque a continuación escuchó cómo lo vaciaba en el lavabo y cómo seguidamente se encerraba en el dormitorio dando un portazo. Durmió ella esa noche en la otra alcoba y no le vio a la mañana siguiente, porque cuando se levantó ya se había marchado él. Fue al despertarse cuando por primera vez sintió unas náuseas espantosas y se vio obligada a echar a correr hacia el cuarto de baño donde vació su estómago en el inodoro. Luego se sentó sobre la taza dando boqueadas e intentó hacer cuentas contando con los dedos. ¿Sería posible?

No le diría nada a Armando hasta que un test de embarazo confirmase sus sospechas. Lo compraría en la farmacia después de desayunar con él y en el supuesto de que el resultado fuera positivo se reafirmaría en la decisión que había tomado la noche anterior de abandonar a Gerardo y de buscar un abogado que interpusiese la demanda de divorcio.

Intentó referirle a Armando horas más tarde, cuando se presentó en su piso, la gresca que había mantenido con su marido, pero estaba tan eufórico, que la interrumpió para mostrarle un papel con aire victorioso.

—Eso se ha acabado hoy mismo— le dijo—. Lo he conseguido al fin y tú lo conseguirás también.

—¿De qué me estás hablando?

—De mi divorcio. Ésta es la sentencia. Al fin. Declara el juez disuelto mi matrimonio con Manuela y me adjudica a mí el hotel, tal y como solicitó mi abogado. Le he ido llevando los documentos que me pidió para que tú puedas interponer inmediatamente la demanda. La tiene preparada y en cuanto vayamos a una notaría y otorgues un poder general para pleitos a favor del procurador de los tribunales con el que trabaja y se lo llevemos, la presentará en el juzgado. No vas a volver a tu casa nunca más ni vas a aguantar más a ese cretino con el que inexplicablemente decidiste casarte un mal día.

Se tambaleó Regina aturdida.

—Pero… pero tendré que decírselo.

—¿Para qué? Ese animal es muy capaz de atizarte un sopapo o de encerrarte con llave en una habitación para que no puedas escaparte. Si no te parece bien largarte por las buenas, puedes dejarle una nota despidiéndote de él para siempre.

—Pero tendré que recoger mi ropa… mis cosas. Había pensado además comprarme un cochecito de segunda mano para ir a tu hotel sin tener que tomar el autobús. Para ir en adelante a donde mi apetezca. Gerardo no me lo hubiera permitido. Tengo un dinero ahorrado y…

—¿Qué coche quieres comprarte?

—No lo sé. Uno que sea pequeño y que no me cueste muy caro.

—Me parece bien. Si lo prefieres, podemos arreglarlo todo en esta semana y así tendrás más tiempo para ir recogiendo tus cosas. Lo dejaremos para el lunes próximo en el que te reunirás conmigo en mi hotel, donde Gerardo no te encontrará por mucho que te busque. Tengo una suite reservada, porque algunas noches en las que se me acumula el trabajo duermo allí.

Las mañanas de los días que siguieron transcurrieron demasiado rápidas. Las destinaron a comprar un cochecito de segunda mano, que aparcó Regina en una calle contigua para que Gerardo no pudiera sospechar nada, y a acudir a una notaría de la que Armando era un cliente asiduo. Las tardes en cambio, en su casa, guardando en dos maletas lo más imprescindible y temiendo que su marido pudiera aparecer en cualquier momento, se desgranaron interminables en miles de sobresaltados minutos y segundos.

Y al fin llegó el lunes y se reunieron Armando y ella una vez más en el piso del Paseo de Rosales para ultimar los preparativos de su huida.

—Esta tarde tengo una reunión importante a primera hora— le dijo él—. He quedado a primera hora con mi único hermano, con el que no me hablo desde que murió mi padre, y pretendo que hagamos las paces. También tengo que entrevistarme con otra persona, pero espero que eso no me lleve más de unos minutos. Podemos quedar por esa razón en la habitación que tengo reservada. Es la 421. Está en la cuarta planta. Te daré la llave y nos encontraremos allí antes de la hora de la cena, ¿qué te parece?

—Bien, pero…

—Sin peros. Hoy es un gran día y lo será aún mejor cuando obtengas el divorcio y podamos casarnos. Yo ya soy libre y tú no tardarás en serlo.

Y por eso estaba allí, observando aturdida las torrecillas abuhardilladas del hotel, y la hiedra que trepaba por sus muros, que lo asemejaban a un castillo de cuento. Esa mañana, al volver a su casa tras despedirse de Armando en el piso del Paseo de Rosales, había oído en el contestador del teléfono el mensaje de Gerardo diciéndole que no le esperara a comer, por lo que había podido acabar de guardar con más calma su ropa y sus pertenencias en dos maletas y luego le había escrito una nota diciéndole que se marchaba para siempre. Se había sentido como una fugitiva al salir del piso que había sido su casa, cerrando con llave la puerta por última vez, y aún experimentaba la misma angustia incontrolable en ese instante, como si fuera una delincuente que huyera de la justicia. Mientras conducía por la carretera su coche, recién estrenado, aunque fuera de segunda mano, había creído reconocer el automóvil de él en todos los vehículos de color verde oscuro que seguían al suyo y ahora oteaba las sombras con las que el crepúsculo envolvía los muros del hotel temiendo que la silueta de Gerardo emergiera de esas sombras.

Quizás no debería haberle dejado la nota diciéndole que se marchaba para siempre, pensó. Quizás debería haberle hecho caso a Armando, que opinaba que era preferible que lo averiguara por sí mismo, conforme transcurrieran los días sin que ella regresara, porque de ese modo estaría lejos cuando se convenciera de que no iba a volver y no podría seguirla. Pero lo más probable era que aún estuviera en su estudio trabajando y que no hubiera leído todavía el papel que le había dejado en un sobre sobre la mesita del salón. Podía respirar tranquila por el momento, se dijo, mientras aparcaba en el estacionamiento del hotel entre un sinfín de automóviles desconocidos. No se hallaba el de Gerardo entre ellos, por lo que con un suspiro de alivio sacó del suyo una de las dos maletas y tirando de ella para hacerla rodar se dirigió hacia la puerta giratoria de cristales del edificio.

La recepcionista que se encontraba detrás del mostrador le sonrió cuando pasó por delante. Era una joven morena, alta y llamativa. Sin detenerse Regina le devolvió la sonrisa, al tiempo que escudriñaba hasta los últimos rincones del suntuoso vestíbulo pavimentado de mármol travertino al igual que las paredes, en el que no vio a ninguna persona conocida. Una escalera con una artística barandilla dorada describía una elipse que finalizaba en la primera planta dando acceso a las habitaciones de ese piso y en el hueco bajo aquella, una cristalera dejaba filtrar la luz del crepúsculo y traslucía un jardín con mesitas que disfrutaban de la temperatura veraniega. Se cruzó con unos jóvenes que salían y tomó el ascensor a la vez que dos señoras que comentaban la última novela que habían leído y que se bajaron como ella en la cuarta planta, aunque se encaminaron por el largo pasillo en dirección contraria.

Se quedó sola en ese corredor, tenuemente iluminado por los apliques adosados a las paredes, en el que el silencio era absoluto. Ni tan siquiera percibía el sonido de sus pasos sobre la moqueta azul marino, sobre la que caminaba comprobando el número de las puertas. Un ruido seco creyó oír proveniente del extremo contrario al que se dirigía, oscuro como boca de lobo, y se detuvo con el corazón en la garganta. Pero no, debía de haberlo imaginado, porque lo único que percibía ahora era el desacompasado sonido de su propio corazón. Inspiró aire para infundirse valor, diciéndose que Gerardo debía hallarse muy lejos de allí y que aún no habría regresado a la casa que habían compartido, por lo que no tenía nada que temer por el momento, y alcanzó la puerta que en el dintel tenía el número 421, que era el reseñado en el papelito que le había entregado Armando, en el que le había dibujado también un mapa en el que le indicaba la ruta que debía seguir para llegar al pueblo y al hotel. La abrió encendiendo la luz a continuación. Era un saloncito amplio y acogedor con un sofá y unas butacas tapizadas a juego con las cortinas del balcón que veía al fondo y que estaba herméticamente cerrado. Una puerta corredera daba paso a un dormitorio con cama de matrimonio cubierta con una colcha de damasco dorada y otro balcón, éste entreabierto, que daba sobre un jardín con un césped bien cuidado que rodeaba a una piscina. Lo iluminaban unas farolas que acababan de encenderse. A lo lejos distinguió el pantano, con sus aguas oscuras y verdosas que reflejaban el atardecer. Olía a jazmines y aspiró la fragancia, al tiempo que se dejaba caer en una de sus butacas para consultar seguidamente su reloj. Aún era demasiado temprano. Armando le había dicho que se reuniría con ella a la hora de la cena y las manillas marcaban las nueve de la noche.

Se puso en pie para pegar la frente contra al cristal del balcón y se mantuvo en esa posición hasta que los nervios la obligaron a apartarse de su observatorio para recorrer la habitación en un sentido y luego en otro. Volvió a consultar el reloj. Ya eran las diez. ¿Por qué no aparecía Armando? ¿Y si había tenido algún contratiempo que le había impedido salir de Madrid? Quizás le hubiera enviado un mensaje a su móvil. Con unas manos torpes lo extrajo de su bolso y comprobó que no había recibido ninguno. Inquieta decidió llamarle ella y buscó el número en la agenda. Oyó hasta seis timbrazos sin que nadie atendiera su llamada. Cortó la comunicación y volvió a marcar el número con el mismo resultado negativo.

A las once se decidió a bajar a la cafetería para tomar un sándwich y un café. Había visto al llegar que se encontraba en la planta baja por lo que tomó nuevamente el ascensor y en el vestíbulo y por un pasillo lateral por el que se accedía también a varias tiendas de joyería y de cosméticos, con unos precios que le parecieron astronómicos, se dirigió hacia el bar, donde le pidió al camarero lo que quería cenar, sin dejar de mirar el reloj de su muñeca.

Volvió luego a subir a la habitación e intentó de nuevo inútilmente entablar comunicación telefónica con él. ¿Qué podía haberle sucedido?, se preguntó desesperada. Además, se encontraba mal. Sentía náuseas y terminó por correr hacia el cuarto de baño para vomitar la cena, hasta que exhausta regresó al dormitorio y se tumbó vestida en la cama con los ojos cerrados. Debió de quedarse dormida, porque el sol penetraba a raudales a través de los cristales del balcón cuando se despertó a la mañana siguiente y se sentó aturdida sobre el lecho. Estaba sola. Armando no había aparecido.

Volvió a llamarle por el móvil. Una vez, dos, tres, hasta cinco y al fin se decidió a bajar al vestíbulo a preguntarle a la recepcionista. Esa mañana era un joven el que atendía tras el mostrador y la escuchó amablemente, aunque no la tranquilizó, sino al contrario.

—Sí, es muy raro que don Armando no se haya presentado aún— le dijo contestando a sus preguntas—. Sé que tenía previsto cenar en el hotel, porque me informó personalmente de sus planes. Y lo más extraño es que tampoco ha llamado. Quizás ha silenciado el móvil o se le ha averiado y por eso no da señales de vida, pero no se preocupe— añadió al ver su gesto de pánico—. No puede tardar ya. ¿Por qué no va a la cafetería y se toma algo mientras tanto?

Aceptó su sugerencia y en la barra desayunó, sintiéndose enferma por las náuseas y por la inquietud. También comió sola horas después y cenó sola por la noche con los nervios a punto de estallar.

Fue a la mañana siguiente cuando la llamó por teléfono el recepcionista a la habitación para comunicárselo. La Guardia Civil se había presentado unos minutos antes en el hotel para informarle de que habían encontrado el coche de Armando hundido en el pantano. Le habían dicho que no se trataba de un accidente. Habían hallado restos de sangre en el asiento del conductor y un enorme pedrusco sobre el pedal del acelerador. El cuerpo de Armando no había aparecido ni lo encontraron más tarde, aunque los buzos de la Guardia Civil le buscaron durante varios días sumergiéndose por las inmediaciones donde habían encontrado el automóvil.

—CAPÍTULO I—

Aquella chica había terminado de referírselo y ahora parecía buscar con un dedo una mota de polvo en su pantalón vaquero. Era morena de piel, con una melena oscura que le resbalaba hasta los hombros y unos ojos de un color verde muy claro que destacaban en su rostro. Una muchacha muy joven y verdaderamente bonita. ¿Qué edad podría tener? —se preguntó Noelia, retrepándose en su butaca tras la mesa del despacho. ¿Veinte años? ¿Veintidós?

Como si hubiera expresado su pensamiento en voz alta, la oyó contestar a la pregunta que se estaba formulando a sí misma:

—Tengo veintitrés años. Esto que le he contado sucedió cuando mi madre estaba embarazada de cuatro o cinco semanas y ocho meses después nací yo.

— Ya. ¿Y no fue hallado más tarde el cuerpo de don Armando Valdés?

—No. Al parecer, el agua del pantano es muy turbia y la visibilidad muy escasa. Lo intentó la Guardia Civil durante varios días, pero terminó por desistir.

—¿Y tampoco pudo averiguarse si había muerto ni fue detenido el culpable, si es que lo hubo?

Meneó la chica la cabeza en sentido negativo.

—No y he venido a verla, porque necesito su ayuda.

Enarcó Noelia las cejas interrogativamente sin acabar de entenderla. ¿Habría confundido su profesión, por influjo de las series de la televisión americanas, con la de los abogados penalistas protagonistas de esas series, que invariablemente descubrían a los asesinos de las víctimas a lo largo del procedimiento judicial en el que defendían a éstos?

—¿Me necesita? ¿Para qué me necesita? —inquirió cautelosamente—. Soy abogado, no policía.

—Ya lo sé— replicó la chica con una sonrisa de disculpa—. No pretendo que descubra quién fue el asesino de mi padre, puede estar tranquila— Se interrumpió mordiéndose los labios y finalmente le aclaró—: Armando Valdés era mi padre, pero no llegó a saber siquiera que mi madre estaba embarazada y que iba a tener una hija. Mi madre me inscribió en el registro civil con el primer apellido que se le ocurrió, precediendo al suyo. Temía que su marido nos encontrara y que me reclamara. Todos estos años hemos estado huyendo de él.

—¿Se está refiriendo a don Gerardo Marín?

—Sí.

—¿Su madre no llegó a divorciarse?

—Sí, dos años después de que le dejara. Fue en el juicio cuando se enteró Gerardo de que ella había tenido una hija y como había nacido yo ocho meses después de que mi madre le abandonara, creyó que él era mi padre. Pretendió entonces que le fuese otorgada la custodia compartida, pero afortunadamente se la concedieron a mi madre. Como puede suponer, él no se conformó y nos ha perseguido desde entonces. El mes pasado murió mi madre y quiero demostrar… quiero demostrar quién fue mi padre biológico, entre otras razones para que Gerardo no pueda interferir en mi vida.

—Siendo como es usted mayor de edad, poco podría Gerardo Marín interferir— objetó Noelia con una tranquilizadora sonrisa a la que la chica correspondió con otra en la que se le marcaron dos hoyuelos en las mejillas.

—Desgraciadamente eso no es así— la rebatió la muchacha—. Y, por cierto, me llamo Claudia.

— Usted puede llamarme a mí Noelia y tutearme si le hace sentirse más cómoda.

—De acuerdo. Muchas gracias, lo preferiría. Verás, Gerardo es arquitecto, pero al parecer no le va muy bien a causa de un serio accidente en una de sus últimas obras. Cedió el suelo de una terraza y un albañil cayó al suelo desde una altura de cincuenta metros y se mató. Gerardo era muy descuidado y no tenía en regla el seguro de responsabilidad civil con el que podría haber respondido a la reclamación que se le efectuó, por lo que le han embargado sus bienes y entre ellos la casa en la que vivía, además de un porcentaje de su pensión de jubilación. Yo estudié arqueología y trabajo en un museo con un sueldo que no está mal, aunque me vence el contrato dentro de un par de meses. No sé cómo se ha podido enterar él de dónde vivo y a qué me dedico, porque no nos hemos visto nunca, pero el caso es que el otro día me llegó por correo esto.

Le indicaba una carpeta que había colocado sobre sus rodillas, de la que extrajo unos folios grapados bajo una carpetilla del juzgado. Los hojeó Noelia antes de levantar la mirada hacia su visitante.

—Es una demanda en la que reclama que usted le preste alimentos. Pretende que el juez reconozca tras el juicio correspondiente y mediante sentencia que tienes esa obligación por ser hija suya ya que se encuentra él en la indigencia.

Acodada en la mesa observó la reacción de la chica. La miraba con los ojos clavados en su rostro como si le angustiase profundamente lo que acababa de escuchar.

—Pero no soy su hija. Mi madre estaba absolutamente segura de que mi padre fue Armando Valdés, por lo que no me inscribió en el registro civil con los apellidos de Gerardo. Me inscribió como Claudia Valero Romero. Romero era el apellido de mi madre.

—¿Y Valero?

—Ese apellido se lo inventó, porque se asemejaba algo al de Valdés.

—¿Estaba tu madre divorciada ya, cuando naciste?

—No. Interpuso la demanda después.

—O sea, que legalmente se presume que eres hija de Gerardo Marín y tendríamos que probar que no es cierto— murmuró ella entre dientes.

—¿Cómo dices? — trató de averiguar Claudia.

—Nada, no digo nada. Continúa.

—No sé si lo que te acabo de contar es lo más grave. No sé qué significa la reclamación que efectúa de que le preste alimentos. Dice que por ser su hija y en base a un artículo del código civil que ahora no recuerdo, tengo yo obligación de mantenerle, al menos, mientras salde la deuda que contrajo por el accidente del edificio que construyó y le levanten el embargo. ¿Es eso cierto?

Permaneció impasible Noelia sin que su rostro trasluciese lo que estaba pensando. ¿Sería realmente la chica que tenía enfrente hija del amante de su madre? Ésta lo había creído así, pero solo la prueba biológica podría dar constancia de ello. ¿Y si resultaba ser hija de Gerardo Marín?

—Sería cierto si él fuera tu progenitor— repuso precavidamente—. Lo establece el artículo 143.2 del código civil, pero en ese caso tendría que demostrar él que por causa de ese embargo se encuentra en verdadero estado de necesidad. ¿Tienes tú posibilidades económicas de prestarle esos alimentos?

—No lo sé, no soy ninguna potentada porque ya te he dicho que mi contrato laboral con el museo vence dentro de un par de meses, — repuso Claudia—. Pero soy propietaria de un pisito muy pequeño que compró mi madre a mi nombre y en el que vivíamos las dos hasta que ella murió. En cuanto al estado de necesidad de Gerardo, no estoy segura de que sea verdad, porque no le conozco. Ya te he dicho que no le he visto en mi vida, pero me da la impresión de que es la argucia que se ha inventado para acercarse a mí y que el juez me obligue a verle con frecuencia. ¿En qué consistirían los alimentos que tendría que satisfacerle? ¿En pagarle la comida durante un tiempo?

Volvió a menear Noelia negativamente la cabeza, lamentando tener que darle la mala noticia a la muchacha que tenía sentada enfrente, cuyo semblante reflejaba la ansiedad con la que aguardaba su respuesta.

—Ojalá fuera así, pero no lo es. El concepto de alimentos que podría reclamarte incluye el sustento, la habitación, el vestido y la asistencia médica.

Respingó Claudia perceptiblemente en su butaca.

—¿Qué quiere decir eso de "la habitación"? Mi madre me dijo en su día que vivía él en un piso de su propiedad y aunque se lo hayan embargado… No sé, podría trasladarse a una pensión o a casa de algún pariente. A fin de cuentas, somos dos extraños.

—Es posible que no tenga ningún pariente o que no mantenga buenas relaciones con ninguno de ellos, si es que los tiene. Puede que efectivamente no tenga a dónde ir.

—¿Y qué sucedería en ese caso? — se inquietó Claudia.

—Podría suceder que tuvieras que pagar la pensión que fijara el juez o que te vieras obligada a recibirle en tu casa.

Le dio la impresión de que la chica acababa de recibir la noticia como si un cataclismo se hubiera abatido sobre su persona. No hacía frío en el despacho, pero se había arrebujado bajo el abrigo gris oscuro con botones dorados que aún llevaba puesto, como si se hubiera quedado helada de repente.

—¿Podría obligarme el juez a que consintiera yo en que viviera conmigo? — se horrorizó la chica cuando consiguió reaccionar—. No pienso tolerarlo. Le amargó la vida a mi madre mientras vivieron juntos y cuando ella le abandonó y solicitó el divorcio, harta de aguantarle, la persiguió incansablemente, de manera que durante mis primeros años nos convertimos en unas nómadas huyendo de él para que no nos encontrara. Además, él no es mi padre. Ni tan siquiera es pariente mío. ¿No podríamos demostrarlo?

Se apresuró Noelia a intentar tranquilizarla.

—Sí, tendremos que oponer que no eres hija suya y que por esa razón no te incumbe la obligación de prestarle alimentos. Tendremos que acreditarlo solicitando una prueba de paternidad.

—¿Contrastando mi ADN con el suyo?

—Eso es.

—¿Y no podríamos al mismo tiempo probar que mi padre biológico era Armando Valdés?

Esbozó Noelia un gesto vago con la mano en la que sostenía un bolígrafo.

—Eso es más difícil, porque además y, por lo que me has dicho, no encontraron su cuerpo cuando desapareció aquella tarde. ¿Sabes si tiene algún hermano u otro pariente cercano?

—Sé que tenía un hermano, aunque mi madre no llegó a conocerle.

—¿Y te pareces a tu padre?

—No, no, en absoluto. Soy el calco de mi madre. Igual que ella.

—Ya. ¿Y qué hizo tu madre cuando se enteró de que Armando Valdés había desaparecido, probablemente asesinado?

Un velo de tristeza nubló el atractivo semblante de la muchacha al rememorar el suceso que conocía de oídas y la amargura con la que su progenitora se lo había referido. Extrajo un pañuelo de su bolso y se sonó delicadamente la nariz antes de responderle:

—Consiguió colocarse nuevamente en la empresa de perfumería en la que trabajaba de soltera y se instaló en el piso que Armando había comprado y en el que se veía con él. Al portero no le extrañó y a los vecinos tampoco. Unos meses más tarde se enteró Manuela de la existencia de esa casa y se presentó allí una tarde y nos echó a la calle a mi madre y a mí. No le importó que yo fuera un bebé ni que no tuviéramos a dónde ir.

Disimuló Noelia la conmiseración que le inspiraba el relato de la chica e inquirió:

—¿Y qué hicisteis entonces?

—Alquiló mi madre un pisito minúsculo. Solo tenía una habitación con una cocinita incorporada y un baño y allí vivimos las dos hasta que se celebró la vista de su divorcio. Pese a todas las precauciones que había tomado ella para que Gerardo no pudiera localizarla y aunque el juzgado les citó por separado a los dos cuando se celebró la vista del divorcio, él la esperó en el pasillo cuando le tocó el turno a ella de declarar y mantuvieron una escena muy tensa en la que Gerardo la llamó de todo e insistió con malos modos en que volviera con él, porque, según le dijo, era la obligación de una mujer decente.

—¿Y qué le contestó tu madre?

—Le soltó un bufido y se largó, pero él la siguió y cuando averiguó donde vivíamos, intentó secuestrarme en la guardería donde me dejaba mi madre cuando se iba a trabajar. No tuvimos más remedio que cambiarnos de casa y entonces intentó secuestrarla a ella al salir de la oficina. Estos años han sido como una pesadilla, gracias a él.

—Y ahora pretende que le acojas en tu vivienda— resumió Noelia.

—Sí.

—Ya— murmuró Noelia diciéndose que para Claudia sería una catástrofe que su madre se hubiera equivocado en sus cálculos y se acreditara biológicamente que Gerardo era su progenitor, pero se cuidó muy bien de que aflorara a su semblante lo que estaba pensando y repuso aparentando absoluta seguridad—: Nos opondremos a la demanda y solicitaremos la prueba pericial médico legal. En el caso de que el juez la admita y esa prueba nos sea favorable, la sentencia desestimaría su pretensión y Gerardo Marín se vería obligado a dejarte en paz. ¿Cuándo has recibido la demanda?

—La semana pasada.

—¿La semana pasada? —se alarmó Noelia—. ¿Y cómo no has venido a verme antes?

—He venido, cuando tu secretaria me ha dado la cita.

—Pues tenías que haberle dicho que era un tema urgente— replicó Noelia, rebulléndose inquieta en su butaca—. Quiero oponerme a esa demanda cuanto antes.

—Pero demostrarás que Gerardo no es mi padre, ¿verdad? — se inquietó la chica.

—Las pruebas de ADN son absolutamente fiables— repuso evasivamente Noelia—Me has dicho que Armando Valdés tenía un hermano.

—Sí, tampoco le conozco, pero he averiguado donde vive.

—Ese hermano sería el heredero de tu padre y le pertenecerá ahora el hotel del que me has hablado— dedujo ella, mientras colocaba los papeles que le había traído la otra sobre el montoncito que ya tenía sobre la mesa.

Meneó negativamente Claudia la cabeza y con ella su bonita melena oscura, lisa y brillante.

—No, sé que ese hotel y todas las propiedades de mi padre pertenecen ahora a Manuela, a su ex mujer, porque me he molestado en averiguarlo.

Parpadeó incrédulamente Noelia.

—¿Pues no me has dicho hace un instante que ella y tu padre obtuvieron la sentencia de divorcio con anterioridad a que él falleciera?

—Sí, mi madre vio esa sentencia. Se la enseñó unos días antes de que ella abandonara a Gerardo y fuera a reunirse con mi padre en el hotel al que él nunca llegó. Había quedado con alguien esa tarde, creo que con su hermano, y es posible que fuera éste quien le asesinara, porque llevaban años peleados. ¿Qué importancia tiene que ya estuviera mi padre divorciado cuando eso sucedió?

—A efectos de su herencia, mucha. Si le heredó esa mujer, sería porque tu padre había otorgado testamento y la había nombrado su heredera universal, ya que no tenía herederos forzosos— insinuó Noelia pensativamente.

—No, no, él murió sin haber hecho testamento. Me lo dijo mi madre y que le comentó también que ahora que era libre había quedado con el notario para dejarle todos sus bienes a ella.

—¿A tu madre?

—Sí

—Pues en ese caso no es posible que legalmente esa tal Manuela le heredara, porque con el divorcio se extingue el derecho sucesorio que asiste a la esposa— replicó rotundamente Noelia.

Esbozó Claudia un gesto de ignorancia.

— Pues no lo entiendo entonces, pero sé que ella es la dueña ahora. Me acerqué a ese hotel por curiosidad un sábado en el que no tenía nada que hacer y vi a Manuela dándole órdenes al recepcionista. Es una mujer alta, rubia y muy vistosa, que aún está de buen ver. Desde luego no representa la edad que debe de haber cumplido. Cuando se alejó por el vestíbulo bamboleando su melena como si fuese una reina, me aproximé al chico y haciéndome la tonta le pregunté quién era ella. Me contestó que la copropietaria del hotel. El otro copropietario es un tal Fabián Alfaro, que está ingresado en una clínica psiquiátrica, por lo que su hijo dirige el hotel ahora, al alimón con Manuela.

—Quizás el hermano de tu padre vendiera su parte a esa mujer. Lo averiguaremos también cuando solucionemos esta cuestión— manifestó Noelia señalando los papeles de la demanda que Claudia le había entregado— Si pudiéramos probar que eres hija de Armando Valdés, serías también su heredera y por consiguiente dueña de la mitad de ese hotel. Tendríamos que reclamárselo a esa señora.

La observó sorprendida Claudia con sus grandes ojos verdes muy abiertos.

—¿Me pertenecería a mí?

—Por supuesto.

Pareció reflexionar la chica con la mirada perdida en un punto que solo ella parecía ver y musitó como para sí misma:

—Mi padre no hubiera querido que Manuela se paseara por el hotel como dueña y señora. Sé por mi madre que él no la soportaba desde mucho antes de que se decidiera a divorciarse, aunque apenas si tuvo tiempo de disfrutar de su nuevo estatus. No está esa sentencia entre los papeles que guardo de mi madre, pero supongo que el divorcio constará en alguna parte.

—Sí, en el registro civil. Se inscribe al margen de la de matrimonio.

—Pues sigo sin entenderlo— murmuró Claudia como para sí—. La buscaré por si acaso. Me desprendí de muchas cosas después de su muerte, pero conservé todos sus papeles. Los guardaba en una carpeta y aunque entonces no pensé que pudiera necesitarlos, a ella no le hubiera parecido bien que los tirara a la papelera.

Un lagrimón le había resbalado por la mejilla al decirlo y Noelia se rebulló inquieta en su butaca temiendo que enganchara una llantina. Se sentía torpe cuando veía llorar a cualquiera al que debiera consolar, por lo que se apresuró a retomar la cuestión que había motivado que su visitante se presentara en su despacho.

—¿Recuerdas si entre esos papeles está el contrato de alquiler de la primera casa a la que se trasladó tu madre después de abandonar a Gerardo Marín?

La observó Claudia de hito en hito, aún con los ojos húmedos.

—¿La primera casa? ¿Quieres decir el piso al que se mudó después de dejar a su marido y de que encontraran el coche de mi padre en el pantano?

—Eso es.

—No lo alquiló. Ya te he dicho que mi madre regresó inmediatamente a Madrid y se alojó en el piso del Paseo de Rosales que había comprado él cuando abandonó a Manuela. Conservaba aún la esperanza de que él no hubiera muerto y que regresara algún día a reunirse con ella. Tenía llave y ni el portero ni nadie le preguntó con qué derecho se había instalado allí. No había llegado mi padre a inscribir su adquisición en el Registro de la Propiedad por lo que Manuela tardó bastante en averiguar la existencia de ese piso. Cuando por casualidad y a través de la agencia inmobiliaria tuvo conocimiento de que él había dejado al morir esa casa, ya había nacido yo. Debía de tener unos meses cuando se presentó en el piso a media tarde y nos echó con cajas destempladas. Como es natural, yo no lo recuerdo, pero mi madre me contó que tuvimos que marcharnos de la noche a la mañana y que conmigo a cuestas firmó en la misma agencia el contrato de alquiler del apartamento al que nos fuimos. ¿Por qué lo preguntas?

Trató Noelia de disimular la decepción con la que recibió la noticia.

—Porque hubiera podido servirnos como prueba de que ya no vivía tu madre con Gerardo Marín cuando te concibió a ti. Se presupone que los hijos habidos durante el matrimonio son de la pareja, si habita en la misma vivienda.

Esbozó Claudia un gesto de asentimiento.

—Supongo que en la generalidad de los matrimonios será cierta esa presunción, pero no en mi caso. La prueba del ADN será decisiva y en lo sucesivo tendrá que resignarse Gerardo a dejarme en paz.

Parecía estar absolutamente convencida de lo que decía y Noelia no se decidió a contradecirla ni a hacerle ver que ese asunto no estaba tan claro como creía. Se limitó a decirle:

— Si me das la dirección y el teléfono del hermano de tu padre, puedo ponerme en contacto con él para informarle de tu existencia. Le preguntaré si está dispuesto a facilitarnos el camino y someterse a la prueba biológica o se negará en el caso de que el juez se la solicite.

En el bonito semblante de la chica se pintó una expresión de perplejidad.

—¿Es que el juez no la concede siempre?

—No. Ni tan siquiera se admite la demanda si no se aporta un principio de prueba indiciaria como control previo de la viabilidad de la reclamación. Por eso te he preguntado si tenías el contrato de alquiler de la vivienda a la que tu madre se mudó cuando abandonó el hogar conyugal, para acreditar que no vivía con Gerardo Marín cuando te concibió.

—Pero es que vivía con él todavía— objetó preocupada Claudia—. Cuando le dejó, ya tenía los síntomas del embarazo. Y me parece una estupidez que no se atienda exclusivamente a la prueba biológica. Gracias a la ayuda del hermano de mi padre lo demostraremos y solucionaremos todos mis problemas.

Hubiera deseado Noelia compartir el optimismo que manifestaba la chica a ese respecto, que en su opinión rayaba en lo ilusorio, pero se limitó a corroborarlo, al tiempo que la otra le comentaba:

—Espero que el hermano de mi padre se preste a ayudarnos facilitándonos la tarea. Por lo visto se enfadó bastante cuando supo por el testamento de mi abuelo que a él no le había dejado participación alguna en lo que había sido el negocio familiar, o sea en el hotel, y que le había legado a cambio el edificio en el que tiene la oficina. Heredó de mi abuelo una agencia de viajes. Al parecer desde entonces perdieron los dos el contacto. Mejor dicho, tuvieron una gresca mayúscula.

Una sombra de inquietud había velado su bonito semblante y Noelia volvió a preguntarse cómo reaccionaría si esa prueba determinaba que no era hija de quien creía ser, sino de Gerardo Marín.

—Investigaremos el asunto de la herencia de Armando Valdés en cuanto tengamos la certeza de tu verdadera filiación— le dijo persuasivamente.

Parpadeó Claudia al mirarla como si no consiguiera enfocarla bien.

—¿Es que tú no estás segura? —se extrañó.

—A veces puede ser complicado determinarlo— repuso Noelia sin decidirse a expresar sus dudas en voz alta.

—¿Porque mi madre mantuvo relaciones íntimas con dos hombres a la vez? —inquirió la otra acalorándose—. Eso no tiene nada que ver, porque Gerardo debía de ser estéril. En los diez años que duró su matrimonio no consiguió mi madre quedarse embarazada, así que debía tener algún problema fisiológico que no resolvió, porque no le dio la gana de averiguarlo ni de ponerle remedio.

—Sí, pero…

La otra la interrumpió sin dejarla terminar.

—Lo dejo todo en tus manos. Y ahora me marcho, porque te estoy entreteniendo demasiado. Si me das un papel y un bolígrafo te apuntaré el teléfono de mi tío. Se llama Felipe Valdés.

La observó Noelia en silencio mientras Claudia escribía con la cabeza inclinada sobre la mesa y la melena ocultándole parcialmente el rostro y luego la acompañó hasta la puerta del despacho donde se despidieron. Regresó después a su mesa y se acodó en ella con la mirada perdida. En esa posición la encontró Miriam cuando entró minutos después. Trabajaba ésta última en el despacho contiguo y era además su mejor amiga, por lo que la observó atentamente con sus ojos azules muy abiertos antes de tomar asiento en la butaca que Claudia había ocupado instantes antes.

—¿Te pasa algo? —le preguntó cautelosamente, ya que sabía que Noelia se irritaba con facilidad cuando no veía claro el asunto que llevaba entre manos y en ese momento su expresión no era precisamente placentera.

Regresó la otra al presente para encogerse cansinamente de hombros y preguntarle:

—¿Has llevado algún asunto de filiación?

—No, todavía no.

Esbozó Noelia un gesto dubitativo.

—La chica que acaba de marcharse me ha encargado que reclame la paternidad del que cree que fue su padre.

Parece que él que murió asesinado, aunque no llegó a encontrarse su cuerpo.

—¿Asesinado a manos de la madre de la chica? —inquirió Miriam interesada.

—No, no se descubrió quién le mató, si es que le mataron, porque cabe la posibilidad de que decidiera en el último minuto poner pies en polvorosa y fingir su muerte. Es complicado desaparecer y marcharte al extranjero, pero podría haber ocurrido así. Y me estoy preguntando cómo reaccionaría esa chica si tras realizar la prueba biológica para determinar quién fue su padre resultase que es hija del ex marido de su madre.

Parpadeó Miriam sin acabar de entenderla, mesándose su rubia melena como si ese gesto pudiera ayudarla a ordenar sus ideas.

—¿Y qué tendría eso de particular? La mayoría de las personas son hijas del matrimonio formado por sus padres.

—En eso tienes toda la razón— replicó irónicamente Noelia—. Pero se da la circunstancia de que en este caso esa chica cree ser hija de su madre y de un hombre con el que ésta tuvo una relación antes de divorciarse de su marido.

—¿Y qué es lo que le preocupa? ¿El buen nombre de su madre?

—No, eso le tiene sin cuidado. Le preocupa que el juez la obligue a cargar con el ex marido de su madre que ha solicitado que le preste alimentos. No le conoce y tiene de él las peores referencias. Si la prueba biológica demuestra que él es su progenitor lo vamos a pasar mal.

Extrañada, volvió a parpadear Miriam con sus ojos azules muy abiertos.

—¿Tú también?

—Yo también, porque esa chica es mi cliente y tengo que impedir que se empeñe él en que le acoja en su casa y que el juez le dé la razón, ¿comprendes?

—CAPÍTULO II—

Llegó puntualmente Noelia al café Gijón, donde había quedado con Felipe Valdés, el hermano de Armando, al que había llamado por teléfono, y buscó a aquél con los ojos entre las mesas que se apiñaban en el interior del local. La mayoría estaban ocupadas por más de una persona por lo que centró su atención en las que distinguió a un individuo solitario que con los ojos fijos en la puerta de entrada pareciese aguardar a alguien. Solo vio a dos en esa situación y se decidió por el más joven, que rondaría los cincuenta años, edad que calculó que sería aproximadamente la de Armando, si estuviera vivo. El otro, barbudo y canoso, habría sobrepasado los setenta, por lo que le descartó. Acertó sin duda, porque, al verla aproximarse, el hombre se puso en pie inmediatamente. Era de mediana estatura, fornido y muy moreno, con unas cejas muy pobladas y un cabello oscuro y rizado con algunas hebras grises, que le clareaba ya sobre la frente. Vestía un abrigo gris y una bufanda escocesa al cuello, que se desanudó antes de volver a sentarse mostrando el cuello de la camisa blanca que llevaba debajo de la cazadora negra. Podría considerársele atractivo si no fuera por lo estudiado de sus gestos. Le recordó a ella los galanes de las películas en blanco y negro de principios del siglo veinte que había visto en la televisión. Solo le faltaba para parecérseles el bigotito sobre el labio superior y la brillantina en el pelo.

—¿Noelia Villarroel? — le preguntó él con una voz profunda, casi ronca.

—Sí, ¿y usted es Felipe Valdés?

—Sí, la estaba esperando. Siéntese por favor.

Tomó asiento Noelia en la otra silla y colocó el maletín sobre sus rodillas. Sabía que aparentaba menos edad de los treinta y un años que había cumplido y pretendía por esa razón que el maletín le otorgara el aspecto profesional indispensable para que los desconocidos con los que se citaba fuera del despacho la tomaran en serio. Clavó sus ojos oscuros en el rostro de él, que no manifestaba ninguna impresión, y le dijo:

—Le he llamado para comentar con usted el asunto que me ha encargado una cliente, que, al parecer, es pariente suya.

Enarcó él interrogativamente sus espesas cejas.

—¿Una pariente? ¿A quién se refiere?

—Usted no la conoce. Es una chica de veintitrés años que probablemente sea hija de su hermano Armando.

Las cejas de él se elevaron aún más sobre su frente.

—¿Una hija de Armando y de Manuela? No sabía que hubieran tenido descendencia. Armando y yo perdimos el contacto a raíz de la muerte de nuestro padre, pero supongo que de haber tenido una hija me hubieran invitado al bautizo.

Lo decía con un sarcasmo hiriente sin apartar de ella su apreciativa mirada en la que pudo leer Noelia que la encontraba atractiva y que le satisfacía hallarse en su compañía, así como su absoluto desinterés por esa posible sobrina.

—No, esa chica no es hija de Manuela ni nació durante el matrimonio de su hermano con esa mujer— le aclaró Noelia—. Mantuvo él en esa época una relación íntima con otra mujer, que se llamaba Regina Romero con la que no llegó a casarse, porque probablemente le mataron, o al menos desapareció, a raíz de obtener el divorcio.

—¿Y por qué me cuenta todo eso? — inquirió desdeñosamente él— No sé si sabe que Armando y yo dejamos de hablarnos hace muchos años.

—Sí, algo he oído, pero eso no hace al caso.

—¿Usted cree? A mí me parece que sí— replicó él sin perder su aire despectivo—

En las familias se producen a veces acontecimientos que abren entre sus miembros un abismo infranqueable y ese fue nuestro caso.

—Como una herencia, por ejemplo— apuntó ella esperando una reacción de él que no se produjo. Se limitó a examinarla con la cabeza ladeada, aunque terminó por manifestar cierta curiosidad.

—¿Cómo lo sabe? ¿Se lo ha contado esa sobrina que dice que tengo?

—Eso da lo mismo— replicó ella evasivamente.

—A mí no me da lo mismo— murmuró inclinándose hacia ella como si esperara ser objeto de una confidencia por su parte—. Pero si no puede decírmelo, no importa. Y tampoco me importa decirle lo que ocurrió con mi hermano— añadió desviando nostálgicamente los ojos hacia la ventana más cercana, a través de cuyos cristales se veía el Paseo de Recoletos—. De seguir estando vivo Armando, puede que lo hubiéramos arreglado, pero ya no tiene remedio. Él era el mayor y el preferido de nuestro progenitor y le dejó a él la totalidad de las acciones que poseía sobre un hotel que está en las proximidades del pantano de San Juan y que ha pertenecido desde siempre a nuestra familia. Para que lo entienda, le diré que lo hemos considerado todos como el centro de las actividades empresariales de mi padre y, cuando le digo todos, me incluyo a mí mismo. Mi padre tenía otros negocios, pero ninguno le absorbía ni le gratificaba tanto como la dirección de ese hotel, en el que ocupaba todas sus horas y al que nos llevaba los días de fiesta, ya que no íbamos al colegio y podíamos acompañarle. A veces navegábamos también por el pantano en una lancha motora que tenía amarrada en el embarcadero.

Hizo Noelia un gesto de comprensión y Felipe continuó:

—Le dije en varias ocasiones que quería seguir sus pasos y continuar regentando el hotel cuando él se jubilara, pero su preferencia por Armando era palpable. Constituyó una sociedad anónima sobre ese hotel y le vendió la mitad de las acciones a un amigo más joven, pero cuando murió le dejó en su testamento la totalidad de las acciones que poseía a Armando y a mí una agencia de viajes. Se ubica en la planta baja del edificio que me legó también y en el que vivo. Y no sé por qué le cuento todo esto—le dijo manifestando cierta incomodidad—. No la conozco a usted. Es la primera vez que la veo y no creo que le interesen los problemas de mi familia. Solo quería que entendiera que Armando y yo mantuvimos una fuerte discusión a raíz de la muerte de nuestro padre y dejamos de hablarnos a partir de entonces por ese motivo, por lo que esa hija suya de la que no tenía conocimiento me tiene sin cuidado.

Recordó Noelia que le había dicho Claudia que se habían reunido los dos hermanos para intentar hacer las paces la misma tarde en la que había desaparecido Armando y se lo hizo notar, aunque procuró aparentar ingenuidad cuando le insinuó:

—Tenía entendido que se habían visto por última vez la tarde en la que su hermano desapareció y su coche se hundió en el pantano. Que habían quedado para llegar a un acuerdo, ¿no fue así?

La expresión se él se endureció y se echó hacia atrás como si le hubiera abofeteado.

—¿Quién le ha dicho eso?

—No lo sé, quizás esté equivocada. ¿Lo estoy?

Dejó escapar él un resoplido y levantó ambas manos en un ademán de impotencia.

—No, no lo está. Efectivamente habíamos quedado en las proximidades del embarcadero del pantano. Nos gustaba mucho a los dos ese lugar porque de niños íbamos con nuestro padre a navegar cuando teníamos vacaciones. Nuestro padre era propietario de una motora que tenía amarrada en ese lugar. El caso es que se me presentó un imprevisto en la agencia y no pude acudir a la cita.

—¿Y le avisó para que no le esperara?

Se retrepó él en la silla y se la quedó mirando sin expresión.

—¿Por qué? — inquirió agriamente.

—Por nada— replicó Noelia disimulando lo que estaba pensando—. Para que su hermano no perdiera la tarde esperándole—. Pudo llamarle al móvil y decírselo.

—También me lo preguntó la Guardia Civil y me confiscó el móvil para comprobar las llamadas— refunfuñó él como si lo considerase una injerencia inadmisible— Pero no, no le llamé. Ya le he dicho que no nos hablábamos y pensé que no le sentaría mal un plantón.

Comprendió Noelia al oírle que le iba a resultar difícil que aceptara lo que iba a proponerle. La caída de ojos con la que ahora la miraba le estaba produciendo además una irritación sorda, pero pensó que debería disimularlo y agotar el último cartucho, por lo que alegó:

—¿Prefiere entonces que las cosas sigan como están y que haya sido la ex esposa de su hermano la que haya heredado sin ningún derecho el hotel que ha sido propiedad de su familia?

Escrutó él nuevamente sus facciones como si no la entendiera.

—¿Qué quiere decir? Tenía entendido que Armando y Manuela no habían tenido descendencia, por lo que, al morir él, era ella su heredera.

—Efectivamente— gruñó Noelia—. Cuando no hay testamento la esposa hereda al marido con preferencia a los hermanos de él, a usted en este caso, siempre y cuando no se haya divorciado con anterioridad.

De la sorpresa abrió él la boca hasta formar un círculo.

—¿Armando y Manuela se habían divorciado?

—Sí. Le mataron unos días después de que le notificaran la sentencia y de que ésta adquiriera firmeza.

Se acarició Felipe pensativamente el cogote.

—O sea, que ella me birló a mí el hotel y el resto del patrimonio de Armando.

—Eso parece.

—Y le mataron allí, junto al pantano.

—Yo diría que eso todavía no se sabe y que no es fácil que se averigüe. Quizás esté su cuerpo en el fondo del pantano, pero los buzos de la Guardia Civil no le hallaron cuando le estuvieron buscando a raíz de que encontraran su automóvil hundido en el agua.

—Y Manuela ya trabajaba entonces en el hotel.

—Sí, dirigía las tiendas de joyas, perfumería y moda ubicadas en la planta baja.

Le dio la impresión a Noelia de que él iba atando cabos, porque dejó de mirarla provocativamente para asentir reflexivamente con la cabeza baja.

—Ya. Tal como lo dice, suena como si Manuela hubiera tenido algo que ver con su asesinato. ¿Fue así?

—No lo sé. La Guardia Civil no encontró ninguna pista y han transcurrido veintitrés años desde entonces.

Se acarició Felipe la mejilla en la que apuntaba la sombra oscura de la barba y murmuró como si estuviera rememorando aquellos días:

—Me enteré por el periódico y no me presenté en el hotel, porque como ya le he dicho no nos hablábamos y ya no había razón para que apareciera por allí. Tampoco me preocupé de averiguar si había dejado o no testamento ni en qué términos, pero sí me gustaría saber si Manuela ha actuado fuera de la ley y se ha quedado con un hotel que debería pertenecerme a mí. ¿Dónde debe constar que una pareja se ha divorciado?

—En el Registro Civil. Se inscribe el divorcio al margen de la inscripción de matrimonio.

—¿Y quién se ocupa de llevar la sentencia a ese registro?

—Ahora lo hace el propio juzgado telemáticamente, pero entonces solía hacerlo el procurador de los tribunales que hubiese representado a una de las partes si el divorcio hubiera sido contencioso o al matrimonio cuando se hubiese tramitado de mutuo acuerdo.

—Entonces aclarar ese extremo debe de ser un asunto muy sencillo para usted— apuntó él con una media sonrisa.

—Sí, pero a decir verdad no es asunto mío…. todavía— objetó ella, tiesa como un huso y molesta por la forma en la que la miraba, para hacerle notar que su presencia en la cafetería obedecía exclusivamente a un asunto profesional sin relación alguna con un pasatiempo agradable—. Mi cliente cree ser la hija de su hermano y pretendo acreditarlo mediante una prueba biológica. Por esa razón quería pedirle que se sometiera usted también a esa prueba.

Se la quedó mirando con algo de petulancia como si le sorprendiera que pudiera ella creer que tuviera algún motivo para acceder a su requerimiento.

—¿Y por qué habría de tener yo algún interés en que se reconociera la filiación de esa chica? — replicó desabridamente—. No la he visto en mi vida y, por lo que me cuenta, no está tan claro que sea hija de Armando. Y le diré otra cosa. Aún en el caso de que lo sea, no siento el menor interés en facilitarle la vida. Interponga usted la demanda, pídale al juez lo que le parezca conveniente, pero a mí déjeme en paz

Experimentó Noelia la sensación de que la había abofeteado y estuvo a punto de ponerse en pie y soltarle unas cuantas barbaridades antes de dejarle con la palabra en la boca, pero se tragó su orgullo para seguir insistiendo.

—Pero comprenda usted que ella puede ser su sobrina. ¿Es que prefiere que los bienes de su hermano hayan pasado a manos de una mujer que ha debido lograrlo con malas artes, antes que a una persona de su misma sangre?

Las facciones de él se contrajeron con un rictus desdeñoso.

—Manuela fue siempre una mala pécora por lo que, como le acabo de decir, no me extrañaría incluso que hubiera sido ella la que asesinara a Armando para hacerse con su patrimonio, pero eso es lo único de este asunto que me concierne y voy a buscar a un abogado para que se ocupe de esclarecerlo y, en su caso, para que me ayude a recuperar lo que es mío. Lo demás no me importa. Se casó con Manuela en contra de mis deseos y al parecer la engañó con otra. Si además tuvo una hija extramatrimonial, me tiene sin cuidado. No cuente conmigo para demostrarlo. ¿Algo más?

Se había apoyado con un codo sobre la mesa, inclinándose hacia ella con una sonrisa sarcástica y sintió Noelia que el corazón se le desbordaba dentro del pecho de pura indignación al tiempo que se levantaba asiendo firmemente su maletín con una mano.

—No, nada más. Lamento que los dos hayamos perdido el tiempo manteniendo esta entrevista tan desagradable. Afortunadamente no me veo obligada a menudo a soportar a una persona tan fatua y tan estúpida como usted. Le deseo que, si alguna vez necesita pedirle un favor a alguien, le den con la puerta en las narices. Adiós.

Se apartó de la mesa y echó a andar hacia la puerta de la cafetería con la cabeza alta. No habría caminado más que unos pasos cuando le oyó decir a su espalda:

—Pero oiga… espere. Esa chica que es cliente suya me tiene sin cuidado, pero eso no obsta para que podamos tomar algo usted y yo. ¿Por qué no me da su teléfono?

Estuvo a punto Noelia de regresar a la mesa y darle en la cabeza con el maletín, pero reprimió ese imperioso deseo y alcanzó la salida sin volverse. Ya en la calle respiró hondo. El Paseo de Recoletos por cuya acera transitaba ahora se alargaba solitario hacia lo lejos bajo un sol invernal que no llegaba a caldear el ambiente, pero no llegó a sentir la tristeza que traslucían los altos árboles que elevaban hacia el cielo sus ramas desnudas de follaje ni la brisa que levantaba en círculos las hojas secas del pavimento. Estaba demasiado furiosa. In mente le dedicó unos cuantos sonoros epítetos a Felipe Valdés y siguió rumiando invectivas contra él durante el trayecto que realizó en el Metro para regresar a su despacho.

La secretaria no estaba en su mesa cuando entró en el piso, por lo que no pudo desahogarse con ella como era su costumbre y pensó entonces que debería buscar a Miriam para referirle la entrevista que había mantenido con Felipe antes de llamar a Claudia para darle la mala noticia. Su amiga estaba sola en su despacho escribiendo algo en el ordenador cuando entró ella en la estancia y levantó la mirada hacia su rostro interrumpiendo la tarea que realizaba.

—¿Cómo te ha ido? — le preguntó—. ¿Está dispuesto ese hombre con el que has quedado a facilitarte las cosas?

Se dejó caer desganadamente Noelia en una butaca frente a ella.

—No. Me ha dicho que Claudia le tiene sin cuidado y que si resulta ser hija de su hermano le tendrá también sin cuidado, así que, si se empeña en reclamar su paternidad, que se atenga a las consecuencias porque él no piensa mover un dedo para ayudarla. Que hagamos lo que nos dé la gana, siempre que le dejemos en paz a él.

—Debe de ser un hombre encantador— murmuró Miriam por lo bajo, aunque Noelia la oyó.

—Un cretino, eso es lo que es, además de un aspirante frustrado a ligón— masculló indignada—. Y todo su encono deviene de que su padre le dejó en herencia el hotel a Armando en lugar de repartir entre sus dos hijos las acciones de esa entidad mercantil que poseía.

—Bueno, las herencias suelen acabar hasta con las familias mejor avenidas— le recordó Miriam con la intención de animarla— ¿Y qué vas a hacer ahora?

Noelia esbozó un ademán de impotencia.

—No lo sé. Claudia no ha podido aportarme ninguna prueba indiciaria de que Armando Valdés fuera su padre. Ni cartas ni testigos de la relación que mantuvo él con su madre ni nada de nada. Lo debieron llevar en absoluto secreto y como sabes los jueces no admiten a trámite las demandas de paternidad si no van acompañadas de esas pruebas indiciarias. Claudia cree que son muy sencillas, pero no es así. Lo probable es que con unos datos tan vagos el juez le diera carpetazo. Tendremos que resignarnos y limitarnos a demostrar únicamente que Gerardo Marín no es su padre y eso si es que tenemos la suerte de que no lo sea, lo que no está tan claro.

Asintió Miriam con expresión compasiva.

—Sí que es una papeleta. ¿Por qué no la llamas y se lo explicas?

—Porque antes necesito tranquilizarme. Ese hombre me ha sacado de mis casillas con sus miradas incendiarias. Mi madre dice que tengo mal carácter, que soy demasiado irascible, pero yo creo que cualquiera en mi lugar se hubiera indignado con ese tipo. Aunque ahora que lo pienso…

Parpadeó Miriam sin entenderla.

—¿Qué es lo que piensas?

Acodada en el brazo del sillón y con la mejilla apoyada en esa mano, parecía reflexionar intensamente como si acabara de descubrir algo que antes no se le había ocurrido.

—Que no debería extrañarme su comportamiento. En realidad, su reacción es bastante lógica. Si la prueba biológica demostrara que Claudia es hija de su hermano, sería esa chica la que heredaría el hotel que tanto desea, no él. Me ha dicho que va a buscar un abogado que se ocupe de esclarecer lo que sucedió con la herencia de Armando y las razones de que Manuela le heredara habiéndose divorciado de él con anterioridad. Es natural por lo tanto que se haya negado a colaborar conmigo para determinar la filiación de Claudia, no sé cómo no lo he pensado antes. Lo que a él le interesa es que no se averigüe nunca.

Había ido animándose conforme hablaba y Miriam se apresuró a darle la razón.

—Claro. Ahora tienes que llamar a esa chica y explicárselo. Al menos podrás librarla de ese hombre tan pesado que cree ser su padre y que sí se prestará a contrastar su ADN con el de ella.

—Tienes razón. Voy a contestar a la demanda solicitando su práctica.

—¿Y dónde se realiza esa prueba pericial?

—En el Instituto Nacional de Toxicología. Si el juez admite esa prueba y Gerardo no se niega a practicarla, tendrán que realizarla los dos en ese órgano.

—¿Y si Gerardo se niega?

Abrió Noelia la boca dispuesta a explicárselo, pero luego lo pensó mejor.

—De momento ni tan siquiera la he pedido, así que será mejor que no nos anticipemos a los acontecimientos.

—Claro, tienes razón — admitió Miriam que la había escuchado atentamente y que aprovechaba cualquier ocasión para aprender, dado que por su juventud tenía poca experiencia en el ejercicio de la profesión—. Ojalá tengas suerte y salga todo favorablemente. Si Gerardo no es su progenitor, ese tipo tendrá que dejarla en paz y tendremos la certeza de que tu cliente es hija de Armando Valdés.

Sonrió Noelia con cierto cinismo.

—¿Tendremos la certeza? No hemos conocido a Regina Romero ni sabemos de ella otra cosa que lo que me ha referido su hija, que, como es natural, es parte interesada. ¿Quién nos asegura que su madre no era una Mata Hari y que no ligara con cuatro o cinco al mismo tiempo? Y lo siento sobre todo por lo ingenua que es esa chica y por el recuerdo tan maravilloso que tiene de su progenitora. En cualquier caso, las demandas de reclamación de paternidad deberían ser más sencillas.

Lo consideró Miriam con los ojos entornados mesándose su rubia melena.

—Sí, pero es natural que los jueces se resistan a ordenar la exhumación de los restos del padre cuando ya ha muerto. En este caso bastaría con que le exigiera al tío de esa chica, al ligón, esa prueba. Pídele a tu cliente que haga memoria. Puede que su madre tuviera alguna amiga que pueda testificar que Regina mantuvo una relación íntima con

Armando y a la que le conste que Claudia es su hija, ¿no crees?

Meneó Noelia incrédulamente la cabeza.

—No. Voy a llamar a Claudia para darle la mala noticia. Y voy a llamarla ahora mismo.

Se había levantado de la butaca mientras hablaba y se había dirigido hacia la puerta. Con la mano en el picaporte se volvió hacia Miriam que continuaba sentada tras su mesa.

—Hasta luego. Ya te contaré.

Claudia recibió la noticia sin efectuar el menor comentario, por lo que Noelia llegó a pensar que se había cortado la comunicación.

—Claudia, ¿estás ahí?

La voz de la chica le llegó lejana y como ausente.

—Sí, es que estaba pensando.

—¿Y qué pensabas?

—Pensaba que debo de ser tonta. Me he preguntado a menudo cómo sería mi tío. Le había imaginado como un hombre afable, arrepentido de no haber mantenido con mi padre una buena relación en la época que antecedió a la muerte de éste y deseoso por tanto de conocerme y de ayudarme en lo posible. Debo de ser idiota.

Buscó Noelia en su mente las palabras adecuadas para animarla.

—No eres idiota, pero ten en cuenta que las herencias acaban a veces hasta con las familias mejor avenidas. Lo que tenemos que hacer ahora es centrarnos en la vista del juicio y en utilizar todas las armas que tengamos a nuestro alcance para demostrar que Gerardo no es tu padre y conseguir así que te deje tranquila.

—Sí, tienes razón— musitó apenas la otra con un hilo de voz

Pensó nuevamente Noelia que la otra había colgado por el desánimo que traslucían sus últimas palabras, pero al cabo de unos segundos la oyó decir como si hubiera recuperado repentinamente las energías que había perdido:

—Creo que debería hacer algo por mi cuenta.

—¿A qué te refieres?

—A que debería tratar de averiguar qué le ocurrió a mi padre y por qué le heredó Manuela en lugar de su hermano.

—¿Y qué vas a hacer? Podemos contratar a un detective, pero han transcurrido muchos años desde entonces.

—Ya lo sé— replicó Claudia con determinación— pero creo que nadie se tomaría tanto interés como yo misma en esclarecer este asunto. Tengo un contrato temporal de trabajo con el museo, que vence a finales del mes próximo. Estoy pensando en despedirme mañana mismo y en presentarme después en el hotel de mi padre para solicitar un puesto de trabajo de camarera, de limpiadora o de lo que sea. Puede que haya entre el personal alguien que lleve trabajando allí muchos años, conociera a mi padre en la época en la que estaba casado con Manuela y me dé alguna pista sobre lo que sucedió o incluso que se preste a testificar que mis padres fueron amantes. ¿No te parece una buena idea?

Lo sopesó Noelia en silencio.

—No lo sé, me parece arriesgado. Me dijiste el otro día que te pareces mucho a tu madre. ¿No crees que Manuela puede darse cuenta de que eres su hija y de cuáles son tus intenciones al pretender trabajar en ese hotel? Es la sospechosa más probable, aunque yo no descartaría al hermano.

La risita de Claudia traslucía cierto sarcasmo.

—Como has dicho, han transcurrido muchos años desde entonces, nada menos que veintitrés desde que se presentó en el piso en el que vivíamos y nos echó a la calle a mi madre y a mí. Yo solo tenía unos meses, pero no le importó que no tuviéramos a donde ir. ¿Crees que al cabo de tanto tiempo se va a acordar de la cara que tenía mi madre y que me va a relacionar con ella por el parecido?

—Es posible que sí.

—Tampoco me importa. Ya te dije que mi madre me inscribió en el registro civil con un apellido que le gustó, anteponiéndolo al suyo. Romero además es un apellido corriente y si me pregunta Manuela le contaré una historia de mi invención sobre mi familia que no guarde relación alguna con la real. Creo que es lo más práctico. Tú mientras tanto convence al juez de que Gerardo Marín no es mi padre y que, si no tiene donde caerse muerto, cosa que dudo, que pida ayuda a la beneficencia.

Dejó escapar Noelia un resignado suspiro al tiempo que le preguntaba:

—¿Pretendes averiguar quién le mató?

—Sí.

—¿Al cabo de tanto tiempo?

—Sí. Alguna pista habrá quedado suelta y, de existir, la encontraré en ese escenario.

Se apartó pensativamente Noelia su oscura y rizada melena de su rostro buscando las palabras oportunas para poner en conocimiento de la otra algo que probablemente ni siquiera se le habría ocurrido a ésta.

—Tengo que advertirte de una cosa que no te va a gustar.

—¿Qué cosa?

—Que, aunque llegaras a averiguar con absoluta certeza quien fue el asesino de tu padre, si es que le asesinaron, no podríamos hacer nada contra él, porque el delito que cometió habría prescrito ¿lo entiendes?

—¿Quieres decir que en cualquier caso su asesinato quedaría impune? — inquirió Claudia sin acabárselo de creer.

67

—Efectivamente.

—Pero eso es injusto— protestó la chica indignada—. ¿Y no podemos hacer nada?

—No, no podemos conseguir ya que se condene al culpable.

—¿Aunque le denunciáramos?

—Aunque le denunciáramos y lo probásemos sin género de dudas.

Le pareció a Noelia que Claudia no conseguía aceptarlo. Tardó unos segundos en contestar y cuando lo hizo su voz le sonó débil, como si hubiera perdido la chica la energía con la que se expresaba antes.

—No importa. Ya se me ocurrirá algo para que pague por lo que hizo. Lo importante por el momento es averiguar quién fue.

—CAPÍTULO III—

Frenó el coche Claudia en el mismo lugar en el que veintitrés años antes se había detenido su madre con el suyo para observar recelosamente el lujoso edificio que tenía delante. Se elevaba hacia un firmamento brumoso a esas horas de la mañana, con sus torrecillas enhiestas sobre el tejado de pizarra, que le conferían un toque romántico, ajeno al estilo funcional del presente. Aparentaba haberse quedado anclado en el pasado, en la época en la que se viajaba en coche de caballos, por lo que los automóviles estacionados bajo unos toldos de brezo junto a su fachada posterior ponían en ese escenario una nota discordante.

¿Qué habría pensado su madre cuando antaño se encontró en ese mismo lugar esperando reunirse con el hombre que amaba?, se preguntó. ¿Se habría sentido intimidada ante su vista como le sucedía a ella en ese instante? Acababa de abandonar a su marido y el que había sido su hogar, por desagradable que éste fuese, para encontrarse con un hombre con el que pretendía iniciar una nueva vida. Imaginó la pesadilla que habría supuesto para ella el lento desgranar de las horas que siguieron mientras le esperaba en la habitación del hotel donde habían quedado los dos y cómo recibiría el miércoles siguiente la noticia del hallazgo de su coche, hundido en el pantano, preguntándose qué habría sido de él y temiendo que hubiese desaparecido de su vida para siempre.

Debió de ser muy duro para ella, se dijo pensativamente. Embarazada, sola, sin dinero, pues había invertido sus ahorros en comprarse un coche de segunda mano, y horrorizada ante la idea de que Gerardo pudiese encontrarla y la obligarse a regresar con él al infierno que habían compartido durante diez años.

No se hallaba Claudia en una situación tan angustiosa y experimentaba sin embargo la sensación de que una mano de hierro le oprimía los pulmones impidiéndole respirar con normalidad. Aunque había trazado minuciosamente su plan en su despacho del museo, no le parecía ahora tan sencillo de realizar. Ni tan inocuo. Con toda probabilidad a su padre le habían asesinado y arrojado al pantano y su autor podía encontrarse ahora dentro de los muros del hotel que tenía ante su vista. Quizás la reconociera a ella por el enorme parecido que tenía con su madre. Noelia le había hecho notar que eso era posible y podía haber acertado al hacerle notar el riesgo que corría. Pero ya no tenía remedio, se dijo para darse ánimos. Se había despedido del museo el día anterior y lo que tenía que hacer ahora era bajarse del coche y entrar en el edificio con aire desenvuelto para solicitar un trabajo.

Inspiró hondo y salió del automóvil con el bolso colgado del hombro en bandolera. Se había vestido para la ocasión con un pantalón vaquero, un jersey blanco, que en su opinión le daba suerte, bajo un abrigado chaquetón.. Se lo había comprado muy rebajado, pero parecía más caro de lo que le había costado y le sentaba bien. Se había mirado en su casa en el espejo de cuerpo entero del cuarto de baño, satisfecha del resultado. Aparentaba lo que quería aparentar. Una chica joven con un nivel medio, dispuesta por su momentánea situación de desempleo a aceptar cualquier trabajo que le ofrecieran. Incluso el de limpiadora o el de camarera.

Atravesó la pradera de césped que antecedía al edificio por un sendero de piedras desiguales y empujó la puerta de cristales giratoria para entrar en un amplio vestíbulo pavimentado en mármol travertino, al igual que las paredes, y se acercó al mostrador de la recepción, tras el que una muchacha joven atendía en inglés a un matrimonio de mediana edad. Aparentaba unos treinta años y poseía un rostro anguloso enmarcado por una lacia melena oscura, pero su aire era eficiente y la pronunciación del idioma sumamente correcta. Aguardó pacientemente Claudia a que les entregara a los extranjeros una llave dorada, sin semejanza alguna con las tarjetas que para abrir la puerta de la habitación asignada se utilizaban en los hoteles modernos y siguió con la vista al chico que les cogió las maletas, las cargó en un carrito y se encaminó con la pareja hacia el ascensor. Luego se dirigió ella a la recepcionista sintiéndose torpe.

—Buenos días.

La chica la miró de arriba abajo y luego bajó la vista hacia sus pies. Al comprobar que no llevaba equipaje inició un atisbo de sonrisa.

—Buenos días. ¿Viene por el anuncio?

¿De qué anuncio se trataría?, se preguntó Claudia devolviéndole estúpidamente la sonrisa.

—Yo... sí, bueno, sí. Me interesaría saber...

La recepcionista parecía nerviosa y se apresuró a interrumpirla.

—Doña Manuela no ha llegado aún y no creo que se presente antes de una hora, porque hemos tenido un imprevisto y... Bueno, estamos teniendo un mal día. Además, no te esperábamos tan temprano, pero puedes aguardar a que vuelva en la cafetería. Está ahí enfrente.

Se volvió Claudia para seguir con la mirada su indicación y vio un largo pasillo frente al mostrador de la recepción y al fondo del mismo a un camarero atendiendo unas mesas. Vagamente reparó en que la recepcionista la había tuteado y se dijo que sin duda estaba a punto de llegar alguien con quien había quedado y que necesitaba un empleo, como pretendía ella.

—¿Cómo te llamas? Yo me llamo Rosario— le dijo la recepcionista.

—Y yo Claudia.

—¿Sabes inglés? —le preguntó la otra—. Es imprescindible para desempeñar este puesto. Es que voy a casarme, ¿sabes? La semana que viene. Nos vamos Santiago y yo de viaje a las Malvinas y he pedido un permiso de un mes. Se trata únicamente de sustituirme, porque cuando regrese tendrás que marcharte. ¿Lo has pensado bien?

Aunque indudablemente su interlocutora estaba nerviosa, se lo comentaba acodada en el mostrador como si la conociera de toda la vida y Claudia procuró relajarse y adoptar una actitud menos rígida, acorde con la cordialidad de la otra.

—Sí, sí, es precisamente lo que ando buscando, un trabajo como el tuyo y no me importa que se trate de una sustitución.

—Pues no sabes lo que me alegro, porque estoy segura de que le gustarás a doña Manuela y si pudieras empezar enseguida podría yo adelantar unos días mis vacaciones para preparar la ceremonia... la celebración... todo. Eres muy joven, así que estarás soltera y probablemente sin pareja todavía— dedujo tras volver a examinarla detenidamente.

—Sí, sí.

—Es que una boda es un asunto muy complicado— le comentó Rosario con mal disimulada satisfacción—. Nos preocupaba no encontrar rápidamente a la persona adecuada, porque este hotel tiene mucho nivel y doña Manuela es muy exigente, pero ya te he dicho que le gustarás. Si hablas bien el inglés, le gustarás.

No se atrevió Claudia a aclararle que lo chapurreaba tan solo y que en muchas ocasiones no entendía lo que le contestaban en ese idioma, pero se limitó a sonreírle para no tener que darle explicaciones.

En ese preciso instante traspuso la puerta de cristales un grupo de viajeros tirando de sus maletas y Rosario volvió a señalarle a ella el pasillo que conducía a la cafetería para indicarle que podía esperar allí a doña Manuela y se dispuso a atender a los recién llegados. Un joven sin equipaje se adelantó al grupo y se aproximó al mostrador con la evidente intención de decirle algo a Rosario. Pese al frio reinante, no llevaba abrigo y vestía un traje gris oscuro con una rayita blanca. Su aspecto era elegante, aunque tenía el bajo de los pantalones embarrado, lo que denotaba que venía del pantano o de algún otro lugar encharcado, pues hacía más de una semana que no llovía. La fresca brisa que soplaba en el exterior le había revuelto el cabello castaño, arrojándole un par de mechones sobre la frente. Su expresión tampoco era precisamente placentera. Los músculos del cuello se le veían atirantados y en su frente había surgido un pliegue hondo que reflejaba una clara inquietud. Pensó Claudia que podría ser atractivo si su gesto fuese otro, pero llamaba la atención precisamente por lo inusitado de su actitud que no parecía guardar relación con la aburrida expresión de cansancio del grupo que le seguía. Quizás fuera el guía de ese grupo, se dijo ella. En ese caso su indumentaria no podía ser más inadecuada porque hubiera sido la apropiada para una cena de gala, no para recorrer las márgenes del pantano precediendo a los turistas y era posible también que el malhumor que reflejaba su semblante obedeciera a que había perdido las reservas de los huéspedes. La curiosidad la impulsó a permanecer junto al mostrador de la recepción y escuchar lo que le decía a Rosario, a la que se dirigió en un tono apresurado y brusco, pero sus palabras no parecían estar acordes con el papel que le había asignado ella.

—¿Ha llegado ya doña Manuela? — le preguntó.

—No, no. Ha llamado desde el hospital para advertirme que se iba a retrasar y que le pidiera a la chica a la que debía entrevistar que la esperara.

Emitió él una especie de gruñido antes de replicar:

—Pues no la he visto en el hospital. Nos habremos cruzado ¿Y esa chica ha aparecido ya?

Le sonrió Rosario claramente cohibida señalándola a ella.

—Sí, está aquí. Le he dicho que se sentara un rato en la cafetería, porque doña Manuela no tardará. También le he dicho que lo de hoy no es lo habitual.

—No, afortunadamente no— admitió él—. ¿Y dónde dice usted que está esa chica?

Sonrió Rosario algo azarada, señalándosela nuevamente.

—Aquí mismo, a su lado.

Se volvió el joven hacia ella por primera vez y, aunque la miró, no pareció verla. Al menos no se fijó en su rostro ni en su bonito chaquetón. Se limitó a señalarle un punto indefinido, o al menos a ella se lo pareció, al tiempo que le decía:

—¿Quiere pasar a mi despacho? Esta mañana todo se complica y no podemos esperar a que doña Manuela regrese, porque puede demorarse horas en salir del hospital. Porque ha quedado con usted, ¿no es así?

Se lo preguntaba dando por afirmativa la respuesta por lo que no se atrevió Claudia a contradecirle.

—Bueno… sí… en realidad yo…

Sin escucharla, la precedió él a largas zancadas por el vestíbulo y luego por un pasillo que comenzaba a la derecha de la recepción para detenerse ante una puerta con un letrero en el que podía leerse: "dirección", por lo que dedujo Claudia que el joven mal encarado tras el que caminaba debía ser el director del hotel y que iba a entrevistarla. Coligió también que sería el hijo del socio de su padre, que ahora compartiría con Manuela las acciones de la compañía.

Acababan de entrar en un ostentoso despacho con las paredes revestidas de librerías de nogal con cantos dorados. A través del visillo blanco que cubría el ventanal se divisaba una piscina de agua azulada bordeada de césped y al fondo unas palmeras se agitaban al compás de la heladora brisa que recorría el jardín. Más allá, el agua del pantano se deslizaba perezosamente bajo un cielo neblinoso. Tomó asiento él tras una desordenada mesa que rebosaba de papeles y le indicó a ella una butaca frente a la misma.

—Bien, usted me dirá— empezó en tono rápido, como si tuviera mucha prisa—. Hemos puesto un anuncio, ya que necesitamos sustituir durante un mes a una de nuestras recepcionistas. Tendría que cumplir usted, junto a otra señora que se llama Ramona, una jornada de ocho horas, de cuatro de la tarde a doce de la noche y tendría libre el fin de semana. El turno siguiente lo hacen dos chicos.

—¿Finalizaría mi trabajo a las doce de la noche? — inquirió ella con voz débil, temiendo que de un instante a otro le soltase él un exabrupto.

Enarcó él las cejas y por primera vez pareció fijarse en ella.

—¿Le parece muy tarde? Es lo habitual, tres turnos en la recepción. Uno de mañana, otro de tarde y otro de noche. Si no le conviene…

—Sí… no… es que no me he explicado bien. Tengo coche, así que puedo volver a Madrid sin problema a esa hora. Es solo que me ha parecido que Rosario tenía el turno de mañana y que yo iba a sustituirla— alegó con pocos bríos—. Como la he visto detrás del mostrador…

—Ha sido únicamente hoy— le aclaró él con aire sombrío—. Hoy ha sido o está siendo un día especial en el que se han producido unos acontecimientos bastante desagradables. Todo está saliendo mal. Por regla general no soy tan antipático.

Parecía esperar que ella lo desmintiera por lo que se esforzó en esbozar una media sonrisa, con la que se le atirantaron dolorosamente los músculos de las mejillas.

—Yo no le he encontrado… no me ha parecido tan antipático.

—¿No?, bueno es igual— dijo él como si estuviera pensando en otra cosa o como si le tuviera sin cuidado lo que opinara ella.

No dejó de extrañarle a Claudia que se sabía guapa y que estaba acostumbrada a que le manifestaran interés los miembros del sexo masculino con los que se relacionaba la indiferencia de él. En ese momento parecía haber recordado algo y se inclinaba hacia Claudia sobre la mesa.

—Doy por hecho que habla usted correctamente inglés.

¿Qué podía contestarle? Como no le pareció oportuno decirle la verdad, le sonrió tímidamente.

—Bueno… sí… me arreglo bastante bien.

—¿Y francés? ¿Y alemán?

El francés también lo chapurreaba y del alemán no tenía la menor idea, por lo que volvió a sonreírle sin contestarle.

—Bueno, es igual, todos los extranjeros suelen entender el inglés. Y supongo que sabe que tendrá que llevar uniforme.

—Sí, sí.

—Y que sustituirá a Rosario solamente durante un mes, el tiempo que tarde en volver de su viaje. ¿Se lo ha dicho ella?

—Sí, sí— repitió.

Le aclaró a cuánto ascendería su sueldo y a pesar de que la cifra no alcanzaba ni tan siquiera a la mitad de lo que cobraba en el museo, volvió Claudia a sonreírle.

—Muy bien.

—¿Y cuándo podría usted empezar? A Rosario le gustaría disponer cuanto antes de unos días libres para ocuparse de los preparativos de su boda, por lo que nos vendría bien que la sustituyera de inmediato. Ramona lleva muchos años con nosotros. Es una mujer muy eficiente con la que estoy seguro de que se llevará bien y que para usted será una gran ayuda, porque le explicará todo lo que necesite saber. ¿Tiene experiencia como recepcionista? ¿Ha trabajado antes en algún hotel?

Empezó a notar Claudia la garganta seca mientras se preguntaba qué debería contestarle, aunque le dio la impresión de que él no esperaba su respuesta y que estaba pensando en otra cosa. Acodado sobre la mesa se movía inquieto en la butaca luchando con los mechones de su cabello que le resbalaban hasta las cejas y que parecían incomodarle, como si se dispusiese a levantarse y a echar a correr hacia la puerta. Llegó por eso a la conclusión de que lo más adecuado sería abreviar en lo posible la entrevista y no responder a sus últimas preguntas. Consecuentemente apuntó:

—¿Qué le parece si empiezo la semana que viene?

Volvió a fruncir las cejas él y la observó con mal disimulado disgusto.

—¿La semana que viene? No. Empiece mañana o a mucho tardar pasado mañana. ¿No comprende que con todo lo que está sucediendo no puedo permitirme el lujo de enfrentarme a más dificultades? Mañana a las cuatro de la tarde espero que ocupe su puesto en la recepción y ahora siga por este pasillo hasta que vea una puerta con un rótulo en el que puede leerse: "privado". Entre y dígale a Herminio que es la sustituta de Rosario para que le haga el contrato. Hasta mañana.

Claramente le estaba indicando que se marchara, por lo que Claudia se puso en pie asiéndose al respaldo de la butaca con unas manos que notó húmedas de sudor.

—¿Y quién es Herminio? — se atrevió a inquirir.

La envolvió él en una sorprendida mirada. Parecía creer que el tal Herminio era un personaje famoso que ella debería conocer, al menos de oídas.

—¿Herminio? Es el jefe de personal. ¿Quién iba a ser? Dígale también que se ocupe de buscarle un uniforme de su talla. Hasta mañana.

Su despedida le sonó a ella como un trallazo, aunque no había levantado la voz ni tan siquiera la miraba. Se había vuelto a medias hacia la ventana y parecía atisbar el balanceo de las palmeras que se agitaban a impulsos del viento. Seguramente sería otra cosa lo que atraía tan poderosamente su atención, pero Claudia no se entretuvo en averiguarlo y salió del despacho para seguir por el pasillo hasta la puerta que su malhumorado jefe le había indicado. Un hombre de unos cuarenta años, bajito y enjuto, con nariz grande y cara de pájaro, se hallaba sentado tras una mesa y dio ella por hecho que se trataría de Herminio. A diferencia del otro, la observó éste con atención cuando tomó asiento frente a él.

—Soy la sustituta de Rosario y vengo a que me haga el contrato— le dijo de corrido.

—¿La envía don Alfonso? — le preguntó él amablemente.

No había llegado a averiguar cómo se llamaba el joven que acababa de entrevistarla y que aparentaba ser el director del hotel por lo que de momento no supo qué contestar.

—Me envía... sí, creo que debe ser don Alfonso, aunque no me ha dicho su nombre. Me ha recibido en un despacho que se encuentra en este mismo pasillo.

—Sí, don Alfonso— admitió Herminio dándolo por hecho—. Es el copropietario del hotel desde que se indispuso su padre y le ingresaron. Le conozco desde que era un chiquillo.

—Trabaja entonces usted en este hotel desde hace mucho tiempo, ¿no es así?

—Sí, mucho. Entré de botones, así que puedes calcular.

La tuteaba como si considerase que la diferencia de edad le confería ese derecho y no se atrevió Claudia a insistir para que puntualizara cuantos años habían transcurrido desde entonces. En su lugar inquirió:

—¿Llegó a conocer al anterior copropietario? ¿Al marido de doña Manuela?

—¿A don Armando? Sí, claro. Fue terrible lo que sucedió. Era una gran persona y un magnífico jefe. Ninguno de los que trabajábamos entonces en este hotel pudimos explicarnos que alguien fuera capaz de hacer lo que hizo, porque todos le apreciábamos. También le apreciaba y mucho don Fabián, el padre de don Alfonso, aunque discutían a menudo. Desde que ocurrió aquello, don Fabián no volvió a ser el mismo. A raíz de la desaparición de don Armando y cuando se recuperó del accidente que sufrió, se encerraba en su despacho y pasaba allí horas enteras sin ocuparse de nada. Si no hubiera sido por doña Manuela que tomó las riendas del hotel nos hubiéramos ido todos al traste. Éste es un negocio complicado que hay que entender y saber manejar. ¿Tienes experiencia como recepcionista?

—¿Yo?, pues… vaciló ella, diciéndose que no podía ser ni la mitad de complicado que su trabajo en el museo en el que catalogaba piezas muy antiguas, incluso milenarias—. Precisamente como recepcionista, no, pero no creo que sea muy difícil. Todo consistirá en inscribir al huésped en el ordenador y en entregarle la llave de su habitación, ¿no es eso?

Herminio le sonrió divertido.

—Bueno, sí. Tienes que tratar además de ser muy amable, aunque algunos son muy pesados, de pedirle un taxi cuando lo necesiten, de explicarles cómo llegar al lugar que pretendan visitar… En fin, de resolverle los problemas que les surjan hablando con ellos en el idioma de su país. ¿Cuántos idiomas hablas?

Se encogió Claudia de hombros y Herminio volvió a sonreírle como si adivinara que únicamente dominaba el español.

—Estoy seguro de que cumplirás a la perfección con tu trabajo y que los huéspedes te echarán de menos cuando regrese Rosario. Y ahora vamos a ponernos con tu contrato y luego buscaremos un uniforme que te quede bien. Te habrás dado cuenta de que consiste en un traje de chaqueta gris marengo con una blusa blanca, medias negras y zapatos de tacón alto. Muy profesional y muy favorecedor. A ti te quedará de miedo.

Se había quedado observándola complacido, aunque con la expresión de un abuelo que mira enternecido a una nieta guapa, pero de improviso frunció el ceño y la examinó con atención.

—¿Habías venido anteriormente a este hotel?

—¿Yo?, no, claro que no. ¿Por qué lo pregunta?

—Porque tu cara me resulta conocida. Esos ojos tan grandes y tan verdes que tienes… me recuerdan… sí a los de una chica que pasó aquí dos noches, pero fue hace mucho tiempo. Fue cuando ocurrió aquello.

Respingó imperceptiblemente Claudia. Sin duda se estaba refiriendo a su madre, pero procuró permanecer impasible.

—¿De qué me está hablando?

—De lo que le sucedió a don Armando, pero no me hagas caso y vamos a hacer tu contrato. Tu llegada ha sido lo único bueno que nos ha traído el día de hoy.

Pensó Claudia que sería oportuno que tratara de averiguar por medio de él qué había ocurrido esa mañana. Habían aludido a ese desastre Rosario y también don Alfonso, pero sin aclararle en qué había consistido.

—¿Es que ha pasado algo? Todas las personas con las que he hablado han hecho mención a una calamidad. ¿No puede decírmelo usted?

Desvió Herminio la mirada de su rostro para fijarla en un punto de la pared pintada de color crema que tenía frente a él. Su pálido rostro surcado de arrugas profundas se había contraído en un rictus duro. Luego la desvió para clavarla pesarosamente en su rostro.

—Ha tenido lugar esta mañana a eso de las nueve. Los extranjeros madrugan más que nosotros y una pareja de daneses de mediana edad, aficionados a navegar, han bajado al pantano y han alquilado una motora en el embarcadero.

—Sí, ¿y qué?

—Que han chocado de frente con otra que venía en sentido contrario tripulada por unos chicos muy jóvenes y muy inconscientes. Por la colisión se han caído todos al agua que, como puedes suponer, en esta época del año está helada. Todos sabían nadar, pero iban muy abrigados y la ropa mojada pesa mucho por lo que apenas si han conseguido dar un par de brazadas y han terminado por agarrarse a los restos de la motora. Los ha salvado la Guardia Civil que los ha llevado al hospital de Brunete donde el matrimonio danés ha ingresado con hipotermia que probablemente desemboque en una pulmonía. A los cuatro chicos no les ha pasado nada, o eso parece. Para colmo, la motora se ha hundido y ahora están intentando rescatarla. Don Alfonso ha ido a visitarlos al hospital y doña Manuela también, aunque algo más tarde. Supongo que de ese accidente darán cuenta todos los noticiarios. Los periódicos y la televisión.

—¿Y eso puede perjudicar a este hotel? — inquirió Claudia sin comprender.

—Sí. Tratamos de dar la imagen de que se halla en un paraíso, próximo a un pantano donde se puede navegar en toda época y en verano darse un buen baño tan agradable como en una playa, pero de un paraíso seguro donde nada malo puede ocurrir. Lo que le sucedió a don Armando ya fue para el hotel un rudo golpe entonces.

—¿Dejaron de venir los huéspedes?

—Pues incomprensiblemente, no, sino más bien al contrario. Nos llovieron las reservas. Un sinfín de curiosos se alojó aquí a raíz del suceso husmeando por el embarcadero y por nuestras instalaciones como si pretendiera emular a Sherlock Holmes. Algunos, pertrechados con equipos de buceo, incluso se lanzaron al agua buscando el cuerpo de don Armando y luego vendieron a los medios la exclusiva. Este hotel se hizo tristemente famoso. O mejor aún, se hizo macabramente famoso. Y ahora que aquello se había olvidado…

—Un accidente puede ocurrir en cualquier parte y no tiene comparación posible con un asesinato, si es que lo fue— objetó Claudia contemplándole compadecida—. Los daneses se recuperarán de su catarro y los gamberros aprenderán a comportarse mejor y dejarán de hacer tonterías. No se preocupe usted que ese asunto no es tan grave.

Una sonrisa pálida distendió las pálidas facciones del hombre.

—Ojalá sea así. Vamos a dejar de lamentarnos y a rellenar los datos de tu contrato. Por fortuna es un impreso. Y ya sabes, mañana preséntate a las cuatro y sé puntual. Ahora puedes bajar al sótano para que Begoña, que se ocupa de los uniformes, te dé uno de tu talla.

—Gracias por todo.

—No las merece. Y recuerda que tienes que ser puntual. A doña Manuela le incomoda mucho que el personal llegue tarde.

—CAPÍTULO IV—

La tarde siguiente se presentó Claudia en el hotel a las cuatro en punto y en cuanto se mudó de ropa y se puso el uniforme que le había dejado preparado Begoña subió al vestíbulo y se encaminó hacia el mostrador de la recepción, tras el que se hallaba una mujer de mediana edad, alta, grandota, guapa, muy pintada y bastante llamativa, que hablaba por el móvil. Parecía estar muy agitada, lo mismo que el camarero que podía ver en la cafetería al fondo del pasillo que tenía enfrente. Corría de un lado para otro sin atender a los ocupantes de una de las mesas que le llamaban, de idéntica forma que el chico que cargaba con las maletas de los huéspedes para subírselas a su habitación. Deambulaba atolondradamente por el vestíbulo arrollándolo todo a su paso y tropezó con ella, con la que ni tan siquiera se disculpó. Estaba pendiente al parecer de lo que hablaba la recepcionista por teléfono y terminó por acodarse en el mostrador aguardando a que terminara la conversación que mantenía con su invisible interlocutor para que le informara sobre algo que le tenía sumamente inquieto.

Por su aspecto y por lo que le había comentado el director, supuso Claudia que la recepcionista llamativa sería Ramona, por lo que se dirigió hacia ella y se situó a su lado en silencio, con la mirada fija en la puerta de cristales por donde esperaba ver aparecer nuevos huéspedes a los que atender y a los que asignar habitaciones. Su compañera seguía hablando, pero con un diálogo entrecortado que no permitía entender lo que estaba diciendo, lo que impacientó al chico de las maletas, que estaba sobre ascuas y que terminó por dirigirse a ella, después de parpadear como si no se hubiera fijado en ella antes y tratara de enfocarla bien.

—¿Eres nueva?

—Sí, sustituyo a Rosario hasta que vuelva de su viaje.

—¿Y te has enterado de algo?

—¿De algo? ¿A qué te refieres?

—De lo que ha sucedido esta mañana en el pantano, ¿te has enterado?

Apoyado en el mostrador la miraba fijamente esperando su respuesta. Era poco más que un chiquillo y tenía un rostro despierto y pecoso en el que podía leerse lo nervioso que estaba. No le pareció a Claudia que el accidente que había tenido lugar el día anterior en el pantano justificase la ansiedad que traslucía, pero no sin cierta extrañeza le contestó:

—Sí, me lo ha contado Herminio, pero ocurrió ayer, no hoy, y creo que no debemos preocuparnos demasiado. Los han sacado del agua y aunque en esta época estará muy fría seguramente será cosa de unos días.

—¿Tú crees? — inquirió el chico enarcando incrédulamente sus rojizas cejas, del mismo color que su cabello.

—Sí, claro que sí. Antes era un asunto muy grave, pero afortunadamente la medicina ha avanzado mucho.

La observó él con curiosidad y meneó dubitativamente la cabeza.

—Puede que sí, pero han llamado al juez y al forense y por lo que tengo entendido en la autopsia suelen emplear varios días.

Parpadeó Claudia confusa.

—¿La autopsia? ¿Es que se han muerto los daneses?

Se rascó él el cogote sin dejar de observarla atentamente.

—¿Los daneses? No sé si era danés. ¿Cómo lo sabes tú?

—¿Yo? Me lo ha dicho Herminio.

—¿Y cómo lo sabe él? Por lo que he oído no llevaba ropa alguna ni nada que pudiera identificarle.

Acababa de colgar Ramona el teléfono y debió de llegar el chico a la conclusión de que era ésta una interlocutora más fiable que Claudia, porque la dejó con la palabra en la boca y se apresuró a dirigirse a la otra.

—¿Qué? ¿Hablabas con don Alfonso?

—Sí.

—¿Y qué te ha dicho?

—Que lo van a llevar a las Rozas, al Instituto de Toxicología. Él y doña Manuela están con la Guardia Civil en el pantano. Ya ha llegado el juez y el médico que lo ha reconocido.

—¿A quién ha reconocido? — trató Claudia de averiguar sin entender lo que decían. Al parecer sabían los dos algo que ella ignoraba y cuya ansiedad compartía el personal del hotel que tenía ante su vista, pues todos manifestaban la misma desazón.

—Al cadáver— repuso Ramona volviéndose hacia ella—. Al rescatar la motora, la Guardia Civil ha sacado también del agua una brazada de follaje y de palos que se había enganchado a la hélice y a la que estaba adherida un esqueleto en muy mal estado, que según el forense perteneció a un hombre. Están esperando el furgón de la funeraria para trasladarle al Instituto de Toxicología y practicarle la autopsia.

Al oírla sintió Claudia una dolorosa punzada en su interior. Aunque fuera absurdo había mantenido la esperanza de que Armando estuviese vivo y que por alguna razón se hubiera ocultado en alguna parte durante todos aquellos años. No le había conocido, pero le había idealizado e incluso le había querido. Sintió de improviso que las piernas no la sostenían y que el suntuoso vestíbulo en el que se hallaba giraba a su alrededor. Se asió como pudo al mostrador y cerró los ojos, pálida como la cera.

—Pero ¿qué te ocurre, muchacha? — se alarmó Ramona—. ¿Te ha impresionado lo que he dicho? Todos estamos hoy trastornados por el suceso y por las consecuencias que puede tener para el hotel, que, en cierto modo, es como nuestra segunda casa, pero tú... bueno, a ti no debería afectarte tanto—. Se dirigió a continuación al chico—. Ayúdame Tomy. Vamos a sentarla en una silla y a darle aire.

Tras el recinto de la recepción había una puerta que daba acceso a un despachito y entre los dos la transportaron en volandas hasta éste y la acomodaron en una butaca. Luego Ramona le dio aire con unos papeles que cogió de la mesa, secundada por Tomy que intentó hacer lo mismo con mucha mayor torpeza.

—¿Qué pasa? ¿Es que te asustan los muertos? — le preguntó este último cuando la vio abrir los ojos—. Puedo asegurarte que son menos peligrosos que los vivos. Ese esqueleto pertenecerá a alguien que se ahogó en el pantano hace tiempo sin que se encontrara su cuerpo después. Ahora su familia le identificará y por muy trágico que le resulte el descubrimiento y por mucho que le duela confirmar los peores augurios sobre la desaparición de ese hombre, podrá al fin descansar en paz. Deberíamos alegrarnos por esas personas, ¿no crees?

—Sí, claro— musitó débilmente Claudia.

Notaba la mente confusa, mientras se preguntaba si tendría razón Tomy al asegurarle que ella debería alegrarse de que hubieran rescatado el esqueleto del pantano. Porque no sentía ningún tipo de satisfacción, sino al contrario. Experimentaba más bien la sensación de que le hubieran arrojado un cubo de agua fría sobre su cabeza que hubiera acabado con unas ilusiones que no se sostenían pero que había alimentado, porque le hacían sentirse bien. Quizás había esperado sin saberlo reencontrarse un día con Armando y que él le dijera que le habían secuestrado y que milagrosamente había conseguido liberarse. Cualquier cosa, antes que enfrentarse con la cruda realidad de que todos esos años había permanecido sumergido en el pantano, enredado entre matojos, mientras su madre se preguntaba por qué razón no se habría reunido antaño con ella en la habitación 421 del hotel para lo cual le había entregado la llave. Una llave que había conservado mientras vivió y que quizás ahora se encontrase entre sus cosas en el piso en el que vivía.

Pero quizás ese esqueleto no fuera el de él, se dijo pretendiendo animarse. Parecía demasiada casualidad que el mismo día en el que ella ponía en marcha el plan que había ideado para averiguar lo que le había sucedido, apareciesen los restos mortales de éste enganchados a la motora en la que los daneses habían volcado. Había proyectado entrar a formar parte del personal que prestaba sus servicios en el hotel con la intención de averiguar lo que le había ocurrido veintitrés años antes, pero no esperaba obtener una respuesta tan repentina y al mismo tiempo tan trágica. Aunque sabía que la esperanza de que aún estuviese vivo era muy remota, no la había desechado por completo. Claro que aún cabía la posibilidad de que el esqueleto que había sacado del agua la Guardia Civil perteneciese a un extraño que se hubiera bañado en el pantano y se hubiera ahogado y no a su padre.

—¿Y cómo le van a identificar? — le preguntó al chico, defendiéndose con una mano de los papeles con los que Ramona le daba aire y haciendo el esfuerzo de ponerse en pie— Sin ropa y sin ningún documento encima…

—Por el ADN— repuso Tomy con suficiencia—. Tengo entendido que en los huesos y en los dientes del difunto siempre quedan restos de ADN. Mediante esa prueba averiguaran quien era y por la autopsia probablemente también la causa de su muerte.

En ese momento se abrió paso a través de la puerta de cristales giratoria una vistosa rubia con una cuidada melena ondulada, que Claudia identificó como doña Manuela, por lo que se puso en pie en el acto y salió al recinto de la recepción. Era alta, con una figura que se adivinaba estilizada bajo el abrigado chaquetón marrón con capucha de piel y los pantalones oscuros que vestía. No aparentaba más de cuarenta años, pero cuando se le aproximó y vio de cerca su rostro, Claudia le añadió diez más. Sin duda era a Ramona a la que pretendía dirigirse, pero al reparar en ella parpadeó perpleja.

—Es la sustituta de Rosario— le aclaró Ramona en respuesta a su muda pregunta—. Ha empezado esta tarde. Se llama Claudia.

La observó la rubia con atención y la curiosidad asomó a sus ojos claros perfilados con un grueso trazo negro y con las pestañas cargadas de rímel.

—Nos hemos visto antes, ¿verdad? — le preguntó analizando atentamente sus facciones.

Se apresuró Claudia a negarlo.

—No, no lo creo. No había venido antes a este hotel ni tampoco al pueblo. Mucha gente me dice al conocerme que les recuerdo a otra persona. Debo de tener una cara muy corriente— dijo atropelladamente notando que empezaba a sudar de puro nerviosismo ante su atento escrutinio.

La rubia siguió mirándola, ahora con más disimulo.

—No sé— murmuró débilmente—. Me recuerda usted…Yo diría que es el calco de aquella mujer que… Fue hace mucho tiempo, pero no he olvidado su cara y así, a primera vista, aseguraría que es usted exactamente igual que ella, con sus mismos ojos, aunque es obvio que no es posible que sea la misma persona, porque en el presente rondaría los cincuenta años y usted es muy joven. Quizás sea pariente de ella. ¿Cómo se llama de apellido?

—Valero. Me llamo Claudia Valero— repuso con voz débil, omitiendo darle a conocer el segundo.

Frunció los labios la rubia denotando cierto desconcierto, pero se recuperó inmediatamente para adoptar el papel de jefe que le correspondía. Aun así, en sus movimientos podía advertirse cierta lasitud, como si la sorpresa la hubiera privado de sus acostumbradas energías.

—Sí, ya recuerdo que había quedado ayer en entrevistarla, pero me fue imposible por un desgraciado incidente que sufrieron unos huéspedes— le comentó—. Supongo que habrá sido informada de que su contrato de trabajo abarca únicamente el período en el que Rosario permanecerá ausente por su boda. ¿Se lo han explicado bien?

Notó Claudia el antagonismo que latía en el tono suave de su voz. Un matiz casi inaudible, conforme se iba recobrando del impacto que le había producido encontrarse de frente con la vívida imagen de un recuerdo que segundo a segundo se iba haciendo más tangible. Encerraba una velada advertencia que seguramente Ramona, que asistía en silencio a la conversación, no habría detectado. Solía Claudia caerle bien a la gente a primera vista. Era joven y bonita, con unos grandes ojos verdes que destacaban en su moreno semblante y que sorprendían por lo inusuales, pero había oído decir que los sentimientos de los seres humanos eran recíprocos y en el caso de doña Manuela y de ella era evidente que ese aserto se cumplía.

—Sí, Herminio me lo ha explicado— repuso con aire modoso, abatiendo los párpados para que doña Manuela no pudiera leer en su mirada el rencor que le inspiraba.

Intervino en ese momento Ramona en la conversación para dirigirse a la otra, lo que a Claudia le supuso un alivio.

—¿Ha averiguado algo la Guardia Civil sobre la identidad del hombre, cuyo esqueleto ha sacado del agua? —le preguntó adelantándosele a Claudia para dejarla a su espalda con un inconsciente ademán protector.

—No, aún no. El forense mascullaba algo por lo bajo cuando ha reconocido el cadáver. Se ha puesto en cuclillas a su lado, le ha hecho fotografías y ha tomado notas en un cuaderno que llevaba. Aunque hablaba como para sí mismo, le he oído.

—¿Y qué decía?

—Le decía al juez que mostraba una hendidura en el cráneo propia de haber sido agredido con un objeto contundente que probablemente le hubiera ocasionado la muerte, pero que había que esperar al resultado de la autopsia. Es curiosa la tranquilidad con la que se toman su profesión, porque a mí me ha parecido una escena de lo más desagradable a la que no he tenido más remedio que asistir, aunque a cierta distancia, porque la Guardia Civil ha acordonado la zona, pero que de haber podido la habría evitado. Don Alfonso en cambio sigue allí abajo intercambiando impresiones con él y con el juez. No cabe duda de que los hombres tienen mucha menos sensibilidad que nosotras.

Se pavoneaba al comentárselo a Ramona mesándose su rubia melena y Claudia la observó con atención. Dudaba mucho de que esa mujer poseyese la sensibilidad de la que alardeaba. De haber tenido alguna no habría echado a la calle a su madre muchos años antes del piso del Paseo de Rosales, al encontrarla allí con su bebé. Para entonces ya se había divorciado de Armando, por lo que no tenía sobre esa casa el menor derecho. ¿Sería Manuela la que al enterarse del pronunciamiento de la sentencia le habría abordado en la orilla del pantano y le habría asestado en la cabeza el golpe que le había matado? Así, si nadie llegaba a enterarse de la existencia de esa sentencia, heredaría sus bienes, como efectivamente había sucedido. Decidió averiguar algo por Ramona en cuanto la otra se marchara. Se despedía ya de su compañera con el aire de una reina que se rebaja a conversar con una empleada, ignorando a Tomy que las había escuchado en silencio y que se alejaba ya para cogerle las maletas a una pareja que acababa de trasponer la puerta giratoria. Manuela caminaba ahora hacia el comienzo del pasillo que conducía al despacho del director y probablemente al del suyo propio y Claudia decidió aprovechar la ocasión para sonsacar con disimulo a Ramona.

—Es una mujer muy guapa— le dijo señalándola con la barbilla.

—¿Quién? — inquirió la otra, poco propicia a chismorreos, paseando su mirada por el vestíbulo.

—Doña Manuela. ¿No cree usted que es muy guapa?

—Tutéame— le pidió la otra sin contestar a su pregunta—. Somos compañeras y aunque podía ser tu madre, me gusta pensar que no represento la edad que tengo.

Fingió Claudia que no la aparentaba, aunque recordaba que se lo había comentado el director.

—¡Bah!, estás muy bien. ¿Llevas muchos años en este hotel desempeñando este trabajo?

—Sí, muchos años, siempre en el mismo turno.

—Ya, debe de ser muy cansado.

—Sí que lo es. Cuando me jubile, me dedicaré a viajar, a ver museos, a recorrer tiendas y a darme la gran vida. Aunque seguramente echaré esto de menos— reconoció con una sonrisa pálida en la que podía apreciarse algo de nostalgia, siguiendo con la vista a Tomy que estaba entrando con las maletas y con la pareja en el ascensor.

—Porque aquí habrás visto de todo— apuntó Claudia con la intención de dirigir la conversación al punto que le interesaba.

—Sí— reconoció Ramona—. En un hotel ves entrar y salir a un sinnúmero de personas diferentes y situaciones muy diversas... parejas recién casadas, matrimonios ancianos celebrando el aniversario de sus bodas.... Incluso atracadores de bancos disfrutando del importe del botín que sustrajeron y de lo que más tarde te enteras por el periódico.

No era ninguno de esos temas lo que a Claudia le interesaba comentar. Tuvieron las dos que atender en ese momento a un grupo de huéspedes holandeses que acababan de llegar y con los que se entendió Ramona en inglés sin ninguna dificultad. A ella le fue traduciendo por lo bajo lo que le decían y recomendándole lo que debía hacer y cuando al fin se dirigieron al ascensor con la llave dorada que abría la puerta de las habitaciones que les habían asignado en la mano, intentó retomar la conversación en el punto en el que lo habían dejado.

—Y ese esqueleto que ha rescatado la Guardia Civil en el pantano. ¿Recuerdas que algún huésped desapareciera hace tiempo y que pudiera haberse ahogado?

Tardó la otra en contestarle. Había desviado la mirada hacia la puerta de cristales y permanecía inmóvil, como si estuviera reviviendo unas imágenes que solo ella conservaba en la retina.

—No recuerdo que ningún huésped desapareciera del hotel— murmuró evasivamente—. Bueno, sí. En una ocasión unos jóvenes se marcharon por la noche sin pagar, pero la policía les encontró enseguida y....

—No me refería a eso— la interrumpió Claudia—. Te preguntaba por la identidad del esqueleto que han sacado del agua esta mañana. ¿Podría ser el de alguien que hubiera trabajado en el hotel o que se hubiera alojado aquí y que pudiera haberse ahogado?

Dejó escapar Ramona un cansado suspiro.

—No lo sé, aunque…. Pero fue hace mucho tiempo. Era verano entonces y ese día hacía un calor horroroso, aunque aquí en el vestíbulo no se notaba gracias al aire acondicionado. Yo tenía entonces una compañera que ya se jubiló y que se llamaba Martina y vi que salían de la cafetería los dos.

—¿De quién me estás hablando?

—De don Armando y de don Fabián. Eran socios y los dueños del hotel. Se apreciaban mucho, pero también se peleaban a menudo. Seguramente esa tarde habían quedado en resolver algo y eligieron la cafetería como el lugar adecuado para discutirlo. Generalmente lo hacían en el despacho de uno de los dos. El de don Armando lo ocupa ahora doña Manuela, que era su mujer.

—Tenía entendido que esos dos se habían divorciado— apuntó Claudia con expresión inocente.

—¿De dónde te lo has sacado? — refunfuñó Ramona sorprendida—. Desde luego, por aquel entonces se habían distanciado mucho, pero no tenía noticias de que hubieran acudido al juzgado para poner fin a su matrimonio. Si hubiera sido así, la discusión de los dos socios carecería de sentido.

—Bueno, es igual— admitió condescendientemente Claudia deseando volver al punto de la conversación del que se habían desviado—. Me estabas diciendo que don Armando y don Fabián habían tomado asiento en una mesa de la cafetería y que cuando salieron parecía que iban discutiendo.

—Sí, oí como don Fabián le gritaba a don Armando que no estaba dispuesto a consentir algo que el otro le había propuesto o que le había exigido. Estaba rojo de ira. Los dos salieron del hotel apresuradamente. A través de la puerta giratoria vi que se dirigían al aparcamiento hablándose a voces y luego distinguí sus coches camino del pantano. El que más gritaba era don Fabián. Don Armando, aunque también estaba furioso, parecía haberse puesto a la defensiva. Les oí decir…

Se había interrumpido a mitad de la frase y Claudia trató de que la terminara.

—¿Qué es lo que decían?

Se volvió Ramona hacia ella con la evidente expresión de que acababa de darse cuenta de que estaba hablando de más. Se había llevado una mano a su larga y ondulada melena negra y había fruncido la boca, pintada de un color rojo intenso, para decir:

—Estoy chismorreando y no está bien hablar mal de los muertos— musitó con aire de culpabilidad.

—Eso depende— contemporizó Claudia— A veces resulta práctico y en este caso puede servir para precisar por qué desapareció don Armando.

—¿Cómo sabes que desapareció?

—Porque me lo dijo ayer Herminio— mintió la chica con toda frescura— Me dijo que encontraron su coche hundido en el pantano, pero que no se ha hallado después el menor rastro de él.

—Es cierto.

—Pero me estabas contando que oíste lo que decían. ¿Qué decían?

Sin contestar se sonó sonoramente Ramona con un pañuelo de papel que extrajo del bolsillo de su chaqueta.

—No sé si debo decírtelo.

—¿Por qué no? No conocí a ninguno de los dos. Voy a trabajar como recepcionista en este hotel solamente un mes y probablemente cuando vuelva Rosario me marche a Norteamérica. ¿A quién se lo voy a contar? Además, sé guardar un secreto.

—¿De veras?

—Y tan de veras.

—Bueno, pues por lo que escuché, me pareció que doña Manuela se había enredado con don Fabián y que don Armando le estaba pidiendo cuentas.

—¡Ah! — musitó Claudia que no esperaba eso, por todo comentario.

—Pero quizás les entendiera mal, porque en ese caso no tendría explicación lo de aquella chica— continuó Ramona.

—¿De qué chica me hablas?

—De una que llegó aquella tarde al hotel y que no se acercó al mostrador de la recepción a pedir que le asignáramos Martina o yo una habitación. Parecía tener la llave, porque se dirigió en línea recta hacia el ascensor, pulsó el botón de la cuarta planta y pasó la noche en la suite de don Armando, en la 421.

—¿Cómo lo sabes?

—Porque me lo comentó Rosa, la gobernanta, que entonces era la camarera de esa planta. Pasó en esa habitación sola toda la noche y el día siguiente. Cuando se levantó a la mañana siguiente, bajó aquí, a la recepción, cuando la Guardia Civil nos estaba informando de que había aparecido el coche de don Armando en el pantano. Era una chica muy bonita con unos ojos verdes muy grandes y muy brillantes. Sufrió un desmayo al enterarse y cuando se recuperó subió a por su equipaje y se marchó sin pagar—. Repentinamente respingó y clavó los ojos en el rostro de la muchacha que tenía al lado, abriendo mucho los suyos y observándola con asombro—. Yo diría… — musitó en voz muy baja—. Yo diría que se parecía mucho a ti.

Dejó escapar Claudia una risita floja disimulando su inquietud.

—¿También me parezco a esa chica? Doña Manuela me acabo de encontrar similitud con otra que conoció hace tiempo. Debo de tener una cara muy vulgar.

—Nada de eso.

—Bueno, es igual. Continúa. ¿Qué es lo que no tendría explicación?

—Que, como te he dicho, don Armando y doña Manuela estaban por aquel entonces muy distanciados y todos pensamos que él tenía un rollo con esa chica, con la de los ojos verdes. No nos extrañó demasiado, porque doña Manuela es y era un poco especial. Lo raro es que se enfureciera de ese modo con don Fabián por haberse liado con doña Manuela, si a su vez él estaba enrollado con esa otra.

Había fruncido dubitativamente sus gruesos labios y seguía con un dedo una veta más oscura del mármol blanco del mostrador de la recepción, cuando comentó como para sí:

—Bueno, no lo sé. Los hombres son muy diferentes a las mujeres. Puede que no soportara él a su mujer, pero que tampoco admitiera que le estuviera engañando con otro. Por aquello del amor propio, supongo.

—Y piensas que se peleó con don Fabián por esa causa.

—Sí.

—Que llegaron los dos hasta el pantano, que don Armando no regresó al hotel y que esa chica de los ojos verdes se presentó buscándole y que le estuvo esperando en su habitación.

—Sí— admitió Ramona—. Pero bueno, te he contado todo esto porque… no estoy segura, pero podría ser que el esqueleto que han encontrado fuese el de don Armando, ¿comprendes'

—Sí, claro, pero si llegaron a las manos los dos a orillas del pantano, don Fabián le atacó con una piedra y luego le tiró al agua, sin olvidar arrojar también su automóvil con un pedrusco sobre el pedal del acelerador, ¿cómo es que no le detuvo la Guardia Civil?

—¿Cómo sabes que encontraron el coche con una piedra sobre ese pedal? — inquirió Ramona observándola con sospecha.

—Porque me lo contó anoche Herminio— volvió a mentir Claudia, reprochándose mentalmente por haberse ido de la lengua.

—Entonces sabrás también que a don Fabián le encontraron a la mañana siguiente en el mismo lugar en el que se había hundido el coche de don Armando, inconsciente y con una brecha en la cabeza, así que no pudo ser él el que agrediera al otro. Más bien sería otra persona la que les atacó a los dos.

Vieron en ese momento detenerse un taxi frente a la puerta de cristales y de él bajaron dos parejas que poco después se acercaron a la recepción. Parecían árabes y hablaban un inglés bastante incorrecto, pero Ramona se entendió con ellos sin ninguna dificultad y cuando les entregó las llaves de sus habitaciones y los huéspedes se alejaron camino del ascensor se volvió hacia ella y dejó escapar un hondo suspiro.

—Se me olvidaba hacerte una advertencia y es una cosa muy importante. Al menos lo era para don Fabián y supongo que lo será ahora para su hijo.

—¿A qué te refieres?

—A la habitación 421. Está en la cuarta planta y es una suite que se reservaba en exclusiva don Armando para dormir en ella, cuando se le hacía tarde para regresar a Madrid.

—Sí, ¿y qué?

—Que no se te ocurra asignársela a ningún huésped. Está cerrada, clausurada. Don Fabián lo decidió así cuando desapareció don Armando. Ya te he dicho que se quedó destrozado cuando volvió en sí y se enteró por la Guardia Civil de que probablemente su socio se habría ahogado y estaría en el fondo de la ciénaga enganchado en algún tronco de árbol, lo que no le permitía salir a la superficie del agua. Y digo que se enteró, porque del golpe que recibió en la cabeza se quedó como alelado. Se empeñó en que don Armando iba a volver y decidió mantener la habitación fuera de servicio. Te lo comento, porque a partir del comienzo de la primavera solemos tener un lleno total y algunos viajeros no se resignan a recibir una negativa cuando les decimos que no quedan habitaciones libres. Por pesados que se pongan no se te ocurra darles la 421. ¿Está claro?

—Clarísimo. Además, yo no estaré aquí en primavera— le recordó Claudia.

—¡Ah!, claro, tienes razón, pero te lo advierto por si acaso.

—¿Y don Alfonso mantiene esa decisión de su padre?

—Sí, don Fabián está… está ingresado en una clínica y el hijo se ha hecho cargo del hotel desde entonces. Venía a menudo en aquella época. Era entonces un chiquillo de unos siete u ocho años, pero era ya muy alto y parecía mucho mayor. Era verano cuando sucedió aquello y como estaba de vacaciones dormía en la salita de la suite de don Fabián. En cuanto se levantaba, bajaba corriendo hacia el pantano y pasaba allí el día observando cómo los buzos lo rastreaban. Hasta la fecha no ha cambiado nada y ha seguido al pie de la letra las directrices de su progenitor con la única diferencia de que no se lleva muy bien con doña Manuela, aunque mantiene las apariencias. Incluso en ocasiones hasta comen juntos. Los dos viven en Madrid y ella suele marcharse a eso de las ocho de la tarde. Él acostumbra a hacerlo más tarde.

—¿Y la mujer de don Fabián también dormía en el hotel cuando desapareció don Armando?

Sostuvo Ramona su mirada sin pestañear y luego hizo un ademán negativo.

—No. Él es viudo. Su mujer murió hace años.

Una nueva afluencia de clientes estaba a punto de atravesar la puerta de cristales y se interrumpió ella sin acabar la frase, por lo que Claudia se apresuró a preguntarle:

—¿Y quién limpia la habitación 421? Supongo que se mantendrá arreglada.

Volvió a menear Ramona la cabeza en sentido negativo.

—No, supones mal. Desde que desapareció don Armando, solo don Fabián entraba en ese cuarto con Rosa, ella con un aspirador y él con un plumero y aún así lo hacían muy de cuando en cuando. Desde que le ingresaron a él en la clínica en la que aún se encuentra, ha permanecido cerrado, supongo que acumulando polvo.

—¿Don Alfonso no ha tomado el relevo de su padre a ese respecto?

—¿Lo que me preguntas es si sube él a limpiarla con Rosa?

—Sí.

—Pues no, hasta la fecha no. La llave de esa puerta, la guarda él en su despacho, pero que yo sepa no ha entrado en esa habitación. Eso al menos me ha dicho la camarera de esa planta.

—¿Y cómo lo sabe ella? — inquirió Claudia con curiosidad.

Ramona se echó a reír y luego se mordió los labios como si estuviera dudando en aclarárselo. Finalmente se decidió.

—Verás, es bastante sencillo. Esa camarera, que se llama Toñi, adhirió con un papel celo el bajo de la puerta a la moqueta y todos los días comprueba que continúa pegado en el mismo lugar. Si hubiera entrado alguien en la habitación, el adhesivo se habría soltado, ¿comprendes?

Esbozó Claudia un gesto condescendiente.

—Sí, claro. Lo que no entiendo es que la camarera le dé tanta importancia a ese asunto. ¿Qué más dará? Imagino que esa habitación será igual a otras muchas y que a lo sumo conservará algún recuerdo de don Armando. ¿No crees?

—No lo sé. La vi hace mucho tiempo y efectivamente no tenía entonces nada de particular. Una cama ancha, un armario empotrado, un balcón que da al jardín y a la piscina, un cuarto de baño con las paredes de mármol y una salita con televisor, contigua al dormitorio y separada de él por una puerta corredera. Nada de particular, pero insisto en que no olvides que está fuera de servicio.

—Descuida, no lo olvidaré.

Se apoyó Ramona con ambos brazos en el mostrador como si estuviera cansada. Disponían las dos de banquetas altas similares a las de los bares para permanecer sentadas en los escasos minutos en los que no tenían que atender a nadie y debió de recordarlo en ese momento porque se encaramó a una de ellas y suspiró.

—¿Dónde vives tú? — le preguntó—. ¿En el pueblo?

—No, en Madrid. Tengo coche, así que en cuanto terminemos nuestro turno y nos sustituyan los dos chicos a los que les corresponde el de la noche, me marcharé carretera adelante.

—Entran ellos a las doce— le recordó.

—Sí, ya lo sé.

—Puedes cenar antes en el oficio de servicio, anexo a la cocina. Yo lo haré a continuación. Me preocupa el horario y que salgas tan tarde.

Claudia se encogió de hombros.

—¿Por qué? Ya soy mayorcita, conduzco bien y casi todo el trayecto es autovía. ¿Qué es lo que te preocupa?

La envolvió Ramona en una mirada que no supo interpretar.

—No lo sé. Se me ha removido algo por dentro al verte por primera vez. Es una tontería, pero es que te pareces tanto a aquella chica… A la chica de los ojos verdes. Fue la última que ocupó la habitación 421 y… no sé. No me hagas caso.

—CAPÍTULO V—

Estaba cansada Claudia del trajín que suponía el continuo entrar y salir de los huéspedes del hotel pidiéndoles un mapa de las cercanías, un coche de alquiler o información sobre cualquier otra cosa, por lo que cuando al fin vio en su reloj de pulsera que las agujas estaban a punto de marcar las doce de la noche aguardó con impaciencia la llegada de los dos chicos que iban a sustituirlas para comenzar el siguiente turno.

Éstos aparecieron por fin. Eran jóvenes y venían comentando algo aparentemente nerviosos, pero cuando advirtieron que en lugar de Rosario se hallaba tras el mostrador de recepción otra chica bastante más atractiva, se le aproximaron al instante para saludarla sin la menor timidez. Se desenvolvían con soltura, cualidad sin la cual evidentemente no hubieran sido contratados para el puesto que desempeñaban en el hotel.

—¿Eres la sustituta de Rosario? — le preguntó el más alto, un muchacho de unos veintitantos años, de cabello muy rubio, ojos azules y tez pálida y sonrosada. Tenía aspecto de extranjero y hablaba con un ligero acento que Claudia no supo identificar—. Me llamo Joaquín— añadió mientras pasaba al recinto donde se hallaban ellas, atravesando el escaso espacio disponible entre el mostrador y la pared.

—Pero le llamamos Joachim, que es como le pusieron en la pila, porque sus padres son alemanes— le aclaró el otro, que era algo más bajo y muy moreno, siguiéndole e introduciéndose también tras el mostrador—. Yo me llamo Roberto. ¿Y tú?

—Claudia. Estaba deseando que aparecierais. Es mi primer día y estaba cansada de permanecer tantas horas de pie, así que voy a bajar a cambiarme y me marcharé enseguida. La cama me está llamando a gritos.

—Pues si estás cansada tú, imagina cómo estaremos nosotros mañana por la mañana— bromeó el otro—. Toda la noche sin pegar ojo, porque los huéspedes de este hotel no parecen saber que deberían acostarse a dormir y pretenden pasar la noche de juerga.

Joachim se apresuró a interrumpirle, como si los dos hubieran organizado un pugilato de simpatía, con la intención de caerle bien a Claudia.

—Y con lo que ha sucedido hoy no es fácil que decidan acostarse como unos buenos chicos— le dijo retrepándose a su lado contra la pared que separaba el recinto en el que se hallaban del despachito—. Venimos ahora del pantano y todavía hay allí un buen grupo congregado en la orilla observando las maniobras de la Guardia Civil para sacar a flote la motora que alquilaron los daneses. Está bastante abollada. El velero en el que navegaban los chicos está todavía peor. Se ha partido en varios trozos y aún no han conseguido rescatarlos todos. Han dejado para mañana el resto de la faena, porque a estas horas no se distingue nada allí abajo, pero aún quedan allí unos cuantos mirones que deben de encontrar el suceso muy emocionante y remueven el agua con palos.

—¿Para qué? —inquirió Claudia, sintiendo un escalofrío al oírlos y al imaginar el momento en el que los agentes sacaron el esqueleto enganchado a la embarcación.

—Suponemos que estarán buscando los restos de otros ahogados— repuso Roberto en el mismo tono de chanza.

Debía de ser un bromista, pero a Claudia no le hizo ninguna gracia su burlón comentario, sino al contrario. Se sintió transportada a la orilla de las turbias aguas del pantano e imaginó el macabro espectáculo que se habría desarrollado allí esa misma mañana.

—¿Y se han llevado ya el esqueleto que estaba suspendido de la hélice de la motora? — le preguntó Ramona.

—Sí, ya hace horas que se marchó el furgón de la funeraria a Madrid, camino del Instituto Nacional de Toxicología, para que le practiquen la autopsia. Hemos visto a mucha gente del pueblo allá abajo contemplando el espectáculo.

—¿Y habéis oído algo de lo que decía el forense?

Solamente que el esqueleto había pertenecido a un hombre. Puede que fuera un juerguista que decidiera darse un bañito de noche y que le arrastrara la corriente. Se ha dado más de un caso.

Notó Claudia que Ramona respingaba al oírle y que luego fruncía el ceño, claramente incómoda.

—Bueno, eso son chismorreos— protestó—.

—También podría tratarse de don Armando— continuó el chico—. Joachim y yo éramos dos niños entonces, pero sabemos que el coche de ese hombre fue rescatado del pantano hace muchos años y que cuando sucedió agredieron también a don Fabián, que no volvió a ser el mismo y al que han terminado por ingresarle en un manicomio.

—En una clínica de enfermos mentales— le corrigió Ramona con aspereza.

—¿Y cuál es la diferencia? — objetó guasonamente el chico.

—Es una diferencia de grado— replicó ella sin perder su aire adusto. Se asemejaba por su actitud a una maestra con un alumno díscolo y aunque era tan alta como él y bastante más fornida, no impresionó a Roberto.

—No está loco— puntualizó hoscamente ella—. No se recuperó del golpe que recibió en la cabeza esa misma tarde y durante muchos años ha tenido Herminio que tomar por él las decisiones imprescindibles sobre el hotel, porque de todo lo demás se ha ocupado doña Manuela. Ojalá mejore y pueda volver a ponerse al frente de esta jaula de locos.

—Ojalá aciertes— masculló Joachim como si fuera su eco—. Ojalá aciertes y doña Manuela se jubile, porque esa mujer va a acabar con los nervios de todos nosotros. Se llevaban muy mal entonces don Fabián y doña Manuela y ahora se llevan mal ésta con su hijo, con don Alfonso.

—¿Y por qué se llevan mal? — inquirió con curiosidad Claudia que les escuchaba en silencio y no acababa de entenderles.

—Con doña Manuela se lleva mal todo el mundo, porque es una prepotente— repuso Roberto imitando sus andares de vampiresa en el estrecho recinto existente tras el mostrador—. Doña Manuela tonteaba con don Fabián, pero como es una bruja, puede que esa tarde siguiera a don Armando hasta el pantano, se peleara con él por ese motivo y que le ahogara.

Lo decía en tono de chanza, pero sus palabras resonaron fúnebremente en el desierto vestíbulo y parecieron ascender después por la ostentosa escalera que al fondo describía una elipse sobre el lugar en el que se hallaban, para perderse luego por los largos pasillos de la planta superior. Se respiraba ahora un ambiente distinto, como si las palabras del chico hubieran contaminado el aire y a Claudia le pareció ver sombras por todos los rincones en las que no había reparado antes. Parecían haber surgido de improviso.

—No digas más tonterías— le recriminó Ramona, pero la voz le salió temblona de la garganta—. No sois más que dos inconscientes, que habláis demasiado y a destiempo. Os chanceáis hasta de los asuntos más serios. No me hace gracia que os burléis de un asunto tan trágico como el de su desaparición.

—A nosotros tampoco nos hace gracia— le aseguró Roberto repentinamente serio.

—¿Sí?, pues no se os nota.

Había tomado a Claudia por un brazo y la empujó hacia el pasillo que conducía a la cafetería y en el que se hallaban las tiendas con los escaparates aún iluminados. Al final de este y tras una puerta comenzaba una escalera de peldaños empinados por la que se descendía al sótano.

—¿Qué ha querido decir Roberto? — le preguntó ella, abarcando de una sola ojeada el escenario que se abría ante sus ojos al otro lado de esa puerta, tan diferente al de la planta que acababan de abandonar. Le dio la impresión de que no parecían formar parte del mismo edificio. Las paredes estaban allí encaladas y sin ningún adorno y encajonaban una escalera de peldaños de terrazo, provista de una tosca barandilla de hierro. Pensó que, aunque fuera una escalera que solo utilizaba el servicio, contrastaba demasiado con la ostentosa decoración de las dependencias que tenían sobre sus cabezas. Era como la pariente pobre de una familia adinerada.

—Nada— repuso la otra intentando disimular el rictus de amargura que distendía sus llamativas facciones—. Ese chico es un bromista y le saca punta a todo. No le hagas caso.

—No sabía que don Fabián hubiera tenido un rollo con doña Manuela—comentó Claudia a media voz.

Se encogió Ramona de hombros quitándole importancia.

—Bueno, ya sabes cómo son los hombres, se encaprichan con cualquiera que les mire con los ojos tiernos y él llevaba muchos años viudo. Y cuando desapareció don Armando sufrió una terrible crisis que no consiguió superar. A partir de entonces y por el golpe que recibió en la cabeza se quedó como alelado. No recordaba lo que le había sucedido a su socio, pero se empeñó en que iba a volver y, como ya te he comentado, clausuró la habitación 421 como si fuera un santuario y no permitía que nadie entrara en ella. Además, pasaba el día junto al pantano mirando fijamente el agua.

—Es un paisaje bonito— comentó tontamente Claudia—. O también es posible que le gustara pescar.

—No, hay peces, pero no le gustaba la pesca. Esperaba que apareciera su amigo. Que emergiera de improviso.

—Pero eso es una tontería.

—Sí, claro que lo es.

Acababan de rematar el descenso y se encontraban ahora en un largo pasillo con varias puertas en la pared de su derecha, sin más iluminación que los plafones del techo que proyectaban una luz pobre y tristona dejando en sombras los extremos del corredor. A mitad aproximadamente de ese pasillo había dos puertas. La más cercana daba acceso al ropero en el que se había mudado Claudia al llegar esa tarde. Ramona se dirigió sin vacilar a abrirla animando a la otra a que la precediera dentro de la estancia y en cuanto la cerró a espaldas de las dos recuperó su ropa, que estaba colgada en una barra de acero que atravesaba la habitación de punta a punta. La imitó Claudia que insistió tímidamente:

—No has acabado de contármelo.

—¿Yo? ¿Qué cosa?

—El motivo por el que don Fabián está ingresado. ¿De verdad se enrolló también con doña Manuela?

Había recordado Claudia que su madre le había contado que esa mujer se había liado con el jefe que dirigía la empresa de perfumería en la que trabajaba, cuando aún vivía Armando e inconscientemente se le escapó esa pregunta.

Se estaba abrochando Ramona la falda a la cintura, de espaldas a ella, pero al oírla se volvió a mirarla con el ceño fruncido.

—¿Cómo que si se enrolló "también" con don Fabián? — le preguntó subrayando la palabra— ¿Es que sabes algo sobre él que yo desconozco?

—No, no— se apresuró a mentir Claudia—. Es que me he expresado mal. No he conocido a ese señor ni sabía nada sobre él. Solo lo que me contó anoche Herminio, de lo que interpreté que había muerto recientemente.

—No. Ya te he dicho que le ingresaron hace un par de años cuando su estado empeoró. Don Armando estaba entonces en el extranjero y Herminio le avisó para que regresara inmediatamente. A partir de que ingresaran a don Fabián, el chico se ha hecho cargo del hotel, pero, aunque no creo que nadie le haya referido las intentonas de doña Manuela con su padre, se lleva bastante mal con ésta. Ella se empeña en creer que es la única dueña del hotel y actúa como si lo fuera. Si a esa cuestión unes que él tiene bastante mal genio, te harás una idea de cuál es la situación. A veces hasta me apetece jubilarme.

—Ya— musitó Claudia, a quién no se le ocurrió nada consolador que decir.

De espaldas a ella oyó decir a Ramona:

—A la muerte de don Armando heredó doña Manuela las acciones que poseía él en la sociedad, o sea, la mitad. Con don Fabián discutía, pero es peor todavía con el chico. Obvia sus decisiones como si él no existiera.

—¿El chico al que has aludido es don Alfonso?

—Sí.

—Pues no le cuadra eso del "chico". Por lo menos tiene treinta años.

—Debe de andar por los treinta y uno— admitió Ramona con una sonrisa condescendiente—. Es que tú eres muy joven y seguramente nos ves muy mayores a todos. A mí seguramente me considerarás un vejestorio.

—Nada de eso— se apresuró a asegurarle Claudia diciéndose que no había estado muy oportuna al hacer el comentario—. Te mantienes muy bien.

—Gracias— gruñó la otra.

No volvieron a intercambiar ni una sola palabra. Las dos tenían prisa y en cuanto terminaron de mudarse de ropa, recorrieron nuevamente el pasillo en sentido inverso. ascendieron la escalera y desembocaron en el vestíbulo dejando atrás la cafetería y la puerta del restaurante. Al pasar por delante de la recepción les dijeron adiós a los dos chicos, que habían ocupado ya el puesto que ellas habían dejado vacante, para salir luego al exterior.

La noche era oscura. No había luna, pero el negro firmamento estaba tachonado de estrellas y la fresca brisa invernal traía el olor de los pinos que se arracimaban en la ladera por la que se bajaba al pantano. Desde allí y a esas horas no podía verse, pero lo imaginó Claudia deslizándose hacia la presa con sus aguas verdes y profundas, que al parecer escondían mil secretos y a don Fabián intentando desentrañarlos desde la orilla. No le pareció extraño en ese momento que el hombre hubiera perdido la cabeza. El pantano se había tragado a su mejor amigo a manos quizás de la mujer que le gustaba.

La voz de Ramona la sacó de su abstracción sobresaltándola.

—¿En qué has venido? — le preguntó, mientras recorrían el caminito de piedras desiguales que conducía al estacionamiento, junto a la fachada posterior del edificio. Iluminaban el trayecto unas farolas, que esparcían una luz macilenta en derredor de su base, pero era preciso caminar con precaución tanteando el terreno con los pies y al otro lado de la valla que cercaba el jardín del hotel la negrura era total.

—En mi coche. ¿Y tú?

—Yo también. Pelayos está un poco alejado y no resulta apetecible a estas horas ni en esta época el del año dar un paseo. ¿Eres miedosa?

Se lo preguntó a sí misma Claudia, aspirando el olor a sierra que allí se respiraba. Los árboles agitaban sus ramas a impulsos del aire dibujando sombras fugaces en el pedregoso suelo de tierra que adivinaba más allá de la cerca, pero en compañía de la otra le pareció que nada de temible había en los retorcidos trazos que proyectaban sobre el terreno.

—No, creo que no. Aunque a decir verdad no me he encontrado nunca en una situación difícil que me permitiera comprobarlo. ¿Me lo preguntas por lo oscuro que está todo a nuestro alrededor?

—Sí, también. En verano es otra cosa.

—Claro.

Notó Claudia que Ramona apretaba el paso en dirección a los vehículos aparcados. Al parecer a ésta no le infundía ninguna confianza su cercanía, porque su actitud denotaba una clara aprensión, que, sin saber por qué, se le contagió e inconscientemente le animó a secundarla. Casi echaron a correr. La otra encontró su coche enseguida. No se distinguía en la oscuridad más que su negro volumen bajo el toldo de brezo, pero en cuanto Ramona se instaló en el asiento del conductor y encendió los faros pudo darse cuenta Claudia de que el vehículo debía de tener muchos años y que su color era verde oscuro. Arrancó la otra a continuación y le dijo adiós con la mano.

El automóvil de Claudia era un Toyota Yaris azul que tardó unos segundos más en hallar, aparcado en batería entre un enorme monovolumen y un moderno Rover rojo, cuyos faros brillaban en la oscuridad gracias a la luz de una farola próxima. Una ráfaga de viento le alborotó el cabello cuando abrió la portezuela con el mando y se sentó frente al volante. Acababa de poner la llave en el contacto cuando creyó ver algo en la oscuridad. Era una figura humana que se acercaba. Se dijo que sería un huésped alojado en el hotel que habría elegido esa hora de la noche para dar un paseo por los alrededores. Se aproximaba despacio, como si retardara deliberadamente el momento de llegar a su lado y sintió ella de pronto un escalofrío y que algo húmedo y frío le corría por la espalda. Se había detenido ahora él y parecía aguardar algo. Asido al fuste de una farola, su semblante quedaba en sombras, pero su larga silueta se destacaba en la oscuridad como un trazo negro, ahora inmóvil. Arrancó precipitadamente Claudia cuando le vio iniciar el movimiento de volver a echar a andar hacia ella. Pasó por su lado como una exhalación y le dejó atrás.

El camino que desde allí llevaba a la carretera daba vueltas y revueltas descendiendo la colina. A lo lejos se podía ver ya el agua del pantano que discurría pausadamente y solitario, reluciendo a trechos entre los trazos negros de los árboles que lo orillaban, pero no alcanzó a captar la belleza del lugar ni a percibir otra cosa que los faros del coche que la seguía y que podía ver por el espejo retrovisor. Asustada apretó el pedal del acelerador hasta que salió a la carretera, en la que no se cruzó con ningún automóvil que viniera en dirección contraria. Tampoco había ningún otro que llevara el mismo sentido que ella, si se exceptuaba el que había estado estacionado en el hotel y que había puesto en funcionamiento el motor segundos después que ella. Ahora mantenía con su coche una distancia prudencial. Cuando alcanzó la autovía aceleró la marcha y el conductor del otro hizo lo mismo. No había sobrepasado nunca Claudia la velocidad permitida, pero en ese instante ni siquiera lo pensó y apretó el acelerador a fondo.

—CAPÍTULO VI—

—Al llegar a Madrid me salté un semáforo y le despisté— le explicó a Noelia que la había escuchado en silencio y que la había recibido en el despacho a la mañana siguiente.

—¿Y no pudiste verle la cara?

—No. Sé que era un hombre, muy flaco y bastante alto, pero únicamente eso.

—¿Y no podría ser una persona que trabajara en el hotel y que regresara a esas horas a Madrid? Puede que no pretendiera seguirte y que te asustaras sin motivo.

Lo consideró Claudia con el ceño fruncido y terminó por darle la razón.

—Es posible, sí. Estaba nerviosa por todo lo que había sucedido en el pantano esa mañana y por lo que nos comentaron los dos chicos que hacen el turno de noche en la recepción… El hallazgo del esqueleto que sacaron del agua los agentes de la Guardia Civil me alteró bastante los nervios. ¿Crees que podría tratarse de los restos humanos de mi padre?

Se lo preguntaba ansiosamente inclinándose hacia ella y Noelia le sonrió con la intención de tranquilizarla.

—No lo sé, pero, de ser así, deberíamos felicitarnos por tu buena suerte. Con la finalidad de identificarle, el juez que lleve el caso instará a Felipe Valdés a que se someta a la prueba biológica. Si su ADN coincide con el del esqueleto que han encontrado en el pantano tendremos la certeza de que perteneció a Armando Valdés y una vez que nos hayamos asegurado de que Gerardo Marín no es tu padre, interpondremos la demanda de filiación para acreditar que tu progenitor fue Armando. Y por cierto, tengo que darte una buena noticia.

—¿Cuál? — inquirió Claudia interesada inclinándose hacia ella.

—Ha presentado ya el procurador nuestra contestación a la demanda de Gerardo Marín y he solicitado su prueba biológica para contrastarla con la tuya.

—¿Y esa prueba duele? — se preocupó la chica.

—No, no, en absoluto.

—¿Y dónde tendré que ir?

—Al Instituto de Nacional de Toxicología que está en las Rozas. Depende del Ministerio de Justicia. Las pruebas de paternidad se efectúan en el departamento de biología, pero tenemos que esperar a que el juez la admita y a que nos lo notifique.

—Gerardo no la habrá pedido, porque da por sentado que soy su hija.

—Sí, y si el resultado de esa prueba es negativo y acredita por tanto que Gerardo Marín no es tu padre, tendrás que convencer a la recepcionista que hace el turno de tarde contigo, a esa tal Ramona, a que efectúe por escrito una declaración jurada en la que manifieste que le consta que Armando Valdés mantuvo una relación sentimental con tu madre nueve meses antes de que nacieras tú.

La observó Claudia con sus grandes ojos verdes agrandados por la sorpresa.

—¿Y cómo voy a conseguir eso? Lo único que me comentó Ramona es que la misma tarde en la que debió morir Armando llegó al hotel una mujer que se parecía mucho a mí y que subió directamente a la planta cuarta sin pedir la llave de la habitación, pese a lo cual se alojó en la 421, donde pasó la noche. Es una suite que mi padre se reservaba en exclusiva para las ocasiones en las que se le hacía muy tarde y se quedaba a dormir allí, por lo que supuso Ramona que él le había entregado esa llave y que habían quedado los dos en encontrarse en ese cuarto. Pero que lo supuso, no que le constara.

—Pues si no aportamos esa declaración no nos admitirán a trámite la demanda— replicó Noelia mesándose preocupada su oscura y rizada melena—. La ley es muy clara a ese respecto y los jueces la siguen al pie de la letra. ¿Quién más se fijó en la llegada al hotel de tu madre esa tarde y tuvo conocimiento de que durmió en la habitación 421?

Lo meditó Claudia durante unos instantes.

—También Herminio aludió a esa mujer de ojos verdes que había llegado al anochecer y que había subido a esa habitación sin preguntarle a nadie. Mi madre era muy guapa y llamaba la atención. Me dijo que yo se la recordaba.

—¿Y alguien más?

—No lo sé. Quizás la gobernanta, pero no he llegado a conocerla aún. Ramona me ha dicho que esa suite permanece clausurada desde entonces y que ni tan siquiera la limpia la camarera de esa planta. Cuando don Fabián no estaba aún ingresado, se ocupaba de ventilarla de tarde en tarde la gobernanta, que entraba con él en esa especie de santuario. Ella limpiaba el suelo con un aspirador y don Fabián les pasaba un plumero a los muebles. La gobernanta se llama Rosa, pero no sé si es joven o si tiene bastantes años y trabajaba en el hotel en esa época. Puedo averiguarlo— añadió animándose conforme lo decía—. Tiene que haber alguien que supiera a ciencia cierta que mis padres eran amantes y que pueda atestiguarlo. Quizás don Fabián…

—¿Y quién es don Fabián?

—El socio de Armando. Poseía la mitad de las acciones del hotel y trabajaban codo con codo. Es posible que mi padre le comentara que había iniciado los trámites del divorcio con Manuela y que iba a casarse con mi madre en cuanto ella fuera libre.

—¿Y sigue él dirigiendo el hotel?

Meneó negativamente la cabeza Claudia y con ella su oscura y lisa melena.

—No. Está ingresado en una clínica psiquiátrica.

—Pues vaya por Dios— se lamentó Noelia, diciéndose que esa circunstancia no podía ser más adversa.

—Pero no está loco— replicó optimistamente Claudia—. Al parecer le dejó como alelado la agresión que sufrió la misma tarde en la que mataron a mi padre y hace un par de años se agravó su estado y le ingresaron.

—¿Y no recuerda nada?

—Creo que no.

—Pues quizás convendría que le hiciera yo una visita.

—Tienes razón.

—¿En qué? — quiso saber Noelia luchando por seguir el hilo de los deshilvanados pensamientos de la otra.

—En que una de las dos debería visitar a don Fabián, que sería el testigo más probable, aunque antes me haré la encontradiza con Rosa.

—¿Con la gobernanta?

—Sí, aunque no sé qué horario tiene. De todas formas, lo averiguaré.

Por el agraciado semblante de Noelia cruzó una sombra de preocupación.

—Pero lleva cuidado. Por el parecido que tienes con tu madre cabe que alguien sospeche lo que llevas entre manos y que te juegue una mala pasada. No lo sabemos con certeza, pero todo indica que a Armando Valdés le mataron, en cuyo caso su asesino puede seguir en ese hotel.

—No te preocupes. Solo tengo un mes para descubrir lo que pasó, así que esta tarde voy a ir más temprano de la hora en la que comienzo a trabajar y me voy a acercar al pantano.

—¿Al pantano? ¿Para qué?

Se encogió Claudia de hombros, incapaz de darle una respuesta.

—No sé para qué. Quiero ver el lugar donde ocurrió todo. Luego subiré a la recepción y empezaré mis pesquisas.

—Pero…

No la escuchó la chica. Había consultado su reloj de pulsera y, al comprobar la hora y lo tarde que era, se había levantado de la butaca que había ocupado para dirigirse precipitadamente hacia la puerta del despacho, diciéndose que no iba a tener tiempo de visitar el pantano antes de que comenzara su jornada laboral si no se ponía en marcha inmediatamente. Desde allí le dijo adiós con la mano a Noelia que contemplaba sorprendida su inesperado mutis y salió a continuación al pasillo que recorrió sin detenerse, sorteando a varias personas que venían en sentido contrario.

En su minúsculo pisito, que constaba de un salón, de una cocina minúscula, de un dormitorio y de un cuarto de baño, se preparó un bocadillo con el que iba a sustituir la comida de ese día y que pensaba tomarse por la carretera para no perder tiempo. No se entretuvo en cambiarse de ropa ni en arreglarse en el cuarto de baño. Se limitó a lavarse las manos, pringosas tras haber cortado el queso del bocadillo, y bajó a continuación al sótano del edificio en el que se ubicaba el garaje y en el que se hallaba su coche. Instantes después desembocaba en la calle y en cuanto dejó atrás la capital tomó la carretera de Extremadura, para desviarse después dejando ésta a su izquierda y enfilar la M-501, conocida como autovía de Los Pantanos.

Se sentía extrañamente optimista. El día estaba brumoso y el sol no había conseguido abrirse paso entre unas nubes grisáceas que empapaban de minúsculas gotitas de agua el parabrisas del coche y desdibujaban el paisaje que iba recorriendo, agrisándolo con una especie de veladura opaca. Una tonalidad que uniformaba los árboles y las altas montañas que veía a ambos lados de la carretera, cuyas cumbres nevadas deberían ser blancas. Era un escenario triste, pero no afectó a su ánimo. Como le había hecho notar Noelia, había sido una suerte que rescataran aquel esqueleto del pantano el día anterior y que probablemente fuera el de su padre, porque así podría acreditar su filiación y librarse definitivamente de Gerardo. No sabía el aspecto que tenía éste porque no le había visto nunca, pero sin saber por qué le percibía próximo a ella y en cierto modo le inspiraba miedo. Un miedo absurdo e inconsistente, porque si él creía ser su padre, por lógica no pretendería hacerle daño. Se lo repetía una y otra vez, pero no por ello evitaba el sobresalto que le producía notar fija en ella la mirada de cualquier extraño y muchos clavaban sus ojos en ella simplemente porque era joven y atractiva y porque llamaba la atención el color tan claro de sus ojos destacando en la tez morena de su semblante.

Cuando su madre le refería el infierno en el que había consistido su matrimonio, la había recriminado ella a menudo por haber permanecido al lado de Gerardo tanto tiempo en lugar de haberse largado de la casa en la que vivían dando un portazo, a lo que Regina no había sabido aclararle el motivo por el que había actuado de ese modo. Adivinaba Claudia que también había sido por miedo y que tampoco ese sentimiento obedecía a ningún motivo concreto. Como el que ella había experimentado la noche anterior al creerse perseguida por la carretera por aquel coche. Qué absurdo, pensó. Nadie en el hotel sabía quién era ella y nadie podía relacionarla por el momento con Armando. Pero era diferente rememorarlo a esas horas del mediodía, pese a que la niebla envolvía todo lo que su vista alcanzaba a divisar, a intentar analizarlo de noche, sola e imaginando que estaba en peligro, aunque sin saber por qué. No volvería a ocurrirle, se dijo. No volvería a asustarse sin motivo, porque sí. Ella era una persona absolutamente racional y nunca se había dejado llevar por presentimientos que carecieran de lógica.

Con una mano extrajo el bocadillo del papel en el que lo había envuelto y se lo fue tomando mientras devoraba kilómetros por la carretera. Quería llegar al pantano con el tiempo suficiente para tomar asiento durante un ratito en el lugar en que había sido extraído del agua el esqueleto para… En realidad, no sabía para qué. Para tomar contacto con el escenario donde había sucedido aquello veintitantos años antes, como si al cabo de tanto tiempo pudiera quedar algún vestigio de lo que verdaderamente ocurrió que le permitiera desentrañar el enigma que no había sido aclarado.

A la derecha de la carretera un cartel indicaba la dirección por donde se iba al pantano y siguió el camino que comenzaba allí, estacionando el coche poco después para seguir a pie. Extremando las precauciones descendió los escasos metros que mediaban desde el camino hasta la verdosa superficie del agua lamentando no haber llevado gafas oscuras porque el resplandor de un rayo de sol que se había colado entre la niebla la deslumbraba. Con una mano sobre los ojos a modo de visera levantó la mirada hacia el hotel, que veía a lo lejos culminando la colina, y por el lugar en el que estaba éste ubicado consideró que aún le quedaban unos metros por recorrer para alcanzar el lugar al que pretendía dirigirse. Roberto le había comentado la tarde anterior que la colisión de la motora de los daneses con el velero había tenido lugar a escasa distancia del embarcadero y que éste se hallaba justamente al pie del cerro y en línea con el edificio. Le faltaba por consiguiente doblar el último recodo de la margen del pantano y lo efectuó sorteando los pinos que crecían hasta el mismo borde el agua. Otro rayo de sol, o quizás fuera el mismo, le dio de lleno en los ojos cuando desembocó en una pequeña zona de arena, próxima al embarcadero y se detuvo sobresaltada cuando al avistar las embarcaciones que asidas al punto de amarre se balanceaban sobre el agua, distinguió también a pocos pasos a un hombre que estaba sentado de espaldas a ella sobre un pedrusco. Su primera reacción fue retroceder, pero él volvió la cabeza al oír el sonido de sus pasos y la saludó como si la conociera.

—¡Ah! ¿Es usted? ¿Ha sentido curiosidad y ha venido a contemplar el lugar donde se produjo el choque de la motora con el velero?

Parpadeó Claudia intentando enfocar su rostro, pero aquél dichoso rayo reverberaba encandilándola y desenfocaba las facciones de él que a contraluz no podía ver. Le oyó reír, pero no le pareció que lo motivara su llegada, sino más bien al contrario. Por fortuna el aire frío que soplaba deshizo en jirones la bruma que cubría el pantano y ocultó momentáneamente el molesto rayito de sol permitiéndola reconocerle.

—¡Ah! — repitió ella como si se hubiera convertido en su eco—. ¡Hola! — articuló apenas al advertir que se trataba del director del hotel.

A diferencia de la mañana de su llegada, en la que por su ropa aparentaba haberse arreglado para una cena de gala, vestía él un grueso jersey gris bajo un chaquetón azul marino y un pantalón vaquero. El viento que despeinaba su cabello y lo dispersaba en todas direcciones, así como la indumentaria que llevaba, le conferían el aspecto de un turista que se hubiese sentado a la orilla del pantano a disfrutar del panorama, sin relación alguna con el hombre que la había entrevistado dos días antes. Solo tenía de común con aquél su aire abstraído, ausente. Estaba tirando al agua las chinitas que encontraba entre la arena y continuó haciéndolo, ajeno a su presencia.

—Quería ver esto— empezó ella intimidada, sin saber si le estaba estorbando o no y si deseaba él que le dejara solo, ensimismado en sus pensamientos—. Verdaderamente es muy bonito este lugar.

—Mucho—. Y como si hiciera un esfuerzo por mostrarse amable, le preguntó sin girar la cabeza hacia ella—: ¿No había venido nunca por aquí? Se llama a este pantano la playa de Madrid.

Meneó ella negativamente la cabeza a la par que intentaba defender del viento su melena, sujetándosela con ambas manos para que no se la arrojara sobre el rostro.

—No, no. Durante las vacaciones de verano suelo ir unos días a la playa, pero a la playa de verdad. A la que está a la orilla del mar. Me encanta el mar.

Se había quedado de pie y a su espalda y él se decidió a volverse hacia Claudia para mirarla de frente con los ojos guiñados, también deslumbrado por el parpadeo del sol entre las nubes.

—¿Durante sus vacaciones? ¿En qué trabajaba antes? ¿Se había quedado en paro recientemente?

Se preguntó Claudia qué debería contestarle, pero notaba la mente en blanco y repuso atolondradamente:

—Bueno…. sí. Tenía un contrato temporal y venció a finales del mes de enero. Cuando dentro de un mes regrese Rosario y ocupe mi puesto buscaré algo parecido a lo que desempeñaba.

—¿Dónde?

Le dio la impresión de que le tenía sin cuidado su respuesta, porque parecía estar eligiendo un nuevo guijarro que arrojar al agua y no la miraba, pero debía inventar algo coherente y como temió no estar lo suficientemente despejada para hilar una explicación verosímil decidió que lo mejor sería despedirse.

—Me voy a marchar— le comunicó en lugar de contestarle—. Tengo que subir al hotel para cambiarme de ropa, así que…

—¿No es muy temprano aún? Faltan un par de horas que comience su turno—le hizo notar inexpresivamente con los ojos fijos en un remolino del agua.

—Sí… bueno… no sé. Me gusta ser puntual.

—Ya— murmuró él, que de improviso pareció descender de las nubes para interesarse por la chica que tenía a su espalda y se giró en redondo sobre su pedrusco para clavar en ella sus ojos castaños y analizar sus facciones— ¿De verdad no había venido usted anteriormente al hotel? Su cara me resulta conocida. Estoy seguro de haberla visto antes en alguna parte.

De ser así, se estaría refiriendo a su madre, pensó ella. Quizás la viera llegar al hotel aquella noche y advirtió que sin pasar por recepción subía directamente a la habitación de la cuarta planta en la que pasó la noche. Como era verano entonces, podría estar él de vacaciones en el hotel con sus padres, porque veintitrés años antes sería un chiquillo. Decidió Claudia averiguar si podría servirle como testigo en el procedimiento de filiación que pretendía iniciar con Noelia y retrocedió sobre sus pasos acomodándose sobre otro pedrusco.

—También Herminio y Ramona me han dicho algo parecido, pero lo cierto es que yo no les había visto nunca anteriormente. Los dos me dijeron ayer que les recordaba yo a una mujer que llegó al hotel al anochecer y que subió directamente a la habitación 421, en la que durmió, aunque no había pedido la llave. Fue precisamente la noche en la que desapareció don Armando Valdés.

Con la cabeza ladeada la observó él durante unos segundos como si estuviera hilvanando esos recuerdos en su mente.

—Sí— musitó como para sí mismo— tiene usted razón, me recuerda a esa mujer. Yo estaba en el vestíbulo jugando a las canicas cuando llegó ella tirando de una maleta con ruedas. Se dirigió al ascensor y todos los que nos encontrábamos allí nos quedamos mirándola hasta que se cerraron las puertas de la cabina.

Contuvo Claudia la respiración antes de hacerle la pregunta.

—¿Y por qué la miraban?

—Porque era muy guapa y porque había algo extraño en ella. Debía de tener yo unos siete u ocho años, o sea, era un chiquillo y por aquel entonces no me interesaban las mujeres, pero me chocó su actitud recelosa. Estaba yo con uno de los botones y nos habíamos escondido detrás de un sofá para que no nos vieran. Como le he dicho, estábamos jugando a las canicas. Él era mucho mayor que yo y levantó la cabeza sobre el respaldo del sofá cuando la vio entrar. Me intrigó su actitud y le imité. Recuerdo que esa mujer atravesó la puerta giratoria volviendo la cabeza hacia atrás, como si temiera ser perseguida por alguien que ciertamente no se presentó. Me gustaban a mí mucho entonces los juegos de acción del ordenador y tenía además mucha fantasía, así que imaginé que era ella una heroína que huía de un tipo siniestro que vivía en un castillo y que pretendía raptarla para encerrarla en una mazmorra.

—¿Y qué más recuerda?

—Nada más. Que al día siguiente no salió de la habitación 421 más que un par de veces para bajar a preguntar al personal de la recepción por Armando, el socio de mi padre, y que cuando la Guardia Civil encontró su coche medio hundido en el pantano, estuvo ella preguntándole por él a los agentes. Se la veía muy angustiada. Recuerdo que me acerqué haciéndome el distraído e intenté escuchar lo que decía, pero mi padre me vio y me mandó a estudiar a mi cuarto. No tuve más remedio que marcharme sin haber averiguado lo que le pasaba a esa chica que parecía estar desesperada, pero desde el ascensor vi a mi padre hablando con ella. No lo he olvidado. Luego me enteré de que cuando le dijeron lo que le había ocurrido a Armando tuvieron que sostenerla, porque se impresionó tanto que estuvo a punto de desmayarse.

—¿Y dice usted que me parezco a esa mujer?

Analizó él sus facciones en silencio durante unos segundos y terminó por asentir.

—Sí, yo diría que es idéntica.

—¿Cómo puede saberlo al cabo de tantos años? Los recuerdos se desdibujan con el tiempo en la memoria.

—Algunos sí, pero su cara se me quedó grabada en la retina. Puede que el motivo fuera que la asocié con lo que ocurrió a continuación, que para todos fue muy impactante. Ya le he dicho que era un niño entonces y que a la mañana siguiente de su llegada se presentó en el hotel la Guardia Civil y estuvo haciendo preguntas. Cuando le dijeron que parecía que esa mujer había pretendido reunirse con Armando y que había ocupado la noche anterior la suite de él, trataron de averiguar de quién se trataba para interrogarla, pero fue imposible. No se había registrado al llegar y en la recepción no tenían de ella ningún dato identificativo.

—¿Y qué pasó después? — inquirió ella a media voz.

—Que durante días los agentes buscaron el cuerpo de Armando en el pantano sin hallarlo. También mi padre sufrió una agresión por el asesino esa tarde. Le encontró la Guardia Civil caído en el suelo, inconsciente y con una brecha en la cabeza y le ingresaron en el hospital de Brunete, donde fui a verle acompañado por Herminio. Nunca se recuperó. Se caracterizaba anteriormente por su energía. Era muy autoritario también, pero a partir de entonces, además de no recordar lo que había sucedido a orillas del pantano, se convirtió en un ser pusilánime y retraído, incapaz de dirigir el hotel ni de ocuparse de nada. En cuanto se levantaba por las mañanas, venía a sentarse aquí, en esta misma piedra donde estoy sentado yo, y pasaba el día sin moverse mirando fijamente el agua. Armando y él habían sido amigos íntimos desde mucho tiempo antes, aunque mi padre era bastante mayor.

—Seguramente le echaría de menos— apuntó ella.

—Por supuesto, eso hubiera sido lo normal, pero no que…

Se interrumpió sin acabar la frase y Claudia se inclinó hacia él animándole a continuar.

—¿Qué iba a decir?

—Nada. Me acabo de dar cuenta de que usted y yo nos acabamos de conocer.

—Por lo que no debc hacerme partícipe de sus intimidades, ¿no es eso?

—Efectivamente. Es que usted escucha muy bien. No suelo ser tan comunicativo.

—Ya— murmuró decepcionada de que no hubiera continuado explayándose—. A lo mejor no le ha parecido oportuno porque se ha dado cuenta de pronto de que soy su empleada.

Se echó a reír él y al hacerlo le pareció a Claudia que rejuvenecía varios años y que regresaba de esa nebulosa dimensión a la que solía ascender y en la que se abstraía, para instalarse en el presente. La miraba ahora divertido, como si fuera un chico travieso, al comentarle:

—Y hablando de ese tema, me gustaría saber qué es lo que pasó ayer.

Parpadeó Claudia sin entenderle.

—¿Ayer? ¿Se está refiriendo al choque de la motora con el velero?

—No, me estoy refiriendo a su llegada. Cuando la vi en la recepción preguntando por Manuela, creí que era usted la muchacha que había llamado por teléfono el día anterior interesándose por el puesto de Rosario y que había quedado con mi socia. Por esa razón la hice pasar a mi despacho y la entrevisté.

—¿Y qué?

—Que después de haberla contratado a usted, se presentó esa chica. Al parecer se la había recomendado alguien a Manuela y ésta se enfadó conmigo por no haber contado con ella. Tuvo que decirle a esa recomendada que ya estaba el puesto ocupado.

—¡Ah! — musitó Claudia con un hilo de voz—. Pues lo siento. Estaba buscando trabajo y le pregunté a Rosario si había alguno vacante—. Se interrumpió para fruncir el ceño y tratar de reconstruir la escena en su mente. Luego se corrigió—. No, no fue así. Fue Rosario la que dio por hecho que yo era la chica que doña Manuela estaba esperando y me dijo que ella no había llegado aún. Lo lamento de veras.

—Pues yo no—la contradijo él riendo de nuevo—. Me alegro de que se encuentre entre nosotros y también de que… de que se parezca tanto a aquella mujer.

—¿A la que durmió en la habitación 421?

—Sí, nadie la ha ocupado después. Fue una decisión de mi padre que yo respeto, aunque me parece absurda. Esa habitación está cerrada llenándose de polvo, pese a que a partir de la primavera solemos tener un lleno total. Supongo que mi padre considera que manteniéndola fuera de servicio le rinde un homenaje a su mejor amigo, a Armando Valdés, pero a mí me parece una tonta manera de desperdiciar una de nuestras mejores suites. Dondequiera que esté Armando, no se va a sentir mejor ni peor porque hayamos cerrado su habitación a cal y canto, ¿no le parece?

Una de sus últimas frases resonó en los oídos de Claudia como un tañido fúnebre y la repitió en voz baja:

—Dondequiera que esté… ¿Dónde cree usted que está?

—No lo sé— replicó encogiéndose evasivamente de hombros—. Probablemente murió aquella noche y quisieron hacerle desaparecer arrojándole al pantano. El hallazgo del esqueleto que sacaron del agua ayer me hizo pensar que podría tratarse de él, en cuyo caso quizás pueda averiguarse ahora lo que le ocurrió.

—¿Se refiere a la autopsia?

—Sí, también.

—Pero después de tanto tiempo…

—Los forenses son muy listos—dijo él arrojando una nueva chinita al agua—. Al menos podrán decirnos de qué murió. En el asiento del conductor de su coche halló la Guardia Civil rastros de sangre que analizaron y que coincidía con el grupo sanguíneo de Armando. Los agentes estuvieron haciendo preguntas a todo el personal, pero, aunque yo pretendí decirles lo que había visto esa tarde, no me escucharon. Incluso Herminio me lo impidió y me mandó a jugar al jardín. Como es natural, le obedecí.

—¿Y qué quería decirles a los agentes?

—Ya se lo he dicho, lo que vi.

—No me ha dicho lo que vio.

Desvió él la mirada hacia el agua, que discurría pausadamente y que en ese momento reflejaba el grisáceo colorido de las nubes y esbozó un gesto vago.

—No lo sé. Al cabo de los años no estoy seguro de si sucedió tal y como lo recuerdo o si me lo inventé.

—¿Pero qué es lo que vio? — se impacientó Claudia.

—Creo que vi salir a Armando con mi padre del hotel a eso de las cuatro de la tarde— empezó él en tono monocorde—. Yo estaba al otro lado de la valla del jardín del hotel con Herminio. Aunque a esas horas hacía un calor horroroso, estábamos jugando al fútbol cuando les vimos trasponer la puerta de cristales del hotel discutiendo muy enfadados y dirigirse hacia el estacionamiento donde tenían aparcados sus respectivos coches. Arrancaron los dos, uno detrás del otro, y tomaron el camino del pantano.

—Pero no volvieron.

—No, ninguno de los dos. Volvió Manuela, que subió a pie.

—Y Armando no. Quiero decir, don Armando.

—No, él no regresó.

—¿Y puede puntualizar la hora en la que regresó ella?

—Con exactitud no, pero yo diría que al menos serían las siete.

Trató de acomodarse Claudia mejor sobre la dura piedra en la que estaba sentada, a la par que se apartaba pensativamente del rostro su despeinada melena.

—¿Piensa que pudo tener ella algo que ver? — le preguntó.

—No lo sé— replicó él con un gesto evasivo—. No me caía bien entonces porque conmigo era bastante antipática. No le gustaban los niños y le irritaba verme corretear por el vestíbulo y distraer de sus obligaciones a los botones.

No se atrevió Claudia a preguntarle si era cierto que Manuela tonteaba con su padre y en su lugar inquirió:

—¿Y ha cambiado ahora de opinión sobre ella? Ahora, aunque sea socia de su padre y no de usted, trabaja con ella y debe de ser difícil compartir tareas con una persona que te cae mal.

Debió de pensar él que estaba hablando de más e hizo un esfuerzo por cambiar de conversación.

—No me ha dicho aún en qué trabajaba antes.

—No, no se lo he dicho. Estaba empleada en el museo egipcio.

—¿Y el mes que viene va a buscar nuevamente un puesto similar?

Evocó nostálgicamente Claudia su pulcro despacho con vistas a la calle donde cataloga sin ningún tipo de sobresaltos los hallazgos egipcios que les enviaban de diversas excavaciones y efectuó un gesto de asentimiento.

—Eso es.

—¿Y de qué trabajaba allí? ¿De administrativa?

—Sí, — mintió con toda frescura poniéndose de pie— Y ahora voy a subir al hotel, porque se me está haciendo tarde.

Consultó él su reloj y al comprobar la hora que era levantó la cabeza hacia ella sin contradecirla.

—Sí, su turno empieza dentro de unos minutos—. Vaciló como si no supiera como continuar y luego murmuró—: Y por cierto no le he dicho que me llamo Alfonso.

—Si, ya lo sé. Y yo Claudia.

—Pues hasta luego Claudia.

—CAPÍTULO VII—

—Me he encontrado a don Alfonso en el pantano— le refirió a Ramona en cuanto se reunió con ella en la recepción.

—Sí va allí a menudo, pero ¿qué hacías tú allí?

—Me he acercado al embarcadero donde hay muchas motoras amarradas y me he sentado un ratito en un pedrusco de la playita cercana. Quería ver el lugar donde hallaron ayer el esqueleto. Y, por cierto, ¿se sabe ya algo de la autopsia?

—No, al menos yo no sé nada. ¿Has hablado con don Alfonso? ¿Te ha dicho algo? Al parecer, doña Manuela se ha enfadado mucho con él al enterarse de que tú no eres la chica que había citado y que tenía previsto entrevistar. Supongo que don Alfonso no pensará rescindir tu contrato para darle gusto— le comentó preocupada.

Sintió Claudia al oírla una especie de aldabonazo en el pecho. Necesitaba el mes que tenía por delante para realizar las indagaciones que le permitieran averiguar si pertenecía a su padre el esqueleto que había sido hallado dos días antes y cuál había sido la causa de su muerte. Si Manuela la despedía perdería esa posibilidad.

—¿Es ella la que decide sobre esas cuestiones? —le preguntó disimulando su inquietud.

Dejó escapar Ramona un hondo suspiro.

—Doña Manuela pretende manejar los hilos de este hotel como si le perteneciera en exclusiva— masculló— pero don Alfonso tiene mucho genio. Tanto como su padre, aunque los que le conocemos desde que era un chiquillo sabemos que es bastante más listo que el pobre don Fabián.

Examinó Claudia su anguloso semblante sin comprender.

—¿Qué has querido decir?

—Nada, que don Alfonso, afortunadamente, no se deja manejar por las mujeres que tiene cerca y mucho menos por doña Manuela, con la que no se lleva muy bien—. Se quedó pensativa después de decirlo y luego meneó la cabeza, descontenta consigo misma por haberlo dejado escapar—. No se debe hablar mal de los jefes, así que retiro lo que he dicho.

—¿Por qué no les podemos criticar? — objetó Claudia que no quería perder la oportunidad de saber algo más sobre esa mujer—. Yo trabajaba antes en un museo a las órdenes de un arqueólogo que se creía un ser superior y le poníamos verde una compañera y yo, que tampoco le podía ver. Tenemos que desahogarnos, ¿no?

Lo consideró dubitativamente Ramona en silencio mirándola fijamente.

—¿Tú crees?

—Por supuesto. Poner al jefe a los pies de los caballos es el pasatiempo favorito de los que dependemos de ellos.

—¿Y trabajabas en un museo? Qué interesante. Lo echarás mucho de menos.

Esbozó Claudia un gesto displicente.

—En parte sí. Tenía un contrato temporal, por lo que cuando regrese Rosario intentaré encontrar un puesto en otro museo. Y... bueno, también nuestro trabajo en este hotel es muy entretenido. Vemos a tanta gente al cabo del día y en su mayoría tan dispar...

—Sí— refunfuñó Ramona—. A mucha gente de la que no sabemos nada y de la que cuando se marcha seguimos sin saber. Lo nuestro consiste en inscribir sus datos en el ordenador y en darles la llave de la habitación. Pero tengo que comentarte otra cosa mucho más divertida.

—¿Qué cosa?

—Que hoy es la fiesta de la Virgen de la Candelaria, que se celebra en el pueblo por todo lo alto a las doce de la noche. Hacen una hoguera gigantesca en la explanada que está enfrente de la iglesia y tomamos chocolate con churros al calor de la lumbre.

—¿Y tenemos que llevar el chocolate y los churros?

—No, no, de eso se ocupa el Ayuntamiento. Podemos ir las dos cuando salgamos de aquí, que es cuando empieza la fiesta. Hay charanga y aunque en esta época hace un frio horroroso por las noches, alrededor de la hoguera no se nota. Lo pasaremos bien.

Aunque a Claudia no le apetecía lo más mínimo, pensó que no debía decepcionar a la otra que se lo había comentado ilusionada y se limitó a murmurar:

—Bueno, ya veremos esta noche lo cansadas que estamos las dos.

Con su característica eficiencia colgó Ramona las llaves que tenía sobre la mesa en el panel que tenía a su espalda, mientras le decía:

—He oído que a eso de las seis va a llegar un grupo de turistas alemanes y en cumplimiento de las directrices de Rosa, debemos empezar por adjudicarles las habitaciones de la primera planta para concentrar el trabajo de las camareras que tienen que arreglarlas y cuando esté completa seguir subiendo a la segunda para terminar en la quinta.

Le pareció a Claudia que era el momento de aludir al tema que le interesaba y continuó la frase de su compañera completando lo que ésta acababa de decir, por lo que añadió.

—Pero eso sí, obviando la 421, porque esa está excluida y la 423 que don Alfonso se ha reservado y que por lo tanto también está excluida.

Esperaba algún comentario a ese respecto por parte de la otra, pero ésta se limitó a asentir:

—Efectivamente.

Dado que Ramona no parecía estar muy comunicativa, se atrevió Claudia a preguntarle directamente:

—¿Y has visto tú esa habitación alguna vez?

Continuó la otra colocando las llaves en el panel y repuso sin levantar la cabeza:

—Claro, muchas veces. Llevo muchos años aquí y no hay dependencia que desconozca.

—¿Y cómo es? ¿Es bonita?

—Sí, es igual que la 423, solo que, a la inversa, con el cuarto de baño en la pared contraria y la salita al fondo. Si sientes mucha curiosidad te la puedo enseñar.

—¿La 421?

—No, la 423. La ocupaba antes don Fabián y ahora su hijo, cuando se queda a dormir en el hotel. En esas ocasiones se levanta temprano para bajar a trabajar a su despacho. Es un maniático de la contabilidad. Antes llevaba las cuentas un chico que era pariente o amigo de doña Manuela, pero cuando ingresaron a don Fabián y se hizo cargo don Alfonso de esto, le despidió para ocuparse él directamente— Le dirigió una mirada de soslayo. Claudia estaba acodada en el mostrador y parecía abstraída contemplado lo poco que podía distinguir a través de los cristales de la puerta giratoria y le ofreció—: Si quieres, puedo hablar con Rosa, que como sabes es una gobernanta sumamente puntillosa. Entró a trabajar de camarera de piso cuando era muy jovencita y ha ascendido hasta el puesto que tiene ahora. Es muy discreta y don Fabián la consideraba su brazo derecho, pero tendrías que aprovechar una tarde en la que no estuviera don Alfonso en el hotel y en la que no se hubiera marchado Rosa todavía. Su jornada termina a las ocho de la noche.

—¿Y no podría ella enseñarme la 421? — sugirió Claudia volviendo a medias la cabeza hacia ella— Estará repleta de telarañas, pero don Alfonso me ha estado contando la historia de la última persona que la ocupó, de esa mujer que decís que se parece a mí, o mejor dicho, que yo me parezco a ella, y me ha intrigado lo que me ha referido.

—Lo siento, pero no— replicó Ramona en un tono que no admitía réplica—. Esa habitación está cerrada para los huéspedes y para el personal. No se puede visitar. Ni siquiera Rosa tiene llave de la puerta ni nosotras tampoco.

—Pues a don Alfonso le parece una tontería que no se utilice— objetó la chica.

—Y a doña Manuela también, pero en ese punto don Fabián no admitía otra opinión que la suya y él estaba convencido de que su socio y amigo iba a volver. Lo repetía a menudo, por eso estaba empeñado en mantener esa habitación exactamente igual que cuando don Armando la ocupaba.

—Pues entonces me daré un paseo por el pasillo de la planta cuarta para hacerme una idea— decidió ella de pronto—. No tardaré en volver, solo un par de minutos. No te importa, ¿verdad?

Lo mismo que instantes antes hacía Claudia, desvió preocupada Ramona sus grandes y negrísimos ojos a lo que desde allí podía ver a través de la puerta de cristales, un exiguo trozo de césped, una valla de piedra y un terreno pedregoso y solitario sin un solo automóvil ni autobús turístico que anunciase la llegada de viajeros. Por el momento no iba a necesitar ningún huésped los servicios de ninguna de las dos, por lo que la envolvió en una sonrisa condescendiente.

—De acuerdo. Me parece que eres demasiado curiosa y te advierto que la planta cuarta es exactamente igual que las otras, pero por mí puedes subir a pasearte por ese pasillo ya que estás tan intrigada. Pero eso sí, solo durante un par de minutos.

Vio Claudia el cielo abierto al oírla.

—De acuerdo. Subo ahora mismo. Si aparece doña Manuela y pregunta por mí, dile que he ido al servicio.

—Bien, pero date prisa.

Oyó la risa cómplice de Ramona cuando se alejaba camino del ascensor y pulsó el botón de llamada de la cabina. A esas primeras horas de la tarde el vestíbulo estaba desierto. Probablemente los huéspedes dormían la siesta, porque tampoco se oía un solo ruido cuando el ascensor se detuvo en la planta cuarta y salió a una salita amueblada con un sofá de esquina bajo un ventanal y dos butacas fronteras. Allí arrancaban dos largos pasillos simétricos iluminados por unos apliques adosados a las paredes que estaban enmoquetados en tonos azul oscuro. Siguiendo la indicación de los números de las habitaciones que correspondían a cada uno de ellos, tomó el corredor de su izquierda experimentando una emoción intensa al imaginar lo que habría sentido su madre años atrás en ese mismo escenario. Habría recorrido también ese pasillo buscando como ella en ese momento la habitación en la que habría de encontrarse con Armando. Todas las puertas eran iguales y el corredor se alargaba ante su vista envuelto en las sombras que no alcanzaban a aclarar la luz que proyectaban los farolillos de las paredes. Lo recorrió precipitadamente diciéndose que no disponía más que de unos minutos y que como se descuidara iban a notar su falta. Pasó por delante de la 417 y siguió adelante comprobando que la siguiente era la 419. Unos pasos más y allí estaba al fin la número 421. Se detuvo expectante ante ella con la sensación de que había tenido que recorrer un largo camino para llegar hasta allí, pese a lo cual no podía trasponer el último baluarte que tenía que salvar para acceder a la estancia que tan detalladamente le había descrito su madre y que asociaba con el enigma que encerraba la muerte de Armando.

Palpó la madera de nogal con las manos. Era sólida, revestida con molduras que la realzaban, a tono con la fastuosa decoración del edificio, y luego tanteó la cerradura que, como las de las demás habitaciones, se abriría con una llave dorada, idéntica a las que guardaban ellas en la recepción y entregaban a los viajeros a su llegada.

Le había oído decir a Ramona que esa llave la guardaba Alfonso en su despacho y estaba preguntándose cómo podría hacerse con ella, cuando oyó detenerse la cabina del ascensor en la salita cercana. En el absoluto silencio que reinaba en el pasillo cualquier sonido parecía amplificarse y se encogió inquieta sobre sí misma. Dos personas acababan de recalar en la planta en la que se hallaba y se dirigían a la bifurcación de los dos pasillos. Hablaban en voz muy baja, pero reconoció la de Manuela que le decía algo a otra mujer. Aún no habían doblado la esquina de la salita para acceder a uno de corredores, pero oyó como le murmuraba a la otra:

—Estoy segura de haber visto antes a esa chica y de que no se ha presentado aquí por casualidad.

—¿Usted cree? — replicó la voz de su acompañante, a la que por su registro, identificó Claudia como la de una persona mucho mayor—. No me la he encontrado aún por el hotel, así que no la he visto, pero puede que se trate de una muchacha dispuesta a sustituir a Rosario y a hacer lo que haga falta simplemente porque no tenía trabajo. Estamos viviendo unos tiempos muy duros.

—No lo creo— refunfuñó Manuela.

—¿No cree que estamos viviendo unos tiempos muy duros?

—No creo que esa chica se haya presentado aquí solo por esa razón— puntualizó Manuela—. Es igual que aquella otra que llegó la noche en la que le mataron a él, ¿no lo recuerdas, Rosa? Ha pasado mucho tiempo, pero no se me ha borrado de la memoria su cara ni los ojos tan grandes y tan claros que tenía y que mantenía fijos en los agentes de la Guardia Civil cuando bajó a preguntarles qué le había sucedido a mi marido.

—¿A don Armando?

—Sí, claro, ¿a quién iba a ser? Esa chica es igual que aquella mujer y estoy segura de que Armando tenía una aventura con ella.

Tardó la otra en contestar. Pensó Claudia que debía ser la gobernanta puesto que Manuela la había llamado por su nombre. Luego la oyó inquirir con voz clara:

—¿Por qué lo supone?

—¿Que mi marido tenía una aventura con otra mujer? Eso se intuye. Se nota en mil detalles sin importancia que aislados pueden carecer de significado, pero en su caso era palpable.

Oyó carraspear a la otra. Seguramente no se atrevía a darle su opinión. Al cabo de unos segundos fue Manuela la que insistió:

—Puedes decir lo que estás pensando, que llevábamos tiempo distanciados y que yo dormía en otra habitación cuando se me hacía tarde para regresar a Madrid, pero eso no tiene nada que ver.

—¿No tiene nada que ver? —se extrañó tímidamente Rosa.

—No. Todos los matrimonios atraviesan por crisis que en la mayoría de las ocasiones superan. También la hubiéramos superado nosotros si esa mujer no se hubiera cruzado en nuestras vidas y encandilado a Armando y te digo que la recepcionista nueva es igual que ella.

—Eso no es posible— la rebatió la voz de Rosa—. Han transcurrido muchos años desde entonces y ahora aquella mujer sería una señora de mediana edad. Tengo entendido que esa chica es muy joven.

—Eso no importa. La ha contratado Alfonso sin consultarme. De hecho, yo tenía previsto darle ese puesto a otra aspirante mucho mejor que además me la habían recomendado, pero, como todos los hombres, Alfonso deja de razonar cuando ve una cara bonita, porque hay que reconocer que no es solo guapa, tiene también un atractivo especial, lo mismo que aquélla otra. Quiero que hables con ella, que le encuentres cualquier inconveniente para desempeñar el puesto de recepcionista y que la despidas esta misma tarde. Ahora mismo. Baja al vestíbulo y ponla de patitas en la calle.

—Pero…— intentó objetar Rosa.

—No hay pero que valga.

—Pero ¿qué va a decir don Alfonso? — protestó la gobernanta retomando la frase que había dejado a medias—. Debería comentarlo con él antes de tomar esa decisión.

—Del personal me ocupo yo… y tú te ocupas de cumplir lo que resuelvo— se enfadó Manuela levantando ligeramente el tono— Que no se te olvide.

Le contestó Rosa en un murmullo que Claudia no llegó a entender, porque las voces de las dos se iban perdiendo por el otro pasillo conforme se adentraban en él, alejándose del lugar en el que se hallaba Claudia. Con la frente perlada de sudor se dijo que debía retroceder sobre sus pasos y regresar a la recepción antes de que la gobernanta bajara al vestíbulo dispuesta a cumplir lo que le había encomendado Manuela. De puntillas recorrió el pasillo en sentido contrario hasta que llegó a la salita, se abalanzó hacia el ascensor y pulsó la tecla de llamada. Regresaba ya Rosa y sus pasos sobre la moqueta se percibían levemente, pero debía hallarse ya muy cerca de la salita cuando la cabina llegó a la planta y ella se introdujo precipitadamente dentro. A través del cristal esmerilado de la puerta distinguió la sombra de la gobernanta aproximándose y después como levantaba la mano para abrirla, pero un segundo antes de que lo lograra el ascensor empezó a bajar hacia el vestíbulo y Claudia dejó escapar un suspiro de alivio. Había otro ascensor junto al que ella descendía y supuso que Rosa lo tomaría y que llegaría abajo unos segundos después de que lo hiciera ella, por lo que en cuanto se detuvo la cabina en la planta baja salió de esta como una exhalación y echó a correr hacia la recepción ante la sorpresa de Ramona que la vio llegar con los ojos desmesuradamente abiertos.

—¿Te pasa algo? — le preguntó.

—Me pasa, que me he encontrado arriba con doña Manuela y con la gobernanta y que Rosa viene hacia aquí para despedirme— resopló ella.

—¿Porque te han visto haraganeando por el pasillo?

—No, porque doña Manuela le ha dicho que me parezco mucho a no sé quién y que le caigo mal. Que como ella es la que manda, no me quiere en este hotel y que Rosa me despida.

—Pues vaya por Dios— se lamentó Ramona—. ¿Y qué vas a hacer?

No llegó a contestarle Claudia, porque no tuvo tiempo. Una mujer cercana a los sesenta, alta, huesuda, y sumamente enjuta acababa de salir del ascensor y se dirigía hacia ellas con expresión pensativa. Llevaba el cabello gis muy corto y liso, peinado sin gracia y con raya, sujeto con un pasador en el lado derecho de la cabeza, enmarcando un semblante reseco y pálido. Daba la impresión de que no cuidaba en absoluto su aspecto, pero no resultaba éste desagradable, sino simplemente avejentado y anodino.

Se aproximó despacio al mostrador con la cabeza baja y la levantó para acodarse en éste y enfrentar la mirada de las dos.

—¿Eres la chica que llegó ayer para sustituir a Rosario? — le preguntó a Claudia, que permanecía muy tiesa junto a Ramona con la sensación de que la recién llegada la iba a taladrar con la mirada.

Fue Ramona la que contestó por ella, adelantándosele y dejándola a su espalda, como si Claudia fuera su cachorro y debiera protegerla.

—Sí, se llama Claudia Valero.

—Es que ha habido una equivocación— murmuró Rosa, buscando torpemente las palabras. Se le notaba que estaba pasando un mal rato.

—¿Qué clase de equivocación? — inquirió su compañera.

Se atusó Rosa su lacio cabello antes de responder como si con ese gesto pudiese encontrar la inspiración que le faltaba.

—La tomó Herminio por otra muchacha a la que doña Manuela le había adjudicado ya el puesto por teléfono, cuando habló con ella— repuso Rosa, abarcándolas a las dos con sus ojillos castaños y sin brillo—. Esa otra muchacha la ha llamado reclamando el cumplimiento de lo que ella le había ofrecido y no tenemos más remedio que acceder a lo que pide. Lo siento— le dijo dirigiéndose a Claudia—. Nos vemos obligadas a resolver tu contrato. De todas formas, se trataba solamente de una sustitución y con una duración de un mes. Encontrarás algo mejor.

Intentaba Rosa atisbar a Claudia sobre el hombro de Ramona, pero ésta continuó parapetándola como si no hubiera oído a la gobernanta.

—¿Y lo sabe don Alfonso? — le preguntó a la otra—. Fue él quien la entrevistó y quien decidió que se quedara.

—Pero ya sabes que es doña Manuela la que lleva los temas de personal— insistió Rosa cada vez más incómoda— . Don Alfonso…

No pudo terminar lo que iba a decir porque en ese momento traspuso el aludido la puerta giratoria y se les acercó. Parecía estar de buen humor, porque les sonrió a las tres, mesándose la pelambrera que el viento había dispersado en todas direcciones y se acodó también en el mostrador junto a la gobernanta.

—¿Qué ibas a decir, Rosa?

Visiblemente encortada, pareció tragar ésta una bola que tenía en la garganta.

—Se trata de la recepcionista que sustituye a Rosario— empezó con voz insegura, señalándola—Se ha producido un error en la contratación de esta chica, porque doña Manuela ya le había prometido a otra este mismo puesto. Por esa razón me ha pedido hace un momento que le diga que no tenemos más remedio que prescindir de sus servicios, pero que le daremos las mejores referencias.

—¿Para que la contraten en otro museo? — se rió Alfonso sardónicamente—. No creo que le sirvan para mucho unas buenas referencias como recepcionista.

No le entendió Rosa y le miró azarada.

—¿Cómo dice usted?

—Que Claudia no necesita nuestras referencias, porque es arqueóloga y no ha trabajado ni probablemente volverá a trabajar como recepcionista. Me lo ha dicho el director del museo egipcio donde ha estado trabajando hasta finales del mes pasado en el que se ha despedido para venirse a este hotel. No ha habido ningún error al contratar a esta chica. Dígaselo de mi parte a doña Manuela.

Parecía sumamente divertido ante la confusión que denotaban las tres mujeres. Ramona le observaba con la boca abierta, Claudia, roja como una amapola, y la gobernanta como si hubiera perdido el uso de la palabra.

—Pero don Alfonso, es que ella me ha dicho…

—Probablemente porque no sabe que yo la había entrevistado y que me pareció una persona competente— la interrumpió Alfonso—. Como sabéis, el director del museo es un huésped habitual de este hotel. En cuanto mejora el tiempo suele venir con su mujer a pescar y muchos fines de semana se aloja aquí. Hace un rato me ha llamado al móvil para hacer una reserva y cuando le he preguntado si recordaba a Claudia, ya que había trabajado anteriormente en ese museo y la habíamos contratado últimamente aquí como recepcionista, se ha sorprendido bastante — le aclaró a la gobernanta.

—¿Ha hablado usted con el director del museo? — le preguntó Claudia cohibida, apartando a Ramona para aproximarse al mostrador.

Le pareció que él no conseguía disimular la guasa con la que la contemplaba ahora.

—Sí, nos conocemos hace tiempo y hemos estado charlando amigablemente un buen rato. Me ha dicho que, pese a su juventud, es usted una experta en el arte de no sé qué dinastía egipcia—. Clavó en ella su mirada para preguntarle —: ¿En el arte de qué dinastía es usted una experta?

—Me especialicé en descifrar los jeroglíficos de la XIX. anterior a Cristo, por supuesto— repuso Claudia casi sin voz—. Fundamentalmente estudié la época de Ramsés II, pero no soy ninguna experta.

Esbozó él un gesto apreciativo.

—Pues él dice que sí y que se despidió incomprensiblemente hace unos días, porque aún quedaba un mes para que venciera su contrato.

Se volvió seguidamente hacia Rosa que, al igual que Ramona, le escuchaba sin conseguir cerrar la boca, para decirle—: Aclárele a doña Manuela que sintiéndolo muchísimo no podemos darle a su candidata la oportunidad que pretende, porque una eminencia en el arte de la época de Ramsés II, nos ha honrado ocupando el puesto de recepcionista de este hotel, por lo que le estamos muy agradecidos— Se dirigió después a Claudia a la que se le iba un color y le venía otro, para proponerle—: Por cierto, se me ha ocurrido una idea magnífica. Tenemos una sala de conferencias y he pensado que podría usted darnos una charla sobre el éxodo judío y sobre el episodio en el que Moisés extendió su vara sobre el Mar Rojo y éste se abrió permitiendo que su gente pudiera atravesarlo a pie y pasar a la otra orilla. Porque Ramsés II fue el faraón que reinaba en esa época y que persiguió a los judíos, ¿no es cierto?

—Sí, es cierto— admitió Claudia casi inaudiblemente, con la desagradable sensación de que se estaba riendo de ella.

—Pues no hay más que hablar— decidió Alfonso haciendo intención de marcharse—. Repítale a doña Manuela lo que le acabo de explicar— le pidió a Rosa con una sonrisa que pretendía ser cándida— Y usted piense lo que le he propuesto sobre la conferencia— le dijo a Claudia con otra sonrisa irónica, aunque en el fondo de sus ojos había una chispita de advertencia que no supo ella interpretar.

Se alejó por el vestíbulo para tomar el pasillo en el que se hallaba su despacho y cuando desapareció de la vista de las tres, intercambiaron éstas una mirada. La de Rosa denotaba claramente indecisión, en la de Ramona podía leerse la más absoluta sorpresa y en la de Claudia el azaramiento propio de la persona que ha sido cogida en falta. A ésta última se dirigió Rosa, aunque sin el autoritarismo de antes

—No tengas en cuenta nada de lo que te he dicho antes, aunque la verdad es que no sé qué hacer. Los temas de personal los lleva doña Manuela y es posible que no admita lo que ha decidido don Alfonso. Además, si eres una eminencia en el arte de esa dinastía... — insinuó con la evidente esperanza de que fuera ella la que decidiera marcharse y le resolviera así el problema—. Probablemente preferirás realizar una actividad para la que por lo visto estás muy cualificada.

Mientras la escuchaba notaba Claudia que le ardían las mejillas, pero procuró disimularlo y replicar con naturalidad:

—No se preocupe por mí. Estaba en paro cuando me presenté en este hotel buscando trabajo y cuando supe que podía sustituir a Rosario durante un mes, acepté en el acto. Me encuentro muy a gusto aquí realizando un cometido totalmente distinto del mío habitual. Es... es como si me hubiera tomado unas vacaciones.

Meneó Rosa dubitativamente la cabeza.

—No sé, se lo diré a doña Manuela, pero me temo que no se lo va a tomar muy bien. De todas formas, sabiendo que lo tuyo es otra cosa y que no te perjudicaríamos en absoluto resolviendo el contrato laboral que firmaste con Herminio...

—Ya has oído a don Alfonso— la interrumpió Ramona—. No está dispuesto, por contentar a doña Manuela, a prescindir de Claudia. Yo creo que lo mejor que podemos hacer es dejar las cosas como están. así que dile a la jefa que por esta vez no va a ser posible que se salga con la suya.

—Pero es que...

—Pero es que nada—volvió a interrumpirla Ramona—. Yo de ti iría a decírselo ahora mismo.

Inició Rosa el movimiento de marcharse, pero se le notaba que le suponía un esfuerzo enfrentarse a doña Manuela y que inconscientemente retardaba el momento. Se alejó al fin pausadamente y con la cabeza baja como si fuera ensayando por lo bajo lo que iba a decirle a su jefa, a la que debía tenerle bastante respeto. Cuando enfiló el pasillo contrario al que había tomado Alfonso, se inclinó Ramona al oído de Claudia.

—Ya no nos oye. ¿Puedes decirme ahora a qué has venido en realidad a este hotel?

Dudó Claudia durante unos segundos preguntándose si no debería inventarse algo que pudiera resultar verosímil, pero la otra la contemplaba con una expresión tan afectuosa que decidió decirle la verdad.

—Esa mujer que vino hace muchos años a este hotel y a la que todos decís que me parezco era mi madre— repuso en un susurro—. Vino a reunirse con Armando la misma tarde en la que le mataron y ocho meses más tarde nací yo. Quiero averiguar lo que pasó.

Algo parecido a lo que le acababa de referir debía esperar Ramona, porque ni siquiera pestañeó.

—¿Y qué fue de tu madre? Se marchó a la mañana siguiente sin pagar su estancia en cuanto la Guardia Civil nos comunicó que había aparecido el coche de don Armando hundido en el pantano con huellas de sangre en el asiento del conductor, pero que de él no había ni rastro, aunque lo probable era que se hubiera ahogado y que la maleza y el fango del fondo no hubieran permitido que su cuerpo saliera a la superficie. Estábamos todos tan desquiciados con la noticia que no intentamos cobrarle a tu madre entonces, ni tampoco después.

—Mi madre murió hace dos meses.

—¿Don Armando era tu padre?

—Supongo que sí. Mi madre estaba casada entonces con otro hombre que cree serlo y que ha presentado una demanda solicitándole al juez que, por esa razón y porque está en mala situación económica, le mantenga yo. He ido a ver a una abogado que se va a ocupar de defenderme de ese hombre y de presentar una demanda de filiación, pero tenemos que demostrar que fue Armando el que me concibió, no el otro. Tenía Armando un hermano, pero se ha negado a someterse a la prueba biológica para determinar si su ADN y el mío coinciden.

—Y has venido con la intención de reunir esas pruebas, ¿no es así? Por eso tenías tanto interés en visitar la habitación 421— murmuró como si acabara de caer en la cuenta del motivo.

—Sí

—Pues, aunque se ha tomado este asunto a broma, me ha dado la sensación de que a don Alfonso le ha sentado como un tiro la conversación que ha mantenido con el director de tu museo— consideró pensativamente Ramona—. Creo que deberías ir a explicarle el motivo.

—¿Qué motivo?

—El motivo de que estés aquí.

—Es que no quicro que nadie lo sepa— alegó levantando ambas manos para darle mayor énfasis a sus palabras—. Si a mi padre le asesinaron… si asesinaron a don Armando— se corrigió— es posible que el que le mató se encuentre todavía en este hotel. Tengo que ser precavida.

—Don Alfonso era un niño entonces— objetó Ramona—. No creo que tuviera más de ocho años. Era muy travieso, pero le considero incapaz de hacerle daño a nadie.

—Estuvo jugando al futbol y le verías tú a través de los cristales de la puerta giratoria. ¿Tenías tú el turno de tarde y estabas aquí, en la recepción?

—Sí, claro

—¿Y ese chico, el botones del que me has hablado, trabaja todavía aquí?

151

—Sí. Han pasado muchos años desde entonces y don Fabián le pagó los estudios, por lo que, como es natural, ha ascendido bastante. Es Herminio.

—¿Herminio?

—Sí, no sé por qué te extraña tanto. Muchos directores de hoteles han sido antes botones y Herminio no ha llegado tan alto como esos otros, pero ha prosperado. Aunque le sacaba a don Alfonso por lo menos diez años, jugaba mucho con él. Puedes preguntarle lo que recuerda de esa tarde, pero creo que antes deberías hablar con don Alfonso.

—¿Y qué le digo?

Se echó a reír Ramona al ver la timidez que manifestaba.

—Pues lo que me has dicho a mí. Si a don Armando le asesinaron, puedes estar segura de que él no fue.

—Pero no puedo dejar ahora mi puesto—objetó deseando que la otra la convenciera de que efectivamente no era el momento de abandonar la recepción.

—¿Por qué no? De momento estamos más solas que la una y además estoy yo al pie del cañón, así que aprovecha. Explícale el motivo de que estés aquí y vuelve corriendo. No tardes.

La estaba empujando fuera del recinto y Claudia la obedeció con pocos bríos. Atravesó el vestíbulo sorteando a una pareja que acababa de salir del ascensor y enfiló el pasillo donde se ubicaba el despacho de él para detenerse frente a la puerta de éste. Estaba cerrada y fue a llamar con los nudillos, pero en ese momento se abrió y por ella salió Manuela con su rubia melena revuelta y expresión tormentosa. Luego siguió de largo como si no la hubiera visto y se marchó taconeando pasillo adelante sin volver la cabeza. Inspiró hondo Claudia e inició nuevamente el movimiento de propinar unos golpecitos sobre la madera. A través de la hoja entreabierta atisbó a Alfonso sentado tras su mesa antes de que levantara la cabeza de unos papeles para averiguar quien pretendía visitarle. Frunció el ceño cuando la reconoció y con un ademán de la mano la invitó a pasar.

—Adelante. ¿Viene a contarme el cuento que me ha referido en pantano o ha inventado otro distinto? — le preguntó acodando un brazo sobre la mesa y apoyando la mejilla en la mano. Su gesto no era precisamente amistoso, pero fingió ella no advertirlo y tomó asiento en una de las dos butaquitas que él tenía enfrente.

—Vengo a aclarárselo, porque me da la impresión de que usted ha malinterpretado lo que le ha dicho don Julián, el director del museo.

—¿Lo he malinterpretado? ¿Y cómo sabe lo que me ha dicho su ex jefe? — masculló él levantando ligeramente la voz.

—Porque nos lo acaba usted de decir en el vestíbulo— repuso procurando mantenerse erguida y no amilanarse—. Hace un rato, en el pantano, he contestado a sus preguntas y le he dicho la verdad, que trabajaba en un museo. Ha sido usted el que ha dado por supuesto que tendría en esa entidad un puesto de administrativa. Por si le interesa, le aclararé que me licencié en arqueología y que me especialicé en el arte egipcio. Llevaba seis meses en ese museo, porque me recomendó para el puesto uno de mis profesores, que era amigo de don Julián, pero me despedí hace unos días. Me gusta mi profesión y me he esforzado por descifrar los jeroglíficos de la época de Ramsés II, que por cierto inscribía como propios todos los monumentos que encontró a mano, fueran o no suyos, pero no es fácil encontrar trabajo en otro museo. Por eso vine. Supongo que todo eso se lo habrá comentado don Julián.

—Lo de los jeroglíficos de Ramsés II, no— replicó ácidamente—. Lo que no se me alcanza es el motivo.

—¿El motivo? — repitió Claudia como si fuera su eco.

—Sí, a qué ha obedecido esa decisión tan original, la de despedirse antes de que venciera su contrato y presentarse aquí. Supongo que como arqueóloga ganaría usted bastante más dinero que como recepcionista de hotel.

—Es precisamente lo que quiero explicarle, si me deja usted—recalcó, adoptando una actitud modosa con la que esperaba desarmarle y que desfrunciera el ceño.

—Cuente, cuente— le animó Alfonso sin abandonar su tono irónico—. Estoy sobre ascuas.

—Quería ver cómo es este hotel por dentro. Quiero decir que quería trabajar en él durante unos días, porque, como le he dicho, estaba en paro.

—No estaba en paro.

—No, aún no, pero lo iba a estar y necesitaba el puesto de recepcionista para…

—¿Para qué? — le preguntó, interrumpiéndola bruscamente—. ¿Para olvidarse por una temporada de Ramsés II y de sus enrevesados jeroglíficos? Suena como algo realmente absurdo, pero ciertamente es usted muy dueña de hacer lo que le dé la gana siempre que sus caprichos no perjudiquen a nadie. En este caso ha conllevado que mantenga yo una bronca colosal con doña Manuela, lo que siempre es una satisfacción— terminó sardónicamente.

—¿Han discutido ustedes? — inquirió Claudia preocupada.

—Es una forma muy suave de decirlo— replicó en tono mordaz.

—Pues lo siento. Yo… yo no quería causarles ninguna clase de molestias. Necesitaba pasar unos días en este hotel. Un mes concretamente y es demasiado caro para mi economía.

—¿Y para qué necesitaba pasar aquí un mes? ¿Es por una apuesta?

—No, no.

—¿Entonces por qué?

Notaba Claudia la garganta seca y carraspeó.

—Verá, me ha dicho usted que recuerda a una mujer que se presentó en el hotel hace muchos años, cuando usted era un niño y lo regentaba su padre. La que vino precisamente la tarde en la que murió don Armando y sin pedir la llave en la recepción subió a la planta cuarta y pasó la noche en la habitación 421, la que tenía él reservada en exclusiva. También me ha dicho antes que yo me parezco mucho a ella.

—Sí— admitió él ya más calmado.

—Esa mujer era mi madre— le comunicó sencillamente—. Mantenía con don Armando una relación sentimental y vino a reunirse con él para iniciar juntos una nueva vida. Pensaban casarse cuando ella obtuviera el divorcio, pero a él le mataron esa misma tarde. Era el invariable tema de conversación de mi madre. Rememorar los momentos que pasó con él y las horas que esperó infructuosamente en este hotel a que apareciera y se reuniera con ella en esa habitación. Unas horas que se convirtieron en una angustiosa pesadilla.

Examinaba ahora él su semblante con curiosidad.

—Así que usted es su hija— murmuró como para sí—. Ya me extrañaba que pudiera parecerse tanto a ella sin que les uniera ningún lazo de parentesco. ¿Y qué pretendía colocándose aquí, en la recepción? ¿Averiguar algo nuevo sobre él? No hemos vuelto a tener noticias de Armando desde aquella noche. La Guardia Civil interrogó a todas las personas adultas que por una razón o por otra se encontraban el hotel o en sus inmediaciones y rastreó el pantano sin hallar su cuerpo. Algunos malintencionados comentaron que se había largado huyendo de algo o de alguien y que había fingido su muerte para que ese alguien no le encontrara, pero yo no lo creo.

Le escuchó atónita. Jamás se le ocurrió a su madre que Armando hubiera podido arrepentirse del futuro que habían planeado juntos y salir a escape abandonándola a su suerte una vez que había dejado ella al que entonces fuera su marido. Tampoco se le había ocurrido a Claudia y le costó reaccionar.

—Eso no es posible— musitó con un hilo de voz

—No, yo tampoco lo creo— corroboró Alfonso observando extrañado lo mucho que le había afectado su comentario a la chica que tenía enfrente—. Como le he dicho, era yo un chiquillo entonces, pero por lo que recuerdo, no era el tipo de hombre que desatiende sus obligaciones, aunque fuera algo mujeriego.

—¿Mujeriego? — repitió ella incrédulamente—. Eso no es posible. ¿De dónde se lo ha sacado?

Se rebulló inquieto en su butaca por la reacción que había provocado en su visitante lo que había dejado escapar, por lo que se mesó el cogote, evidentemente incómodo.

—Bueno, ya le he dicho que yo era un niño, así que no pude hacerme una idea de su verdadero carácter y por otra parte, teniendo en cuenta con quien estaba casado, me parece disculpable que se consolara con otras.

Le miró indignada con los ojos centelleantes.

—¿Cómo puede hablar así de él? Mi padre no dejó colgada a mi madre aquella noche. Le mataron, que es muy diferente.

—¿Su padre? ¿Armando era su padre?

Notó Claudia que algo húmedo le ascendía hasta los ojos y un lagrimón le corrió por la mejilla. Se lo enjugó de un manotazo.

—Eso creo.

—¿Lo cree? ¿No lo sabe entonces con seguridad?

—No. Ya le he dicho que mi madre estaba casada entonces con otro hombre. Por eso he venido a trabajar a este hotel. Para averiguarlo.

Se quedó callado él sin saber qué añadir. Luego cogió un bolígrafo que tenía sobre la mesa y le dio vueltas entre los dedos observándolo como si le interesara de una forma especial.

—¿Y cómo espera averiguarlo? — le preguntó al fin suavemente—. No sabemos qué le ocurrió. Quizás cuando averigüen a quien perteneció el esqueleto que sacaron el otro día del pantano... Si fuera el de él podría comprobarse si es usted su hija por el ADN de los dos.

—Tendremos que esperar entonces a que lo identifiquen, pero tengo entendido que también podría obtenerse su ADN de alguno de los objetos que utilizó durante su vida, tales como su peine o su cepillo de dientes. Si la habitación 421 se clausuró en su día, es posible que pudiera extraerse todavía de alguno de los que utilizó y que han permanecido en ese cuarto desde entonces.

—¿Al cabo de tantos años?

Esbozó Claudia un gesto de suficiencia, a la par que se inclinaba hacia la mesa de él para decirle en tono doctoral:

—No se imagina la inagotable fuente de información que ha supuesto el descubrimiento de las tumbas de los faraones egipcios, pese a que les enterraron hace milenios. Incluso se hallaron en una de ellas granos de trigo que germinaron siglos después cuando después de descubrir la tumba los plantaron en el exterior bajo tierra. ¿No le parece milagroso?

—Bueno, sí— admitió dubitativamente él observándola con nuevo respeto—. Es usted un pozo de sabiduría—. Y por cierto— añadió desviándose del tema— ¿cómo sigue su madre?

Una sombra de tristeza nubló el agraciado semblante de Claudia.

—Murió hace dos meses. Por esa razón es por la que ha decidido ahora iniciar las investigaciones por mi cuenta. Quiero saber qué pasó y quién fue mi padre.

—Claro, claro— articuló él, ya sin la ironía con la que la había acogido cuando había entrado en el despacho.

—Y consiguientemente quiero pedirle un favor.

—¿Cuál?

—Que me deje inspeccionar la habitación 421. Ramona me ha dicho que guarda usted la llave. Le agradecería mucho que me la entregase con esa finalidad. Prometo no revolverla ni llevarme nada sin su permiso.

Volvió Alfonso a acariciarse pensativamente el cogote.

—¿La llave de esa habitación? Ya me gustaría a mí saber dónde está.

—Pero tengo entendido que la guardaba su padre.

—Sí, éste era su despacho, pero como verá contiene mil armaritos y cajones que yo no he registrado, porque entre otras cosas no he tenido tiempo. Hace un par de años que ingresaron a mi padre en una clínica y desde entonces bastante he tenido con poner en orden este negocio, con pelearme con Manuela y con llevar al día la contabilidad. No sé dónde guardaba la llave.

—¿Y si se lo preguntara?

Esbozó él un gesto de duda.

—Recuerda solo lo que recuerda y en algunas ocasiones no sabe ni siquiera quién soy, pero se lo preguntaré en la primera ocasión en la que vaya a visitarle.

—¿Mañana?

Se la quedó mirando fijamente y luego se echó a reír.

—De acuerdo, iré a verle mañana, pero no se haga muchas ilusiones. Además, esa habitación debe de estar hecha un asco, porque hace mucho tiempo que no se limpia. Lo hacía muy de tarde en tarde Rosa siempre acompañada por él, que solamente le permitía pasar el aspirador por el suelo mientras él le limpiaba el polvo a los muebles con un plumero. Pero eso sí, sin rozarlos. ¿Cree que ese antro conservará algo del ADN de Armando?

Se echó a reír Claudia más animada, a la par que replicaba:

—Si en una tumba faraónica se han mantenido incólumes unos granos de trigo durante siglos, no veo la razón por la que durante veintitrés años no haya podido permanecer indemne el ADN de mi padre en los muchos objetos que utilizaría. Quiero decir en los chismes que utilizó Armando, ¿no cree usted?

—CAPÍTULO VIII—

Aunque estaba cansada y esa noche hubiera preferido irse directamente a su casa, no fue capaz Claudia de decepcionar a Ramona que esperaba la fiesta de la que le había hablado con verdadera ilusión, por lo que mientras se cambiaban de ropa en el cuartito de la planta baja le comentó:

—Mañana tengo que ir a ver a la abogado que me lleva el tema de la paternidad, por lo que no puedo acostarme muy tarde. Te acompañaré a ese jolgorio y luego te dejaré acompañada por los amigos que encuentres. Si has vivido siempre en el pueblo conocerás a mucha gente, así que no me echarás de menos.

De espaldas a ella, Ramona se estaba poniendo en ese instante un grueso jersey de cachemir azul eléctrico y unos pantalones del mismo color, aunque varios tonos más oscuros, que realzaban su corpulenta figura. Notó Claudia al volverse hacia ella que parecían nuevos y se lo hizo notar.

—¿Vas de estreno?

—Sí, me compré esta ropa el fin de semana pasado. Debería haberte avisado para que te arreglaras especialmente tú también. No vamos de juerga todos los días.

Se encogió Claudia de hombros con indiferencia, mientras se metía por la cabeza su jersey blanco, el mismo del día anterior, y se introducía luego en unos pantalones vaqueros un tanto deslucidos, para terminar, calzándose unos zapatones de tacón bajo, adecuados para caminar por la orilla del pantano, por lo que con esa finalidad había optado por ellos esa mañana.

—Estoy demasiado preocupada para que me interesen las fiestas, compréndelo.

Ya vestida, parpadeó Ramona al volverse y mirarla de frente.

—Cualquiera diría que eres una anciana venerable. A tu edad, cualquier chica aprovecha todas las oportunidades para divertirse y tú debes hacer lo mismo. Tiempo tendrás de afrontar esas dificultades de las que me has hablado. Y por cierto, no te he preguntado si tienes novio.

—No, no lo tengo ¿Y tú? ¿Estás casada?

La otra se echó a reír.

—¿Yo? No, soy soltera. Tengo dos hermanos que sí lo están y viven en Madrid. Yo sigo en el pueblo, en la casa que fue de mis padres. Un caserón enorme todo para mí sola. La soledad es muy triste, pero espero ponerle fin próximamente.

La observó conmiserativamente Claudia. También ella vivía sola en su minúsculo pisito desde que muriera su madre y la echaba de menos, pero no le pesaba su soltería como parecía sucederle a Ramona, que en ese momento contemplaba abstraída un cuadro que colgaba de la pared y que reproducía la imagen de unos veleros navegando por el pantano. No parecía verlo, aunque mantenía los ojos clavados en él.

—Si te aburres los fines de semana, podemos quedar en Madrid para ir al cine el próximo sábado— le sugirió—. ¿Qué te parece?

—Mal— repuso lacónicamente la otra.

—¿Te parece mal?

Le echó Ramona un brazo sobre los hombros mientras salían al pasillo.

—Me parece mal, porque por la edad podría ser tu madre. Creo que debes buscar una compañía de tu edad. Además, tengo un novio con el que espero casarme en primavera.

—¿Y sales con él desde hace mucho tiempo?

—Sí, trabajo en el hotel desde que era una chiquilla y en aquella época era yo muy animada. Soy la menor de tres hermanos y el que me antecede me lleva diez años. Cuando falleció mi madre ya se habían casado ellos y de improviso me quedé sola en el enorme caserón en el que vivo. Coincidió su muerte con la ruptura de un novio que tuve y... perdí los deseos de vivir, me encerré entre sus cuatro paredes y dejé pasar los meses y los años. Cuando al fin conseguí recuperarme le encontré a él. No era igual que el otro ni sentía yo lo mismo por él, pero me lo recordaba a veces.

La miraba afectuosamente y pensó Claudia que, aunque la otra no era joven ya, seguía manteniendo un físico atrayente. Era quizás demasiado alta y demasiado maciza, pero sus facciones aún resultaban armoniosas. La melena oscura y ondulada que le llegaba hasta los hombros enmarcaba un rostro expresivo en el que destacaban sus grandes ojos oscuros y su boca, que quizás fuese demasiado grande y que se pintaba de un color rojo intenso. Habitualmente resultaba llamativa, pero en ese momento representaba la edad que debía tener por la amargura de su gesto, pues, aunque manifestaba interés por la fiesta de la hoguera de esa noche, bajo la euforia que se esforzaba en aparentar se percibía que estaba ya de vuelta de ese evento y de todos los que pudieran surgir en el futuro. Se dijo que no debería preguntárselo, pero sin darse cuenta se le escapó.

—¿Y qué pasó con aquel primer novio que tuviste hace años?

Apartó Ramona la mirada del cuadro del pantano para girarse hacia ella y dejar escapar un hondo suspiro.

—Que terminamos. Tuvimos una intensa relación, pero de eso hace mucho tiempo.

—¿Y qué pasó?

Le dio la impresión de que la otra no la había oído, pero cambió de opinión cuando la vio reír, aunque su risa era amarga.

—Pasó, que me dejó de la noche a la mañana.

—¿Y por qué?

—No me lo dijo, pero supongo que se cansó de mí.

—¿Y después...?

—Me quedé deshecha, me costó entenderlo y... al cabo de los años conocí a éste.

—¿Y no has vuelto a ver a aquél otro?

—No. Desapareció de mi vida para siempre.

La añoranza que latía en sus palabras pareció expandirse por el lago pasillo al que salieron a continuación. Volvió a extrañarle a Claudia que, a diferencia de los de las plantas destinados al alojamiento de los huéspedes, careciera de todo ornamento decorativo. Con sus lisas paredes pintadas de blanco e iluminado tan solo por la pobre claridad que proyectaban los plafones del techo, no guardaba punto de contacto con las lujosas dependencias del hotel ubicadas sobre sus cabezas. La escalera que comenzaba al final de ese pasillo acentuaba esa impresión, con sus baldosas de terrazo jaspeado, en lugar del mármol travertino que pavimentaba todas las plantas superiores y su barandilla metálica sin ninguna clase de adorno.

Subieron por ella hasta un office, anejo a las cocinas y salieron al exterior por una puerta lateral del edificio. La noche era fría y oscura, pese a la luna que en cuarto menguante ascendía ya por el firmamento, y se encaminaron con el cuello de sus chaquetones subidos hacia el lugar donde habían estacionado sus respectivos automóviles. Soplaba una gélida brisa que agitaba las ramas de los árboles que rodeaban el hotel y descendían por la ladera hasta el mismo borde del pantano. Se asemejaban a un manchón negro que, sin formas, se moviesen acompasadamente a impulsos del viento con un quejido sordo que esas ráfagas llevaban lejos, pero aun así le pareció a Claudia que el panorama que tenía ante su vista estaba extrañamente quieto, demasiado solitario. No se veía un alma por los alrededores, ni tan siquiera se oía el ladrido de un perro, solo el rumor del aire avisándola de que algo estaba a punto de suceder.

De improviso le distinguió, aunque no llegó a saber lo que era. Estaba entre los árboles, inmóvil como un trazo negro, junto al tronco de un chopo que se doblaba sobre sí mismo ante las acometidas del vendaval, pero esa silueta no se movía. Resistía sus embates como si perteneciera a una especie inanimada, sólidamente arraigada en el terreno a la que no le afectasen sus arremetidas. Se preguntó si sería un madero apoyado contra el tronco del árbol, pero cambió de opinión cuando una nueva ráfaga de aire sacudió el borde de algo que le cubría las piernas y que se asemejaba a un chaquetón para mostrar el forro de éste, que brilló más claro en la oscuridad durante una décima de segundo. Zarandeó a la vez lo que aparentaba ser el bajo de sus pantalones, pero su rostro quedaba envuelto en la sombra que proyectaba el chopo. Debía de ser un hombre, que resistía impávido las acometidas del viento helado y que parecía observarlas mientras caminaban agarradas del brazo hacia la fachada posterior del hotel, bordeando el edificio.

Experimentó Claudia un escalofrío e intentó llamar la atención de Ramona, que iba a su lado en silencio.

—Mira a tu derecha— le susurró—. ¿No ves a un hombre que está allí quieto y que parece que nos vigila?

Giró la otra disimuladamente la cabeza en la dirección indicada y dejó escapar una risita floja.

—Yo no veo nada. ¿No lo habrás imaginado? Es que sopla mucho viento, pero no tengas miedo. Este es un pueblo muy tranquilo donde nunca pasa nada. Bueno casi nunca.

Pero había apretado el paso al decirlo, lo que parecía indicar que también ella experimentaba cierta aprensión y Claudia la imitó, no sin antes dirigir una nueva mirada hacia el chopo, que ahora parecía desperezarse moviendo sus brazos con un rumor sordo, pero al pie de este no vio a nadie ya. Había desaparecido de improviso. Más tranquilizada, pensó que quizás había creído ver lo que no existía y continuó con la otra hasta al estacionamiento del hotel, donde se aglomeraba un sinfín de vehículos que probablemente serían de diversas marcas y colores pero que se fundían también como un todo en la oscuridad, bajo los toldos de brezo que los protegían. Ramona dio con el suyo enseguida y se instaló en el asiento del conductor mientras ella continuaba por otra hilera de automóviles, que se alargaba envuelta en sombras a la incierta luz de las farolas que iluminaban de trecho en trecho la zona.

Entonces le volvió a ver. Estaba de pie, quieto, al final del pasillo que recorría, como si la estuviera esperando. Una silueta alta y enjuta coronada por una cabellera blanca que el viento dispersaba en todas direcciones y Claudia se llevó una mano a la boca para reprimir el grito que no llegó a emitir. Les separaban aún cinco o seis metros, por lo que se abalanzó a abrir la portezuela de su coche y se introdujo dentro para arrancar en el acto, siguiendo al automóvil de Ramona que la esperaba en segunda fila para guiarla hacia la explanada del pueblo donde se celebraba la fiesta. Se cercioró enseguida por el espejo retrovisor de que otro coche había salido del estacionamiento del hotel y que descendía también por la ladera detrás de ellas. Mantenía cierta distancia con su vehículo por lo que aceleró ella la marcha, diciéndose que debía llegar cuanto antes al lugar donde se iba a celebrar el evento, porque entre una multitud no podría ocurrirle nada. Las llamas de la hoguera se veían ya desde lejos en una explanada ubicada frente a la iglesia de la Ascensión y mucha gente se había congregado a su alrededor. Habían encendido a las doce de la noche la enorme pila de leños que habían levantado en ese lugar y se oía ya el ruido de la música y el bullicio de los que habían acudido al festejo, al que se unieron ellas en cuanto aparcaron. Ramona la guio, sorteando el gentío, hacia una mesa en la que servían chocolate con churros y ante la que se había formado una cola de asistentes al acto, que hablaban en voz muy alta y entre risas. El agradable calor del fuego se sentía allí con bastante intensidad y Claudia se relajó un tanto al sentirse arropada entre una multitud tan alegre y tan ruidosa, que coreaba la música a gritos y saludaba también a gritos a los integrantes de los grupos cercanos, como si se conocieran todos desde siempre.

Fue solo un instante de laxitud. Solo tres personas se interponían ya entre ellas y la mesa, cuando de improviso sintió que una mano le tocaba el hombro llamando su atención y se volvió. A su espalda, un hombre de cierta edad, muy enjuto y con el cabello blanco, le tendía un vaso de plástico lleno hasta el borde de chocolate y un plato del mismo material conteniendo unos churros.

—Son para usted— le dijo con una voz ronca examinando fijamente su rostro.

No había llegado ella al salir del hotel a distinguir sus facciones, pero adivinó que era el mismo hombre que las había estado vigilando desde el exterior cuando al terminar su jornada de trabajo bordearon el edificio para dirigirse al estacionamiento. Llevaba un abrigo que le cubría las piernas hasta más abajo de las rodillas y el viento agitaba su cabello plateado, demasiado largo, dispersándolo en todas direcciones.

—Gracias, pero no es necesario— consiguió decirle, denegando su ofrecimiento con voz casi inaudible.

Se volvió Ramona en ese momento y al ver el vaso con chocolate que le brindaba el desconocido a Claudia lo cogió ella en el acto con una sonrisa y se lo entregó a ésta.

—Muchas gracias. Es usted muy amable. Pediré ahora mismo otro para usted, porque ya me llega el turno. ¿Quiere que también le pida unos churros?

El hombre no le contestó. Seguía mirando fijamente a Claudia como si no la hubiera oído y Ramona insistió:

—No es usted de este pueblo, ¿verdad? ¿Ha venido desde San Martín a celebrar aquí La Candelaria?

Tampoco ahora pareció él percatarse de la presencia de su compañera. Continuaba con los ojos fijos en Claudia y extendió una huesuda mano hacia ella.

—Regina— murmuró en un susurro—. Sabía que te encontraría.

Intentó Claudia dar un paso atrás y chocó con un muchacho que se apartaba en ese momento de la mesa donde le habían dado una ristra de churros que estuvo a punto de salir volando por los aires. La chica que iba con él le ayudó a salvarlos del estropicio y ambos se perdieron entre el gentío mascullando algo por lo bajo. Dos mujeres de una edad similar a la de Ramona se acercaron ahora a ésta y la abrazaron entre risas interponiéndose entre ella y Claudia. Casi al mismo tiempo un grupo de jóvenes que cantaba a voz en cuello se llevó por delante al hombre del pelo blanco, segundo que aprovechó ella para despedirse de Ramona.

—Me voy— le dijo atropelladamente.

—¿Cómo que te vas? —protestó la otra—. Si esto no ha hecho más que empezar y podemos dormir mañana hasta el mediodía. ¿Pero dónde te has metido? —le gritó.

Porque sin escucharla Claudia había salido corriendo hacia la calle cercana donde había aparcado su coche. Con una mano que temblaba ostensiblemente abrió la portezuela con el mando, se introdujo dentro y arrancó un segundo después, enfilando la vía que atravesaba el pueblo para salir a la carretera con los ojos fijos en el espejo retrovisor. No vio que ningún automóvil la siguiera, por lo que respiró más tranquilizada, aunque cuando llegó a su casa y se acostó no consiguió dormir. Veía la silueta de aquel hombre, inmóvil junto a los árboles que rodeaban al hotel con su blanco cabello zarandeado por el viento y luego en la fiesta de la hoguera ofreciéndole el vaso de chocolate y llamándola Regina. La había confundido con su madre, de eso no cabía duda y por la edad y por su aspecto podía tratarse de Gerardo Marín que creyera haberla reencontrado, aunque era posible que no tardara en recapacitar y cayera en la cuenta de que no podía tratarse de la que había sido su mujer, sino de la chica que él creía que era su hija. Tenía que llamar a Noelia para que ésta agilizara los trámites del procedimiento judicial que él había iniciado. Ahora que la había localizado Gerardo en el hotel, volvería a esperarla a la salida del trabajo y sin saber por qué le inspiraba ese hombre un miedo cerval. El mismo que había sentido Regina desde que le abandonó y que le había transmitido cuando, siendo una niña, huían de él mudándose continuamente de vivienda para que no las encontrara.

Nada más levantarse al día siguiente y sumamente intranquila, llamó por teléfono al despacho de Noelia y le pidió una cita a la secretaria que se la concertó para la semana siguiente.

—No, no— protestó intentando a duras penas controlar la histeria que empezaba a dominarla—. Es muy urgente. Necesito verla esta misma mañana.

Le dio la impresión de que la otra era capaz de verla en ese momento en pijama, con el cabello revuelto y la expresión de pánico que contraía sus facciones, porque sin alterarse repuso:

—Está bien. Venga dentro de una hora, a las once, pero tendrá que ser breve, porque tiene un asunto importante que resolver a las once y media.

Consultó Claudia su reloj. Eran las diez y cuarto y aún no se había lavado ni desayunado. Su pisito se ubicaba en la calle Menéndez Pelayo, muy lejos del Paseo de la Princesa donde se hallaba el despacho de Noelia, por lo que no tenía tiempo que perder. Con un apresurado "gracias" colgó el aparato y se precipitó en el cuarto de baño, del que salió corriendo instantes después para volver a ponerse la ropa que había llevado el día anterior y que había dejado tirada de cualquier modo sobre la butaca de su dormitorio.

Sin desayunar, salió corriendo del piso y llamó a un taxi que la dejó a las diez y cuarenta y siete minutos frente al edificio al que se dirigía. En el portal tomó el ascensor y sin aliento recaló en la planta tercera a la hora en punto en la que había sido citada. Le abrió la secretaria, una señora de mediana edad, alta y de porte distinguido, que se hizo a un lado para dejarla entrar y que debió hacerse cargo de su situación anímica, porque sin pronunciar una sola palabra le indicó con una mano el largo pasillo que comenzaba en la antesala en la que se hallaba su mesa, dándole a entender que podía dirigirse sin pérdida de tiempo al despacho de la abogado.

Se encontraba ésta sentada tras su mesa y escribiendo en el ordenador, cuando Claudia entró atropelladamente sin esperar la respuesta a los golpecitos que propinó en la puerta con los nudillos y también debió de hacerse cargo inmediatamente del estado en el que se presentaba la otra, porque dejó de escribir en el acto, le hizo un gesto de que se sentara frente a ella y se acodó en la mesa inclinándose hacia ella.

—¿Qué pasa? ¿Qué te ha ocurrido?

—Me pasa… me pasa de todo. Anoche me topé con el ex marido de mi madre y me llevé un susto de muerte.

Impasible, hizo Noelia un gesto de asentimiento.

—¿Por qué no me lo explicas desde el principio?

Meneó Claudia afirmativamente la cabeza y empezó a referírselo atropelladamente.

—Ya sabes que me coloqué en el hotel de mi padre.

—Sí.

— Una recepcionista se casa y me contrataron para que la sustituyera durante un mes, ya te lo dije.

—¿Y qué?

—He venido a verte tan apresuradamente por otro asunto. Creo que Gerardo Marín, el ex marido de mi madre me ha encontrado. Ya te he dicho que me han contratado de recepcionista con el turno de tarde. Finaliza a las doce de la noche y cuando al término de la jornada salimos para coger nuestros respectivos coches, vi a un hombre enfrente del edificio que parecía estarlo vigilando. Nos siguió hasta el estacionamiento y luego hasta el pueblo donde íbamos a asistir a una fiesta que celebran todos los años el día tres de febrero. A medianoche y con una música atronadora encienden una hoguera gigantesca y el Ayuntamiento ofrece chocolate con churros a los asistentes.

—Sí, ¿y qué? —repitió Noelia.

—Que él estaba allí entre la multitud y que se me acercó y me llamó Regina. Regina se llamaba mi madre.

—¿Y por qué crees que puede tratarse de él?

—Porque tendría más de setenta años, que es la edad que le calculo, ya que le llevaba veinte a mi madre. Y porque me confundió con ella. He venido corriendo a verte porque estoy asustada.

—¿Y por qué estás asustada? Si él cree que eres su hija, no tendrá intención de hacerte daño.

—En eso tienes razón— admitió Claudia reflexivamente—. Pero mi madre también le tenía pánico, aunque por lo que me dijo nunca pretendió levantarle la mano. Desde que recuerdo, hemos estado las dos huyendo de él y… y no lo puedo evitar. Personifica para mí un peligro, aunque no puedo concretar el motivo. En cualquier caso, me gustaría que agilizaras lo más posible el procedimiento judicial que ha iniciado él solicitando la prestación de alimentos por mi parte. En cuanto demostremos que no es mi padre, me dejará en paz, ¿no crees?

—Sí, es posible que sí— repuso Noelia con vaguedad.

Estudió Claudia su expresión con desconfianza.

—Pareces dudarlo. ¿Qué es lo que estás pensando?

No le contestó inmediatamente la otra. Parecía estar sopesando la conveniencia de responderle la verdad. Al fin se decidió.

—No sabemos con certeza, Claudia, si es él o no tu padre y no sé si quieres saber la verdad o si prefieres mantenerte en la duda mientras te sea posible.

La había escuchado Claudia con los ojos muy abiertos y cuando entendió lo que la otra le decía no le permitió seguir hablando.

—Pero mi madre estaba segura de que mi progenitor era Armando.

—¿Y por qué estaba tan segura? ¿Acaso Gerardo Marín no se acostaba ya con ella por aquella época?

—Sí, pero…

—En ese caso podrías ser hija de cualquiera de los dos.

Lo consideró Claudia con la cabeza baja y la mirada fija en sus deslucidos pantalones vaqueros, pero no tardó más que unos pocos segundos en tomar una decisión y levantarla para mirar a Noelia de frente.

—Prefiero saberlo, en cualquier caso. Si por un error de la naturaleza me hubiera concebido Gerardo, seguiré teniéndole miedo y seguiré deseando perderle de vista. No por esa razón le consideraría mi padre ni sentiría el menor deseo de pagarle una pensión alimenticia ni mucho menos de acogerle en mi casa.

La observaba Noelia como si estuviera evaluando cuál sería su verdadera reacción en ese caso y la chica se apresuró a corroborar lo que acababa de decir.

—Puedo asegurarte de que no cambiaría de opinión y que quiero averiguarlo cuanto antes.

—Bien, de acuerdo entonces. Hablaré con el procurador que te representa en ese procedimiento para que hable con el secretario del juzgado e intente que nos señalen la vista cuanto antes. Recordarás que pedí en la contestación a la demanda que Gerardo se sometiera a esa prueba. Si su ADN no coincide con el tuyo, ahora que ha aparecido ese esqueleto en el pantano aguardaremos a que lo identifique por el mismo procedimiento la Guardia Civil, gracias a ese hermano suyo tan simpático que tenía.

—¿Con el ADN de Felipe Valdés?

—Sí. Si el esqueleto es el de Armando, interpondremos la demanda de paternidad en el juzgado en el caso de que hayas encontrado a alguien dispuesto a testificar que le consta que mantuvo él con tu madre una relación íntima. ¿Lo has encontrado?

Desvió pensativa Claudia la mirada hacia las lujosas librerías que cubrían las paredes del despacho, abarrotadas de Aranzadis, y dejó escapar un suspiro.

—No lo sé. Todas las personas del hotel con las que he hablado me han comentado que me parezco mucho a una mujer que la misma tarde en la que mataron a mi padre llegó con la llave de la habitación 421, que era la suite que tenía él reservada, y que pasó la noche en ese cuarto, lo que parecía indicar que mantenía con él esa clase de relación. Que cuando a la mañana siguiente se enteró de lo que le había sucedido a él, estuvo a punto de desmayarse y que se marchó sin pagar la estancia. No sé si sería suficiente. ¿Crees que bastaría?

—No lo sé— admitió Noelia dubitativamente—. Los jueces son reacios a admitir a trámite las demandas de filiación sin una prueba indiciaria previa. De esas personas a las que te has referido ¿hay alguna dispuesta a declarar por escrito lo que me acabas de contar?

Confusa, meneó Claudia la cabeza y levantó ambas manos

—No lo sé. Quizás la recepcionista que comparte el turno conmigo. Se llama Ramona y todavía es soltera y de mediana edad. Me ha acogido con mucha amabilidad, como si fuera su hija, y me ha defendido de Manuela, que en cuanto se ha percatado del parecido que tengo con mi madre ha pretendido despedirme. Debe de intuir que para ella y para sus intereses económicos constituyo un peligro. ¿Cómo crees que pudo conseguir heredar a Armando después de que el juez declarara disuelto su matrimonio por el divorcio?

—Ya te lo dije. Seguramente esa sentencia no llegó a inscribirse en el Registro Civil.

—¿Y no podríamos averiguarlo?

—Sí, pero en cuanto sepamos si eres o no hija de Armando y por consiguiente su heredera. En caso contrario el heredero sería su hermano Felipe y no tengo el menor interés en allanarle el camino.

Notó Claudia que Noelia consultaba su reloj y al darse cuenta de que el tiempo que le había concedido se estaba agotando arrancó a hablar muy deprisa.

—Hay otro asunto que quería comentarte.

—Dime.

—Se trata de una de las habitaciones del hotel, de la 421. Como te he dicho, era la suite de mi padre y está cerrada a cal y canto desde que desapareció. He hablado con el director del hotel y le he aclarado que el motivo por el que quería entrar a trabajar allí era por averiguar lo que le había sucedido a Armando. Le he dicho que me gustaría inspeccionar la habitación 421. La última persona que durmió en esa habitación fue mi madre, pero he pensado que en alguno de los objetos que se encuentran en ese cuarto se podría encontrar rastros del ADN de él. Aún en el supuesto de que el juez no admitiera a trámite la demanda de paternidad y no pudiéramos probar que soy hija suya me gustaría saberlo.

—¿Y que te ha contestado él?

—Que la llave la guardaba su padre, que está ingresado en una clínica para enfermos mentales y que cuando vaya a visitarle le preguntará dónde la metió. En principio le pareció bien que tratara de hacer esa investigación, aunque supongo que pretenderá acompañarme y estar presente mientras busco algo que nos pueda servir para hacer la prueba para asegurarse de que no me llevo nada de interés para el hotel. Le pedí que fuera a ver a su padre hoy.

—¿Y qué te contestó?

—Que sí, que iría hoy.

Noelia se echó a reír.

—Me estás resultando una chica muy persuasiva. Me parece bien lo que te propones, pero lleva cuidado. Por lo que sabemos, hay varias personas a las que no les conviene que averigües lo que pasó. A Manuela, porque podría perder lo que heredó indebidamente, a Felipe Valdés, porque dejaría de ser el heredero de Armando si fueras tú su hija y a…

—¿A quién más? — inquirió Claudia intrigada.

—A la persona que mató a Armando, si llegas a saber quién fue. Lleva cuidado.

—CAPÍTULO IX—

Era ya cerca del mediodía cuando Claudia salió del Instituto Nacional de Toxicología, donde acababan de tomarle una muestra para determinar su ADN. Días antes le había enviado el procurador a Noelia la Providencia del juzgado admitiendo esa prueba y dándole cita en ese organismo para realizarla, por lo que como ya era tarde decidió no pasar por su casa y dirigirse directamente a Pelayos de la Presa. Aún faltaban unas horas para el inicio de su jornada laboral, pero pensó que podría aprovecharlas para hacer la compra en el supermercado del pueblo y aprovisionar así la nevera de su casa, ya que con el frío reinante se conservaría perfectamente en el maletero del coche lo que adquiriese.

Brillaba un sol pálido en un firmamento blanquecino y la carretera estaba prácticamente desierta a esas horas, por lo que tan solo invirtió tres cuartos de hora en desembocar en el pueblo, atravesar la plaza del burrito y estacionar en la explanada que precedía al supermercado. Hasta allí llegaba todavía el olor a leña quemada de la hoguera de la noche anterior, que aún humeaba, y ese olor la retrotrajo al instante en el que aquel hombre había llamado su atención para ofrecerle un vasito de chocolate. El recuerdo le provocó un escalofrío que intentó reprimir resueltamente al entrar en el establecimiento empujando el carrito que había cogido en la puerta. Pensaría en Gerardo cuando la citaran para la Vista del juicio, pero no antes.

Tampoco en el supermercado había más de dos o tres personas a esas horas tras la noche de jarana de sus habituales clientes, por lo que en pocos minutos apiló en el carrito lo que le interesaba e hizo intención de dirigirse hacia la caja, pero al dejar atrás la sección de la frutería chocó de frente con el de una señora de cierta edad que parecía tener mucha prisa y que se disculpó abochornada. Era bajita, regordeta y con el rostro sonrosado. Llevaba el cabello canoso desaliñadamente recogido en un moño en la nuca del que se escapaban unos cuantos mechones que intentó colocar en su lugar mientras se excusaba con ella.

—Perdone usted, es que no la había visto. ¿Le he hecho daño?

Le había clavado el carrito en las costillas, pero no le pareció oportuno preocupar aún más a su interlocutora, que la miraba ahora tan compungida como si la hubiera arrollado con un tractor.

—No, no. No se preocupe. No ha sido nada.

El semblante de la otra, surcado por algunas arruguillas, se distendió con una sonrisa de alivio y a continuación frunció el ceño para terminar parpadeando como si la hubiera reconocido, pero no acabara de caer en la cuenta de quién era ella.

—La conozco de algo, ¿verdad? — le preguntó examinando atentamente su semblante.

Estaba segura Claudia de no haberla visto en su vida, por lo que se apresuró a negarlo.

—No, no, la recordaría.

Algún recuerdo satisfactorio debió de hilar ahora en su cerebro la señora, porque desapareció como por encanto el pliegue de su frente y dejó escapar un gritito de satisfacción.

—¡Ah!, ya sé. La vi anoche con Ramona— le comunicó, sorteando los dos carros para acercársele con aire conspiratorio—. La vi en la fiesta, pero se marchó enseguida sin tomarse el chocolate que le ofreció un señor muy educado, que no era de este pueblo. ¿Por qué se marchó? ¿No le gusta el chocolate?

Pese a las prisas con la que se movía segundos antes por la frutería, parecía dispuesta a entablar con Claudia una larga conversación y ésta le dedicó otra sonrisa con la que pretendía dar el encuentro por finalizado para continuar seguidamente hacia las cajas.

—Vivo en Madrid y era ya muy tarde— le contestó, asiendo el manillar de su carro y empujándolo resueltamente en esa dirección.

—Sí, ya lo sé— replicó la otra con una risita—. Me lo dijo Ramona que me contó también que estás sustituyendo a Rosario en la recepción. Me alegro de conocerte. Yo también trabajé con ella como recepcionista en el hotel. Teníamos las dos el mismo turno, pero hace años que me jubilé.

Había pasado a tutearla al saber que la chica que tenía delante desempeñaba el mismo trabajo y en el mismo lugar que ella muchos años antes y trató Claudia de calcular por su apariencia cuantos podían haber sido éstos. De una sola ojeada dedujo que la señora podría haber dejado atrás los setenta años y le dedicó una nueva sonrisa.

—Pues también yo me alegro de haberla conocido. Me llamo Claudia.

—Y yo Martina. Pero no me llames de usted, porque me hace sentirme vieja y, aunque con muchos años de diferencia, hemos realizado el mismo trabajo. ¿Cómo te va en el hotel? Ramona es una magnífica persona y una empleada muy eficiente. ¿Has conocido ya a Rosa?

—Sí, sí.

—También es muy eficiente. ¿Y cómo te va con doña Manuela?

—Bien, bien, muy bien.

La observó Martina con sorna, dando por hecho que acababa de darle Claudia una respuesta de compromiso.

—Yo también tuve que padecerla— le comentó—. Ella se ocupaba antes de las tiendas de perfumes, de la joyería y de modas de la planta baja y los jefes eran don Fabián y don Armando, pero cuando éste último desapareció de la noche a la mañana tomó doña Manuela el mando y a todos nos lo hizo pasar mal. Cuando al fin cumplí la edad de retirarme del trabajo activo, me sentí realmente liberada. ¿De verdad la soportas bien tú?

—Pues…

—Claro, no te atreves a decirme la verdad— la interrumpió—. Pero puedes estar tranquila porque no tengo con ella trato ninguno y por mí no va a saber nada de lo que me digas. Su marido era otra cosa. Muchos se preguntaron entonces si no habría fingido su muerte para desaparecer del mundo de los vivos y perderla de vista para siempre. Unos ingenuos.

Había hecho intención Claudia de continuar camino hacia las cajas, pero al oírla aludir a Armando retrocedió sobre sus pasos y se le aproximó.

—¿Conociste a don Armando? — le preguntó intentando disimular el interés con el que esperaba su respuesta.

—Sí, claro. Entré a trabajar en el hotel siendo muy jovencita, cuando su dueño era todavía don Rosendo Valdés, el padre de don Armando. Éste era entonces un chiquillo que venía a veces con su hermano Felipe a pasar el día. Luego don Rosendo le vendió la mitad de sus acciones a don Fabián, aunque no sé el motivo por el que adoptó esa decisión, porque la verdad es que se llevaban muy mal los dos.

—¿Se llevaban mal?

—Sí, se peleaban casi todos los días. Don Fabián era bastante más joven que don Rosendo y pretendió modernizar el hotel en contra de lo que el otro opinaba. Es que don Rosendo era muy cabezota. Cuando murió, le legó a don Armando la totalidad de las acciones que poseía sobre el hotel ignorando a don Felipe y los dos hermanos terminaron a la greña. Todos los que trabajábamos en el hotel sabíamos que era don Felipe el que quería continuar el trabajo que había iniciado su padre, que había sido quien había construido el edificio y lo había puesto en marcha, pero al viejo cascarrabias le dio igual. No disimulaba su preferencia por el mayor de sus hijos y temo que ese fue el motivo de que el chico terminara como terminó.

—¿Qué quieres decir? — inquirió Claudia, aproximándose aún más a Martina para animarla a que continuara.

Le pareció que ésta se acababa de dar cuenta de que estaba hablando con una desconocida, porque había levantado sus ojillos pardos hacia su rostro y la observaba ahora con recelo.

—Nada, creo que estoy cotorreando de más y quizás no estés enterada.

—Si te estás refiriendo a la desaparición de don Armando… — empezó Claudia reprimiendo su impaciencia por enterarse de lo que la otra iba a decir.

Parpadeó Martina mirándola ahora con cierta indulgencia.

—Veo que no, que efectivamente no te has enterado. ¿No lees el periódico por las mañanas?

—Pues generalmente no— reconoció Claudia—. Me enteraba de las noticias por la televisión, pero ahora llego a casa por la noche demasiado tarde y demasiado cansada y me voy directamente a la cama. ¿De qué debería haberme enterado?

Acercó Martina su boca al oído de Claudia para aclararle:

—De que don Armando se ahogó en el pantano hace un montón de años, de veintitrés exactamente. Han identificado el esqueleto que la Guardia Civil sacó del agua hace unos días y era el de él, lo dicen todos los periódicos. No desapareció como acabas de insinuar y como pensaron algunos malintencionados para perder de vista a su mujer. Alguien le mató esa tarde. Sé que había quedado con don Felipe, porque me lo dijo él.

—¿Te lo dijo él?

—Sí, me lo dijo don Armando. Estaba yo sola en la recepción, porque Ramona no había llegado todavía y le vi salir de la cafetería con don Fabián y atravesar el vestíbulo con gesto preocupado. Estaban los dos muy serios, como si se hubieran peleado una vez más, pero se detuvo un instante para hablar conmigo como hacía siempre.

—¿Y te dijo que había quedado con su hermano?

—Sí. A continuación, se marcharon los dos y les vi tomar con sus coches el camino del pantano. No regresó ninguno de los dos. Ramona llegó tarde, como siempre. Tenía por aquel entonces un novio que la tenía trastornada y a menudo se entretenía demasiado con él, por lo que yo la encubría cuando alguien notaba su falta y preguntaba por ella.

—¿Llegó tarde? — inquirió Claudia sorprendida, dado que su compañera le había referido lo mismo como si lo hubiera vivido en primera persona.

—Sí, yo le conté a ella lo que te acabo de decir.

—Y la que te preguntó por Ramona fue doña Manuela, ¿verdad?

—Sí. Era verano entonces y estaba muy acalorada cuando regresó. Creo que también venía del pantano. Se acercó al mostrador y me gritó que, si Ramona seguía escaqueándose y paseando por el pueblo cuando debería estar en la recepción, tendría que tomar medidas.

—¿Y qué le contestaste?

—Que se le había pinchado una rueda del Seiscientos que tenía entonces y que por esa razón se había retrasado. No me creyó, claro. Me soltó un bufido y se largó como un energúmeno a su despacho. Ramona se presentó poco después y se preocupó bastante cuando le trasmití lo que la jefe me había dicho. Sin duda le vio las orejas al lobo, porque a partir de ese día llegó puntualmente a la hora en la que comenzaba nuestro turno.

—¿Y qué más pasó?

Desvió Martina nostálgicamente su mirada del rostro de Claudia para fijarla en un punto indeterminado que solo ella pareció ver.

—Que don Armando no volvió. A la mañana siguiente encontró la Guardia Civil su coche semi hundido en el pantano, pero su cuerpo no apareció. En todos estos años se le ha buscado repetidamente sin hallarle, hasta que el otro día…

Parecía lamentar profundamente lo sucedido y Claudia insistió:

—Sí, sacaron del agua un esqueleto enganchado a la hélice de una motora. ¿Me has dicho que se ha averiguado que era el de él?

—Sí, era el de don Armando. Han contrastado su ADN con el de su hermano Felipe, que se ha presentado voluntariamente en el juzgado que instruye las diligencias del caso para ofrecerse.

—¿Y se ha averiguado también de qué murió?

—Sí, alguien le atizó un golpe en la cabeza, lo mismo que a don Fabián. El forense que le ha practicado la autopsia cree que le dejó inconsciente, le sentó después en el asiento del conductor, le quitó el freno al coche y lo empujó luego dentro del agua hasta que se hundió. Consta en el atestado que efectuó entonces la Guardia Civil que en ese asiento había rastros de sangre y que la portezuela de ese lado estaba abierta, por lo que es posible que el cuerpo de don Armando saliera despedido y se sumergiera entre la maleza del fondo del pantano, por lo que no salió a flote después de que se ahogara. A don Fabián le encontraron tirado en la orilla.

—Ya— musitó Claudia en un susurro—. Y tú crees que pudo ser su hermano el que discutiera con él y enfurecido les agrediera a los dos.

Respingó alarmada Martina.

—Yo no he dicho eso. Te he comentado solamente que sé que había quedado con don Felipe esa tarde y que don Armando cuando salió del hotel estaba preocupado. Yo diría que más que preocupado. Angustiado es la palabra que definiría mejor su estado de ánimo. Era un hombre muy jovial y muy atractivo. Solía estar de buen humor, pero esa tarde parecía llevar un peso sobre los hombros que le impedía erguirse con normalidad.

—Quizás obedeciera su estado de ánimo a la discusión que dices que había mantenido con don Fabián— apuntó dubitativamente Claudia.

—No, no lo creo— replicó Martina con un gesto de suficiencia—. Con don Fabián se peleaba a menudo, igual que hacía don Rosendo, y no por esa razón se amilanaba. Le centelleaban los ojos después de la discusión y la expresión de su cara era desafiante cuando se apartaba de él dejándole con la palabra en la boca. Algo especial debió de sucederle ese día y quizás fuera el motivo de que alguien le asesinara junto al pantano algo más tarde.

Vaciló Claudia dudando en preguntarle sobre lo que le había comentado Alfonso la tarde anterior, pero al fin se decidió.

—Me acabas de decir que esa tarde regresó doña Manuela del pantano subiendo la cuesta a pie. Es curioso, ¿no?

Esperaba que la otra lo desmintiera o que al menos se mostrara reticente, pero ante su sorpresa se apresuró a afirmarlo.

—Sí, serían más o menos las siete de la tarde. Me fijé en que, en contra de su costumbre, llevaba zapatos bajos y que los traía embarrados.

—¿Y a qué hora me has dicho que se marchó don Armando con su coche?

—Serían las cuatro y media, más o menos. Había tomado café con don Fabián en la cafetería. Se habían peleado a gusto de los dos como siempre y... sí sería esa hora. ¿Por qué lo preguntas?

—No, por nada. Solo quería hacerme una idea de lo que sucedió y de cómo pudo ocurrir.

—Me temo que eso no llegará a averiguarse nunca— se lamentó Martina entristecida—. El de don Armando será uno de los muchos crímenes que quedan sin resolver. Efectivamente doña Manuela salió beneficiada con su muerte. Hacía tiempo que el matrimonio no se soportaba y al morir él heredó ella todos sus bienes. Fue de la primera persona de la que sospechó la Guardia Civil y a la que interrogó repetidamente, pero no encontró ni una sola prueba en la que basarse para acusarla.

—¿No? ¿Pues no me acabas de decir que la viste regresar del pantano unas horas más tarde?

—Sí, pero ella declaró que no había salido esa tarde del hotel y yo no me atreví a decirle la verdad a los agentes. Me hubiera despedido.

La observó Claudia en silencio durante unos instantes, preguntándose qué habría hecho ella de encontrarse en su lugar. Sin duda se hubiera arriesgado a que Manuela la pusiera de patitas en la calle, pero no se encontraba en el mismo caso que Martina porque era joven y esperaba encontrar un puesto similar en otro museo al que había desempeñado. Un trabajo tranquilo y minucioso que en ese momento añoró. Por la mente de la otra debía pasar algo parecido, porque murmuró:

—Seguramente a ti te parecerá mal que no le dijera la verdad a la Guardia Civil. Lo hubiera hecho de haber estado segura de que don Armando había sido asesinado, pero no lo sabía. Hasta esta mañana no lo sabíamos ninguno.

—Claro, ya lo entiendo ¿Y de quien más sospechó la Guardia Civil?

—De don Fabián y de don Felipe, pero también terminó por descartarles. Del primero pensó que podía haber mantenido un altercado con don Armando del que podía haber salido herido y de don Felipe, porque, como te acabo de decir, al no haber aparecido el cadáver cabía la posibilidad de que don Armando hubiera decidido esfumarse voluntariamente con alguna chica.

—¿Es que era un hombre mujeriego?

Se la quedó mirando Martina con una expresión distinta. Parecía creerse una mujer de mundo y debía considerar que Claudia no era más que un tierno cachorrillo sin experiencia de ningún tipo, pero tras unos segundos de duda se decidió a contestarle:

—Se le daban bien las mujeres, si es eso lo que me preguntas. Esa misma tarde, en la que por cierto hacía un calor espantoso, cuando empezaba a bajar el sol llegó al hotel una chica que se dirigió directamente al ascensor sin pasar por recepción. No nos extrañó, porque muchos de nuestros huéspedes reciben visitas en sus habitaciones. Lo que llamó nuestra atención fue que a la mañana siguiente la camarera de la planta cuarta nos comentara que esa desconocida había dormido en la suite de don Armando, en la habitación 421. Como es natural pensamos Ramona y yo que era un ligue de él, máxime cuando bajó ella al vestíbulo poco después y nos preguntó por el paradero de don Armando. Cuando algo más tarde apareció la Guardia Civil y se enteró de que su coche había aparecido hundido en el pantano tuvieron los agentes que sostenerla, porque estuvo al borde del desmayo.

Un pliegue hondo surgió en su frente cuando hizo un esfuerzo por recordar aquel suceso. Luego su semblante expresó perplejidad y finalmente miró a Claudia de frente examinando atentamente sus facciones.

—Era una chica de unos veintitantos años, muy morena de piel, con el pelo negro y con unos ojos verdes muy grandes y… muy parecida a ti. No deja de ser curioso. Al tropezar con tu carrito y mirarte, he pensado que te conocía y luego he dado por supuesto que el motivo era que te había visto anoche en la fiesta de la hoguera, pero no. Es que eres igual que aquella chica.

Seguía observándola, ahora con desconfianza, por lo que Claudia fingió sorprenderse y luego se encogió de hombros con indiferencia.

—¿Se parecía a mí? Debo de tener una cara muy corriente porque mucha gente me dice al conocerme que le recuerdo a otra persona. En el hotel me lo han asegurado Ramona, don Alfonso, Herminio, doña Manuela… y no sé si alguno más. Todos me han dicho que me parecía a la chica que aquella noche durmió en la habitación 421. ¿Qué fue de ella?

El recelo que manifestaba Martina fue desapareciendo de su semblante para dejar paso a la curiosidad.

—Se marchó sin dejar rastro ni pagar la cuenta y no volvió a aparecer por el hotel ni por el pueblo. La Guardia Civil la estuvo buscando, pero desapareció como si se la hubiera tragado la tierra. No será pariente tuya, ¿verdad?

—Claro que no— mintió Claudia con desenvoltura—. Ya te he dicho que mucha gente, cuando me conoce, cree haberme visto antes. Y ahora voy a marcharme porque dentro de unos minutos comenzará mi turno de trabajo.

—Imagino que esta tarde estará el patio muy revuelto— musitó Martina como para sí—. Dale recuerdos a Ramona y a Rosa. ¿Sabes cómo sigue don Fabián?

Se volvió Claudia hacia la otra y negó con la cabeza.

—No. Tengo entendido que está ingresado en una clínica para enfermos mentales.

—Sí, en "La Alborada", en Puerta de Hierro, un centro muy caro donde van a curarse de su depresión las personas a las que les sobra el dinero. Las personas a las que no les sobra se curan en sus casas o no se curan y se aguantan.

—¿Está ingresado por depresión? — se extrañó Claudia—. Creía que era algo más serio.

—Es serio lo que tiene y no sé si lo que le pasa recibe el nombre de depresión. Tiene altibajos, pero hay días en los que no sabe quién es ni cómo se llama. Sé que su hijo va a verle a menudo y que en ocasiones no le reconoce. ¿No sabes nada de él?

—No, nada, lo siento.

—Pues hasta la vista entonces, Claudia.

Había fruncido nuevamente el ceño y una sombra de duda velaba nuevamente sus facciones cuando la oyó murmurar como para sí:

—El caso es que eres igual que aquella chica. ¿Cómo es posible que al cabo de tanto tiempo…?

La dejó a su espalda Claudia antes de que insistiera sobre el tema y se dirigió hacia la caja. En cuanto pagó lo que había comprado y lo trasportó al maletero de su coche, se instaló al volante y unos minutos más tarde lo estacionaba junto a la fachada posterior del hotel. Nada más entrar en el edificio captó el revuelo que reinaba en el vestíbulo. En la recepción estaba ya Ramona atendiendo a un grupo de extranjeros que sin darse cuenta de lo enrarecido del ambiente que se respiraba en aquel hotel de cinco estrellas y de lo inquieta que estaba la recepcionista, a la que le temblaban las manos mientras les inscribía en el ordenador que tenía sobre el mostrador, aguardaban pacientemente a que ésta les entregase las llaves de sus habitaciones. Tomy y otro chiquillo también con el uniforme de botones luchaban con las maletas de los nuevos huéspedes pretendiendo colocarlas sobre un carro metálico, pero tan atolondradamente, que se les cayeron tres cuando se encaminaban empujándolo hacia el ascensor. En el pasillo de la izquierda por el que se accedía a la cafetería distinguió Claudia al encargado y a dos camareros que pretendían pasar desapercibidos, pero que se habían escondido allí para espiar lo que sucedía en el vestíbulo, donde, delante de la gran cristalera que ocupaba la pared del fondo y que lo iluminaba, hablaba Manuela con dos agentes de la Guardia Civil. Alfonso apareció en ese momento por el pasillo de la derecha y se incorporó a ese último grupo. Exceptuando a los agentes, parecían estar los demás bastante alterados y, tras un corto intercambio de pareceres, desaparecieron los cuatro por el pasillo por el que se accedía a los despachos de la dirección. Los extranjeros se encaminaban ya hacia los ascensores con sus llaves en la mano y ella se acercó al mostrador, donde Ramona la recibió al borde de la histeria.

—¿Te has enterado? — le preguntó ésta última en un susurro casi inaudible, inclinándose hacia ella sobre el mostrador—. Han encontrado a don Armando. El esqueleto que sacaron del agua el otro día era el de él.

—Sí, me lo ha dicho Martina. Me la he encontrado en el supermercado.

—Está aquí la Guardia Civil y pretende interrogarnos a todos— le cuchicheó la otra al oído—Baja a cambiarte y no tardes.

La obedeció Claudia apresuradamente, contagiada por el nerviosismo general y echó a correr hacia el pasillo de la izquierda. Tropezó con el camarero que curioseaba desde allí lo que ocurría en el vestíbulo, después con el pinche de cocina que se escondía detrás de él y luego con Rosa, pálida como una muerta, que intentaba abrirse camino entre los dos. La detuvo ésta sujetándola por un brazo.

—¿Dónde vas?

—Abajo, a cambiarme.

—Está bien, pero date prisa.

Se desasió de su mano y continuó por el corredor dejando a su derecha la cafetería. Al fondo de ese pasillo estaba la puerta que daba paso a la escalera de servicio por la que se descendía al sótano y la abrió precipitadamente, cerrándola a su espalda. La escalera estaba a oscuras por lo que se agarró a la barandilla de hierro tanteando los peldaños con los pies. Se preguntó dónde se hallaría el conmutador de la luz. En todas las ocasiones en las que había bajado al sótano a mudarse de ropa los plafones del techo estaban encendidos e iluminaban tristona pero eficazmente el pasillo por el que se accedía al cuartito ropero, pero en esa ocasión era imposible distinguir nada a su alrededor.

Hasta allí no llegaba la opresiva algarabía que se respiraba en el vestíbulo ni se escuchaba otra cosa que un silencio absoluto, como si el sótano del hotel perteneciese a un edificio distinto enclavado en un desierto. Incluso la temperatura era otra, porque hacía frío. Cuidadosamente descendió otro peldaño sin soltar la barandilla y luego otro y otro. Sus ojos fueron acostumbrándose a la oscuridad y empezaba a bajar los escalones con mayor soltura, cuando oyó como se abría sigilosamente la puerta que había dejado arriba, a su espalda. De una forma tan silenciosa, que se detuvo ella aguzando el oído.

Sabía que esa puerta no tenía nada de particular. Era sólida, de madera vista con molduras, como la de la cafetería, el restaurante y las demás del pasillo superior que acababa de abandonar, y lisa y pintada de blanco por el lado del rellano de la escalera. Tampoco chirriaba ni producían sus bisagras un ruido especial al abrirse, pero la persona que un segundo antes había girado su manilla y la había empujado después para acceder al descansillo que culminaba los peldaños, había puesto tanto cuidado al realizar esa operación que la alertó precisamente no haberla oído, pese al absoluto silencio que reinaba en el pasillo en el que se encontraba. Pero alguien bajaba detrás de ella. Asustada, giró la cabeza y le pareció distinguir una sombra negra que se perfilaba en la oscuridad y que se hallaba unos peldaños más arriba.

Afortunadamente había rematado ella el descenso, pero allí abajo no se filtraba la menor claridad, por lo que echó a andar apresuradamente hacia el fondo del corredor tanteando las paredes. Sabía que unos metros más allá se encontraba la puerta del cuarto ropero destinado a las empleadas y junto a ella la del ropero de los hombres y apretó el paso palpando la pared, percibiendo por el leve sonido de sus pisadas que la sombra que la seguía hacía lo mismo. Con el corazón en la garganta echó a correr y cuando al tacto comprendió que había alcanzado la puerta del cuartito entró como un ciclón en la estancia y cerró la puerta echando el pestillo a continuación.

Había encendido la luz de esa habitación, que no disponía de ventana ni de tragaluz, y con los ojos desorbitados por el pánico vio cómo se movía el picaporte.

Su perseguidor intentaba entrar y se llevó las dos manos a la boca para no emitir un grito.

¿Qué podía hacer?, se preguntó. Estaba encerrada en ese cuarto con alguien al otro lado de la puerta, por lo que no podía salir ni debía permanecer mucho tiempo allí dentro, porque la echarían de menos y probablemente se ganaría una bronca de Rosa o de Manuela. O hasta era posible que de las dos a la vez. Tampoco podía arriesgarse a enfrentarse con la persona que la había seguido una vez que se hubiera cambiado, porque, aunque no sabía quién era, el poseedor de la silueta negra que apenas si había llegado a atisbar en lo alto de la escalera le inspiraba un miedo cerval. ¿Sería Gerardo Marín, que seguía desvariando y la confundía con su madre? Se sentó de golpe en una banqueta notando que un sudor frío le corría por la espalda al ver que nuevamente se movía la manilla de la puerta.

Al fin tuvo una idea salvadora. Abrió su bolso con unas manos temblorosas, extrajo su móvil y llamó a Ramona. Llegó a sus oídos la alterada voz de ésta, que paradójicamente le sonó tranquilizadora.

—¿Pero ¿qué estás haciendo? — refunfuñó la otra— Doña Manuela no tardará en darse cuenta de que no estás en su puesto. Si es que no encuentras tu ropa, está colgada en una percha que lleva tu nombre.

—No es eso— la interrumpió Claudia en un susurro—. Estoy en el ropero, pero tienes que bajar a buscarme.

—¿Que tengo que bajar? — protestó Ramona indignada—. Ni lo sueñes. No puedo dejar la recepción desierta, sin nadie que atienda a los huéspedes y gracias a ti estoy completamente sola.

—Baja a buscarme, por favor— le pidió histéricamente Claudia—. Hay alguien en el pasillo, que me ha seguido y que intenta entrar en esta habitación.

—¿Quién te ha seguido? — trató de averiguar Ramona escépticamente—. Me has dicho que no tienes novio. ¿Se trata de algún nuevo admirador?

—No… no sé quién es. Puede que sea el ex marido de mi madre que me haya confundido con ella, pero ven por favor.

—Pero ¿qué dices? ¿No me dijiste el otro día que tu madre había muerto?

—Sí, pero…

—Está bien— se resignó la otra, que evidentemente no la había escuchado—. Si me gano después una bronca de doña Manuela o de don Alfonso te echaré la culpa a ti.

—Sí, sí. Yo cargaré con las culpas, pero por favor, ven.

—De acuerdo, voy.

Se acurrucó Claudia sobre la banqueta y aguardó sin moverse unos segundos que se le hicieron interminables. Después creyó oír unos pasos por el corredor y finalmente vio moverse nuevamente la manilla de la puerta, pero esta vez de una forma mucho más brusca. Luego oyó la voz de Ramona que la increpaba airada.

—¿Quieres abrir de una vez, niña boba? No sé cómo esperas salir con el pestillo echado.

Se apresuró Claudia a descorrerlo y cuando Ramona empujó la puerta con cara de pocos amigos, comprobó que el pasillo estaba iluminado y que su compañera estaba sola.

—¿No… no has visto a nadie?

—¿Dónde? ¿Aquí abajo? No, claro que no, pero arriba está todo el mundo enloquecido. Y ni siquiera te has cambiado todavía. ¿Pero en qué estás pensando?

Hizo intención de marcharse, pero Claudia la retuvo sujetándola por una mano.

—No, no te vayas. No tardaré ni un segundo y subiré contigo.

La envolvió la otra en una incrédula mirada.

—¿Qué te ocurre? ¿Es que eres una miedosa?

Pensó Claudia en explicárselo, pero desistió. Era demasiado complicado.

—CAPÍTULO X—

Tropezó Noelia en el pasillo con Miriam, que se dirigía apresuradamente hacia su despacho, pero se detuvo un instante cuando la otra la retuvo.

—¿A dónde vas? — le preguntó ésta última al advertir que había estado recorriendo el corredor a largas zancadas con una intranquilidad manifiesta que no conseguía disimular.

—A ninguna parte. Estoy esperando la llamada de Tomás, el procurador. Me ha dicho que iba a recoger a primera hora en el juzgado la notificación del resultado de la prueba biológica de Claudia y del que pretende ser su padre, pero están pasando las horas y… y no puedo aguantar más sentada en la butaca. ¿Por qué no me llamará ese pelmazo de una vez?

—Porque aún no se lo habrán notificado a él — replicó Miriam con lo que consideraba de una lógica aplastante—. ¿Quieres que vaya contigo a tu despacho y que comentemos cualquier tema para que la espera se te haga más llevadera?

—No me considero capaz de comentar nada— protestó Noelia enfurruñada— Estoy sobre ascuas.

La observó Miriam con sus ojos azules muy abiertos.

—Pensaba que los que lleváis un tiempo en el ejercicio de la profesión controlabais mejor los nervios.

—Tampoco soy tan veterana— volvió Noelia a protestar—. Dudo, no obstante, de que alguna vez sea capaz de dominar la ansiedad que experimento cuando se avecina un juicio o cuando espero el resultado de una prueba como la de esta mañana. Imagino cómo se sentirá Claudia. Estará sentada al lado del teléfono mordiéndose las uñas.

—Para saber con absoluta certeza si es o no hija de Gerardo Marín. Yo también me las mordería.

—Y yo.

—Y si es su hija… — empezó a elucubrar Miriam imaginando el golpe que supondría para la aludida.

—En cualquier caso, la llamaré para decírselo y si el informe le es desfavorable tendrá que asumirlo. Es muy joven y ha tenido una infancia desgraciada, siempre huyendo de ese hombre que le inspira pánico, pero es fuerte y se recuperará del disgusto.

—Pero en ese caso se vería obligada a efectuar la prestación de alimentos que ese tipo le exige y hasta es posible que el juez decidiera que Claudia se llevara a Gerardo a su casa hasta que éste resuelva sus problemas económicos— le hizo notar—. Se me eriza el pelo solo de pensar que algo parecido pudiera sucederme a mí.

—¿Y para qué estamos nosotras más que para evitarlo? — replicó Noelia intentando tomarlo a broma. Pero no hacía falta ser muy perspicaz para advertir que tenía la preocupación que sentía—. Voy a volver a mi despacho a comprobar una vez más que el teléfono fijo está bien colgado y que el móvil no se ha quedado sin batería— le dijo a modo de despedida, mientras continuaba camino hacia el fondo del pasillo.

La vio ir Miriam, que también sentía una angustia similar, aunque se dijo que afortunadamente no era ella la que llevaba el caso. Se lo repitió varias veces para tranquilizarse, diciéndose que Claudia no era más que una cliente más, pero no consiguió convencerse a sí misma. Regresó también a su despacho e intentó concentrarse en los asuntos que tenía pendientes, aguzando el oído para percibir el sonido del teléfono de la otra a través del tabique que las separaba y cuando los nervios no le permitieron continuar sentada esperando una llamada que no acababa de producirse, se puso en pie para recorrer la habitación en un sentido y luego en el otro. ¿Por qué no llamaba Tomás a Noelia de una vez?, se preguntó.

En ese instante sonó la llamada de su móvil y se lo llevó al oído. Era la voz de Claudia la que oyó, tan angustiada como ella misma.

—Miriam, ¿se sabe algo ya?

—No, todavía no ha llamado Tomás a Noelia.

—¿Todavía no?

—No.

Se hizo un silencio al otro lado del hilo. Sin duda estaba en su casa esperando a que sonara el teléfono, tan incapaz como se sentía ella de realizar mientras tanto algo útil. Lo que le dijo a continuación confirmó lo que Miriam daba por supuesto.

—Es que estoy tan alterada que no consigo hacer nada a derechas. ¿Crees que no llama Tomás, porque no quiere darnos malas noticias?

Inspiró hondo Miriam. Era lo que ella estaba temiendo, pero se apresuró a asegurarle a la chica lo contrario.

—No, no. En los juzgados no son puntuales. Sucede como en las consultas de los médicos, que te tienen horas esperando a que te toque el turno, así que no te preocupes.

—Si tú lo dices...— musitó la chica con un hilo de voz— pero, por favor, estoy aquí en casa aguardando esas noticias. No dejes que Noelia se enrolle con Tomás. Que le cuelgue en cuanto le comunique el informe del resultado de la prueba y… ya me entiendes.

—Descuida. Te llamaremos en cuanto sepamos algo.

Cortó Miriam la llamada y en ese mismo instante sonó el timbre del teléfono fijo que tenía sobre su mesa, por lo que dio un respingo sobresaltada y se abalanzó a descolgar el auricular. Tampoco era Noelia. Era la voz de Flor, impersonal en contra de lo que acostumbraba.

—Miriam, te llama doña Daniela. Quiere que vayas ahora mismo a su despacho.

Daniela Rivero era la titular del bufete y por lo tanto su jefe. Un importante abogado, tan prestigiosa como insoportable. Con su prepotencia provocaba en Miriam una timidez extrema que no había conseguido superar en los meses que llevaba en el bufete, por lo que la evitaba en lo posible. Era a la última persona a la que deseaba ver en ese momento e hizo intención de posponerlo en lo posible.

—¿Tengo que ir ahora mismo? Llevo entre manos un asunto urgente y no me viene bien interrumpirlo y dejarlo para más adelante.

La voz de Flor no admitía duda cuando replicó:

—Me ha dicho que quiere verte ya y me ha recalcado el "ya". ¿Estás bien peinada? — le preguntó con guasa.

Una de las exigencias de Daniela, era la de que su personal se presentase en el despacho impecable, por lo que se llevó Miriam una mano a su rubia melena, ligeramente ondulada. Parecía estar en orden, por lo que afirmó:

—Sí, sí.

—¿Y el traje? ¿Lo tienes bien planchado, sin una arruga ni una mancha?

Pasó atolondradamente revista al traje pantalón gris que vestía y se estiró inconscientemente la chaqueta.

—Sí, también.

—Pues en unos segundos te quiero aquí.

Pensó Miriam que por culpa de Daniela no la encontraría Noelia cuando, después de hablar con Tomás, pasara inmediatamente a su despacho a comunicarle el resultado de la prueba y le dirigió in mente unas cuantas invectivas a su jefe por su inoportunidad, pero precisamente porque lo era no podía negarse a obedecerla. Consecuentemente, salió de la estancia, recorrió el pasillo sin detenerse y cuando llegó a la antesala se detuvo un segundo frente a la mesa de la secretaria para preguntarle:

—¿Sabes tú qué es lo que quiere?

Se encogió Flor de hombros al oírla.

—No me lo ha dicho, pero no está de buen humor, aunque eso no es un mal augurio— añadió tratando de paliar la inquietud que reflejaba el rostro de Miriam—. No es un mal augurio, porque no está de buen humor casi nunca— terminó riéndose—. Ánimo.

Cruzó Miriam la antesala sintiendo las manos húmedas de sudor y llamó a la puerta de cristales esmerilados con los nudillos. Le pareció oír que la otra la invitaba a pasar por el gruñido que percibió por lo que asió el picaporte y empujó la hoja. Daniela estaba sentada tras de su mesa con un traje de chaqueta azul marino que realzaba su esbelta figura y con su ondulada melena rubia resbalándole sobre la frente. Se asemejaba a una artista de cine que muchos años antes hubiera alcanzado la fama y que aún conservase algo de la belleza que la había hecho triunfar, aunque el tiempo había marcado sus inexorables huellas sobre su rostro. ¿Cuántos años podría tener?, se preguntó Claudia mientras se aproximaba a la mesa. ¿Cincuenta, sesenta…?

Daniela ni tan siquiera la invitó a sentarse. Hojeaba unos papeles que tenía sobre la mesa y le preguntó sin levantar la cabeza:

—¿Dónde está Noelia? La he llamado a su despacho y no me ha cogido el teléfono.

—Está… está pendiente del resultado de la prueba biológica de un procedimiento de filiación— repuso Miriam con un hilo de voz, sin precisarle el lugar exacto en el que la otra se encontraba.

Le pareció que Daniela se interesaba por el tema al oír su respuesta, porque dejó caer los papeles y levantó hacia ella sus claros ojos azules.

—¡Ah! ¿Y quién es el padre? ¿Algún personaje famoso?

—No, no lo creo y aún no lo sabemos, porque podrían ser dos. Estamos esperando a que la llame el procurador y se lo aclare.

—Ya— murmuró su jefe que al enterarse de que el padre probablemente no era una persona de prestigio se desinteresó en el acto por el asunto—. Bueno, es igual. Quería encargarle un asunto, pero si está tan liada, te lo daré a ti. ¿Has llevado algún desahucio por impago de la renta?

—No, todavía no.

—Es muy fácil, toma— le dijo entregándole los autos del juzgado—. Oponte a la demanda ofreciendo consignar la renta y que Noelia te ayude a resolver las dudas que tengas. Nuestro cliente es una persona importante y es a su hijo al que han demandado por lo que no he tenido más remedio que aceptar el caso, porque de otro modo le hubiera dicho que se buscara otro abogado. Ese chico debe de ser un tarambana. Ocúpate.

La última palabra le sonó a Miriam como un trallazo, pero sin formular la menor objeción recogió los autos que la otra le entregaba y con ellos en la mano se apresuró a salir del despacho. Flor la abordó en cuanto la vio acercarse.

—¿Qué? ¿Qué te ha dicho?

—Nada, me ha encargado un desahucio, que empezaré a estudiarme cuando Noelia me dé noticias, pero no antes. Tengo los nervios a punto de estallar.

Enfiló el pasillo seguidamente y estaba a punto de llegar a su despacho cuando oyó abrirse a su espalda la puerta contigua, por lo que se volvió en el acto. Era Noelia que venía a su encuentro y con la que se reunió en el acto.

—¿Qué? ¿Qué ha pasado?

—Nada, lo que suponíamos.

—¿Y qué es lo que suponíamos? — se impacientó Miriam— ¿No se ha aportado al juzgado la prueba biológica de la otra parte, de Gerardo?

—Sí.

—¿Y qué?

—El informe consiste en un electroferograma, un gráfico de ADN realizado a través de los marcadores de ese hombre y de Claudia y concluye diciendo que no tienen nada en común. Que ella no es su hija.

Estuvo a punto Claudia de empezar a dar saltos de alegría, pero se contuvo temiendo que pudiera oírla Daniela desde su despacho y la recriminara por adoptar una actitud inapropiada para la dignidad del bufete.

—Pero es fenomenal— le susurró, bajando la voz— es… es lo mejor que nos podía pasar hoy. ¿La has llamado ya?

—No, aún no.

—¿Y por qué no?

Se encogió evasivamente de hombros Noelia.

—Porque me ha dicho Tomás que al salir del salón de procuradores le ha abordado Gerardo Marín, que estaba en el pasillo, y que se ha permitido el lujo de amenazarme. Es un tipo alto y flaco. Yo diría que su aspecto es el de un esqueleto andante, como si sobre los huesos tuviera solamente la piel. No me extraña además que Claudia se asustara la otra noche cuando se lo encontró en la fiesta de la hoguera a la que asistió, porque tiene cara de loco y yo creo que desvaría. Me ha dicho Tomás que me ha amenazado y que le ha dado la impresión de que no comprende bien lo que sucede a su alrededor.

—¿Y con qué te ha amenazado?

Apoyó Noelia la espalda contra la pared del pasillo y frunció el entrecejo intentando recordarlo con exactitud.

—Pues si quieres que te diga la verdad, no lo sé. Le ha dicho a Tomás algo así como que me atenga a las consecuencias si sigo impidiéndole a Regina regresar con él. Creo que no tiene muy claro si con la demanda que ha interpuesto su abogado pretende recuperar a su hija o a su mujer.

—¿Y qué ha hecho Tomás?

—Le ha dejado con la palabra en la boca. Lo que me preocupa…

—¿Qué es lo que te preocupa?

Levantó Noelia una mano con un gesto vago con el que parecía querer ordenar sus ideas. Luego murmuró:

—Me preocupa lo que pueda suceder el día de la Vista. La otra parte ha solicitado el interrogatorio de Claudia, por lo que tendrá que comparecer ella, y yo he solicitado el interrogatorio de Gerardo. Cuando ese chiflado vea a la chica, puede que crea que es su mujer, tan joven como la última vez que la vio, y cabe dentro de lo posible que organice en el juzgado un numerito.

—Y que te agreda a ti en el pasillo cuando salgas de la sala— murmuró Miriam como para sí, terminando lo que suponía que pasaba por la mente de la otra —. Te acompañaré ese día al juzgado y me sentaré entre el público. Entre las dos podremos con él.

Pasó revista escépticamente Noelia a la esbelta y delicada silueta de Miriam e intentó imaginarla enfrentándose a Gerardo. No lo consiguió. Miriam era como una figurita de porcelana y dudaba de que alguna vez hubiera llegado a las manos al pelearse con alguien, pero le emocionó el ofrecimiento que le hacía.

—Gracias, pero no es necesario, ya soy mayorcita. La verdad es que esta profesión nuestra es a veces un tanto accidentada. Tendremos que pedirle a Daniela un plus de peligrosidad.

Se echó a reír con una risita que sonaba a falso y Miriam la secundó.

—Ya pensaremos cómo resolver esa cuestión, pero ahora tienes que comunicárselo inmediatamente a Claudia— le recordó—. Me ha llamado hace un rato y estaba como un flan de puro nerviosa. Olvídate de Gerardo por el momento y vamos ahora a darle la buena noticia.

Aunque con pocos bríos, la obedeció Noelia y entró en su despacho seguida de Miriam para tomar asiento en su mesa y descolgar el teléfono fijo mientras su amiga se dejaba caer frente a ella en una butaca. No llegó a oír la primera de ellas más que un timbrazo antes de que Claudia atendiera la llamada. Debía de estar sentada al lado del aparato fijo de su casa y a través del hilo telefónico notó la angustia que sentía.

—¿Noelia? ¿Qué... qué ha pasado?

—Que todo ha salido bien y que la prueba biológica ha acreditado sin género de dudas que no eres hija de Gerardo Marín.

Le pareció escuchar un gritito de alegría al otro lado del hilo y luego su voz exultante de júbilo.

—¿De verdad?

—Y tan de verdad.

—¿Y no hay duda posible?

—No. La prueba del ADN es absolutamente fiable. La Vista del juicio está señalada para la semana próxima, así que dentro de unos días podrás olvidarte de ese hombre y de sus estúpidas pretensiones.

No le dijo que Gerardo la confundía con su madre ni que aparentemente no estaba muy bien de la cabeza para no preocuparla. Se limitó a contestar a sus preguntas. En ese momento inquiría:

—¿Y qué clase de juicio es el que se va a celebrar y al que tengo que asistir? ¿Tengo que jurar decir la verdad?

—No, claro que no, porque eres una de las partes. Y es un juicio verbal. Tendrás que contestar a unas preguntas que te formulará el otro abogado. Ha sido designado por el turno de oficio, porque Gerardo no disponía de medios para pagar los honorarios de uno de pago. Me ha dicho Tomás que es un joven bajito, sobrado de peso y con la cara redonda. Un chico amable. Puede que en lugar del abogado te haga las preguntas el juez.

—¿Y para qué me va a preguntar nada si con la prueba del ADN se ha demostrado ya que no soy hija de Gerardo? — objetó Claudia, no sin extrañeza.

Era esa una pregunta que Noelia se había hecho a sí misma muchas veces en supuestos similares, por lo que buscó una respuesta convincente, que no encontró.

—Pues… pues porque sí. Porque las partes pueden valerse de todas las pruebas admitidas en nuestro derecho y el interrogatorio de la parte contraria es una de ellas. Cuando Gerardo interpuso su demanda había dado por hecho que eras su hija. Su intención era conseguir que le mantuvieras, a lo que están obligados los hijos cuando los padres no tienen medios, por lo que te preguntarán por tu situación económica, por el trabajo que desempeñas y por el lugar en el que vives. Pero no te preocupes, porque prepararemos antes las respuestas.

—Vale— admitió la chica más conforme—. Y en cuanto terminemos con este asunto iniciaremos el juicio de mi verdadero padre, ¿verdad?

—Sí, claro que sí.

Se hizo un silencio al otro lado de la línea. Luego oyó la voz de Claudia. Sonaba lejana y casi inaudible:

—Gracias Noelia. Yo… yo no sé lo que hubiera hecho sin ti.

Se emocionó nuevamente la aludida sin saber por qué. Se consideraba sumamente práctica y poco sentimental, pero en esa ocasión sintió que algo húmedo le ascendía hacia los ojos y que un lagrimón le rodaba luego por la mejilla. Fue solo un instante, porque reaccionó en el acto al rememorar al tipo extravagante que había creído ser el padre de su interlocutora y las amenazas que había proferido contra ella y de las que Tomás le había hecho partícipe. No tenía intención de que la otra conociera esas intimidaciones, pero le ayudó a recuperar el dominio sobre sí misma y a contestarle de una forma casi impersonal:

—No tienes por qué dármelas, Claudia. Es mi trabajo.

Lo comentó esa noche con Alex cuando salió del despacho y llegó a su casa. Estaba él en la sala de estar hojeando una revista de medicina y cuando ella le refirió cómo le había ido a Tomás en el juzgado esa mañana se preocupó seriamente.

—¿Y dices que te ha amenazado? ¿Con qué te ha amenazado?

—No lo ha dicho. Ha mascullado que me atenga a las consecuencias si continúo apartándole de su mujer. No cabe duda de que ese hombre está chalado y que confunde a Claudia con la que fue su esposa. Debe de creer que yo la estoy ayudando a esconderse de él, lo que no cuadra en absoluto con que haya interpuesto una demanda contra su hija para que le mantenga. Carece de toda lógica, pero es que al parecer la chica es idéntica a su madre.

—Pues qué bien— refunfuñó él sin disimular la inquietud que le había producido la noticia—. ¿Y para cuando te han señalado esa Vista? Avisaré en el hospital de

205

que por asuntos personales esa mañana no puedo ir a trabajar y te acompañaré al juzgado. Si se te acerca ese tipo, le aplastaré las narices.

También en esa ocasión sintió Noelia al oírle que se le humedecían los ojos y se preguntó si no se estaría convirtiendo en una tonta llorona, pero se limitó a fingir que se sonaba la nariz y a denegar su ofrecimiento.

—Ni hablar. Tú te irás a tu trabajo y yo al mío. No me perdonaría si a alguno de tus pacientes se le averiara de pronto el corazón porque no le hubieras atendido esa mañana en la consulta. Además, en los juzgados hay muchísima gente y para colmo ese hombre da la impresión de que se caería de espaldas con solo empujarle un dedo. Si es necesario, le empujaré.

No lo tenía Noelia tan claro y le costó además bastante trabajo convencerle, pero al fin logró que se tranquilizara y que cambiara el tema de conversación.

—Ha llamado por teléfono tu madre hace un rato— le comunicó observándola pensativo, ya que sabía que las relaciones entre la madre y la hija no eran precisamente fluidas.

—Sí, ¿y qué quería?

Alex se echó a reír, con esa risa espontánea que le caracterizaba y que a ella le gustaba tanto.

—Pues… pues yo diría que quería saber si habíamos fijado ya la fecha de nuestra boda. Se ha extrañado de que estuviera yo en esta casa, que ella cree que es la tuya. Quiero decir que ella cree que es exclusivamente la tuya y que yo vivo en otra.

—Sí, ¿y qué le has contestado?

—Le he dicho que acababas de bajar al piso de un vecino que quería arrendar su vivienda y necesitaba que le asesoraras.

—¿Y se lo ha creído?

—No lo sé. Me ha parecido que le ha amoscado un poquillo el que estuviera yo aquí.

—Ya— murmuró ella por todo comentario.

La observó Alex con disimulo. Había fruncido el ceño como si le irritara lo que acababa de referirle él y le echó un brazo sobre los hombros al tiempo que le preguntaba:

—¿Cuánto tiempo hace que vivimos juntos?

—Sabes igual que yo que me vine a tu casa el mes de noviembre último, ¿por qué?

—Porque creo que nos conocemos ya más que suficientemente. ¿Por qué no nos casamos? Tu familia se pondría muy contenta y nos dejaría en paz. Me resulta muy incómodo que, cada vez que aparecen tus progenitores sin avisar, tenga que salir yo a escape por la puerta de la cocina. A veces está lloviendo y en la calle me mojo mientras aguardo a que se marchen.

Lo decía con guasa, pero se notaba a la legua que le estaba diciendo la verdad.

—Tengo que pensarlo primero— replicó ella en voz baja.

—¿Qué es lo que tienes que pensar?

—Si queremos pasar el resto de nuestra vida juntos.

—Yo ya lo he pensado— repuso Alex

—¿Sí?, pues yo todavía no. Mi madre dice que tengo un carácter insufrible, un genio de mil demonios y que no cree que seas capaz de aguantarme mucho tiempo.

—Me gustas tú y tu carácter— la rebatió divertido—. Incluso me hacen gracia tus rabietas. La víspera de tus juicios no se te puede hablar, porque te pones tan nerviosa como si te pincharan con alfileres, pero también eso lo tengo asumido. Valoro mucho que seas tan profesional y que pongas los cinco sentidos en tu trabajo.

Levantó Noelia la cabeza hacia él. Estaba serio y se dio cuenta ella de que le estaba diciendo la verdad.

—Es que no he tenido tiempo de reflexionar sobre ese asunto— alegó rebulléndose en el sofá—. El asunto de esa chica, de Claudia, que aparentemente podía tener dos padres me ha tenido absorbido el cerebro.

—No se puede tener dos padres— afirmó él en tono doctoral.

—Ya lo sé, no te pongas ahora a darme clases de medicina. Afortunadamente ya hemos desechado a un padre esta mañana. Falta por hacérselo entender a Gerardo y por averiguar si el otro es o no su progenitor.

—¿Y qué más? —inquirió él con ironía.

—Falta también saber quién mató a este último y por qué lo hizo.

—CAPÍTULO XI—

Hacía frío esa mañana en la sala del juzgado. Había amanecido un día muy nublado y a través de los cristales del ventanal que se ubicaba tras la mesa del juez se filtraba una claridad grisácea que acentuaba las sombras que proyectaban sobre el pavimento las mesas de los letrados y los bancos destinados al público, que estaban desiertos, ya que la Vista se celebraba a puerta cerrada. Noelia se arrebujó bajo su toga, diciéndose que debería haberse puesto una camiseta bajo la blusa blanca que vestía y que, junto con el traje pantalón azul marino, constituía la indumentaria adecuada para el acto. Compartía la mesa con Tomás, el procurador de los tribunales que representaba a Claudia, y frente a ellos el abogado de Gerardo Marín se removía inquieto tras otra mesa similar. Era un joven de mediana estatura y de rostro redondo y sonrosado, que debería tener poca experiencia en el ejercicio de la profesión, porque revolvía los papeles que había colocado sobre la mesa con manos torpes como si necesitara consultarlos constantemente para que le sirvieran de guión. A su lado, la procuradora que representaba a Gerardo, también designada por el turno de oficio, mantenía la mirada fija en el vacío, mientras todos aguardaban a que el secretario terminase de dar cuenta del procedimiento que se iba a celebrar a continuación.

Seguidamente ambas partes se ratificaron en sus respectivos escritos de demanda y contestación y solicitaron que se practicase la prueba que habían propuesto. El abogado de Gerardo Marín había aportado con su demanda abundante documentación que acreditaba la precaria situación económica de su patrocinado y fue llamada en primer término Claudia por el agente judicial para ser interrogada por ese letrado.

Fue a sentarse Claudia en una silla frente al tribunal. Vestía un traje de chaqueta gris oscuro y su oscura y lisa melena le resbalaba por la espalda enmarcando un rostro atractivo y aparentemente tranquilo. Contestó sin vacilar a las preguntas que le hizo el abogado de Gerardo en el que éste trató de dejar claro que la chica había sido concebida antes de que su madre hubiera abandonado a Gerardo. Se había inclinado aquél sobre la mesa y la señaló con el bolígrafo que tenía en la mano, al tiempo que le preguntaba conforme a la peculiar forma en la que han de realizarse los interrogatorios en los juicios civiles:

—Diga ser cierto que nació usted el día tres de marzo y que ha cumplido veintitrés años.

—Sí, es cierto— repuso Claudia enarcando las cejas al no entender por qué se interesaba por la fecha de su cumpleaños aquel muchacho de semblante bonachón que enfrentaba su mirada como si ambos fueran los peores enemigos imaginables.

—Diga que también es cierto que don Gerardo Marín y doña Regina Romero convivían en la época en la que fue concebida usted y que no se divorciaron hasta dos años después en que usted naciera.

—No, no es cierto— repuso ella haciendo intención de explicarlo, pero él no se lo permitió y la interrumpió en el acto.

—¿No es cierto que la sentencia de divorcio de sus padres es posterior en dos años a que usted naciera?— insistió él levantando ligeramente el tono de la voz.

—Sí, pero…

—Limítese a contestar con un sí o con un no a lo que le pregunte— le ordenó autoritariamente—. Acaba de reconocer que sus padres vivían juntos, constante matrimonio, en el domicilio conyugal cuando usted fue concebida.

—No, no es cierto. No he reconocido eso. Además, la prueba biológica ha acreditado…

—No le he preguntado por la prueba biológica— volvió a interrumpirla el letrado, congestionado y con voz atronadora—. La filiación de una persona se determina por una serie de pruebas indiciarias, no solo por esa prueba que usted ha alegado, y ha admitido que sus padres convivían, constante matrimonio, en la época en la que su madre quedó embarazada. Diga ser cierto que cuando nació usted, su madre continuaba habitando en el hogar conyugal y que sus padres seguían estando casados.

—No es cierto— replicó Claudia, indignada por el modo con el que aquel joven estaba llevando su interrogatorio—. Mi madre había abandonado muchos meses antes a Gerardo Marín.

El juez decidió en ese instante ser él quien efectuase las preguntas e inquirió:

—¿Y dónde se fue a vivir su madre? ¿Tienes alguna factura que acredite cuando dejó su hogar que alquiló o compró esa supuesta vivienda?

—No, no.

—¿La de alguna pensión u hotel?

—No, tampoco.

—Pero es cierto que cuando su madre presentó la demanda de divorcio usted había cumplido ya más de un año.

—Si, pero…

—Y también lo es que es usted arqueóloga, que en la actualidad tiene un trabajo como recepcionista de un hotel, un piso de su propiedad y un sueldo que le permite vivir holgadamente.

—No, porque...

Volvió a interrumpirla el juez como si se hubieran conchabado todos contra ella y dio por finalizado el interrogatorio girando la cabeza hacia Noelia.

—La demandada tiene la palabra.

Le sonrió Noelia a la chica con la intención de que se tranquilizara. Le ardían las mejillas a Claudia y sus grandes ojos verdes centelleaban iracundos. Se limitó ella en ese instante a solicitar el interrogatorio de don Gerardo Marín y este entró instantes más tarde en la sala a la par que Claudia salía. Se cruzaron en la puerta, pero no llegó éste a fijarse en ella porque caminaba con la cabeza baja y el agente judicial que le había abierto la puerta la ocultó momentánea e inconscientemente de la vista de él.

Fue a sentarse Gerardo en la silla que Claudia había dejado libre. El hombre parecía ausente. Sus acuosos ojillos vagaban por la sala buscando a alguien con la vista que no acababa de localizar y contestaba a las preguntas de Noelia con cierta impaciencia, como si estuviera deseando que finalizase de una vez el trámite que se estaba celebrando. Solamente pareció interesarse por la cuestión que finalmente le planteó aquella al término de su interrogatorio en la que le pidió que dijese si había alguna otra persona que pudiera subvenir sus necesidades. Pareció que descendía entonces de las nubes, se arrellenó en la silla en la que estaba sentado y repuso con voz clara:

—No, no hay otra persona. Me embargaron la casa y no tengo dinero para alquilar otra, por lo que vivo en una vivienda social de la que me desahucian a fin de mes. Mi hija tiene un piso propio en el que tiene la obligación de acogerme. A mí y a su madre.

Notó Noelia que su abogado respingaba imperceptiblemente al oírle, que su procuradora atendía por primera vez a lo que estaba sucediendo parpadeando como un búho y que el juez y el fiscal intercambiaban una mirada de sorpresa. Fue el primero de los dos el que se inclinó hacia él sobre su mesa para preguntarle:

—¿A la madre de la demandada? ¿Se refiere a la que fue su esposa? Consta en autos que se divorciaron ustedes y que ella falleció hace unos meses.

Sostuvo Gerardo la mirada del juez, aunque no pareció entenderle. Luego meneó lentamente la cabeza en sentido negativo.

—Estaba allí la otra noche. La vi junto a la hoguera que habían encendido enfrente de la iglesia. Ahora trabaja en un hotel, aunque nunca le di permiso para que abandonara nuestra casa. Su obligación era atender a las faenas domésticas. Ni siquiera conseguí que aprendiera a guisar como Dios manda, aunque podía haberle pedido ayuda a mi madre.

Tras sus palabras se hizo un silencio en la sala. Un silencio muy pesado que aunque solo duró unos segundos se expandió por todo el espacio disponible y pareció ir chocando con el mobiliario para terminar posándose en los desiertos bancos del público. Fue el juez el primero en reaccionar, ordenando al agente judicial que hiciese pasar al perito que había realizado el informe sobre la prueba biológica de las partes en el proceso. Era el momento culminante de la Vista y Noelia se llevó inconscientemente un dedo al rizo que le caía sobre la frente para enrollárselo en él, gesto con el que solía paliar las situaciones difíciles en las que se hallaba, pero se dio cuenta a tiempo de lo improcedente que podía resultar en una Vista y escondió la mano debajo de la mesa.

Seguidamente dio paso la agente judicial a un hombre de mediana estatura, de unos cincuenta años, correctamente vestido con chaqueta y corbata, que se dirigió en línea recta hacia la silla que ocupaba Gerardo y se detuvo a unos pasos de ésta esperando a que se levantara. El hombre vaciló ostensiblemente sin saber si debería abandonar la sala o sentarse en los bancos destinados al público, pero como nadie le efectuó la menor indicación en ese sentido, se encaminó hacia el más próximo y tomó asiento en primera fila.

El perito que acababa de entrar se sentó cómodamente en la silla que el hombre había dejado vacante. Debía de tener costumbre de informar pericialmente en los juzgados, porque su actitud desenvuelta lo revelaba. Dijo ser un facultativo del departamento de biología del Instituto Nacional de Toxicología y haber sido encomendado por el juzgado para que realizase la prueba biológica determinante de la posible paternidad de don Gerardo Marín García respecto de doña Claudia Valero Romero y que se ratificaba en el informe que a tal fin había efectuado.

—¿Puede aclararnos la conclusión de ese informe? —le pidió Noelia.

—Desde luego— afirmó él con una amplia sonrisa—. Los resultados obtenidos en el análisis del poliformismo de ADN mediante técnica de amplificación genética para los marcadores analizados permite excluir a don Gerardo Marín García como padre biológico de doña Claudia Valero Romero.

Dejó escapar Noelia un suspiro de alivio al oírle.

—Y esa prueba es absolutamente fiable, ¿no es así? — insistió ella.

—Absolutamente. Las dos personas que he citado no son ni tan siquiera parientes lejanos.

Admitió el juez su respuesta con una sonrisa condescendiente y se aprestó a dar la palabra a las partes para que formularan sus conclusiones definitivas, pero el abogado de Gerardo se resistió a aceptar el resultado de la prueba pericial y solicitó que le diesen nuevamente la palabra.

—Pero la prueba biológica no es completamente fidedigna— alegó cuando el juez accedió a su petición y se dirigió al perito—. Se han dado casos en que ha incurrido en flagrantes errores.

Le envolvió el facultativo en una desdeñosa mirada de suficiencia y objetó:

—¿En qué casos? En una prueba de ADN se comparan los genes que tiene una persona con el de su supuesto padre o madre biológica. Cada persona tiene unos genes o código genético único heredado de su padre y de su madre. Ese código genético se encuentra en todas las células de nuestro cuerpo y se presenta en diferentes formas y tamaños. No hay margen de error posible.

—Pero…— intentó rebatirle el joven letrado, que probablemente era el primer juicio sobre filiación al que asistía.

El juez no le permitió continuar y dio paso al trámite de conclusiones definitivas, en las que aún se resistió el joven a tirar la toalla y pretendió poner en duda la fiabilidad del informe pericial alegando que concurrían en el caso infinidad de pruebas indiciarias de que Claudia Valero había sido concebida constante matrimonio de Gerardo Marín con Regina Romero. Pruebas indiciarias que no había que descartar, dado que la prueba biológica no tenía prevalencia sobre las demás.

Le admiró a Noelia que el chico fuese tan obstinado, sabiendo como sabía que no tenía nada que hacer. Cuando le dieron a ella la palabra, su alegato fue corto pero contundente. Había quedado acreditado que doña Claudia Valero Romero no era hija de don Gerardo Marín y por lo tanto no había razón alguna para que se la obligase a prestarle alimentos a éste ni para que mantuviese con él ningún tipo de relación y terminó solicitando un pronunciamiento favorable para su patrocinada y que se le impusieran las costas del procedimiento al demandante.

Declaró el juez visto para sentencia el procedimiento y Noelia se levantó de su mesa junto con Tomás a la vez que el abogado y la procuradora de Gerardo hacían lo mismo, por lo que coincidieron en el pasillo central. Claudia se reunió con Noelia cuando esta y Tomás salieron de la sala y se aproximó a la primera para preguntarle al oído:

—Ha ido todo bien ¿verdad?

— Sí, muy bien.

—¿Y por qué no me han dejado hablar? ¿Por qué no me han dejado que lo explicara todo con claridad?

—Es una estrategia, que a veces da buenos resultados— le susurró la otra—. Pero en este caso lo determinante era el informe pericial.

El otro abogado le refunfuñaba algo a su procuradora y al salir al pasillo se enzarzaron los dos en una discusión, al tiempo que reaparecía Gerardo y se aproximaba a Claudia con una mirada extraña en sus ojos extraviados. Noelia la parapetó en el acto y Tomás hizo lo mismo con Noelia. Era éste un hombre de mediana edad, de corta estatura y de carácter jovial con el que solo mantenía un trato profesional en el bufete y en los procedimientos judiciales a los que asistían juntos y en ese momento le admiró a ella que fuera capaz de enfrentarse a aquella especie de torreón escuálido que era Gerardo, al que no le llegaba al hombro, pese a la expresión enloquecida del rostro de este último. Intentó apartarle Gerardo, tratando de atisbar a Claudia por encima de las cabezas de los otros dos y al no lograrlo extendió una huesuda mano hacia la chica.

—Regina— musitó como si estuviera en trance.

—Aquí no hay ninguna Regina— farfulló Tomás sin abandonar sus aires de matón— Y déjenos pasar, que tenemos prisa.

Afortunadamente intervino el otro abogado, asiendo a Gerardo del brazo y apartándolo del grupito que formaban los tres, lo que aprovecharon estos para alejarse precipitadamente por el pasillo hacia el ascensor.

—Ese tipo tiene pinta de zombi— bromeó Tomás cuando ya se habían alejado lo suficiente como para que no pudiera oírles— ¿Le habías visto anteriormente? — le preguntó a Claudia que corría a su lado volviendo la cabeza hacia su espalda temiendo que Gerardo les siguiera.

—Me lo encontré una noche en una fiesta y me confundió con mi madre— repuso ésta que aún no se había repuesto del susto— Yo creo que está chalado.

—Cara de loco sí tiene— corroboró él sin perder el buen humor—. Da la impresión de que no se ha enterado todavía de que tu madre le abandonó hace una pila de años, de que desgraciadamente ha fallecido, y que, si aún viviera, tendría unos cuantos años más que tú—. Giró la cabeza hacia Noelia para preguntarle—: ¿Crees que habrá entendido que ha perdido el juicio y que la prueba pericial ha acreditado que esta chica no es su hija?

Esbozó ésta un gesto dubitativo.

—No lo sé, pero si vuelve a encontrárselo esperándola a la salida del hotel o en cualquier otro lugar pediremos una Orden de Alejamiento.

Al oírla, Tomás se echó a reír.

—No sirven para mucho, pero dudo además que ese loco entendiera lo que significa. Probablemente haría una pajarita con el papel y la arrojaría por la ventana.

Aquello podía ser muy cierto. No obstante, Noelia la solicitó en el juzgado a la mañana siguiente.

—CAPÍTULO XII—

Llegó Claudia al hotel esa tarde con más de media hora de retraso, ya que a la salida del juzgado se había dirigido a su casa a comer y a cambiarse el traje de chaqueta con la que se había presentado en la Vista por sus deslucidos pantalones vaqueros de siempre y el jersey blanco plagado de bolitas. Le parecía que esa ropa tan usada le daba la apariencia que le convenía, ya que la ayudaba a pasar inadvertida, sobre todo de Manuela, que la observaba con recelo cuando pasaba por delante de la recepción. Cuando salió de su automóvil coincidió en el aparcamiento con Alfonso Alfaro que acababa de estacionar su Lexus plateado y que se le aproximó. Llevaba él abierto el abrigo gris y reparó Claudia en que debajo de éste vestía el traje gris oscuro que llevaba la mañana en la que le conoció y en la que la había entrevistado. Entonces le había extrañado que llevase una ropa tan elegante con los bajos de los pantalones manchados de barro, pero había podido comprobar en los días sucesivos que, salvo la tarde en la que se lo había encontrado en el pantano, solía ser su indumentaria de trabajo.

Parecía taciturno él y no efectuó ningún comentario sobre la hora que era, aunque sí miró disimuladamente su reloj de pulsera y Claudia se apresuró a disculparse.

—Es que he asistido a un juicio esta mañana y me ha sido imposible llegar antes.

—¿A qué clase de juicio? — se interesó él—. ¿Había cometido usted algún error importante en el museo y le han pedido responsabilidades?

Meneó Claudia negativamente la cabeza y con ésta su oscura melena.

—No, no. Ha sido un juicio civil. El hombre que estuvo casado con mi madre se encuentra en una pésima situación económica y había solicitado en el juzgado que le mantuviese yo, por ser su hija.

—¿Y le han dado la razón?

—No, claro que no. Hemos demostrado que no soy hija suya y que por consiguiente no tengo esa obligación.

—Estará muy satisfecha entonces— comentó con la cabeza baja.

—Sí, pero ese hombre debe de estar algo chiflado y no estoy segura de que lo haya entendido. Me confunde con mi madre y está empeñado en que vuelva con él.

Levantó él la mirada del suelo para observarla con expresión interrogante, por lo que se sintió obligada a seguir explicándose.

—La otra noche le vi frente a la entrada del hotel y me siguió con su coche hasta el pueblo donde se celebraba con una hoguera y con chocolate con churros la fiesta de la Candelaria. Se me acercó y me llamó por el nombre de mi madre, a la que es cierto que me parezco mucho. Hoy en el juicio, cuando le ha interrogado su abogado, le ha contestado que yo tenía la obligación de acogerles en su casa a él y a mi madre y cuando el juez le ha recordado que mi madre se había divorciado de él y que además había muerto, ha replicado que la había visto en esa fiesta que le he comentado y que años atrás se había marchado de la casa en la que vivían los dos sin su permiso. Yo creo que está como una regadera.

Había dejado escapar ella una risita fingida para restarle importancia a lo que acababa de referirle, pero no le pareció que a Alfonso le hiciera ninguna gracia.

—¿Y es un hombre peligroso? — le preguntó con el ceño fruncido—. Si lo es, debería denunciarle a la policía.

Volvió Claudia a efectuar un ademán negativo.

—¿Y qué le digo? Que un hombre que estuvo casado con mi madre cree que es mi padre, y que, aunque con la prueba biológica se ha demostrado que no nos une ningún parentesco, me persigue, porque unos ratos imagina que soy su hija y otros supone que soy su mujer revivificada. Suena como un folletín, ¿no le parece?

No le contestó hasta que transcurrieron unos segundos. Caminaban hacia la puerta principal del hotel y había vuelto a bajar él la cabeza como si le interesara de una forma especial el terreno sobre el que caminaban e iba atizándole puntapiés a los guijarros que se le ponían a tiro.

—No sé si suena como un folletín, pero lo que me ha contado me ha parecido muy poco tranquilizador para usted— replicó al fin.

También se lo parecía a Claudia, pero sin saber por qué, quizás para darse de valiente y ganar puntos a sus ojos, trató de quitarle importancia.

—¡Bah!, no estoy preocupada. Mi abogado ha pensado que si vuelve a importunarme solicitará en el juzgado una Orden de Alejamiento para que no se me pueda acercar.

—¿Y cree que con esa Orden iba ese hombre a mantenerse a distancia de usted? — objetó escépticamente él— Si está chalado, probablemente ni siquiera entenderá a lo que le obliga esa resolución judicial.

—Eso mismo ha dicho el procurador que me ha representado en el juicio— corroboró ella—. Pero vamos a dejar ese asunto por el momento, porque quiero pedirle una cosa. Ya le dije que mi padre era Armando Valdés. Ahora estoy segura de que lo fue y le recuerdo que, por esa razón, para buscar algo que me ayudara a acreditarlo, le pedí la llave de la habitación 421. ¿Ha visitado a don Fabián en la clínica, tal y como me prometió?

—Sí.

—¿Y qué?

—Vengo precisamente de esa clínica y… no estaba en uno de sus mejores días— manifestó pesarosamente—. Ni siquiera me ha reconocido o al menos esa es la impresión que me ha dado. A pesar de todo, he insistido y le he preguntado por la dichosa llave, pero no me ha contestado nada. Ha cerrado los ojos y creo que se ha dormido. El enfermero me ha dicho que volviera en otra ocasión y que no debía alterarle poniéndome pesado, así que he comido en una cafetería cercana y me he venido directamente desde allí, sin pasar por mi casa.

—De modo que no ha conseguido nada— resumió ella.

—No.

—Pero tendrán más de una llave de las habitaciones— caviló Claudia sin resignarse a darse por vencida.

—Sí, tenemos dos, una se la entregamos a los huéspedes y con la otra la camarera de planta arregla la habitación. En este caso, una se la llevó su madre al día siguiente de que mataran a Armando y la otra la guardó mi padre, él sabrá dónde.

—Sí, he buscado esa llave entre las cosas que se llevó mi madre, pero no la he encontrado. ¿Pero por qué no hicieron una copia?

—¿Para qué, si mi padre decidió clausurar a cal y canto esa habitación?

Un pliegue hondo surgió en la frente de ella al intentar concentrarse para encontrar una solución al problema.

—No hay tantos escondites posibles— consideró—. Tiene que estar en alguna parte del despacho que ahora utiliza usted. ¿Ha mirado en los cajones de la mesa?

—Sí.

—¿Y en los armaritos bajos de la librería?

—También. Cuando salió usted la otra tarde de esa habitación, después de aclararme el motivo por el que había dejado su trabajo de arqueóloga para colocarse durante un mes de recepcionista en este hotel, estuve revolviéndolo todo sin el menor resultado.

Esbozó Claudia un gesto de desaliento, pero en ese instante se le ocurrió una idea.

—¿Y si… y si llamara usted a un cerrajero?

—¿A un cerrajero?

—Sí, creo que son capaces de abrir cualquier puerta sin estropear la cerradura.

Lo meditó Alfonso mientras se aproximaban a la puerta giratoria del hotel. Se detuvo un instante delante de ésta y bajó la voz para decirle:

—Vamos a hacer la última intentona de encontrar esa llave. ¿Por qué no viene conmigo a mi despacho y me ayuda a buscarla? Si no damos con ella, mañana mismo haré lo que me ha sugerido.

—Pero no puedo faltar a estas horas a la recepción— objetó ella preocupada—. ¿Qué diría Ramona si la dejo sola con todo el trabajo de atender a los huéspedes?

—No dirá nada, si le digo yo que necesito que venga usted a mi despacho a buscar unos papeles que no encuentro y que me urgen. La mayoría de las mujeres piensan que los hombres somos muy desordenados y que si no fuera por ellas no encontraríamos nada, aunque nos resultara imprescindible.

—¿Y usted no es desordenado? — le preguntó Claudia con curiosidad.

—Pues no. Sé perfectamente donde he guardado mis papeles y hasta hago montoncitos con ellos, colocando en la cúspide los que más apremian— le comentó con guasa—. Podrá comprobarlo esta tarde.

—Pero… empezó a oponer.

—No sea pesada— la interrumpió divertido—. Si quiere registrar esa habitación para buscar ADN de Armando o cualquier otro vestigio de su desaparición, tendrá que dejar sola a Ramona durante un rato. ¿O es que prefiere que hagamos esa búsqueda mañana por la mañana?

Lo meditó Claudia, pero no tardó en decidirse. Ahora que estaba segura de que era hija de Armando, deseaba encontrar cuanto antes alguna prueba que le permitiera a Noelia presentar la demanda con ciertas garantías de que le fuera admitida por el juzgado. Ramona además no se atrevería a formularle al director ninguna objeción.

—De acuerdo— accedió—. Bajaré a cambiarme y después iré a su despacho a buscar la llave, pero antes hable usted con Ramona. Se ha portado muy bien conmigo y no quiero que perdamos las amistades, porque le dé motivos para que piense que me escaqueo de mi trabajo.

Se introdujeron juntos en la puerta giratoria y accedieron luego al vestíbulo, donde se acercaron al mostrador de la recepción. Ramona atendía en ese momento en inglés a un grupo de turistas suizos que le estaban preguntando si había por los alrededores algunas pistas nevadas donde pudieran esquiar. Con una sonrisa, les decepcionó ella. Claudia no dominaba ni mucho menos el inglés, pero la entendió cuando les dijo que las pistas más cercanas estaban en Navacerrada, a bastantes kilómetros de allí, pero que si lo deseaban podían alquilar un taxi que les llevaría hasta el funicular y que éste les subiría hasta la Bola del Mundo.

No esperó Claudia a escuchar la respuesta de los suizos. Saludó a su compañera con un ademán de su mano y continuó por el vestíbulo hacia el pasillo que llevaba a la cafetería y al restaurante y por el que se bajaba al sótano, mientras Alfonso le comentaba algo a la otra que ella no llegó a oír, pero que supuso que se trataría de la excusa que se le había ocurrido para que le ayudara a buscar la llave.

Esa tarde no la siguió nadie por la escalera ni por el largo pasillo por el que se accedía al ropero, pero aun así saltó los peldaños de dos en dos y recorrió luego el corredor como una exhalación, temiendo que en cualquier momento pudiera aparecer Gerardo y le diera un susto de muerte. Mientras se cambiaba, se preguntó que podría hacer ella en ese caso. ¿Darle un empujón y salir corriendo? ¿Gritar? Allí abajo, en aquel sótano, no la oiría nadie. Quizás Begoña, que solía estar trabajando en una habitación repleta de telas varios metros más allá del ropero, pero era una señora mayor y no se atrevería a enfrentarse a Gerardo. También podría tratar de convencerle de que debería dejarla en paz porque ella no era Regina, sino Claudia Valero, que no era hija suya como ya habían acreditado en el juzgado, pero no tardó en descartar esa última opción. Gerardo no la entendería. Le pareció que la mejor de las posibilidades sería la primera, pero no estaba segura ni mucho menos de que con ese empujón consiguiera hacerle retroceder. Aunque esquelético, era muy alto y ella, aunque de mediana estatura y muy ágil, era menuda. Tenía entendido que los locos poseían una fuerza fuera de lo común, por lo que probablemente no saldría bien parada si llegaban a las manos.

Ya vestida con el traje de chaqueta gris marengo, se calzó los zapatos de tacón alto y precavidamente acercó su oído a la puerta con la intención de averiguar si había alguien al otro lado que pudiera estar esperándola. El silencio era absoluto, por lo que se decidió, descorrió el cerrojo y abrió la puerta de un tirón. La tristona luz que esparcía el plafón del techo alumbraba el largo y solitario pasillo en el que no había escondite posible, por lo que salió del ropero y echó a correr hacia la escalera, pese a la dificultad que suponía hacerlo con los tacones que llevaba ahora. Seguidamente ascendió los peldaños y desembocó sin detenerse en el pasillo que terminaba en la cafetería. Recorrió éste en sentido contrario y a paso lento para ir contemplando los escaparates de las lujosas tiendas, cruzó el vestíbulo y, cuando alcanzó el pasillo que comenzaba al otro lado, retardó aún más sus pasos para recuperar el aliento. Luego llamó con los nudillos a la puerta del despacho de Alfonso, que la abrió él mismo.

—Nada— le comunicó desalentado cuando la vio entrar—. No he encontrado nada y he mirado ya en todos los sitios posibles.

Se giró Claudia sobre sí misma para abarcar con la mirada toda la habitación. Al fondo de esta, un gran ventanal dejaba penetrar a través de los cristales un sol pálido que dejaba caer un mustio rayito sobre la mesa de él, cubierta de papeles. Delante de la mesa había dos butacas gemelas y el resto de las paredes, salvo un espacio en el que colgaba un cuadro, estaban cubiertas de librerías de nogal abarrotadas de libros, de carpetillas de plástico y de más papeles. Pensó que había estado presumiendo él poco antes de ser muy ordenado con lo que había demostrado ser un optimista, porque el despacho, aunque ostentoso, se asemejaba a una leonera, pero no le hizo el menor comentario a ese respecto. Se limitó a preguntarle:

—¿Puedo revolverle los cajones, los armarios, todo?

—Claro, no guardo el menor secreto… en este despacho— puntualizó con guasa—. Registre, registre.

Por fortuna para ella la habitación estaba sumamente pulcra y no se manchó de polvo su bonito traje de chaqueta recién estrenado mientras revisaba los muebles que había anunciado, pero cuando una hora más tarde se dio por vencida y se dejó caer en una de las butacas de los clientes, creyó que no conseguiría volver a enderezarse ella sola ni ponerse en pie por mucho que lo intentara.

Alfonso se había sentado resoplando en la otra y cuando sus miradas se cruzaron los dos se echaron a reír.

—Estoy hecha polvo— farfulló ella.

—Y yo.

—Y no hemos encontrado nada.

—No.

—¿Dónde guardaría don Fabián esa dichosa llave? — Se preguntó a sí misma en voz alta—. ¿Está seguro de que fue aquí, en este despacho?

—Sí, completamente. Tenía reservada él antes de que le ingresaran la habitación 423, que ahora utilizo yo, pero allí no hay nada que no sea mío—. La observó con el rabillo del ojo y añadió con picardía—: Aunque, si quiere, podemos subir a continuar la búsqueda en esa habitación.

—No, muchas gracias— replicó muy digna.

—Pues en ese caso no nos queda más solución que llamar a un cerrajero.

—Sí, no nos queda otra solución— admitió ella repanchigándose en la butaca para estirar sus doloridos músculos— En cuanto me recupere un poco y consiga ponerme en pie, iré a la recepción a reunirme con Ramona que debe de estar bramando en arameo contra mí todos los epítetos que conozca.

Se echó a reír él bajito como si se estuviera imaginando la escena y le divirtiera.

—Sí, supongo que sí, pero no tenemos la culpa ninguno de los dos de que mi padre escondiera tan fabulosamente bien esa llave ni de que usted necesite una muestra del ADN del suyo. Si se demuestra que es usted hija de Armando…

Había apoyado la cabeza en el respaldo de la butaca y un rayito de sol cargado de polvillo le caía sobre la frente mientras cerraba los ojos con expresión de hallarse en el séptimo cielo.

—¿Qué? ¿Qué iba a decir?

—Que me gustaría estar presente cuando Manuela recibiera la noticia.

—¿Por qué? Se llevaban mal mi padre y ella y se estaban divorciando. No podrá extrañarle que él mantuviera una relación con otra.

—No me refería a eso— la rebatió Alfonso abriendo los ojos para fijar la mirada en el techo de la habitación—. Estaba pensando en que ella tendría que repartir la herencia de Armando con usted y probablemente perdería sus acciones sobre este hotel. ¿No le reclamaría usted esas acciones? A mí me vendría de miedo.

—¿Qué me convirtiera yo en su socia?

—Si.

Se rebulló Claudia en la butaca sintiendo un dolor especial en la parte baja de la espalda y murmuró:

—No tendría que repartir nada con ella, porque días antes de que desapareciera mi padre le habían notificado la sentencia de divorcio, por lo que ésta había adquirido firmeza al no haber sido recurrida por ninguna de las partes. Consecuentemente y, según me ha dicho mi abogado, no tenía Manuela derecho a heredar nada de él. Lo que no sé es cómo lo consiguió.

—Es muy astuta— reconoció Alfonso a su pesar—. Así que no me extrañaría que hubiese hecho cualquier chanchullo. ¿Se está ocupando de investigarlo su abogado?

Evocó Claudia la esbelta silueta de Noelia y su rostro enmarcado por su oscura melena, larga y rizada.

—Todavía no. El juicio del que le he hablado se ha celebrado esta mañana y supongo que no tardará en preparar el siguiente, el definitivo. Siempre, claro está, que encontremos esa llave y algo en la habitación 421 que nos sirva para que nos admitan a trámite la demanda, porque por lo visto no es tan fácil.

Había cerrado también ella los ojos sintiendo el agradable calorcillo del sol en el rostro, pero los abrió de improviso, enderezándose en la butaca y sentándose erguida.

—Podría ser— murmuró como si acabara de recibir una súbita inspiración.

—¿Qué es lo que podría ser?

—Que su padre hubiera guardado la llave en una caja fuerte. ¿Hay alguna caja fuerte en este hotel?

—Sí, claro que sí. Además de los documentos importantes, guardo en ella por la noche la recaudación del día y a la mañana siguiente la ingresamos en el banco del pueblo. Me ocupo de hacerlo yo y no he visto nunca una llave dentro de la caja fuerte. He pensado cambiar esas llaves doradas, tan anticuadas que utilizamos, pero que están a tono con el aire romántico de este edificio, por las modernas tarjetas electrónicas que se usan ahora en todos los hoteles y que las han sustituido, pero aún no he tenido tiempo de ocuparme. ¿Pero qué le pasa ahora?

Se había puesto Claudia en pie de un salto y escrutaba las paredes sin hallar nada que se asemejase a lo que buscaba.

—Me pasa que estoy buscando esa caja fuerte en la que guarda el dinero. ¿Dónde está?

—¿Es que va a atracar el hotel? — inquirió riéndose—. Le advierto que todavía no me han traído el efectivo del día.

—No sea estúpido— le recriminó muy nerviosa, sin darse cuenta de que le estaba faltando al respeto a su jefe—. Tenemos que revisar a fondo el contenido de esa caja. La llave tiene que estar dentro.

—Si usted lo dice...— murmuró incorporándose desganadamente y llevándose ambas manos a los riñones, tan doloridos como los de Claudia—. La caja está detrás de aquel cuadro.

Le señalaba el que, frente a su mesa, ocupaba un testero entre dos paños de la librería y Claudia se abalanzó a retirarlo.

—¿Y la llave de esta caja? — le preguntó señalando la que había quedado al descubierto al quitar el lienzo.

—La tengo yo.

—Pues démela.

Meneó él irónicamente la cabeza.

—De eso nada. Vuélvase de espaldas que no quiero que vea donde la guardo ni la combinación que la abre.

—Está bien— admitió magnánimamente—. ¿Quiere que cierre también los ojos?

—Sí también. Los tiene usted demasiado grandes y parece que lo ven todo.

Le obedeció sintiendo una repentina euforia al oírle decir que se había fijado en sus ojos y se aproximó a la ventana apoyando la frente en el cristal. Le oyó manipular algo a su espalda y le preguntó impaciente:

—¿Ya?

—No, todavía no. Estoy girando la rueda, así que tápese los oídos.

—¿También los oídos?

—También.

—Bien, pero no tarde.

Oyó un par de ruiditos más y luego su voz.

—Ya puede volverse.

Había abierto la caja, que estaba vacía, a excepción de unos sobres de papel manila y de tamaño folio, ordenadamente apilados junto a la pared de su derecha.

—¿Qué hay en esos sobres? — le preguntó ella.

—Los títulos de propiedad del hotel, el poder notarial que efectuó mi padre a mi favor cuando empezó a encontrarse mal y algunos documentos más de ese tenor.

—¿Puedo verlos?

Dudó Alfonso durante una décima de segundo, pero terminó por denegar con la cabeza.

—Pues no. Los miraré yo.

Extrajo el montoncito de sobres de la caja fuerte y los trasladó a su mesa, tomando asiento en la butaca tras ella. Claudia volvió a sentarse en el sillón que había ocupado poco antes y se inclinó hacia él para no perder de vista lo que iba revisando. Fue en el tercer sobre que examinó, vacío de papeles, en el que notó al tacto algo duro y alargado y lo abrió vaciando su contenido sobre la mesa. Era una llave unida a una etiqueta en la que se reseñaba el número de la habitación. Sin duda había sido dorada, aunque había perdido el brillo y el color. Tanto la cabeza como los dientes mostraban manchones parduzcos y verdosos, pero los dos se quedaron mirándola con expresión de triunfo, sobre todo Claudia que la observó como si fuera el objeto más maravilloso que hubiera contemplado en su vida.

—¡Por fin! — exclamó, sin apartar sus ojos de ella—. Creí que no la encontraríamos nunca.

La cogió él y la hizo girar entre sus dedos antes de alargársela.

—Bueno, aquí la tiene. ¿Va a subir ahora?

—Sí, si me acompaña.

La observó él con una chispita de diversión en sus ojos castaños.

—¿Qué pasa? ¿Es que le da miedo? No espere encontrar arriba un cadáver ni ninguna cosa extraña. Es una suite idéntica a la mía, solo que, en sentido inverso, en la que han entrado después de que se marchara su madre en muchas ocasiones mi padre y Rosa a limpiar, aunque creo que muy superficialmente. Tengo una entrevista dentro de unos minutos con un proveedor importante y no puedo hacerle esperar, pero si quiere que suba con usted mañana por la mañana estaré encantado de ayudarla.

—No, no— protestó Claudia—. Iré yo sola y bajaré enseguida a la recepción para desempeñar mi trabajo. Si encuentro algo de interés, ¿puedo llevármelo?

Se echó a reír Alfonso, apoyándose con ambos brazos sobre la mesa.

—Sí, siempre que no sea la cama, el televisor o el mueble bar. En el supuesto, claro está de que pueda cargar usted sola con alguno de esos muebles.

—No, no, yo me refería al cepillo de mi padre, al peine... al cepillo de dientes... a alguna de esas cosas.

—Sí, lléveselas, pero hágalo con guantes y métalas antes en una bolsita de plástico. He visto que en las películas lo hacen así. ¿Tiene guantes?

—No.

—Pues pídaselos a Begoña. Habrá venido ya y estará abajo.

—Gracias— murmuró ella que de improviso le encontró encantador y guapísimo.

—De nada— replicó sin mirarla, mientras volvía a guardar los documentos dentro de los sobres que había extraído de la caja fuerte—. ¡Ah! — recordó de pronto—. Y pase luego por este despacho para decirme lo que ha encontrado y para devolverme la llave. No se le olvide.

—No se me olvidará. Hasta luego.

Salió de la habitación y como un ciclón echó a correr por el pasillo, cruzó el vestíbulo y siguió corriendo por el otro pasillo hasta que llegó a la puerta por la que se accedía a la escalera del sótano y bajó por esta hasta el corredor, que recorrió sin detenerse. Encontró a Begoña en una habitación contigua a la del ropero. Era una mujer de unos sesenta años, que llevaba una bata blanca sobre su ropa y que sin preguntarle para qué quería los guantes, le entregó unos blancos de algodón. Con ellos en la mano y sin parar de correr realizó el mismo camino a la inversa y ya en el vestíbulo se aproximó a toda prisa a la recepción. Ramona estaba sola y clavó en ella una ofendida mirada.

—Al fin apareces— le recriminó—. Llevo una tardecita de aúpa. ¿Has encontrado los papeles que buscaba el jefe?

—No… sí. Hemos encontrado la llave.

—¿Qué llave? — se extrañó la otra sin entender qué quería decirle.

—La de la habitación 421, ya te dije que quería verla y examinarla a conciencia por si pudiera encontrar algún vestigio que me permita averiguar qué le ocurrió a mi padre y para llevarme también algún objeto personal suyo.

—¿Cómo recuerdo?

—No, para contrastar su ADN con el mío.

Abrió Ramona desmesuradamente sus pintados y oscurísimos ojos y luego abrió la boca hasta formar un círculo con ella.

—¿Y para qué necesitas un objeto suyo, si han encontrado ya su esqueleto? — inquirió. Se dio cuenta nada más decirlo de que su pregunta carecía de tacto y se disculpó—. Perdona. No le conociste, pero supongo que te ha dolido que hablara así. No he tenido intención de molestarte.

—No pasa nada— mintió Claudia, pues las palabras de la otra le habían provocado un desagradable vuelco en el estómago—. Soy a subir ahora mismo, pero no tardaré— Se quedó asida al mostrador de la recepción sin decidirse a hacerle la propuesta, pero finalmente acopió fuerzas y le propuso—: ¿Por qué no vienes conmigo?

—¿Ahora? — se escandalizó Ramona—. ¿Me estás pidiendo que deje sola la recepción? ¿Qué quieres? ¿Qué doña Manuela nos ponga de patitas en la calle a las dos? Ha pasado por aquí hace un rato y me ha preguntado por ti y que donde estabas.

—¿Y qué le has contestado?

—Que habías ido al cuarto de baño, pero que no tardarías. No podía decirle que don Alfonso te había pedido que le ayudaras a buscar unos papeles, porque no se lo habría creído y porque además le hubiera parecido un motivo estupendo para armarle una bronca. Opina que el personal es un tema exclusivamente suyo.

—Sí, ya lo sé. ¿Qué hago entonces?

—Sube de una vez a la habitación 421, pero no tardes.

—¿Y si vuelve a presentarse doña Manuela?

Se echó a reír Ramona.

—Le diré que tienes diarrea y que sigues en el baño. Anda, sube de una vez.

—Gracias, eres una amiga— musitó apenas Claudia, antes de apartarse del mostrador y de echar a andar hacia el ascensor.

Mientras recorrió el escaso trayecto que mediaba entre ambos, se puso los guantes de algodón, entró luego en la cabina y pulsó el botón de la planta cuarta con la llave y la bolsita muy apretadas en la otra mano y una extraña sensación, mezcla de euforia y de ansiedad oprimiéndole el estómago. Iba a conseguir lo que tanto había deseado. Algo encontraría en la habitación a la que se dirigía que le permitiera reclamar la paternidad de Armando, que era lo fundamental para ella. Tener por fin un padre y un apellido que no fuera inventado. Además, se lo debía a su madre. También ésta subiría angustiada en el ascensor muchos años atrás contando los minutos que deberían transcurrir antes de que Armando se reuniera con ella en esa habitación y también ella llevaría apretada en la mano la llave que la abría. Y allí dentro le esperaría, aunque nunca más le volvería a ver. ¿Encontraría ella la respuesta a lo que le había sucedido en la habitación a la que se dirigía?

Empezaba a anochecer y cuando llegó a la planta cuarta y salió a la salita en la que se bifurcaban los dos pasillos, una luz grisácea se filtraba a través de los cristales del ventanal y estaban ya encendidas las lámparas de mesa que, a ambos lados de los dos sofás, iluminaban la estancia, aunque apenas si llegaban a aclarar las sombras. Tampoco los velones adosados a las paredes proyectaban una claridad mayor. Desprendían una luz tenue y macilenta que solo alumbraban de trecho en trecho ambos pasillos y se encaminó al de la izquierda sin pérdida de tiempo. La moqueta azul que cubría el pavimento amortiguaba el sonido de sus pasos, por lo que el silencio era absoluto. Los huéspedes que habían ocupado las habitaciones de ese pasillo se habían marchado la tarde anterior, lo que explicaba que no se oyera el menor ruido. Pero no era una sensación placentera la que experimentaba, sino al contrario, porque la soledad de aquella planta era opresiva. Le pareció de pronto que se hallaba en un edificio deshabitado, aunque sabía que no era cierto, y la inquietó también un sentimiento olvidado que había experimentado cuando, de niña, su madre la llevaba al parque de atracciones y se subían las dos al tren de "la casa de la bruja". Entonces no supo darle nombre, pero en ese momento sí fue capaz de analizarlo. Era miedo lo que sentía en ese momento, aunque no sabía de qué.

Se detuvo indecisa al pie de un velón que aclaraba el color azul de la moqueta, preguntándose si no debería dejar la inspección que pretendía hacer de la habitación 421 para la mañana siguiente, tal y como le había sugerido el director del hotel. Acompañada por él no sentiría la desagradable impresión de que alguna de las sombras del pasillo podía materializarse de repente como en el "tren de la bruja" y agarrarla por los pelos. Pero no, se dijo. Se reiría de ella, porque, tal y como le había dicho, ¿qué esperaba encontrar de escalofriante en la habitación a la que se dirigía? Probablemente sería como cualquier otra de las suites de los hoteles, cómoda, lujosa e impersonal, cuyo precio ella nunca había podido costear.

Echó a andar de nuevo, en el mismo momento en el que oyó el sonido del ascensor que acababa de detenerse en la planta cuarta. Pensó que sería un nuevo huésped al que Ramona le habría asignado una habitación en aquel piso y que no tardaría en hacerse visible. O que quizás se tratase de alguno de los botones que se le hubiese adelantado y le subía las maletas, pero como en cualquiera de los dos casos no tenía interés en encontrárselo y no debía demorarse en regresar a su puesto de trabajo, apretó el paso y cuando llegó frente a la puerta de la habitación 421 introdujo la llave que llevaba en la mano en la cerradura. Una vaharada de aire denso le hirió el olfato cuando la empujó. Olía a cerrado, a ambiente enrarecido. El balcón estaba además herméticamente cerrado y aunque se filtraba algo de claridad a través de las rendijas de sus maderas, no bastaba para aclarar la oscuridad de la estancia, por lo que alargó la mano y accionó el conmutador de la luz. Luego parpadeó deslumbrada cuando se encendieron a la vez la lamparita de la mesita de noche y una lámpara de pie que se hallaba junto a un sillón a los pies de la cama, permitiéndole ver un amplio dormitorio con los muebles lacados en blanco y el lecho cubierto por una colcha de damasco dorado, a juego con las cortinas que enmarcaban el balcón. En la cercana esquina sobre un pedestal de cerámica vio un historiado jarrón de porcelana china de grandes proporciones, aunque apenas se fijó en él, porque se dirigió en línea recta a abrir las maderas y luego la puerta de cristales del balcón para que entrara el aire del exterior. Hacía frío, pero no le importó. Una brisa suave penetró en la habitación y se llevó aquel olor espeso, que le recordó el que desprendían los hallazgos egipcios del museo cuando los extraía del embalaje. Desde allí se divisaba el pantano, grisáceo a la luz del crepúsculo, bajo un manto de nubes del mismo color que contagiaba con esa misma tonalidad a los pinos que crecían arracimados hasta la misma orilla.

Pero tenía que darse prisa, se dijo. Ramona estaría esperándola impaciente y era muy posible que Manuela volviera a presentarse en la recepción a preguntar por ella, por lo que volvió a entrar en la habitación, aunque mantuvo abierta la puerta de cristales del balcón. Tiritando de frío se giró en redondo. Sobre la cama colgaba un cuadro con una reproducción de un cuadro de Sorolla con un marco dorado y a ambos lados de ésta había dos mesillas soportando unas lamparitas que estaban encendidas y que mostraban una leve capa de polvo sobre su superficie. Junto a la puerta de entrada vio un armario empotrado y en la esquina contraria al balcón, una butaca con la lámpara de pie a su lado y una cómoda con un aparato telefónico encima, otro jarrón de porcelana, y una carpeta verde de piel con un cuaderno con el membrete del hotel y un bolígrafo.

Frente a la cama, una puerta corredera permitía acceder al saloncito, también con un balcón en la misma fachada, que abrió inmediatamente y dos sofás haciendo esquina con una mesita delante, pero sin ningún objeto personal. Parecía aguardar indiferente la llegada de un nuevo huésped que como el anterior y el siguiente permanecieran allí unas horas y se marcharan después, sin dejar huellas de su paso.

Cerró ese balcón y retrocedió para volver al dormitorio. Lo importante era lo que pudiera encontrar en el cuarto de baño. Su madre lo había usado dos días con sus correspondientes noches, pero su padre se habría duchado y afeitado allí a menudo, por lo que algo habría quedado allí de los objetos que utilizara. La puerta estaba al lado del armario y la abrió entrando en esa estancia a continuación. Era también amplia, con las paredes recubiertas de mármol travertino, un gran espejo sobre el lavabo y una bañera con una mampara de cristal en la pared contraria. En la jabonera adosada a media altura vio un frasco de gel de baño y lo cogió alegrándose de llevar puestos los guantes que le había entregado Begoña. Lo introdujo en la bolsita de plástico que llevaba y buscó con los ojos algo más que pudiera servirle para sus propósitos. En una repisa de cristal, junto al espejo del lavabo, había un cepillo con algunos pelos y un peine. Los guardó también en la misma bolsa y salió después al dormitorio. No había allí nada que pudiera recordarle a su padre cuando había ocupado la habitación. La dorada colcha de la cama, estirada e impoluta, sin una sola arruga, habría sido arreglada por Rosa después de que su madre abandonara el cuarto, por lo que ni siquiera quedaba el hueco que habría dejado sobre el lecho después de dormir en este. Como le había dicho Alfonso, no era más que una lujosa habitación de hotel, aunque tan impersonal y anodina como cualquier otra.

Cerró el balcón, echó una última ojeada a la habitación e intentó dirigirse apresuradamente hacia la puerta, pero tropezó con la blanca alfombrilla de pie de cama y se cayó de rodillas sobre ésta. Se hizo daño y se recostó sobre la alfombrilla para amortiguar el dolor antes de ponerse nuevamente en pie. Entonces fue cuando lo vio. Estaba debajo de la cama y era un objeto alargado que al recogerlo y exponerlo a la luz vio que se trataba de una bolsita de cosméticos de piel marrón, como la que muchas mujeres llevan en el bolso para arreglarse cuando pasan el día fuera de casa. Dentro, además de un lápiz de labios y una polvera, había un papel con un plano dibujado a mano en el que se indicaba la ruta que debería seguir un coche desde Madrid para llegar al hotel. En el dorso y también a mano, alguien había escrito unas palabras:

"Espérame en la habitación 421. Tengo que reunirme con ella esta tarde junto al pantano para hacerle entender que hemos terminado para siempre, pero no tardaré".

No lo firmaba, pero Claudia tuvo la certeza de que lo había escrito su padre y que asimismo había sido él el autor el plano dibujado en la otra cara del papel para que su madre pudiera encontrar el hotel sin dificultad. Se sentó sobre la alfombrilla y pasó una mano por su frente. Así que Armando había quedado con Manuela junto al pantano la misma tarde en la que había sido asesinado. Tanto Ramona que estaba en la recepción, como Alfonso que entonces era un chiquillo y que se hallaba fuera del edificio jugando al fútbol con Herminio, la habían visto subir andando cuesta arriba para volver al hotel aproximadamente a las siete de la tarde. Sin duda su padre le había enseñado la sentencia de divorcio y al decirle que con la disolución de su matrimonio debía también abandonar la regencia del hotel sin pérdida de tiempo, probablemente se habría opuesto a esto último. Habrían discutido a continuación elevando más y más el tono, habrían intercambiado alguna palabra gruesa y finalmente se habría abalanzado Manuela sobre él con una piedra o con otro objeto contundente y le habría matado. ¿Pero por qué la sentencia no habría sido inscrita en el Registro Civil? Esa inscripción era obligada y, como consecuencia de la publicidad que conllevaba, habría perdido ella su derecho a heredarle.

Le pareció oír en ese momento un leve sonido en el pasillo por lo que se puso en pie en el acto, dejó las dos bolsitas sobre la colcha y se acercó a la puerta para alcanzar el conmutador de la luz y apagarla, ya que quien quiera que estuviese fuera podría ver el filo de claridad que asomaba por debajo de la hoja de madera. Luego regresó a tientas hasta el lecho, recogió las dos bolsitas y volvió hasta la puerta. La abrió, asiendo el picaporte con sumo cuidado y asomó la cara por la rendija. No vio a nadie, por lo que salió al pasillo, introdujo la llave en la cerradura y le dio dos vueltas. Luego se la guardó en el bolsillo de la chaqueta. En ese instante creyó percibir un ruidito al fondo del corredor y se detuvo asustada aguzando el oído. Ahora el silencio pareció expandirse por el interminable pasillo y envolverla hasta hacerse audible. Con los ojos agrandados por el miedo trató de distinguir algo entre las sombras y aunque no lo logró sintió que allí había alguien que la observaba gracias al aplique adosado a la pared que proyectaba una incierta claridad sobre su cabeza, por lo que con el corazón en la garganta y de puntillas echó a correr hacia la salita, donde se introdujo en el ascensor. La cabina estaba en la planta cuarta, lo que denotaba que alguien había subido poco antes a ese piso.

Al llegar al vestíbulo lo cruzó silenciosamente. Ramona estaba atendiendo a un grupo que acababa de llegar y no la vio. Luego echó nuevamente a correr por el pasillo que llevaba a la cafetería y cuando alcanzó la puerta por la que se accedía a la escalera del sótano, bajó a toda prisa, recorrió ese pasillo y en el ropero guardó en su bolso los objetos que había recogido en el cuarto de baño y la bolsita de piel. Luego regresó a toda prisa al vestíbulo y se reunió con Ramona en la recepción.

—CAPÍTULO XIII—

Oyó Noelia el timbrazo del teléfono interior y al descolgarlo reconoció la voz de Flor.

—Oye, ha llegado Tomás, el procurador, y me ha dicho que quiere verte. ¿Te viene bien ahora?

—Sí, sí. Dile que pase.

Estaba redactando un escrito en el ordenador, pero dejó de escribir en el acto para apoyarse en la mesa y sujetarse la cabeza con ambas manos. Le había pedido a Tomás que averiguara lo que pudiera sobre el procedimiento de divorcio que tramitaron en su día Armando Valdés y Manuela Ríos y había estado esperando con impaciencia su visita, por lo que cuando se abrió la puerta de su despacho y entró él, se inclinó sobre su mesa hacia el recién llegado, deseosa de recibir sus noticias.

—¿Qué? ¿Me traes algo?

Jovial como siempre, se echó a reír él.

—Claro que sí. Soy un procurador de primera que lo mismo sirve para un roto que para un descosido. ¿Qué quieres saber?

—Lo que pasó. Quiero saber por qué no se inscribió la sentencia en el registro civil como es lo ortodoxo.

Se dejó caer Tomás pachorrudamente frente a ella en una de las dos butacas. Se colocó su maletín sobre las rodillas y extrajo de este unos papeles.

—Vamos por partes— empezó sin prisas con su característica parsimonia—. La sentencia se dictó hace veintidós años, el veinte de junio, y se notificó a las partes diez días más tarde, o sea, el día treinta. He hablado con la procuradora que representó a Manuela Ríos en el juicio. He tenido la suerte de encontrármela, en el salón de Procuradores de los juzgados de la Plaza de Castilla. Se llama Carmen Diaz y está próxima a la jubilación, por lo que ha tenido que hacer memoria, pero ha recordado que le entregaron la sentencia en el juzgado para que se la notificara al abogado de Manuela y la llevara al registro civil una mañana en la que, por lo visto, la había acompañado ésta. Había quedado con ella para que le pagara su minuta y Manuela se empeñó en subir con ella a recoger la notificación.

—Sí, ¿y qué?

—Que Carmen tenía otros dos juicios esa mañana en la calle de Capitán Haya y Manuela se ofreció a llevar ella misma la sentencia al Registro, lo que la procuradora le agradeció, aunque se quedó algo preocupada. Ya sabes que vamos corriendo siempre de juzgado en juzgado y que no nos sobra el tiempo.

—Sí, ya lo sé. Carmen le entregó la sentencia a Manuela y ésta hizo con ella una pajarita y no la llevó al Registro, ¿no es así?

Esbozó Tomás un cómico gesto.

—No sé si fue una pajarita o un barco con cuatro chimeneas lo que hizo con el papel, pero no llevó a registrar la sentencia, porque también he comprobado que no figura en el Registro el divorcio al margen de la inscripción de matrimonio de Armando y de ella. A todos los efectos legales, Manuela es viuda, no divorciada.

—Ya— murmuró Noelia retrepándose pensativamente en la butaca—. ¿Y se lo has comentado a Carmen?

—No, pero no ha hecho falta, porque sabe que era responsabilidad suya ocuparse personalmente de realizar ese trámite. Me ha dicho que mañana tratará de averiguar lo que pasó y que te dé su teléfono para que la llames, si necesitas cualquier aclaración. Aquí lo tienes— le dijo entregándole un arrugado papelito—. Como puedes imaginar, se ha quedado muy fastidiada.

—Lo supongo, sí— admitió cansadamente Noelia.

Como siempre, Tomás trató de animarla.

—Bueno, no te desmoralices, que no es para tanto. Como sabes, la sentencia de divorcio produce efectos desde que se dicta y adquiere firmeza, por lo que en cualquier caso Manuela estaba divorciada ya cuando murió su marido, ya que ella no la recurrió. Porque me has dicho que murió él, ¿verdad?

—Sí, le mataron. Rescataron su cuerpo del pantano de San Juan hace unos días y aunque han transcurrido veintitrés años desde que le arrojaron al agua, el Instituto Nacional Toxicológico le ha identificado gracias al ADN de su hermano Felipe. Ha podido averiguar y ha dictaminado también que murió de un fuerte golpe en la cabeza.

—Y era el padre de la chica de los ojos verdes— dedujo él caviloso—. La del juicio de hace unos días—. ¿Y qué sucede? ¿Que Manuela le ha birlado la herencia a esa chica?

—Eso parece— admitió ella sin ganas de explayarse.

—Pues tendrás que reclamársela.

—Sí, claro, pero tendríamos primero que acreditar que Armando era su padre.

—Y después, que Armando y Manuela se habían divorciado ya cuando a él le mataron— concluyó él

243

empezando a comprender el problema y a preocuparse—. Pues tienes trabajo para rato. O, mejor dicho, lo tenemos— se corrigió—. Porque supongo que contarás conmigo.

—Por supuesto.

Se acarició Tomás pensativamente el cogote.

—Reconozco que la perspectiva es poco halagüeña, porque, para que no le falte detalle al asunto, tenemos también al tipo que cree ser padre de la chica. Bueno, se lo cree a ratos, porque en otros imagina que ella es su mujer— recordó, rememorando el comportamiento de Gerardo en el pasillo al término de la vista—. La verdad es que no te envidio—concluyó meneando pesarosamente la cabeza—. ¿Cómo te las arreglas para que te lluevan siempre asuntos tan enrevesados?

—Ya ves— replicó ella con humorismo— Los atraigo sin hacer unos méritos especiales.

—Bueno, bueno, no te desanimes y cuenta con mi ayuda. ¿Qué quieres que haga? ¿Qué vaya al juzgado donde se tramitó el divorcio y pida una copia de la sentencia? Supongo que, aunque con muchos años de retraso, nos la inscribirían sin hacer preguntas. Ya no nos ocupamos los procuradores de realizar ese trámite, ahora lo hace el juzgado telemáticamente, pero hace veintitrés años era todo diferente.

—Creo que sí harán preguntas y que en el Registro Civil tramitarán un expediente para aclarar lo que sucedió, pero lo importante es que se haya practicado la inscripción cuando reclamemos la herencia de la chica— consideró Noelia— Y ahora tengo que contarte una cosa.

—¿Qué cosa? — inquirió Tomás intrigado, con la curiosidad reflejada en su orondo semblante.

—Ha pedido cita y no tardará en llegar a este despacho Felipe Valdés, el tío de Claudia Valero.

—¿La chica de los ojos verdes?

—Sí, es un cretino que se negó a hacerse la prueba biológica cuando se lo pedí, con la finalidad de determinar si era ella hija de su hermano. No tenía Felipe idea de la existencia de esa sobrina, pero en lugar de prestarse a ayudarla, me contestó que Claudia le tenía sin cuidado y que nos las apañáramos.

De buen humor, se echó a reír Tomás.

—No sé por qué te extrañas. Si consigues demostrar que Armando y Manuela estaban divorciados cuando le mataron a él y no logras acreditar que la chica guapita de los ojos verdes sea su hija, su heredero sería ese tipo al que has calificado de cretino. Es natural que no quiera echarte una mano.

—Bueno, sí, pero es que, además, se cree muy guapo— remachó rencorosamente Noelia— Cuando me entrevisté con él en el café Gijón, me trató como, si en vez de una profesional que hubiera quedado con él por motivos de trabajo, fuera un posible ligue. Cuando venga hoy, le recibiré muy tiesa e intercalaré algún latinajo en la conversación. Eso suele dar mucho resultado.

—Me parece bien— aprobó Tomás—. ¿Y para qué crees que ha solicitado verte en este despacho?

Se encogió ella de hombros desdeñosamente.

—No lo sé, supongo que querrá enterarse de cómo van las cosas y de las posibilidades que tiene de reclamar la herencia de su hermano. No deja de ser curioso que la existencia de esa chica sea un obstáculo para las pretensiones de tanta gente.

—De ese tipo y de Manuela— puntualizó él.

—Sí, para los dos sería un rudo golpe que consiguiera demostrar yo que, por ser Claudia hija de Armando Valdés, es también su heredera. Como consecuencia, Felipe se quedaría con tres palmos de narices y Manuela tendría que recoger sus trastos y largarse del hotel del que en la actualidad es copropietaria. ¿Qué te parece?

Lo sopesó Tomás en silencio y luego volvió a echarse a reír.

—No me extraña entonces que el hermano del muerto haya pedido una cita contigo y esté a punto de llegar. Viene a sonsacarte—. De improviso recobró la seriedad y se la quedó mirando preocupado—. Te olvidas de otro peligro no menor. Del que supone para esa chica la chifladura de Gerardo Marín— le recordó —. Le considero muy capaz de perseguirla y de agredirla o de secuestrarla. Yo de ti le aconsejaría que llevase cuidado.

—Ya se lo he aconsejado— replicó ella.

—¿Y no te ha hecho caso?

—No del todo. Está empeñada en averiguar lo que le ocurrió a su padre, lo que puede suponerle un grave riesgo, si su asesino se siente acorralado.

El timbrazo del teléfono interior que tenía sobre su mesa dejó oír su estridente sonido y Noelia dio un ligero respingo en su butaca, antes de llevarse el auricular al oído y escuchar la voz de Flor que le anunciaba la llegada de Felipe Valdés. Tomás se levantó en el acto y antes de dirigirse hacia la puerta le dijo:

—Recuerda lo que te he dicho. Llevad cuidado las dos. Esa chica corre un riesgo, pero tú también. No sería la primera vez que un desalmado acaba con la persona que le estorba y de paso se carga a su abogado.

Aunque desganadamente, le sonrió Noelia y murmuró irónicamente.

—Vaya, pues muchas gracias por el consejo. Me notaba baja de moral cuando has llegado, pero has conseguido elevármela ahora hasta extremos inconcebibles, porque ahora, después de tus comentarios, me siento exultante de júbilo.

Esbozó él un gesto de disculpa con la mano y se dirigió después silenciosamente hacia la puerta. Un minuto más tarde entraba Felipe Valdés por ella, precedido por Flor que llamó antes con los nudillos.

Venía él con un aire muy diferente al que manifestaba el día en que le había conocido en el café Gijón. Entonces se movía con desenvoltura y su mirada traslucía una superioridad casi insultante. Ahora, por el contrario, parecía estar algo intimidado. Entró en el despacho sin el aplomo que derrochó aquel día y recorrió la estancia con la mirada antes de tomar asiento en la butaca que ella le indicó. Debió de impactarle la ostentosa decoración de la estancia, obra de Daniela, que opinaba que convenía que los clientes se sintiesen disminuidos en un ambiente tan refinado para que valorasen la suerte que habían tenido al ser admitidos como clientes del bufete y soportasen sin rechistar sus astronómicas minutas, porque se sentó con los pies juntos y levantó hasta ella unos ojos en los que podía leerse que no se sentía cómodo. Vestía un pantalón oscuro y una chaqueta de cuadritos blancos y negros debajo del abrigo, que acababa de quitarse, y toda su indumentaria parecía haber sido estrenada esa tarde, como si se hubiera acicalado especialmente para la ocasión.

—Usted me dirá— empezó Noelia, tiesa como un huso detrás de su mesa y sin el menor atisbo de sonrisa en su rostro.

Con una ligera inclinación de su cabeza, pretendió Felipe hacer un gesto afirmativo, dándole a entender que iba a aclararle el motivo de su visita.

—Sí, le pedí cita a su secretaria hace unos días, cuando me enteré de que habían hallado el cuerpo de mi hermano en el pantano de San Juan. Usted me pidió la tarde en la que nos conocimos que me sometiera a una prueba biológica para que una cliente suya pudiera determinar si era o no hija de Armando.

—Sí, ¿y qué?

—Creo que no estuve muy oportuno en esa ocasión, pero he recapacitado y he venido a decirle que estoy dispuesto a acceder a lo que me pidió. Me sometí a esa prueba para que pudieran identificar a mi hermano y me prestaré a hacer lo mismo en favor de esa chica. Si ella es mi sobrina, sería justo que pudiera probarlo ante un juez y que se le reconocieran así los derechos que le asistirían.

—¿Se refiere a los apellidos de su padre? — le preguntó Noelia secamente, tabaleando sobre la mesa con un bolígrafo y sin mirarle de frente.

Inició Felipe un atisbo de sonrisa, pero ante la expresión desdeñosa de ella su gesto no pasó de ser una mueca.

—Me refiero a todos los derechos que conllevaría que Armando fuera su padre— puntualizó con aire modoso—. Por mi abogado he sabido que el divorcio de mi hermano y de Manuela no llegó a inscribirse en el Registro Civil, lo que es bastante extraño, pero que la sentencia era firme cuando a él le mataron, por lo que Manuela se hizo indebidamente con su herencia.

—Eso parece— murmuró ella evasivamente.

—Mi abogado está preparando una demanda contra ella para reclamarle esa herencia y he pensado que sería conveniente que usted lo supiera— continuó Felipe más incómodo si cabe que antes.

—¿Para qué? — replicó Noelia con aire adusto, abusando de los monosílabos con la intención de hacerle perder la poca seguridad que le quedaba.

—¿Cómo que para qué? — empezó a irritarse él—. Si esa chica fuera hija de Armando sería justo que llegásemos a un acuerdo. Estoy dispuesto a facilitarle la prueba de paternidad que necesita y ella, una vez que le fuese adjudicada la herencia de él, me cedería a mí las acciones del hotel.

Le pareció a Noelia que había llegado el momento de dejar escapar una frase en latín e inquirió fríamente:

—¿Me está proponiendo un "do ut des"?

En contra de lo que esperaba y quizás porque se utilizaba a menudo y coloquialmente esa locución, incluso por lo que no conocían el latín, él la entendió.

—Sí, sé por mi abogado que no siempre admiten los jueces las demandas de paternidad si no se presenta una prueba indiciaria de la relación existente entre los dos progenitores. Yo testificaría en el juicio que conocía que Armando mantuvo una aventura con la madre de esa chica, a cambio de las acciones a las que me he referido.

—¿Me propone que ella se las regale? — se indignó Noelia.

—No, no— se apresuró Felipe a rebatirle—. Llegaríamos a un acuerdo sobre su valor. No cotizan en Bolsa, así que podríamos fijar el precio que nos conviniera a los dos. Imagino que esa chica no tiene el menor interés en regentar el hotel. Me he informado de que es arqueóloga y de que ha estado trabajando en un museo. Con el dinero de esas acciones podría hacer un viajecito a Egipto y extasiarse ante las tumbas milenarias del Valle de los Reyes.

Se retrepó Noelia en la butaca y se apartó los rizos que su melena que le caían sobre el rostro mientras reflexionaba. Suponía que Claudia no tendría el menor apego por el hotel del que su padre había sido copropietario junto con don Fabián y Felipe podía ser el testigo que necesitaba para que su demanda de paternidad llegase a buen puerto. No debería desaprovechar la oportunidad que le ofrecía el hombre que tenía sentado enfrente, pero tampoco estaba dispuesta a venderle las acciones del hotel por un precio ínfimo como parecía pretender. También le inspiraba él bastante recelo, por lo que repuso:

—Tendría que hablar primero con mi cliente y saber lo que opina de su proposición.

—Sé también que ahora está trabajando en ese hotel— la interrumpió Felipe—. Y sé también que no se parece en absoluto a Armando.

—¿Y de dónde se ha sacado lo que me está diciendo? —le preguntó ella con cierta acritud?

—Digamos que contratar a un detective puede ser muy útil en ocasiones— repuso él con un guiño de inteligencia—. No conocí a su madre ni tuve de ella la menor noticia, pero he visto la foto de esa chica y si, como me han asegurado, es el vivo retrato de su progenitora, comprendo que Armando dejara por ella a Manuela. Como le he dicho, mi testimonio puede ser trascendental para ustedes dos.

—Así que su detective le ha hecho una foto a mi cliente— dedujo ella pensativamente.

—Sí, ¿le parece mal?

Tardó en contestarle. Intentaba rememorar lo que sabía de su interlocutor con el propósito de achantarle, pero tuvo que reconocerse a sí misma que apenas si tenía más noticias sobre Felipe Valdés de las que él mismo le había dejado entrever. Como deseaba demostrarle que aún sin utilizar los servicios de un detective estaba también ella perfectamente informada, le recordó:

—Usted y su hermano no se hablaban por aquel entonces, por lo que considero muy difícil que pudiera estar al tanto de sus asuntos sentimentales.

—Es cierto— admitió él con aparente sinceridad—. Pero eso no lo sabe el juez ni nadie. Piense en lo que le he propuesto y deme una respuesta en el plazo más breve posible. Mi abogado tiene ya ultimada la demanda de la que le he hablado. Si mi supuesta sobrina no se aviene a aceptar lo que le acabo de ofrecer, tendrá en mí un enemigo y haré todo lo que esté en mi mano para que no le sea reconocida nunca su filiación.

Aunque el tono de la voz de él seguía siendo amigable, encerraba una amenaza que ella no estaba dispuesta a permitir por lo que sus ojos oscuros centellearon iracundos y se inclinó hacia Felipe sobre la mesa y le señaló con el bolígrafo que tenía en la mano.

—No tolero que chantajeen a mis clientes y le digo de antemano que no me asustan sus bravatas. Si ha venido a este despacho a declararnos la guerra a mi cliente y a mí, puede irse por donde ha venido e interponer mañana mismo esa demanda. No dudo de que su abogado sea un magnífico profesional, pero yo también lo soy y no tengo inconveniente ninguno en que nos enfrentemos en el foro si es necesario. Y ahora, si me lo permite, tengo mucho trabajo.

Le indicaba la puerta con el bolígrafo y él debía de tener poca costumbre de que le despidieran con malos modos, porque parpadeó intimidado.

—Bueno, bueno, no se ponga usted así. No he dicho que lo vaya a hacer, aún no lo he decidido. Veo que tiene usted muy mal genio.

Eso era muy cierto y a menudo se arrepentía ella después de dejar escapar alguno de sus explosivos exabruptos, pero no estaba dispuesta a achantarse ante aquel engreído, pese a que su ayuda podía serle a Claudia de mucha utilidad, por lo que replicó muy distante, poniéndose en pie para darle a entender que la entrevista que habían mantenido había finalizado ya:

—Hablaré con mi cliente y le comunicaré su decisión si es tan amable de dejarle anotada a mi secretaria su teléfono y su dirección. Buenas tardes.

Se levantó Felipe de la butaca y dio un par de pasos por el despacho sin rumbo ni dirección.

—Espero sus noticias— murmuró con una voz casi inaudible.

—Descuide. Las tendrá.

Salió él al pasillo y Noelia se apoyó con los dos brazos sobre la mesa como si se hubiera quedado sin fuerzas para sostenerse erguida. Solía ocurrirle tras sus descargas de ira de las que no conseguía corregirse. Imaginó a su madre si hubiera estado presente y hubiera oído las fanfarronadas de él y lo que le hubiera dicho a ella una vez que Felipe se hubiera marchado. Sin duda la habría recriminado y le habría insinuado una vez más que las mujeres debían tratar de conseguir lo que deseaban utilizando la mano izquierda, pero lo cierto era que su progenitora no era abogado. Ya le gustaría ver cómo habría reaccionado si hubiera tenido que aguantar a un visitante tan petulante y tan jactancioso como Felipe Valdés y le hubiera ofrecido que su cliente intercambiara unas acciones muy valiosas por un viajecito a Egipto que incluyera una visita al Valle de los Reyes

Pero lo que tenía que hacer era hablar con Claudia y comunicarle la proposición que Felipe Valdés acababa de hacerle. Quizás no tuviese la chica ningún interés por las acciones del hotel y estuviese dispuesta a cedérselas a su tío a cambio de su ayuda, con lo que ella se habría encolerizado inútilmente. Con un suspiro descolgó el auricular y marcó el número de su móvil. Sabía que a esas horas estaría en la recepción del hotel atendiendo a los huéspedes y oyó hasta tres timbrazos antes de oír su voz.

—Noelia, ¿eres tú?

—Sí, ¿te llamo en buen momento? Si estás ocupada…

—No. Acabo de entregarle la llave de sus habitaciones a un grupo de turistas, pero están en este instante tomando el ascensor. Dime.

Inspiró aire ella antes de continuar.

—Acaba de marcharse de mi despacho tu tío.

Debía de estar Claudia un tanto distraída, porque le preguntó:

—¿Qué tío?

—¿Cuántos tíos tienes? — se impacientó Noelia—. Que yo sepa, tu padre solo tenía un hermano. Ha venido a verme tu tío Felipe.

—¡Ah! — la oyó decir—. ¿Y qué quería? ¿Conocerme?

—Pues no— le rebatió con sorna—. Quería ofrecernos un trato. Que si tú le cedieras las acciones del hotel por un precio irrisorio, él se ofrecería como testigo en el juicio de paternidad para declarar que conocía la relación íntima que tu padre mantenía con tu madre, con lo que probablemente nos admitirían a trámite la demanda.

—¡Ah! — repitió Claudia, que se quedó callada a continuación.

—¿Qué opinas? — insistió Noelia cuando se cansó de esperar su respuesta.

—Pues… que no sé. Antes solo me importaba que se reconociera quién había sido mi padre, pero ahora…

—¿Ahora quieres ser la copropietaria del hotel?

Se produjo un silencio al otro lado de la línea, por lo que insistió ella:

—¿Es eso lo que quieres ahora?

La voz de Claudia le llegó en un susurro y titubeante:

—Espera un segundo. Ramona va a acompañar a un huésped a la cafetería y podré contestarte.

—De acuerdo, esperaré.

Transcurrieron unos segundos antes de oír nuevamente a Claudia.

—Ya se ha marchado Ramona.

—¿Y puedes hablar ahora?

—Sí. Lo he pensado y no quiero cederle las acciones del hotel a Felipe. Él me dijo la tarde en la que encontramos la llave de la habitación 421 que le gustaría que Manuela se viera obligada a poner pies en polvorosa después de perder la herencia de mi padre y que él y yo fuésemos socios.

—¿Él? ¿Y quién es él?

— Es el director, el hijo de don Fabián. Tampoco es el copropietario, pero su padre está mal de la cabeza y acabará siéndolo.

—Ya— murmuró Noelia con cierta ironía—. No me habías comentado el inicio de ese romance.

Aunque no podía verla, por el tono de su voz y la manera de expresarse la imaginó sonrojándose.

—No…, no… no es ningún romance. Es lo que él me dijo. No creas que… Él es mi jefe, solo es mi jefe.

Será eso por el momento, pero ya te gustaría a ti que fuese algo más— masculló Noelia entre dientes, pero como era una persona práctica desistió de aclararle su comentario e insistió—: Bueno, ¿qué opinas? ¿Qué le contesto?

—Pues… pues dile que no. Que no le voy a vender mis acciones, aunque me pagara lo que valen. Además, tenemos los frascos que encontré en la habitación 421 y que te llevé. Contendrán ADN de mi padre, así que, ¿para qué necesitamos a Felipe?

Se los había entregado Claudia la mañana anterior y Noelia los había guardado dentro de su bolsita en un cajón, sin aclararle que no servían para sus pretensiones, ya que solo era legalmente válida la prueba biológica ordenada por un juez en el curso del correspondiente procedimiento y realizada en el organismo oficial. No había querido decepcionarla, cuando la vio llegar tan ilusionada a su despacho con los objetos que había recogido en el cuarto de baño de la habitación de referencia y también hubiera preferido no hacerlo ahora, pero pensó que no le quedaba otra solución.

—Le necesitamos para que nos admitan a trámite la demanda— le repitió una vez más—. Pero si para ti es importante heredar ese hotel y también lo es tu actual jefe, buscaremos otra solución.

—Yo no he dicho que Alfonso sea importante para mí.

—¿No?, ¿estás segura de que no lo has dicho? — bromeó Noelia—. Pues, si no lo has dicho, da lo mismo, porque se te ha entendido. De acuerdo. Le contestaré a Felipe que en el supuesto de que consigas que se reconozca judicialmente que Armando Valdés era tu padre y que logremos probar que aún estaba vivo cuando la sentencia de divorcio adquirió firmeza, así como en el caso de que ganemos también la reclamación de la herencia que interpondríamos contra Manuela, ya que te ha birlado todos sus bienes, no tienes intención de cederle nada de nada. ¿Lo he dicho bien?

La voz de Claudia sonó ahora compungida.

—Parece… parece que no crees que lo podamos conseguir. ¿Tan difícil es?

Dejó escapar Noelia una risita falsa. ¿Para qué explicárselo una vez más si probablemente no lo iba a entender? Parecía creer que la justicia era infalible. Podía recitarle el aforismo que les repetía el catedrático en la facultad en clase de Derecho procesal y que consideraba absolutamente acertado:

"Para ganar un juicio hay que tener razón en lo que se solicita, saber pedirlo y que te la den."

Una serie de requisitos que no coincidían siempre en el pronunciamiento judicial.

—CAPÍTULO XIV—

Cortó Claudia la comunicación y se quedó mirando pensativamente su móvil. En esa actitud la encontró Ramona cuando regresó instantes después a la recepción. Venía de la cafetería a donde había acompañado a un huésped y al entrar en el pequeño recinto para situarse tras el mostrador se le quedó mirando perpleja.

—¿Te pasa algo? Parece que estés disgustada. ¿Con quién hablabas?

—Con mi abogado— repuso lacónicamente Claudia.

—¿Y qué te ha dicho?

—Que mi tío ha ido a visitarla y le ha ofrecido un trato. Está dispuesto a ayudarme a que se reconozca judicialmente que mi padre era Armando Valdés a cambio de que yo le regale las acciones de este hotel, cuando se las reclame a doña Manuela.

—¿Qué se las regales? — se extrañó Ramona abriendo desorbitadamente sus ojazos negros—. ¿Y qué le has contestado?

—Le he contestado que no— repuso ella—. Cuando vine a este hotel por primera vez mi único deseo era averiguar qué le había sucedido a mi padre y que se me reconociera como hija suya, pero ahora no me contentaría solo con eso. Mi perspectiva de este asunto ha cambiado radicalmente. Estoy segura de que fue Manuela la que le mató y de que además se quedó con todo lo que le pertenecía a él. Esa mujer es una víbora y tiene que pagar por lo que hizo.

La expresión de sorpresa de Ramona dejó paso a otra de curiosidad.

—¿Y por qué crees que fue Manuela la autora de su muerte? — le preguntó.

—Por un papel que encontré en la habitación 421, debajo de la cama. Don Fabián y Rosa no debían limpiar mucho ese cuarto, porque a mi madre debió de caérsele aquella noche la bolsita de cosméticos que llevaba en el bolso y ha permanecido debajo del lecho llena de polvo desde entonces sin que nadie se diera cuenta. En esa bolsita estaba el papel.

—¿Y qué es lo que decía?

—Contenía las instrucciones para que mi madre encontrase este hotel. Le había dibujado a lápiz un plano indicándole la ruta que debería seguir para llegar hasta aquí y al dorso le escribió una nota, probablemente para que no olvidara el número de la habitación en la que deberían reunirse a media tarde, porque a la hora de la siesta había quedado con Manuela junto al pantano. Imagino que le entregó ese papel al tiempo que la llave.

—¿Y le decía para qué iba a verse con Manuela?

—Si, para que la otra supiese que la sentencia de divorcio ya era firme y que tenía que largarse porque las acciones del hotel eran privativas suyas y no quería volver a verla regentando unas tiendas del hotel que le pertenecía exclusivamente a él. Imagino que allí se pondría ella como una furia y que en un arrebato de ira le mató dándole un golpe en la cabeza con una piedra, Luego le subió a su coche en el asiento del conductor y lo empujó hasta que se sumergió el automóvil con él dentro del agua y a continuación regresó hasta aquí, subiendo la cuesta como si tal cosa, fingiendo que había dado un paseo sola.

—Te olvidas de don Fabián. ¿También crees que fue ella la que le abrió la cabeza con un objeto contundente?

—Sí, probablemente presenció la escena y trató de defender a mi padre. Le debió dejar fuera de combate al primer golpe y cuando comprobó más tarde que él no recordaba nada de lo sucedido y que se había quedado como alelado, se aprovechó de esa circunstancia y siguió regentando el hotel a medias con él. Bueno, a medias con Herminio, porque don Fabián se quedó incapacitado para tomar ninguna decisión.

—¿Y por qué no la denuncias? — le propuso la otra cuando terminó de explicárselo, trasluciendo un rencor sordo.

—Porque no tengo ninguna prueba. No creo que el contenido de ese papel sea suficiente para que la policía la detenga y mucho menos para que un tribunal la condene. Además, me dijo mi abogado que, por el tiempo que había transcurrido desde entonces, ese delito había prescrito, por lo que ya no podrían inculpar al asesino.

Apoyada con ambos codos sobre el mostrador, lo consideró dubitativamente Ramona con el ceño fruncido y terminó por menear la cabeza en sentido negativo apartándose del rostro su oscura melena.

—¿El delito habría prescrito?

—Sí, eso creo.

—Pero si claramente acusaba a doña Manuela ese papel…

—No sé si la acusaba con tanta claridad, pero es obvio que era con ella con la que iba a reunirse.

—Sí, claro— Se quedó pensativa durante unos instantes y luego le preguntó—: ¿Y cómo podría tu tío ayudarte en un juicio a que se te reconociera como hija de don Armando? Tenía entendido que no llegó a conocer a tu madre y que tampoco se enteró de la relación que mantuvieron.

—Efectivamente no llegó a enterarse, pero al parecer está dispuesto a afirmar lo contrario ante el juez. Siempre, claro está, que después reclame yo la herencia de mi padre y le regale las acciones.

Dejó vagar Ramona su mirada por el amplio vestíbulo. Herminio lo cruzaba en su momento y una pareja de huéspedes salía del ascensor y pasaron por delante de ellas sin mirarlas para introducirse en la puerta giratoria y salir al exterior. De improviso chasqueó los dedos como si se le hubiera ocurrido una idea salvadora.

—¿Bastaría con que cualquier persona declarase que conocía la relación que mantuvieron tus padres, aunque no sea totalmente cierto?

Clavó Claudia su mirada en la otra tratando de adivinar lo que estaba elucubrando.

—¿Qué quieres decir? Lo decisivo es la prueba biológica, pero para que en el juzgado admitan a trámite la demanda es necesario al parecer algún indicio que avale previamente que existió esa relación. ¿Qué es lo que estás pensando?

Se volvió Ramona hacia ella con los ojos relucientes de excitación.

—Estoy pensando que yo podría echarte una mano.

—¿Tú?, ¿cómo?

—Declarando lo que vi aquella tarde. Que una desconocida llegó al hotel con la llave de la suite de don Armando y que pasó allí la noche y dos días más esperándole a él. Que sin duda estaba embarazada, porque cada vez que comía algo salía corriendo de la cafetería dando arcadas.

Parpadeó confusa Claudia con los ojos clavados en el rostro de la otra.

—¿Eso último es cierto?

—¿Qué tu madre daba arcadas en cuanto comía? Tan cierto como que en este momento es de día y que está empezando a anochecer. Martina, que era mi compañera de la recepción de entonces, se dio cuenta y me lo comentó.

—¿Y estarías dispuesta a declararlo así?

—Sí, si pudiera servirte de ayuda.

Sin querer creer lo que oía, se asió Claudia con ambas manos al mostrador sintiendo que las piernas le flojeaban, a la par que algo húmedo le ascendía hasta los ojos. Se ofrecía Ramona a proporcionarle la prueba que tanto necesitaba cuando unas semanas antes ni siquiera se conocían y además sin pedirle nada a cambio. ¿O pretendería como su tío exigirle algo como contraprestación?

—¿Por qué lo harías? — le preguntó cautamente sin manifestar la menor emoción por si se descolgaba con alguna petición extraña.

—Porque sí, porque me caes bien.

—¿Solo por eso?

Se echó a reír Ramona.

—Solo por eso, aunque tengo que admitir que me encantará librarme de la jefa que tenemos cuando tu abogado y tú le enseñéis la puerta. Si además se la lleva la policía y la meten en chirona, mejor que mejor.

—Gracias— murmuró apenas Claudia.

—De nada. Llama ahora mismo a tu abogado y dile que has encontrado una testigo de las andanzas amorosas de tu padre y que puede presentar esa demanda cuanto antes. Le daremos a tu tío un buen revés. Debe de ser un imbécil.

—Eso dice mi abogado— corroboró ella—. Dice que es un engreído y un fanfarrón y que se merece que le demos una buena lección. Voy a llamar ahora mismo a Noelia.

—¿Y quién es Noelia?

—Es mi abogado. Es una chica bastante joven, pero trabaja en un bufete muy prestigioso y tengo entendido que es muy competente.

Mientras se lo decía, había extraído del bolsillo de su chaqueta el móvil y buscó en la agenda el número de la aludida, que no tardó en contestar a la llamada.

—¿Claudia?

—Sí, soy yo. Ya he decidido la respuesta que puedes darle a mi tío. Puede irse a hacer gárgaras, porque no le necesitamos para nada, ya que Ramona está dispuesta a declarar que conocía la relación sentimental de mis padres. ¿No es extraordinario?

La voz apagada de Noelia pareció reanimarse súbitamente.

—Sí que lo es. Voy a llamar inmediatamente a Felipe Valdés para darle tu contestación y a continuación pondré manos a la obra y redactaré tu demanda de paternidad. Prepárate porque ese tipo nos declarará la guerra en cuanto le dé tu respuesta y me da la impresión de que no se anda con chiquitas. ¿Estás lista para la batalla? — le preguntó con guasa.

—Absolutamente.

—Pues ánimo, porque vamos a procurar que tu tío y su abogado muerdan el polvo. Hasta luego.

Cortaron la comunicación las dos a la vez y seguidamente Noelia se aprestó a marcar en el teléfono fijo el número que figuraba en una hoja de papel que le había entregado Flor poco antes. No tardó en oír una voz femenina e impersonal que debía ser la de la secretaria de Felipe y unos segundos después la de éste.

—¿Señorita Villarroel?

—Sí, soy yo. Le llamo para darle la contestación de mi cliente a su propuesta.

—¡Ah!, sí, dígame.

Inspiró aire Noelia y soltó de un tirón la respuesta que había preparado.

—Claudia Valero le agradece su interés y sus buenos deseos, pero considera que no es necesaria su ayuda, porque es un tema que ya tiene resuelto.

—¿Qué no necesita mi ayuda? — repitió Felipe incrédulamente y en tono interrogante.

—Efectivamente, no la necesita, Me ha dicho también que espera conocerle cuando los asuntos legales que lleva entre manos se hayan resuelto y que inicien entonces ustedes una buena relación tío, sobrina.

—¿Le ha dicho eso? — insistió él desconfiadamente.

—Repito literalmente sus palabras— le aseguró Noelia cruzando los dedos por debajo de la mesa.

—¿Pero… pero le ha comunicado usted mi propuesta? — insistió decepcionado—. Podemos reconsiderar el precio de esas acciones—. ¿Le ha explicado que mi padre se las dejó todas e indebidamente a Armando? ¿Qué fue una decisión injusta que estamos a tiempo de enmendar?

—Mi cliente conoce los términos del testamento de su abuelo, si es eso lo que me pregunta, y entiende que por el momento no tiene nada que pactar con usted.

—Y más adelante tampoco, ¿verdad? — rugió furioso—. Pues dígale de mi parte que se arrepentirá de esto, lo que le hago extensivo a usted.

Había colgado de golpe el teléfono y Noelia dio un respingo sobresaltada, antes de apartarse el auricular del oído. Luego lo colocó cuidadosamente en su base, preguntándose si Claudia y ella deberían preocuparse por las anunciadas represalias de Felipe o si se trataría únicamente de una bravata sin consecuencias. En actitud meditabunda la encontró Miriam cuando entró en el despacho poco después.

—¿Te pasa algo? — se preocupó.

Noelia le sonrió con pocas ganas.

—No estoy segura de sí me ha afectado la respuesta de un tipo con el que acabo de hablar por teléfono. Nos ha amenazado a Claudia y a mí.

—¿Has hablado con el tío de ella?

—Sí.

—¿Y qué te ha dicho?

—Que nos preparemos las dos, porque tiene intención de vengarse de nosotras. De Claudia por no querer regalarle las acciones del hotel del que su padre era copropietario y de mí por actuar de mensajero y transmitirle la respuesta de ella.

—¿Y le crees capaz de cumplir su amenaza? — inquirió Miriam observándola preocupada con sus ojos azules muy abiertos.

Se encogió Noelia de hombros.

—No lo sé. No sé si tuvo algo que ver con la muerte de su hermano ni hasta dónde es capaz de llegar. Me preocupa, sobre todo, porque es el único pariente de Claudia.

—¿Y eso qué tiene que ver? — se extrañó perpleja Miriam sin entender a donde quería ir a parar.

—Tiene que ver, porque si a Claudia le pasara algo, heredaría él esas acciones que le tienen tan obsesionado sin necesidad de llegar a un acuerdo con ella.

—¿Quieres decir si ella se muriera?

—Sí, quiero decir, si él decidiera enviarla directamente al otro mundo.

—CAPÍTULO XV—

Fue una tarde de mucho ajetreo y al llegar la noche y amainar el incesante trasiego de los huéspedes que se marchaban y de los grupos de turistas que llegaban con su guía al frente, se miraron las dos agotadas, acusando el cansancio de tantas horas de actividad. Los últimos que habían registrado ellas en el ordenador acababan de tomar el ascensor y solo se oía ya lejano y amortiguado el sonido de las dos cabinas que ascendían y a continuación un silencio anómalo y hasta incongruente con la algarabía anterior en el inmenso vestíbulo, que no retenía ya ni el eco de tantas voces en diversos idiomas. Alrededor de las nueve de la noche solía Claudia abandonar la recepción para ir a cenar a las dependencias del servicio y a su regreso lo hacía Ramona, pero hacía tiempo que las agujas del reloj que colgaba de la pared que tenían a su espalda había marcado esa hora y que fuera había oscurecido. La puerta giratoria estaba ahora inmóvil, como si incomprensiblemente se hubiera quedado paralizada, momento que aprovechó Ramona para inclinarse hacia su oído.

—Vete a cenar ahora mismo y no tardes mucho, porque yo también tengo el estómago vacío. En cuanto vuelvas, haré lo mismo. Esperemos que durante tu ausencia no aparezca nadie más dispuesto a alojarse en esta jaula de grillos en la que se ha convertido esta casa y pueda yo descansar un rato.

La obedeció en el acto Claudia agradeciéndole que le hubiera cedido el primer turno. La oscuridad de la noche se filtraba a través de la puerta de cristales de la entrada y de los dos ventanales del vestíbulo adueñándose de las amplias dimensiones de la estancia, iluminada tan solo a esas horas por los apliques de las paredes y por la lamparita de mesa que tenían sobre el mostrador. La gran araña de cristal del techo estaba ahora apagada, por obra de Manuela, que cuidaba de ahorrar los gastos superfluos y que había aparecido poco antes en el vestíbulo para asegurarse de que las dos recepcionistas estaban en sus puestos. A Ramona apenas si la había mirado, pero había clavado sus ojos en Claudia y la había observado con fijeza antes de desaparecer después, tan silenciosamente como había llegado.

Al oír la recomendación de su compañera, salió esta última de detrás del mostrador de la recepción y se dirigió a paso ligero hacia el pasillo que conducía a la cafetería y al restaurante. Contigua a éste se hallaba la cocina y atravesándola se accedía a un cuartito donde los empleados realizaban sus comidas. Estaba a punto de alcanzar una puerta lateral que llevaba directamente a la cocina, cuando vio salir de la cafetería al director del hotel. Caminaba de prisa y con la cabeza baja, pero la levantó al cruzarse con ella y se detuvo como si hubiera echado raíces en el suelo.

—¡Ah!, ¿es usted? Todavía estoy esperando que se presente en mi despacho, tal y como acordamos, para que me refiera cómo le fue en la habitación 421 y para que me devuelva la llave. ¿Le gustó? ¿Encontró algo de interés?

La observaba con sus ojos castaños fijos en su rostro como si le reprochara que no hubiera acudido después de inspeccionar esa habitación a referirle el resultado de sus pesquisas, lo que efectivamente no había realizado por miedo a que por su tardanza Ramona se enfadase con ella.

—Es que era ya muy tarde ayer cuando terminé de echarle una ojeada— se disculpó— Había dejado sola a mi compañera durante muchas horas y me pareció que no podía demorarme más en ocupar mi puesto y descargarla algo de su trabajo.

—Ya— murmuró él, inmóvil en el pasillo delante de ella.

Sabía Claudia que debía de tomar algo en el tiempo más corto posible para sustituir después a Ramona, por lo que hizo intención de seguir su camino.

—¿A dónde va? — le preguntó él.

—A cenar. Ha sido una tarde muy ajetreada y no he podido dejar antes la recepción. Tengo que darme prisa para cederle después el turno a Ramona.

No pareció haberla oído él, porque continuó como un poste delante de ella obstaculizándole el pasillo con aire abstraído. Intentó abrirse camino apartándole, sin conseguirlo.

—¿Me deja pasar?

Reaccionó él de improviso, pero no se retiró a un lado, sino al contrario.

—¿Va a cenar? También a mí se me ha hecho tarde. ¿Por qué no me acompaña? — le propuso.

—Porque no— repuso muy digna.

—Porque no, no es una respuesta— objetó irónicamente él —. ¿Puede explicarme el motivo?

—Puedo, pero creo que es obvio— replicó nerviosa—. ¿Tiene usted costumbre de cenar con sus empleados? Estoy segura de que no.

—Es cierto— admitió condescendientemente—. Pero teniendo en cuenta que en breve va a ser usted la socia de mi padre, al que represento por el momento, he pensado que no sería una decisión descabellada. ¿O le parece descabellado que pidamos un plato combinado en la cafetería y que mientras nos lo tomemos me cuente usted lo que le pareció la habitación 421? Estoy deseando saber cuánto tiempo le queda a Manuela de dar órdenes en este hotel y de hacerme de paso la vida imposible.

Levantó Claudia ambas manos en un gesto con el que quería decir que no era necesario explicarle el motivo.

—No me parecería mal en otras circunstancias, ¿pero ¿qué cree que va a pensar la gente?

—¿Qué gente? — inquirió él enarcando las cejas.

—La gente, Ramona, los camareros, doña Manuela… todos.

—¡Ah!, bueno— admitió displicentemente— No sé lo que pensarán, pero a decir verdad no me interesa mucho.

—A usted no, pero a mí sí— replicó ofendida.

Parpadeó él como si no entendiera su respuesta.

—¿Prefiere en ese caso que cojamos los dos el coche y que cenemos en Madrid?

—No. Prefiero que cene usted donde tenga por conveniente y hacerlo yo en el cuartito contiguo a la cocina, como todas las noches. No quiero dar que hablar a los empleados.

Enarcó él una ceja y luego la otra, como si estuviera buscando un argumento con el que rebatir su objeción y no acabara de encontrarlo.

—¿Y cuando me va a contar entonces cómo le fue ayer en esa habitación que tanto deseaba visitar? — insistió como si ese tema le mantuviese sumamente intrigado y fuera para él de máximo interés—. Recuerde que para que pudiera entrar en ese cuarto, que debe de estar de lo más polvoriento, estuve durante varias horas buscando la maldita llave en mi despacho. Que me puse perdido, que acabé desriñonado… ¿Es que se le ha olvidado?

—No fue para tanto— le contradijo Claudia sin ablandarse.

—¿No? Yo creo que sí. Y ya le he dicho que siento un desproporcionado interés por hacerme una idea de cuando voy a poder librarme de Manuela. ¿Me cuenta lo que encontró en esa habitación en la cafetería? Puedo decirle al camarero que necesitamos tratar urgentemente un asunto de trabajo.

—¿Qué asunto?

—Pues no sé. La prórroga de su contrato, si no regresa Rosario dentro de unos días. Podríamos prorrogarlo. Podíamos cambiar también su turno y…

Meneó ella la cabeza en sentido negativo.

—Cualquiera de esos asuntos los hablaríamos en su despacho.

Se llevó él con aire doliente una mano al estómago.

—Sí, pero tengo hambre. ¿Usted no?

Notaba Claudia un molestísimo hormigueo en ese lugar y el pulso acelerado al imaginar lo que se estaría irritando Ramona por su tardanza, por lo que terminó por acceder.

—Está bien, pero si como consecuencia inventa el personal toda clase de desatinos, tendrá usted la culpa.

—Puedo cargar con ella, no se preocupe— replicó con humorismo—. Le diré al camarero que nos prepare inmediatamente el plato combinado de la casa, porque tenemos que resolver inmediatamente un asunto que no admite demora. ¿Le parece bien?

Le envolvió ella en una mirada acusadora.

—No, me parece fatal, pero yo también tengo hambre y necesito volver a la recepción sin pérdida de tiempo. Si se enfada conmigo Ramona, usted tendrá la culpa.

—Eso ya me lo ha dicho— masculló él entre dientes—. Pero vamos, no podemos perder ni un segundo— añadió como si participase verdaderamente de la prisa que manifestaba Claudia.

La cafetería estaba de bote en bote a esas horas, pero un camarero que salió de detrás de la barra se abalanzó a buscarles una mesa, para lo que tuvo que empujar literalmente a los que la habían estado ocupando, que se acababan de levantar y que comentaban algo junto a la misma sin decidirse a marcharse. Cuando logró despejarla, les retiró las sillas para que se sentaran y les preguntó obsequiosamente qué querían tomar. Luego echó a correr hacia la cocina.

—Parece que le impone usted un poco al camarero— le comentó Claudia cuando éste les dejó solos.

—¡Bah!, no lo crea. La mayoría de los empleados me han visto crecer y con algunos hasta he jugado de niño. Con Herminio, por ejemplo. A veces hasta me cuesta hacerme respetar.

No era esa la impresión que se había forjado ella, pero pensó que no podía perder el tiempo en discutírselo y fue directamente al grano pasando a referirle punto por punto el hallazgo de la bolsita de cosméticos de su madre debajo de la cama de la habitación 421, conteniendo la nota escrita a mano por su padre.

—¿Tiene aquí esa nota? — le preguntó Alfonso cuando terminó de referírselo—. Me gustaría verla.

—No, anoche me la llevé a casa y esta mañana se la he entregado a mi abogado, junto con otros objetos que utilizaba mi padre y que estaban en el cuarto de baño. Pensaba que iba a felicitarme ella cuando se los he entregado, pero se ha limitado a guardarlos en un cajón. En cuanto a la nota de mi padre, tampoco ha hecho grandes aspavientos. Me ha dicho que, en el mejor de los casos, no podríamos hacer ya nada contra Manuela, porque, aunque tuviéramos una prueba fidedigna de que fue ella la que le mató, ese delito habría prescrito. Que debíamos contentarnos con que se me reconozca la paternidad de mi padre y con recuperar su herencia.

—Bueno, tampoco es esa una cosa baladí— consideró él.

—Para usted no, claro— refunfuñó Claudia—. A usted lo único que le importa es perder de vista a Manuela para siempre, pero no es esa mi única aspiración. Yo quiero que pague por lo que hizo.

—¿Y está segura de que en esa nota decía Armando había quedado con Manuela en el pantano? ¿La nombraba explícitamente?

—No sé si la nombraba, pero usted me dijo el otro día que esa tarde la vio regresar al hotel caminando cuesta arriba poco después de la hora en la que se decía en ese papel que iban a reunirse cerca del embarcadero. No había ninguna otra "ella" con la que mi padre pudiera haberse citado. La sentencia de divorcio era firme ya y él iba a decirle sin duda que recogiera sus cosas y que se marchara, porque iba a casarse con mi madre y que ella sobraba. ¿No cree que pudo suceder así?

Tardó él en contestar. El camarero acababa de aparecer con lo que habían pedido y dejó en la mesa delante de cada uno de ellos un plato con dos huevos fritos, un filete, cuatro croquetas y una salchicha con puré de patata. Hasta que no se alejó camino de la barra no realizó ningún comentario. Luego se atrevió a opinar:

—No lo sé. Ha pasado mucho tiempo y es posible que nunca lleguemos a averiguar lo que verdaderamente ocurrió. Puede que tenga razón su abogado y que deba conformarse con lo que está en su mano conseguir.

Le envolvió Claudia en una mirada retadora.

—Pues no me pienso conformar. Tiene que haber alguna manera de descubrir al criminal, o mejor dijo, a la criminal, y de probar que fue ella, aunque hayan transcurrido

271

muchos años. He visto en muchas películas que detienen al asesino al cabo de mucho tiempo de haber cometido el crimen.

—En las películas, sí— admitió él con una sonrisa, con la que parecía querer decir que la vida real no tenía nada que ver con lo que sucedía en el cine—. De todas formas, si puedo yo hacer algo por ayudarla...

—Ya se ha ofrecido Ramona— le interrumpió—. Ramona está dispuesta a testificar que mi madre iba a reunirse con mi padre en la habitación 421 aquella noche y que por entonces ya aparentaba estar embarazada porque daba arcadas en cuanto tomaba algo en la cafetería.

—Vaya, no recuerdo yo que estuvieran tan malos los platos combinados y los sándwiches que se servían aquí por aquel entonces— masculló él por lo bajo.

—¿Cómo dice? — inquirió recelosamente ella.

—Nada, no digo nada. Que creo que si vamos a ser socios deberíamos rebajar nuestro tratamiento y tutearnos.

—Pues a mí me parece que sería una equivocación— se negó Claudia—. De momento solo soy una recepcionista y mientras lo sea le llamaré de usted y don Alfonso cuando le nombre.

—Pues vaya por Dios.

—¿Decía usted algo?

—No, no, no decía nada, Que me estoy atragantando al comer tan deprisa, solo eso.

—Lo siento. Ya le había dicho que no podía perder tiempo en cenar, porque debo cederle el turno a Ramona—. Terminó de engullir media salchicha y después de beber un sorbo de agua se puso en pie—. Perdone, pero tengo que marcharme.

—Sí, ya lo sé. Vaya, vaya, no pierda un segundo para que su compañera no se amosque.

Se lo decía aparentemente impasible, pero notó Claudia que no era la clase de cena que había esperado compartir con ella y que, aunque trataba de disimularlo, se había puesto de malhumor, por lo que intentó arreglarlo.

—Ya le había dicho que no podía demorarme mucho.

—Sí, sí, ya me lo había dicho. No se moleste en explicármelo y regrese a la recepción. Yo también tengo muchos asuntos que resolver todavía antes de marcharme esta noche.

No la miraba mientras mascullaba esas palabras con los ojos fijos en su plato, en el que aún campeaba una salchicha y vaciló Claudia sin saber qué añadir.

—La cena estaba muy buena— Le alabó pensando que ese comentario le halagaría y desfrunciría el ceño—. El plato combinado de la casa merece su nombre.

—¿Sí? En el restaurante tenemos otros menús mejores— replicó él sin levantar la cabeza.

—Tengo que irme— murmuró Claudia bajito.

—Eso ya lo ha dicho por lo menos treinta veces, así que no pierda más tiempo y vuelva a la recepción— articuló sin levantar la voz, empezando a atacar la salchicha— Hasta mañana.

Aparentaba ignorarla y decidió ella que no sería fácil que consiguiera enmendar la situación, por lo que se dio media vuelta y echó a andar hacia el pasillo. Se cruzó con un camarero que iba en dirección contraria y llegó al vestíbulo sin encontrarse con nadie más. La mayoría de los turistas extranjeros cenaban a media tarde y debían de haberse acostado ya, porque cuando llegó al vestíbulo estaba este desierto, exceptuando a Ramona que continuaba detrás del mostrador con cara de pocos amigos. Salió apresuradamente del recinto en cuanto la vio.

—Ya era hora— farfulló en cuanto se la cruzó—. ¿Sabes qué hora es? Son las once. He estado una eternidad esperando a que regresaras. Mañana no pienso cederte el primer turno.

Se marchó apresuradamente pasillo adelante y Claudia entró en el pequeño reducto en el que trabajaban las dos para acodarse en el mostrador con la sensación de que el mundo entero se había confabulado sin su intervención para enemistarse con ella. En contra de su voluntad se había enfadado Ramona por su tardanza y Alfonso porque le había hecho cenar con una celeridad excesiva para poder sustituir a Ramona. Y se sentía mal. Se sentía injustamente tratada por los dos, porque había hecho lo que había podido por contentarles y no era culpa suya que él pretendiera retenerla, a la par que Ramona la apremiaba para que la reemplazara.

Pero ya faltaba menos para que finalizase la jornada y se marchara a su casa, pensó para animarse. Al día siguiente ni Alfonso ni Ramona se acordarían de que se habían enfadado con ella, aunque había tratado de quedar bien con ambos y sin duda la acogerían con una sonrisa.

Tenía sueño y ahogó un bostezo. Qué aburrido debía de ser el turno que realizaban Roberto y Joachim cuando Ramona y ella terminaban el suyo, se dijo. Toda la noche sin pegar ojo y sin hacer otra cosa que aguantar despiertos hasta que amaneciese en el lugar en el que se hallaba ella en ese momento por si algún huésped entraba o salía o llamaban con algún imprevisto por el teléfono interior.

En ese momento un hombre entró por la puerta giratoria y se enderezó ella para recibirle, al tiempo que se restregaba disimuladamente los ojos para que no pudiera darse cuenta él de que había estado a punto de dormirse, acodada en el mostrador. Erguida y con aire profesional, le vio acercarse. Le calculó unos cincuenta años. Era de mediana estatura, moreno, con unas cejas muy tupidas y llevaba un abrigo y una bufanda al cuello. Se le aproximó mirándola fijamente y sin saber por qué sintió un escalofrío y se apartó unos centímetros cuando él se apoyó en el mostrador.

—Necesito una habitación para esta noche— le dijo sin apartar la mirada de su rostro—. La quiero con vistas al pantano.

Tenía una voz muy ronca y aunque lo que él le acababa de manifestar no se diferenciaba de lo que solían decirle los turistas que se presentaban en el hotel sin reserva, experimentó una sensación extraña. Quizás fuera por la forma en que la miraba, como si pretendiera taladrarla con los ojos, o quizás fuera porque no llevaba equipaje, pero lo cierto es que sintió algo que no había percibido ninguna de las noches anteriores cuando Ramona la había dejado sola para ir a cenar. Se dio cuenta de improviso de lo solitario que se hallaba el vestíbulo y, de lo que era aún peor, de lo vulnerable que estaba ella a tan corta distancia de aquel hombre. Seguía mirándola y por su gusto hubiera echado a correr en dirección contraria, pero como no era eso lo que se esperaba que hiciera, buscó en la pantalla del ordenador que tenía sobre el mostrador la clase de habitación que le había pedido. Notaba la mano torpe cuando recorrió con el ratón las cinco plantas buscándola, para terminar meneando negativamente la cabeza.

—No tenemos ninguna libre para esta noche que dé al pantano— le comunicó con una voz que le salió de la garganta lastimosamente aguda—. Puedo darle una en la segunda planta con vistas al jardín. ¿Le parece bien?

Tardó él en contestarle. Se había metido una mano en el bolsillo del abrigo y llegó a temer Claudia que la sacara después portando una pistola y que la apuntara con el arma. Tenía sin duda los nervios sobreexcitados, porque lo que extrajo a continuación fue un pañuelo con el que se sonó sonoramente.

—No me interesa el jardín. Quiero ver el pantano.

Aunque la respuesta de aquel individuo no tenía nada de particular, empezó a notar Claudia que las piernas le temblaban ostensiblemente. No conseguía además encontrar las palabras oportunas. Únicamente fue capaz de apartarse aún más del mostrador y retroceder, hasta que chocó con la pared que tenía a su espalda.

—Puede verlo mañana por la mañana— consiguió articular al fin—. Además, esta noche no hay luna y desde el balcón de la habitación no lo distinguiría.

—O tal vez sí— replicó él con aquella voz tan ronca, inclinándose hacia ella sobre el mostrador—. ¿Cómo se llama? — le preguntó.

—¿Quién yo?

—Sí, claro, usted.

—Claudia— repuso con una inquietud creciente—. ¿Quiere la habitación o no la quiere?

—Si no tiene ninguna libre con vistas al pantano, deme la habitación 421—replicó con una media sonrisa que a ella le pareció una mueca.

—Esa habitación no está disponible— le informó secamente—. Lo siento.

En ese preciso instante desembocó Ramona en el vestíbulo caminando apresuradamente y al distinguir al hombre que atendía Claudia en la recepción apretó el paso con la intención de reunírseles inmediatamente. Sobre el pavimento de mármol del silencioso vestíbulo resonaba el taconeo de sus zapatos al acercarse y él se volvió para averiguar quién lo producía. Por alguna razón no debió de gustarle la irrupción de la otra, porque se dirigió en el acto a Claudia.

—Me marcho. Adiós.

Se dirigió en línea recta hacia la puerta de salida y desapareció en la noche tan súbitamente como había llegado.

A Ramona se le había pasado el enfado ya y se reunió con Claudia con expresión de perplejidad, sin asomo de la irritación con la que se había marchado media hora antes.

—¿Quién era ese hombre que se acaba de marchar? No llevaba yo las gafas puestas y soy bastante miope, por lo que desde el pasillo no he distinguido su cara, pero me ha parecido… ¿Le has dado una habitación? Tenemos varias libres.

—Quería una, solo para esta noche y con vistas al pantano. Con ese último requisito no queda ninguna. Entonces me ha dicho que quería la 421 y, cuando le he contestado que no está disponible, ha decidido marcharse. No te lo querrás creer, pero me ha asustado.

—Pues desde lejos no estaba del todo mal— consideró Ramona—. Me ha recordado a alguien, aunque en este momento no caigo.

Solía la otra coquetear disimuladamente cuando algún individuo de una edad aproximada a la suya que estuviese de buen ver se presentaba en el hotel. En esas ocasiones se reía más alto de lo necesario, le dedicaba al recién llegado una serie completa de mohines picarescos o caminaba contoneándose delante de él para que pudiera apreciar que poseía una buena figura, aunque algo maciza de más para el gusto de Claudia. No había renunciado a gustarle a todos los miembros posibles del sexo masculino con los que se tropezara y lo manifestaba siempre que tenía ocasión. No cabía duda de que lamentaba haberse incorporado tarde a la recepción, porque aquel extraño la había sorprendido gratamente, y se preguntó Claudia cómo podría haber causado aquel hombre en las dos una impresión tan distinta. Porque aún notaba las piernas temblonas y una sensación de peligro que no obedecía a ningún motivo real, pero que no conseguía controlar.

—¿Te ha gustado ese tipo? — le preguntó incrédulamente—. Se ha comportado de un modo raro. Me miraba como si...

—¡Bah! — la interrumpió Ramona—. Tú te asustas por casi todo. Tienes unos bonitos ojos de un color muy poco corriente. Por esa razón es por la que te miran todos... incluyendo a don Alfonso—. Se echó a reír y le preguntó con picardía—: ¿También te asustas cuando el jefe pretende pasar un rato contigo? Estoy segura de que le tienes en el bote y no me suelo equivocar cuando hago una predicción de esa clase.

—Qué tontería— protestó Claudia enrojeciendo. Y como quería cambiar de conversación, insistió—: ¿No puedes precisar a quién te ha recordado el hombre que se acaba de marchar? Me ha parecido que no tenía intención de pasar la noche en el hotel y que se ha presentado en la recepción con el propósito de averiguar quién era yo.

—A lo mejor te lo has cruzado en el pueblo y ha venido a intentar ligar contigo— insinuó Ramona volviendo a reír—. Comprendo que no te haya gustado, porque por la edad podría ser tu padre. A mí, en cambio, como si es de mi década, me ha parecido muy atractivo y estoy segura además de haberle visto antes.

Enmudeció de pronto y se quedó mirando abstraída la oscuridad del exterior a través del ventanal que se abría sobre el mostrador y que durante el día iluminaba el lugar en el que trabajaban con luz natural, pero a esas horas no se distinguía nada fuera de los muros del edificio. Una noche sin luna, en la que apenas se diferenciaban unas sombras de otras más que cuando el viento las trasladaba de lugar.

Ramona continuaba a su lado, callada y como ausente, y una fuerte ráfaga de viento impulsó la puerta giratoria, que dio una vuelta completa sobre sí misma. Luego volvió a quedarse inmóvil y los mil sonidos de la montaña, que se habían filtrado por la puerta parecieron expandirse por el vestíbulo y adueñarse por entero de la estancia.

Sobrecogida, se encogió Claudia sobre sí misma y aguzó el oído con la intención de deslindar su procedencia y su significado.

—¿Y no puedes recordar dónde? — le preguntó, para romper aquella sensación de aislamiento que se cernía en torno de las dos, aunque fuera a costa de oír su propia voz.

—Sí… no sé— repuso la otra como como si se hallara muy lejos de allí e intentara recomponer esos retazos en su mente—. Pero fue hace mucho tiempo.

Aún resonaba en el vestíbulo el eco de sus palabras cuando aparecieron provenientes del pasillo de la cocina Joachim y Roberto. Venían ya con la indumentaria de trabajo, un pantalón gris oscuro, una chaqueta azul marino y una corbata de rayas azules y rojas. Parecían otros así vestidos, porque con su propia ropa consistente en un pantalón vaquero y una sudadera de distintos colores según el día, carecían de toda prestancia. Consultó Claudia el reloj cuando les vio acercarse y dejó escapar un suspiro de alivio al comprobar que había finalizado ya su turno y que podía marcharse a su casa.

—¿Qué? ¿Cómo os ha ido? — les preguntó Roberto, con un aspecto tan despejado como si fueran las doce del mediodía—. ¿Habéis tenido mucho trabajo?

—Pues sí— repuso ella—. Pero ya nos vamos. Os deseamos una noche satisfactoria en la que podáis echar algún sueñecito de cuando en cuando, sin que nadie os moleste ni se dé cuenta.

Bajaron las dos a cambiarse de ropa y poco después se despedían de los muchachos y salían del edificio por la puerta principal, ya que la otra la cerraba Herminio al marcharse. Soplaba una brisa fresca que cuando dejaron a su espalda la puerta giratoria, dispersó sus melenas en todas direcciones mientras se dirigían hacia la fachada posterior, donde habían estacionado sus respectivos vehículos. A la mortecina luz de las farolas que iluminaban el camino caminaban con precaución cogidas del brazo y ayudándose mutuamente por miedo a tropezar con alguna piedra inoportuna. De improviso se detuvo Claudia y le señaló a la otra con un dedo algo que creía haber visto junto a su coche.

—¿Qué es eso? — le preguntó.

—¿El qué?

—Esa sombra. Hay alguien ahí, en el aparcamiento. ¿No lo ves?

Intentó Ramona distinguir algo en la oscuridad que envolvía las largas hileras de los vehículos aparcados bajo los toldos de brezo y terminó por menear negativamente la cabeza.

—Yo no veo nada. Nada de nada. Deberíamos convencer a los jefes de que se gasten el dinero en instalar más farolas en los alrededores del hotel, porque una noche de estas nos vamos a matar.

Con los ojos desmesuradamente abiertos, escudriñó Claudia las tinieblas en las que había creído ver perfilarse una silueta.

—No será Gerardo, ¿verdad? — articuló apenas con voz temblona—. No se convenció en el juicio de que no soy su hija ni tampoco su mujer y puede que hay venido a abordarme y a darme un susto de muerte, como aquella noche.

—Esperemos que no— consideró Ramona—. Comprendo que tengas miedo porque ese tipo está como una regadera. Pero te acompañaré hasta tu coche y no me marcharé de tu lado hasta que te deje bien instalada dentro.

—¿Y… y si te hace algo a ti? — se preocupó ella.

—¿A mí? ¿Y por qué iba a hacerme algo a mí? La noche en la que celebramos la fiesta de la Candelaria ni siquiera reparó en mi persona, lo que tengo que reconocer que me molestó. De joven era bastante guapa y llamaba la atención por donde quiera que fuese. No acabo de acostumbrarme a que los años hayan pasado.

—Sigues siendo muy guapa— la consoló sinceramente Claudia.

—Sí, bueno, sí, todavía tengo un pasar, pero ya te digo que ese tipo ni siquiera me miró, así que no corro ningún peligro.

Lo decía pesarosamente, como si no estuviera dispuesta a renunciar a despertar admiración en ningún miembro del sexo masculino por achacoso que estuviese y volvió a extrañarle a Claudia que necesitara gustar a todos los hombres, teniendo como tenía un novio que le tenía sorbido el seso y con el que esperaba casarse muy pronto. Le había pasado en ese momento el brazo sobre los hombros en un gesto protector con el que parecía querer decirle que a su lado no tenía nada que temer y la acompañó así hasta su coche. Incluso se tomó la molestia de abrirle la portezuela y empujarla por detrás para que tomara asiento frente al volante. Luego se dirigió hacia el suyo que se hallaba dos hileras más allá y ambas arrancaron a la vez.

Ramona la adelantó enseguida. Claudia siguió a su automóvil y descendió tras ella la cuesta que llevaba al pantano para desviarse después hacia la carretera vecinal de dos direcciones que a esas horas estaba desierta, mientras la otra lo hacía en dirección contraria. Por el espejo retrovisor la vio dirigirse hacia el pueblo mientras ella se alejaba y empezaba a tomar pausadamente las curvas de la vía por la que transitaba, encajonada entre pinos que desprendían olor a monte. Estaba cansada y deseaba llegar a su piso cuanto antes, por lo que al llegar a la autopista aceleró. Un Nisán plateado la adelantó poco después y pisó el freno para mantener la distancia de seguridad entre los dos vehículos, pero ante su extrañeza el pedal no opuso la menor resistencia bajo su pie y el automóvil mantuvo la velocidad que llevaba, aproximándose peligrosamente al coche que precedía al suyo. Incrédulamente volvió a pisarlo hasta el fondo y repitió la operación dos veces más. Empezó luego a sudar de puro nerviosismo al darse cuenta de que no podía controlar el coche y que este devoraba kilómetros por aquella oscura autopista, incrementándola incluso al alcanzar una ligera pendiente y descender por esta.

Volvió a pisar el pedal del freno y luego tiró con todas sus fuerzas del freno de mano, con la única consecuencia de producir un chirrido agudo y que el coche diera un ligero brinco, pero no se detuvo, sino al contrario. A lo lejos podían verse ya las luces de Madrid, semejantes a luciérnagas en la oscuridad de la noche. Esa oscuridad iba aclarándose ahora a la luz de las farolas que orillaban la autopista y que veía pasar vertiginosamente a través del cristal de la ventanilla. Pisó otra vez el freno sin el menor resultado y agarró rígidamente el volante con ambas manos al ver que una de las farolas se aproximaba velozmente al parabrisas como si tuviera vida propia. No llegó a saber lo que había pasado. Únicamente sintió un dolor agudo en todo el cuerpo y después… nada.

—CAPÍTULO XVI—

Le dolía el pecho… el cuello…. todo. Intentó abrir los ojos, pero le pesaban como el plomo y los volvió a cerrar. Hizo luego un esfuerzo para tratar de averiguar dónde estaba y los entreabrió nuevamente. Vio un techo pintado de blanco sobre su cabeza y advirtió que estaba acostada boca arriba y cubierta con una colcha blanca que tenía unas letras pintadas en azul. Giró dificultosamente los ojos hacia su derecha y distinguió una pared pintada de color verde en la que se abría un ventanal, a través del cual podía verse enfrente un edificio alto. Intentó incorporarse y oyó entonces una voz femenina. Era una enfermera que entró segundos más tarde en su campo de visión. Vestía de blanco y habría traspasado la cincuentena. Obsequiosamente se inclinó sobre ella.

—¿Ya se ha despertado? ¿Cómo se encuentra? — le preguntó. Y sin darle tiempo a responder la informó—: Tuvo un accidente anoche. Se estrelló contra una farola en la carretera de Extremadura, ¿lo recuerda?

Vagamente recuperó en su mente retazos sueltos, semejantes a flashes, de lo sucedido esa noche. La oscura visión de la carretera que recorría conduciendo su coche, el pedal del freno cediendo bajo su pie sin aminorar por ello la velocidad de aquél y la alargada silueta de la farola emergiendo de una negrura insondable para abalanzarse contra el automóvil.

—Sí— repuso débilmente—. ¿Dónde estoy?

La enfermera dejó escapar una risita suave.

—Está en un hospital en Madrid, en el hospital de La Paz. La Guardia Civil la encontró anoche inconsciente, con la cabeza sobre el volante de su coche, que ya le he dicho que estampó contra una farola, y la trajo aquí. Se le han hecho a usted todas las radiografías y pruebas pertinentes y tengo que felicitarla, porque ha tenido mucha suerte. Unas cuantas contusiones por todo el cuerpo como consecuencia del golpetazo que sufrió y nada más. Ni una fractura. ¿Qué le pasó? ¿Se quedó dormida por la carretera?

Le pareció a Claudia volver a sentir la angustiosa incredulidad que experimentó al notar flácido bajo su pie el pedal del freno, ajeno al mecanismo que controlaba la celeridad de la marcha de su vehículo, y torpemente pasó una mano por su frente. ¿Pero para qué explicárselo a la enfermera? Probablemente no la creería.

—No, no me quedé dormida y no sé qué fue lo que me pasó— repuso con voz apenas audible—. Soy una buena conductora y bastante prudente, además. ¿Y cómo ha quedado el coche? — inquirió.

—Un poco abollado. Pero no se preocupe, porque la Guardia Civil se ocupó también de llamar a una grúa y en este momento está en uno de los talleres de reparaciones que cubre su seguro. No se preocupe.

Con otro esfuerzo ímprobo intentó Claudia sentarse en la cama. Notó entonces que llevaba puesta una especie de bata blanca con florecitas azules, que se anudaba a la espalda. Al cambiar de posición e incorporarse, la habitación giró vertiginosamente a su alrededor y se asió a la mano de la enfermera temiendo caerse.

—¿Qué le pasa? ¿Se marea?

Había cerrado Claudia los ojos y esbozó una mueca evasiva sin responder.

—Es muy frecuente después de sufrir un accidente de tráfico, así que no se altere— le advirtió la otra—. Le desaparecerán esos mareos dentro de unos días.

—¿De unos días? — se preocupó ella—. ¿No van a darme el alta inmediatamente?

—Claro que sí, en cuanto se levante, pueda caminar y venga a recogerla un familiar. ¿A quién podemos llamar?

Cayó en la cuenta ella de que no tenía a nadie a quien pudiera avisar. Mi parientes ni amigos… a nadie. Mientras había vivido su madre se habían bastado la una a la otra y aunque en el museo había trabado amistad con varios de sus compañeros e incluso había salido con alguno los fines de semana, no tenía suficiente confianza con ninguno de ellos como para pedirle que fuera a buscarla al hospital y la llevara a su casa.

Pensó luego en Ramona. Aunque unos días antes ni siquiera se conocían, estaba segura de que, si la llamaba, acudiría en su ayuda y recorrería sin rechistar sesenta kilómetros, que era la distancia que en esos momentos las separaba a las dos. Pero sería abusivo por su parte, se dijo. A las cuatro de la tarde debería iniciar la otra su jornada laboral en la recepción del hotel y la obligaría por esa razón a realizar después de dejarla en su casa el mismo trayecto en sentido contrario. La enfermera aguardaba su respuesta, pero no supo qué contestarle y cerró los ojos fingiendo que no la había oído. Nunca anteriormente había sentido la conmiseración por sí misma que experimentó en ese instante. Había gozado siempre de buena salud y no había necesitado la ayuda de nadie para resolver sus problemas cotidianos, pero en ese momento en el que cualquier movimiento de su cabeza le producía la sensación de hallarse en un barco a la deriva que estuviera a punto de irse a pique, sintió una soledad abrumadora, el peso de no poder valerse y de no tener de quién echar mano.

Quizás hubiera llegado a iniciar un puchero, si no hubiera sonado en ese instante su móvil. Su bolso estaba sobre una mesita a los pies de la cama y la enfermera se lo acercó para que ella lo extrajera de este. Sin levantar la cabeza de la almohada y con los ojos cerrados atendió la llamada y reconoció la voz de Noelia.

—Claudia, te llamo para darte una buena noticia.

—¿Qué noticia? — inquirió, pensando que la otra pecaba de optimista, ya que no se le ocurría ninguna novedad de la que pudiera informarla que le produjera el efecto de levantar su decaído estado de ánimo.

—Nos han admitido a trámite la demanda de paternidad— le comunicó Noelia con mal disimulado orgullo—. Acabo de recibir la providencia del juzgado y creo que deberíamos celebrar que estamos en camino de conseguir lo que tanto has deseado. ¿Por qué no te acercas a este despacho y nos tomamos un café, un vasito de vino o una tila, si con esta novedad tan satisfactoria se te han disparado los nervios? Lo dejo a tu elección.

Se lo decía con guasa y en cualquier otra circunstancia la noticia la hubiera alegrado hasta el paroxismo y la hubiera coreado con unos grititos y otros tantos saltos, pero en la situación en la que se hallaba solo fue capaz de decir:

—Eso es estupendo. ¿Crees entonces que el juez nos dará la razón y reconocerá que Armando Valdés fue mi padre?

—Por supuesto que sí. Pero te noto muy rara. ¿Te pasa algo?

¿Algo? ¿Cómo explicarle lo que para ella seguía siendo incomprensible?

—Me pasa que estoy en el hospital, en La paz—balbuceó a duras penas—. Anoche, cuando regresaba a Madrid, sufrí un accidente por la carretera. Me quedé sin frenos de pronto y acabé estampándome contra una farola.

La voz de la otra denotó claramente su alarma.

—¿Te quedaste sin frenos? ¿Hacía mucho tiempo que no te habían revisado el coche?

—No, que va. El mes pasado superé satisfactoriamente la inspección de la ITV y cuando al mediodía salí de Madrid en dirección al hotel frenaba perfectamente. Me llevé un susto de muerte cuando al pisar el pedal noté que no respondía a mis intentos y que no aminoraba la velocidad, que se disparó además en una cuesta. Llegué a creer que no lo contaría.

Se produjo un silencio al otro lado de la línea y transcurrieron varios segundos antes de volver a oírla.

—¿Y te has roto algo?

—No, la enfermera dice que he tenido mucha suerte, porque solo tengo contusiones por todo el cuerpo. ¡Ah! Y un mareo espantoso. En cuanto muevo la cabeza gira todo a mi alrededor.

—Ya. ¿Y cuándo van a darte el alta?

—No lo sé, aunque lo estoy deseando. Quiero irme a mi casa, pero no creo que me dejen hasta que consiga enderezarme y levantarme de la cama.

—Y venga alguien a buscarla, que se ocupe de usted— apostilló la enfermera interviniendo en la conversación—. No tiene nada de importancia y vamos a traerle un collarín siguiendo las directrices del médico que la ha atendido, pero no vamos a permitir que se vaya sola y corra el riesgo de caerse por la calle.

—Tendré que llamar a Ramona y contarle lo que me ha sucedido y que, como consecuencia, tendrá que apañárselas sola esta tarde— replicó ella dirigiéndose a la enfermera. Luego se lo repitió a Noelia—: Aún falta una semana para que regrese Rosario, pero en estas condiciones no puedo conducir. Además, no tengo coche. Está en el taller y no sé cuánto tiempo tardarán en repararlo.

—Bueno, no te preocupes— oyó decirle a ésta—. Ya se las arreglarán en el hotel sin ti. Si crees que puedes valerte por ti misma en tu casa, iré a buscarte ahora mismo. Necesito que me cuentes detalladamente el percance que has tenido. Pide que te den el alta, que salgo ahora mismo para allá.

Un par de horas más tarde tomaban asiento las dos en el sofá del minúsculo salón del piso de Claudia, tan pequeño que más que de salón merecía el nombre de salita. Un gran ventanal en la pared de la izquierda dejaba penetrar un sol radiante que iluminaba alegremente la estancia, decorada en tonos azules y amarillos. Bajo aquél, un sofá con una sola butaca y con una mesita de cristal entre los dos hacía las veces de sala de estar y, en el rincón opuesto, una mesa redonda con cuatro sillas, la de comedor. Todo el mobiliario parecía haber sido calculado al milímetro para resolver adecuadamente las necesidades del ocupante del apartamento, que sin duda había sido proyectado para residencia de una sola persona.

Ostentaba ella unos cuantos moratones en el rostro de un color verde oscuro, pero con el collarín al cuello había podía caminar torpemente al salir del hospital, asiéndose a la mano de la otra para llegar hasta el coche de ésta y luego hasta el saloncito en el que se encontraba. Tiesa como un huso, se retrepó en el respaldo del diván, tapizado en cretona floreada, cuidando de no mover la cabeza.

—¿Quieres tomar algo? — le preguntó a Noelia indicándole con una mano la nevera, que no podía verse a través de la puerta cerrada de la cocina.

—No, claro que no. No soy una visita a la que tengas que atender.

—No, ya lo sé. Eres mi abogado y quiero considerarte además una amiga. No sé cómo agradecerte que te hayas molestado en recogerme en el hospital y en traerme a casa.

La interrumpió la otra con un ademán.

—Vale, vale. Déjate de florituras. Lo único importante es que termines de ponerte bien,

Se quedó callada con el ceño fruncido y trató Claudia de adivinar sus pensamientos. La conocía ya lo bastante como para imaginar que estaba barajando las posibilidades que habían podido motivar su accidente de la noche anterior, pero no obstante se lo preguntó:

—¿En qué estás pensando?

—En nada importante.

—Estás pensando en lo que ha podido producir la rotura de mis frenos, ¿verdad?

Con un gesto evasivo pretendió Noelia quitarle importancia a lo que Claudia acababa de sugerir, pero se arrepintió antes de haber proferido la primera palabra y terminó por admitirlo.

—Sí— reconoció—. Trata de reflexionar y dime si alguna de las personas que trabajan en el hotel o que se alojan en él desearía que no existieras y ha tenido oportunidad de averiarte el sistema de frenado de tu coche. Sé poco de automóviles, pero tengo entendido que no es demasiado difícil para alguien que tenga conocimientos de mecánica.

No tardó Claudia en hallar la respuesta a su pregunta.

—Me odia Manuela— repuso en voz baja—. La oí decirle a la gobernanta que yo era el calco de mi madre y que su marido había tenido una aventura con ella cuando había iniciado los trámites de su divorcio con Armando. Y lo curioso es que daba la impresión de que esa aventura la irritaba profundamente, lo que me parece el colmo, ya que, según tengo entendido, le fue infiel a mi padre y tuvo sus más y sus menos con don Fabián y con otros. Lo que no sé es si esa mujer tiene conocimientos de mecánica automovilística. En realidad, no sé si tiene conocimientos de algo— reconoció pensativamente—. Es el tipo de mujer que emplea todo su tiempo en procurar estar guapa.

—¿Y lo consigue?

—Bueno, sí— admitió de mala gana—. No es una jovencita, pero aparenta muchos menos años de los que tiene. Debía de tener más o menos la edad de mi padre cuando se casaron, así que al menos los cincuenta los ha cumplido ya.

—¿Y hay alguien más que no te quiera bien?

—Con los empleados me llevo estupendamente y con los huéspedes no he tenido hasta la fecha el menor problema, aunque anoche…

Había respingado ligeramente Claudia al recordarlo, por lo que la otra se inclinó hacia ella interesada.

—¿Qué pasó anoche?

—Que vino un hombre muy extraño. Estaba yo sola en la recepción, porque Ramona se había ido a cenar. Eran ya cerca de las once cuando apareció él. Se acodó en el mostrador y se quedó mirándome fijamente, como si pretendiera taladrarme con la mirada. Luego me preguntó cómo me llamaba. Quería una habitación con vistas al pantano para una sola noche, o eso me dijo, pero me dio la sensación de que era solo una excusa para entablar conversación conmigo. El caso es que en el momento en el que regresó Ramona se largó apresuradamente. Te vas a reír cuando te lo diga, pero la verdad es que me asusté. Las piernas me temblaban como si se me hubieran convertido en gelatina.

En contra de lo que suponía, Noelia no esbozó ni tan siquiera una sonrisa. Permaneció seria, sin el menor asomo de bromear a costa de lo que le acababa de referir y se limitó a preguntarle, sin que asomara a su semblante lo que estaba imaginando:

—¿Y cómo era ese hombre?

—Pues… sería de la edad de Manuela y de Ramona. Ésta última opinó que físicamente estaba bien, aunque como es muy miope no creo que distinguiera desde lejos sus facciones. A mí no me lo pareció. Era de mediana estatura, moreno y con unas cejas muy pobladas.

—¿Y con una voz muy ronca?

—Sí— se admiró Claudia—. ¿Cómo lo has adivinado?

—Porque responde a la descripción que haría yo de tu tío, que, como recordarás, nos ha amenazado a las dos, si no te avienes a regalarle tus acciones del hotel Oasis.

Al oírla abrió desmesuradamente Claudia sus grandes ojos verdes.

—¿Mi tío? ¿Ese hombre era mi tío Felipe? No se parecía en absoluto a mi padre Mi madre me dio una foto de él, que te puedo enseñar. Espera un momento que la tengo en mi cuarto.

Se levantó rígidamente del sofá y caminó a paso corto y asiéndose a los muebles hacia la puerta del fondo del salón para regresar poco después con un marco de plata en la mano y mostrarle la fotografía que enmarcaba. En ella podía verse a un hombre de unos treinta años con el cabello alborotado por el viento y una simpática sonrisa en el rostro. Vestía unos pantalones vaqueros y una camisa de manga corta, lo que parecía indicar que había sido tomada en verano. A su espalda se erguía un edificio de piedra, con balcones en la fachada y tejado de pizarra, sobre el que se alzaban unas torrecillas, que recordaban a los castillos franceses de épocas pretéritas. Por los muros crecía la hiedra y una bignonia de flores de color naranja que se enredaban en los tallos verdes de aquella y alcanzaban los balcones del primer piso, confiriéndole un aire romántico y misterioso. Una estampa la del hotel que parecía retrotraerlo a finales del siglo diecinueve aunque la indumentaria del hombre, informal y de plena actualidad en el presente, desmentía que la fotografía hubiera sido tomada en esa época.

Había vuelto a sentarse Claudia al lado de Noelia y la contemplaba sobre su hombro con los ojos húmedos.

—Era muy guapo mi padre, ¿verdad?

—Sí, mucho.

—Y no se parecía en nada al hombre de anoche. ¿A qué no?

—Así, a simple vista, yo diría que no, pero, aunque no se pareciesen los dos hermanos, tal como me lo has descrito el tipo que te asustó anoche tenía que ser Felipe. Nos amenazó con hacernos una jugada, ¿no lo recuerdas? Pero no esperaba yo una tan drástica. Ha faltado un pelo para que no te enviara directamente al otro mundo simulando un accidente.

—Pero yo todavía no poseo esas acciones— objetó Claudia preocupada—. No podría regalárselas, aunque quisiera.

—No, pero estamos en trámite de conseguirlo.

—¿Y qué vamos a hacer?

Se llevó Noelia una mano a la cabeza y se enrolló en el dedo índice el rizo que le caía sobre la frente, gesto que realizaba inconscientemente cuando se veía obligada a reflexionar intensamente.

—No lo sé. Si averiguáramos quién mató a tu padre, podríamos saber también a quien nos enfrentamos, porque probablemente se trate de la misma persona. ¿Crees que pudo haber alguien que presenciara lo que pasó aquella tarde y que por una razón o por otra ha permanecido en silencio desde entonces?

Clavó Claudia su mirada en el florero de cristal que contenía una sola rosa roja y que se hallaba en la mesita de delante del sofá, como si esperara de su contemplación la inspiración que le faltaba.

—No lo sé. Ya te dije despúes de inspeccionar la habitación 421 que estaba segura de que fue Manuela la que le asesinó. En cuanto si hubo algún testigo que lo presenciara, quizás don Fabián lo viera todo antes de recibir el golpe en la cabeza que le dejó en el estado en el que se encuentra. Está ingresado en una clínica psiquiátrica y rara vez tiene momentos de lucidez.

—¿Y alguien le ha interrogado aprovechando esos minutos y le ha pedido que le refiera lo que sucedió aquella tarde?

—Por supuesto que sí. La policía le visitó a menudo en el hotel al principio, cuando todavía le regía la cabeza, aunque había perdido parcialmente la memoria, pero despúes le dejó en paz por considerar imposible que manifestara algo coherente. También su hijo va a verle con frecuencia y hace unos días y por indicación mía fue a intentar averiguarlo, aunque inútilmente. Ni tan siquiera le reconoció.

Pensativamente consiguió la otra envolver totalmente su rizo dentro de su dedo índice, a la par que insistía:

—¿Y si fuéramos tú y yo a visitarle? No nos conoce y podríamos dirigir con habilidad la conversación al punto que nos interesa. Se me da muy bien sonsacar a la gente, porque tengo mucha costumbre. Los clientes rara vez te dicen la verdad de buenas a primeras

—También se le dará bien a la policía y si ésta no consiguió nada en su momento, dudo mucho que lo lográramos nosotras— objetó Claudia, a quien no le seducía la idea por no saber cómo se lo iba a tomar Alfonso si llegaba a enterarse—. Está ingresado en una clínica que se llama "La alborada" y que está en Puerta de Hierro.

Enmudeció Noelia mientras elegía otro rizo para enrollárselo en el mismo dedo y darle varias vueltas en el aire. De improviso levantó la cabeza y le preguntó:

—¿Has hecho testamento?

Se sobresaltó ligeramente Claudia al oírla, llevándose ambas manos al collarín para que ese movimiento no repercutiera en su cabeza.

—¿Yo?, no claro que no. Solo tengo veintitrés años.

—¿Y qué? Ninguno sabemos a qué edad tendremos que dejar este mundo. ¿A quién te gustaría dejarle tus bienes?

Se quedó mirándola Claudia con sus brillantes ojos claros fijos en ella.

—Este piso es mío y soy titular también de una cuenta corriente con un saldo bastante ridículo. Tenía además un coche, pero no estoy segura de poder asegurarlo en este momento. Sé que la Guardia Civil lo ha llevado a un taller de reparaciones, pero puede que el perito que valore los daños dictamine que por el coste de la reparación cabe calificar su estado de siniestro total.

—Todos esos bienes le tienen a tu tío sin cuidado— objetó Noelia—. A él solo le interesan las acciones del hotel Oasis que pueden serte adjudicadas en breve. ¿A quién se las legarías?

No necesitó Claudia meditarlo y repuso en el acto:

—A Alfonso. A Alfonso Alfaro. Es el director del hotel en representación de su padre, que como sabes está incapacitado y que no parece que se vaya a poner bien. Su padre era socio del mío y para el hijo el hotel es su vida, por lo que se alegraría de que le perteneciera exclusivamente a él. ¿Pero por qué me preguntas eso?

—Porque sería importante que tu tío no fuera tu heredero, lo que podrías evitar otorgando testamento a favor de otra persona y haciéndoselo saber.

—Porque crees que ha sido él el autor de mi accidente— aventuró Claudia.

—Es el sospechoso más probable. Más adelante, cuando encuentres a alguien que te importe de verdad, puedes modificar el testamento y dejarle todo lo que tengas en ese momento a esa persona. Porque supongo que ese tal Alfonso es exclusivamente tu jefe, ¿o no?

Viendo que el rostro de Claudia enrojecía hasta las orejas, se sintió incómoda y cambió inmediatamente de conversación.

—Bueno, no hace falta que me contestes. Ahora tengo que volver al despacho, pero antes quiero estar segura de que estás en condiciones de quedarte sola.

—Por supuesto que sí— se apresuró a aseverarle la otra—. Tengo comida de sobra en la nevera y, en cuanto tome algo dentro de un rato, me echaré en la cama a descansar. No te preocupes por mí, porque estaré bien.

Se había levantado Noelia del sofá y cuando Claudia intentó imitarla, la primera no se lo permitió.

—No te muevas. Sé dónde está la puerta, así que quédate ahí sentada como una buena chica y no hagas esfuerzos. Te llamaré luego para ver cómo sigues y si te encuentras peor, llámame tú. Mi jefe me vigila como un cancerbero, pero si es necesario me escaquearé. Hasta luego.

Salió silenciosamente de la habitación y oyó Claudia como pasaba al corto pasillo que hacía las veces de vestíbulo y cerraba la puerta del piso al salir. Ella permaneció inmóvil en el sofá, con la cabeza apoyada en el respaldo. Se mantuvo durante un tiempo en esa posición y cuando se aburrió decidió llamar a Ramona. La había informado desde el hospital de lo que le había sucedido la noche anterior y de que como consecuencia no iba a poder ir a trabajar, pero la conversación que había mantenido con ella había sido sumamente escueta, por lo que pensó que debería ampliarle lo que ya le había referido. Marcó el número de su móvil e inmediatamente oyó la voz de la otra:

—Claudia, ¿eres tú? ¿Cómo sigues?

—Bien, estoy en casa. Me ha traído mi abogado esta mañana y creo que me encuentro un poco mejor.

—¿Pero estás sola?

—Sí, sí, pero puedo valerme perfectamente, no te preocupes. ¿Te acuerdas del tipo extraño que te pareció tan guapo?

—Sí, sí.

—Pues creo que es mi tío y mi abogado opina que pudo ser él el que me averiase los frenos. ¿Qué te parece?

—¿Y por qué habría de hacer ese hombre semejante atrocidad? — objetó su interlocutora, sobresaltada por una información que no esperaba.

—Bueno, ya me había amenazado, así que no es de extrañar.

No debió de parecerle a Ramona tan normal lo que le estaba contando, porque tardó en hacer uso de la palabra. Luego le preguntó:

—¿Necesitas algo? Creo que podré ir a verte mañana por la mañana, pero tendrás que decirme cuál es la dirección de tu casa. Si lo necesitas, te llevaré la comida. Guiso muy bien, ¿qué te apetece?

En ese momento se sentía incapaz de probar bocado y se apresuró a denegar su ofrecimiento.

—No te molestes, porque en la nevera tengo de todo, pero si vienes, me gustaría aportar yo lo que quieras cocinar. Cuando me encuentre bien del todo, lo haremos a la inversa.

Le explicó cómo llegar hasta su casa conforme la otra iba apuntando la dirección. Luego la oyó despedirse.

— Cuídate mucho. Ahora voy a arreglarme para ir a trabajar al hotel. Sin ti la tarde se me va a hacer muy larga. No se te ocurra levantarte del sofá.

—Descuida, no te preocupes.

Cortó la comunicación y se rebulló en el asiento sin encontrar postura cómoda. Luego pensó que debería comer algo y con toda suerte de precauciones se levantó y se dirigió a la cocina para inspeccionar el contenido de la nevera. Ante su sorpresa comprobó que solo le quedaba un huevo, una botella de leche y media lechuga. Hacía días que no iba a la compra, pero no esperaba encontrar el frigorífico tan desprovisto como acababa de comprobar y se preguntó qué pensaría Ramona de ella si aparecía al día siguiente dispuesta a preparar un menú delicioso y se encontraba con que no disponía de lo más imprescindible.

Volvió al sofá y se sentó de nuevo rígidamente. No estaba en condiciones de salir a la calle a comprar nada, se dijo, pero sí podía encargar por teléfono al supermercado lo que necesitaba, como en otras muchas ocasiones. Se la traería un chico muy amable, que incluso la había ayudado a veces a colocarla en su lugar y al que le pediría ese favor. Luego vería un rato la televisión o se acostaría en su cama.

Decidida, marcó el número y solicitó al encargado lo que consideraba más apropiado para quedar bien con su amiga. Sabía que el supermercado solía tardar una media hora en llevarle el pedido, por lo que apoyó la cabeza en el respaldo del sofá y cerró los ojos. Estaba muy cansada y sin darse cuenta se quedó dormida. La despertó el timbrazo de la puerta y sobresaltada se enderezó y miró el reloj. El chico se había dado mucha prisa, porque solo habían transcurrido diez minutos desde que colgara el teléfono después de hacer la llamada, pero lo importante era llegar sin marearse hasta la puerta del piso para abrirla. Después, cuando se marchara y se quedara nuevamente sola, se repondría de lo que en ese momento consideraba una heroicidad.

Con un enorme esfuerzo consiguió ponerse en pie y sujetándose la cabeza con ambas manos avanzó un paso y luego otro. Aunque las dimensiones del salón eran sumamente reducidas, le dio la impresión de que recorría un trayecto interminable hasta que salió al corto pasillo y se acercó a la puerta para abrirla. Al marcharse, Noelia había cerrado la puerta a su espalda de un empujón, por lo que no tuvo que girar la llave en la cerradura, sino tan solo asir la manilla y tirar de la hoja de madera hacia ella. Efectuó cuidadosamente el movimiento y luego se apartó para dejar pasar al chico. Pero no pertenecía al joven del supermercado la silueta que se destacó en el umbral, sino a un hombre de mediana edad con unas cejas muy pobladas y una voz muy ronca, con la que se le dirigió:

—Hola Claudia. Me he enterado de que has tenido un accidente y he venido a ver cómo sigues.

—CAPÍTULO XVII—

Retrocedió aterrorizada llevándose ambas manos a la cabeza para mitigar el mareo que le produjo el brusco respingo que le produjo la desagradable sorpresa que experimentó, al tiempo que el recién llegado avanzaba hacia ella cerrando la puerta a su espalda.

—¿Qué hace usted aquí? — consiguió balbucear en un tono exageradamente agudo.

Sonrió irónicamente él, como si le divirtiera comprobar el miedo que le inspiraba.

—Ya te lo he dicho, he venido a ver cómo seguías. Tengo entendido que crees que eres hija de mi hermano y por lo tanto mi sobrina. Es natural que me interese por ti, ¿no crees? Además, quiero proponerte algo.

La había apartado a un lado y había continuado caminando por el pequeño vestíbulo para pasar seguidamente al salón y dejarse caer en el sofá como si se encontrara en su propia casa. Claudia le siguió aturdida, pero permaneció en pie, con la sensación de que el suelo que pisaba se balanceaba bajo sus pies, lo mismo que si se encontrara en un barco que navegara por alta mar en una procelosa tormenta. Consiguió agarrarse al respaldo del sofá, antes de dirigirse a él.

—Estoy segura de no haberle invitado a visitarme— replicó secamente—. ¿Cómo ha averiguado dónde vivo?

Sonrió él displicentemente levantando la mirada hacia ella, que continuaba frente a él con una mano en el sofá y la otra en el collarín.

—Eso me ha resultado muy sencillo. ¿Pero por qué no te sientas? Ya te he dicho que tengo que proponerte un asunto. Lo hablé con tu abogado, que por cierto es una chica guapa pero muy antipática, y espero poder llegar contigo a un acuerdo. Si te pones cómoda y me escuchas, no tardaremos más de unos minutos en resolverlo.

Le obedeció Claudia tomando asiento rígidamente en el borde de la única butaca, tapizada en cretona floreada, a juego con el sofá, que hacía esquina con éste.

—No tengo nada que hablar con usted— le rebatió procurando expresarse con firmeza, aunque la voz le salió de la garganta lastimosamente temblona—. Ya me transmitió mi abogado sus pretensiones y coincido totalmente con la respuesta que ella le dio sobre ese particular. Aún no he podido acreditar que su hermano fuera mi padre, por lo que esta conversación es, cuando menos, prematura, así que le agradecería que se marchara ahora mismo. No me encuentro bien y necesito estar sola.

Le sonrió Felipe fingiendo no darse cuenta de la hostilidad que le manifestaba Claudia.

—Ya te he dicho que si me dejas hablar no tardaré más de unos minutos en exponerte mi plan. Estoy pensando interponer una demanda contra Manuela con la que espero demostrar que ya estaba divorciada cuando asesinaron a Armando, por lo que consecuentemente el heredero de mi hermano sería yo y no ella.

—Sí ¿y qué?

—Que ni tú ni yo sabemos si verdaderamente eres hija de mi hermano ni mucho menos si el juez te lo va a reconocer, por lo que podría perder miserablemente el tiempo y el dinero si me adelanto a los acontecimientos interponiendo esa demanda. Debería esperar y actuar conforme se fueran produciendo, pero, pese a ello me voy a arriesgar y te voy a ofrecer un trato.

—¿Qué clase de trato? — inquirió Claudia hoscamente.

—Estoy dispuesto a ayudarte, Tu abogada me pidió que me sometiera a la prueba biológica para contrastar tu ADN con el mío y determinar así si eres hija de Armando. Entonces me negué porque no te conocía. Ahora estoy dispuesto a hacerlo.

Le observó desconfiadamente Claudia.

—¿A cambio de qué? ¿O es que de pronto ha sentido un rapto de absurdo cariño por una sobrina de la que hasta hace unos días desconocía su existencia?

Se echó a reír él al imaginar esa posibilidad.

—Pues no, tienes razón— reconoció—. Soy una persona muy práctica y no suelo hacer nada gratuitamente, pero creo que con mi ofrecimiento saldríamos ganando los dos. Tú serías reconocida como hija del padre que nunca has tenido y yo adquiriría el cincuenta por ciento de las acciones de un hotel que debí heredar cuando murió mi padre. Él prefería a Armando. Nació de su primer matrimonio y se veía reflejado en él, porque se le parecía mucho. Cuando murió su primera mujer, se casó con mi madre, pero porque se sentía solo, no porque la quisiera. Fue solo un apaño que manifestó hasta en sus menores detalles, porque ni tan siquiera tuvo el detalle de retirar de la casa los retratos de la otra, a la que siguió venerando durante el resto de su vida.

—Ya—murmuró Claudia

—Tampoco fui yo para él lo que había sido su primogénito—continuó Felipe sin disimular su amargura— y en su testamento me dejó a cambio del hotel una agencia de viajes que ya hacía aguas entonces y que ahora va de mal en peor.

Ignoraba Claudia que su desconocido abuelo se hubiese casado dos veces, pero, pese a ello, replicó:

—Todo eso ya lo sé y ha dicho antes que en nuestra conversación íbamos a invertir solo unos minutos. Me da la impresión de que ya se está alargando demasiado con lo que me está contando.

Enarcó Felipe las cejas en un gesto muy estudiado, propio de los galanes de cine de principios del siglo veinte, que seguramente había ensayado ante el espejo.

—Solo pretendía crear un clima agradable entre los dos— objetó con otro ademán de su mano tan trasnochado como el anterior—. Pero si prefieres que vaya directamente al grano, de acuerdo, lo haré. Te ofrezco declarar en el juzgado que conocía la relación que mantuvieron tus padres y someterme a la prueba biológica, si te comprometes por escrito a venderme las acciones del hotel que te correspondan cuando se reconozca tu filiación. Te las compraría por un precio razonable.

—¿Y a qué le llama un precio razonable?

—Pues digamos que sería la contrapartida del favor que te haría yo.

Se tambaleó al oírle por la indignación que le produjo su respuesta, pero paradójicamente sintió que se aclaraban sus ideas y que incluso se disipaba un tanto el mareo que hasta ese momento le había impedido menear la cabeza.

—¿Está dispuesto a que me comprometa a cederle unas acciones que todavía no son mías y que ninguno de los dos estamos seguros de si llegarán a serlo, a cambio de ayudarme? — le preguntó incrédulamente—. No puedo donarle lo que no poseo.

Echó él la cabeza hacia atrás con los ojos clavados en su rostro con una fijeza excesiva.

—No te pareces a Armando— murmuró a media voz analizando sus facciones una por una—. Él era más claro de piel y tenía el pelo y los ojos castaños, pero hay algo en ti que me lo recuerda. Sus gestos, la seguridad de la que alardeas y con la que te mueves...

Creyó haberle entendido mal y se inclinó ligeramente en la butaca hacia él para comprobar si había en su expresión algún signo que denotase que se estaba burlando de ella, pero estaba serio y se preguntó entonces de qué seguridad consideraba que alardeaba. La noche anterior en el hotel le temblaban las piernas cuando le atendía detrás del mostrador de la recepción y en ese instante experimentaba la sensación de que estaba corriendo un peligro impreciso pero real con aquel hombre a menos de un metro de distancia.

Lo importante era conseguir que se marchara, pensó. Si se negaba, cabía la posibilidad de que se levantara del sofá y la agarrara por el cuello hasta asfixiarla. Le había dicho poco antes que su abogado estaba estudiando interponer la demanda contra Manuela reclamándole la herencia de Armando. Si ella desaparecía del mundo de los vivos, probablemente lograría hacerse con las acciones que tanto deseaba en un plazo mucho más breve y sin someterse al albur de lo que decidiera el juzgado de familia que se pronunciaría en su día sobre la demanda de paternidad que había presentado Noelia.

Analizó la ansiedad que traslucía su semblante aguardando su respuesta y advirtió en ese instante que sería un hombre bien parecido si su gesto no fuera tan petulante y sus ademanes tan estudiados. ¿Se parecería en algo a su hermano?

Como si le hubiera leído el pensamiento se apresuró él a negarlo.

—No, Armando y yo no teníamos nada en común. Ni en el físico ni en la manera de ser. Yo conocí a Manuela antes que él, pero me dejó por Armando en cuanto tuve la ocurrencia de presentárselo. Era un hombre sumamente atractivo al que perseguían las mujeres y él se dejaba querer. Mientras fuimos niños le admiré profundamente y también seguí admirándole cuando nos hicimos mayores, aun cuando dejamos de hablarnos. Puedo admitir que entonces me sentó muy mal que Manuela le prefiriera, aunque lo entendí, porque él era especial. Cuando me enteré de su muerte, me costó mucho recuperarme, pero ahora me alegro de que ella me dejara por él, porque, aunque era y sigue siendo una mujer muy guapa, no es más que una arpía que se aprovechó de Armando, al que hizo muy desgraciado mientras vivió, y también después de su muerte, ocultando su divorcio para quedarse con todo su patrimonio.

Imaginó Claudia al hombre que tenía enfrente en compañía de Manuela, mucho más joven y aún más vistosa que en el presente y lamentó que hubiera preferido ella a su padre. De otra forma se hubieran ahorrado su madre y ella muchos problemas.

—No sabía que hubiera salido usted con Manuela. ¿No se ha casado? —le preguntó cortésmente, como si le interesara, aunque hubiera dado algo porque en lugar de contestarle saliera por la puerta del piso en el acto.

—Sí, poco después de Armando, pero me divorcié dos años más tarde. Mantengo ahora una relación con una mujer que conocí hace unos años y que merece la pena, pero no estoy seguro de querer casarme con ella. El matrimonio puede llegar a ser una atadura insoportable, ¿no crees?

Esbozó Claudia un gesto de ignorancia.

—No lo sé.

—No, claro, eres muy jovencita aún. ¿Llegó Manuela a conocer a tu madre?

Rememoró Claudia el episodio que le había referido ésta sobre la tarde en la que las echó a la calle sin contemplaciones después de presentarse en el piso que había comprado su padre y en el que vivían las dos después de la muerte de él. Ella tenía solo unos meses y no tenían donde ir, pero las obligó a largarse sin pensárselo dos veces.

Le dolió recordar el relato de su madre sobre ese incidente, que consideraba humillante para las dos y estuvo a punto de responderle afirmativamente a Felipe, pero decidió no hacerlo y poner así punto final a la conversación.

—No, no la conoció. Y ahora, si es tan amable de marcharse, me gustaría echarme un rato en la cama. Como sabe, sufrí anoche un accidente por la carretera y no me encuentro muy bien. Le comentaré a mi abogada lo que me ha propuesto y le pediré a ella que le dé una respuesta.

Saltó Felipe en el sofá como si le hubieran pinchado con alfileres.

—No, nada de eso. Ya le he dicho antes que esa muchacha es una especie de bruja. Quiero que me contestes ahora.

Se había inclinado hacia ella con el semblante enrojecido y Claudia desvió instintivamente la mirada hacia sus manos, grandes y cuadradas. Las había extendido en el aire y creyó ver en ese ademán un propósito amenazador.

—Pero es que… — articuló asustada.

—Es que no puedo perder más tiempo— silabeó él incorporándose a medias—. Necesito saberlo ya.

Sintió Claudia un escalofrío a la par que el corazón se le aceleraba, arrancando a latirle desacompasadamente

—No puedo contestarle aún— consiguió decir con un hilo de voz—. Tengo que consultarlo con Noelia.

Hizo intención él de ponerse en pie y de avanzar hacia ella, pero no llegó a dar el primer paso, porque en ese preciso instante sonó el timbre de la puerta,

—Han llamado— balbuceó aterrada.

—Sí, pero no abras— replicó él autoritariamente.

Por su actitud le pareció a Claudia que estaba dispuesto a agarrarla por el cuello y se defendió empujándole, al tiempo que se levantaba torpemente con la intención de echar a correr hacia el vestíbulo. Felipe se había caído sentado en el sofá, en el que pareció rebotar, porque se enderezó en el acto y trató de impedirle que saliera del saloncito reteniéndola por un brazo, pero volvió a empujarle Claudia con todas sus fuerzas, obligándole de nuevo a sentarse. Luego, y con ambas manos en el collarín, se giró buscando algo con lo que defenderse. Reparó en el acto en el artístico florero que se hallaba sobre la mesita central conteniendo una rosa roja y trató de estampárselo en la cabeza. Tenía los músculos tan laxos, que no consiguió rompérselo en el cráneo, sino tan solo derramarle su contenido sobre la cabeza y el florero se cayó al suelo con un sonido tintineante, que levantó ecos en los oídos de la aturdida Claudia. El agua le resbaló a Felipe por el cuello, empapándole la cazadora y la flor se le enganchó en el bolsillo y se quedó allí colgando boca abajo. Se hubiera reído ella del espectáculo que ofrecía ahora con el cabello chorreante y expresión de profunda sorpresa, pero no perdió el tiempo en fijarse en él. Había echado a correr hacia el vestíbulo tropezando con todos los muebles de la estancia para llegar hasta la puerta del piso antes que su desagradable visitante y abrirla.

En el umbral reconoció al muchacho del supermercado con una cesta a cuestas, al que identificó como el ángel de la guardia y le agarró del brazo para hacerle entrar, al tiempo que Felipe la alcanzaba. El muchacho, algo extrañado por la tensión que se palpaba en el ambiente, desvió la mirada del rostro de ella para fijarla en el del hombre que acababa de reunírseles, congestionado por la carrera que se había dado, goteando agua por el pelo y por la cazadora y con una rosa colgando del bolsillo.

—¿Vuelvo más tarde? — le preguntó a Claudia.

—No, no, pasa y deja la compra en la cocina. Este señor se marchaba ya.

El chico le sacaba a Felipe más de la cabeza y también le superaba en complexión. Debió de captar algo de lo que flotaba en el pequeño vestíbulo porque paseó su mirada por los dos ocupantes de la vivienda a la que acababa de acceder y la detuvo luego en el semblante de Claudia, como esperando una indicación suya. Felipe permaneció en silencio apoyado en la pared y ella le hizo un ademán de que la siguiera a la cocina con el pedido. Allí se empinó de puntillas para acercar la boca a su oído y susurrarle:

—Llévatelo. Es un pariente que está chalado y que me da miedo.

El pecoso semblante del muchacho no denotó la impresión que le causaron sus palabras. La conocía desde mucho tiempo atrás y aunque no habían intercambiado más que las palabras justas en cada ocasión en la que le subía la compra, la seguía con la mirada cuando la veía moverse por la casa. Probablemente se sintió halagado de que le pidiera ayuda, aunque se limitó a hacer un gesto de asentimiento y a precederla hasta el vestíbulo, donde se dirigió al derrengado Felipe con aire autoritario.

—La señorita quiere que la dejemos sola, así que le acompañaré hasta el portal. Vamos.

Le animó a caminar delante de él empujándole ligeramente por el hombro y cuando la puerta se cerró a la espalda de los dos dejó escapar Claudia un suspiro de alivio, a la par que como reacción notó que las piernas no la sostenían, por lo que tanteando las paredes regresó al sofá, donde se dejó caer apoyando la cabeza en el respaldo e inspirando profundamente.

Pensó que debería comer algo y acostarse para dormir una buena siesta. Probablemente después se encontraría mejor y podría llamar a Noelia para contarle lo que le había sucedido con Felipe para que ella le aconsejara lo más conveniente y también para desahogarse, porque aún le latía desacompasadamente el corazón y volvía a acometerle el vértigo que padecía desde que recobrara la consciencia.

Su bolso estaba en el suelo, junto al sofá, y sin cambiar de postura alargó una mano para cogerlo y extraer el móvil de su interior con esa intención. Pensó que aliviaría la tensión que mantenía sus músculos atirantados, pero antes de que pudiera buscar el número de la otra en la agenda sonó la musiquilla de llamada del aparato y se lo llevó al oído. Extrañada reconoció la voz de Alfonso.

—Claudia, ¿está usted bien? He ido al hospital a visitarla y me han dicho que ya le habían dado el alta y que se había marchado a su casa.

—Sí, sí, estoy en casa. ¿Cómo se ha enterado?

—Me lo ha dicho Ramona. Que había tenido usted un accidente de tráfico y que no iba a poder ir a trabajar esta tarde. ¿Puedo subir a verla? Estoy en la calle, frente su portal. ¿Puedo subir?

Estuvo tentada de contestarle que no, que no se encontraba bien y que necesitaba estar sola, pero antes de que terminara de procesar en su mente esa respuesta se encontró respondiéndole lo contrario:

—Bueno, suba usted, pero solo un ratito. Estoy muy mareada.

—De acuerdo, solo quiero asegurarme de que se encuentra bien. ¿En qué piso vive?

Se lo dijo y cuando cortó la comunicación pensó que debería acercarse al cuarto de baño para tratar de arreglarse un poco antes de abrirle. Además del aspecto de convaleciente que le proporcionaba el collarín que llevaba al cuello, debía de estar despeinada, descolorida y con la cara llena de moratones, pero cuando logró ponerse en pie asiéndose al brazo del sofá sonó el timbre de la puerta y tuvo que desistir del intento. Los inquietantes minutos que había pasado con Felipe la habían dejado en un estado lamentable. Notaba flojos todos los músculos de su cuerpo y a duras penas y agarrándose a los muebles consiguió llegar nuevamente al vestíbulo y abrirle la puerta a él. Venía con la misma ropa con la que le había encontrado aquella tarde junto al embarcadero del pantano, un pantalón vaquero y un grueso jersey gris bajo un chaquetón azul marino y, como aquella tarde también llevaba el cabello revuelto. Lo que era diferente era su expresión. Junto al pantano y con la mirada clavada en las verdosas aguas que discurrían a sus pies, rezumaba melancolía. Ahora, en cambio, traslucía una clara preocupación cuando se hizo a un lado para dejarle entrar y observó él el collarín y las contusiones que en su rostro habían dejado el accidente. Se dio cuenta en el acto de que ella apenas se podía sostener y la tomó del brazo para ayudarla a regresar al sofá.

—¿Está sola? — le preguntó cuando la vio dejarse caer derrengada en el asiento.

—Sí, acaba de marcharse un pariente, un tipo muy desagradable—murmuró— Bueno, creo que es un pariente, un hermano de mi padre, aunque todavía no lo sé con seguridad.

—¿No sabe si es hermano de su padre? — le preguntó con ironía tomando asiento en la butaca.

—No sé todavía si Armando era mi padre, aunque el juicio ya no tardará— puntualizó ella.

—¿Y por qué se ha marchado ese tío suyo tan desagradable? — inquirió él. Luego se fijó en el charco que tenía a sus pies y que le mojaba los zapatos y en el florero que estaba en el suelo y que parecía ser el causante del estropicio y lo recogió sacudiéndolo en el aire para que escurriera el agua que le quedaba.

—Le he atizado con el florero a mi tío en la cabeza—le explicó Claudia.

Comenzó él a enarcar interrogativamente las cejas, pero desistió sin acabar de rematar el gesto.

—Ya. ¿Y por qué ha agredido a su tío? — le preguntó en tono normal, como si encontrara natural que ella realizara a menudo esa clase de agresiones.

—Ya se lo he dicho, porque se ha puesto muy desagradable.

—Y entonces ha decidido ducharle, ¿no es eso? — masculló entre dientes y reprimiendo las ganas de reír.

—No, nada de eso. Ha hecho intención de estrangularme o eso me ha parecido y el florero es lo que he encontrado más a mano, pero aún no he recuperado la fuerza que tenía antes del accidente y…

—Y entonces le ha dado un buen baño para despejarle las ideas— terminó por ella—. Deduzco que a continuación se ha marchado furioso.

Intentó Claudia menear negativamente la cabeza, pero empezó a ver su entorno borroso por lo que se arrepintió en el acto y la mantuvo quieta, sobre el cuello erguido.

—No, se lo ha llevado el chico del supermercado.

—¿A darle un paseo? Bueno, no me conteste—continuó él sin esperar su respuesta— Si me dice dónde tiene la fregona o un trapo le recogeré el agua.

Le indicó ella el armarito de la cocina donde guardaba los útiles de limpieza y Alfonso cumplió lo que había ofrecido. En cuanto dejó el paño del que se había servido y el florero sobre la encimera de la cocina, regresó al saloncito y ocupó la misma la butaca que había abandonado poco antes. Luego le comentó:

— No me parece que esté usted en condiciones de quedarse sola—. Creo que le han dado el alta antes de tiempo y que debería haber permanecido al menos un par de días en el hospital. Por cómo tiene la cara, imagino que le dolerá todo el cuerpo.

Hasta ese momento no se había dado cuenta Claudia de las punzadas que sentía en las costillas en cuanto se movía, pero en lugar de inquietarse por su estado y, aunque fuera absurdo, se preocupó únicamente por el aspecto lamentable que dedujo que ofrecía por las palabras de él,

—¿Me está diciendo que estoy horrorosa con el collarín y con la colorida gama de magulladuras que me ha dejado como recuerdo el accidente? — se enfadó—. Podía ser usted más delicado.

Fingió él escandalizarse al oírla.

—Yo no le he dicho que esté usted horrorosa, porque sería imposible. Ni siquiera he insinuado que esté desmejorada. En realidad, ese collarín le favorece.

—Muchas gracias— replicó mordazmente—. Si esa es su opinión, en el futuro me lo pondré en las fiestas de gala a las que asista cuando ya esté recuperada.

—Bueno, bueno, no se altere— intentó contemporizar él—. He venido a verla porque me he quedado preocupado con lo que me ha contado Ramona. Me ha dicho que le fallaron anoche los frenos de su coche, cuando regresaba a Madrid.

—Sí, creí que no lo contaría. Y no me mire pensando que soy una de esas mujeres que no lleva su coche a revisarlo al taller de cuando en cuando. Lo hice antes de empezar a trabajar en su hotel, o sea, hace unas tres semanas.

—¿Entonces…?

—Entonces tendremos que esperar a que el taller al que la Guardia Civil lo ha llevado a reparar nos dé una respuesta.

—Ya— murmuró él con la vista baja—. También quería decirle que no se preocupe por su trabajo en la recepción. Puedo ocuparme de tramitarle su baja y no pienso

311

permitir que se incorpore hasta que se encuentre totalmente restablecida.

Parpadeó Claudia perpleja.

—No sé de qué me está hablando. Rosario regresará dentro de una semana de su viaje, por lo que cuando yo vuelva a estar en condiciones de trabajar habrá vencido ya mi contrato. Le agradezco su interés, pero no será necesario que se moleste. Lo siento sobre todo por Ramona. Tengo vértigos desde que me he despertado esta mañana en el hospital. Me ha dicho la enfermera que desaparecerán dentro de unos días, pero para entonces ya habrá regresado Rosario y se habrá incorporado a su puesto. Volveré al hotel únicamente para que Herminio me dé el finiquito.

La había escuchado Alfonso con la cabeza ladeada y la meneó en sentido negativo cuando ella terminó de hablar.

—No, está equivocada, pero no interprete mal lo que voy a decirle, porque no es el hotel lo que me preocupa, sino usted. Rosario me ha enviado un correo esta mañana. Mejor dicho, lo ha enviado su marido, diciéndome que ha sufrido ella durante el viaje un ataque de apendicitis y que la han operado ayer tarde en la isla en la que se encuentran, en Las Malvinas, por lo que no podrá incorporarse en la fecha señalada ni en muchos días después. Cuando usted se reponga, espero que vuelva al hotel a realizar el trabajo para el que la contratamos u otro cualquiera si ese no le gusta. Puede elegir el que prefiera. ¿Cuál prefiere usted?

Le había escuchado con sus ojos claros muy abiertos trasluciendo la sorpresa que la noticia le producía.

—No prefiero nada— protestó enfurruñada, cuando sus palabras se hicieron inteligibles en su cerebro, porque le pareció que le estaba tomando el pelo.

Se echó a reír él, divertido por el malhumor que traslucía.

—Yo preferiría que al recuperarse por completo se incorporara como socia, pero quizás tengamos que esperar aún. ¿Cuándo se verá su juicio?

Se sujetó Claudia el collarín con ambas manos, ya que al pretender encogerse de hombros tuvo la sensación de que el cuello no le sostenía la cabeza.

—Aún no ha señalado el juzgado el día, pero ha admitido a trámite la demanda— le comunicó cuando consiguió estabilizarla—. Después… después… suponiendo que estemos en lo cierto y que podamos acreditar que Armando fue mi padre, tendría que reclamar su herencia a Manuela o a mi tío. Al que para entonces se la haya concedido otro juzgado, porque mi tío va a pleitear contra ella para demostrar que le fue indebidamente adjudicada.

—¿Ese tío al que ha aludido es el tipo desagradable que la ha visitado esta mañana y al que ha despedido, hecho una sopa? — se interesó él.

—Sí, ha venido a ofrecerme un trato y como no le he dado la respuesta que deseaba, se ha puesto violento. Afortunadamente ha llegado a tiempo el chico del supermercado y se lo ha llevado.

Enarcó Alfonso las cejas sin comprender.

—¿Dónde se lo ha llevado?

—No lo sé, lo ha sacado de este piso que es lo importante.

—¿Y qué trato le ha ofrecido?

—Ayudarme, sometiéndose a la prueba biológica para que el facultativo competente contraste nuestros respectivos ADNs, a cambio de que le done yo las acciones del hotel que le pertenecían a Armando, cuando las herede.

Se quedó mirándola perplejo con una sombra de duda en su moreno semblante.

—Le habrá dicho que no— aventuró desconfiadamente.

—No le he contestado nada, por miedo a que me agrediera— admitió ella echándose mano al collarín por asociación de ideas, ya que había temido que la estrangulara—. Como le he dicho, ha llegado a tiempo el chico del supermercado y se lo ha llevado. Yo… yo le creo capaz de cualquier cosa. Ha mitificado el hotel y está obsesionado con poseerlo algún día. Soy soltera, no tengo otra familia y él sería mi heredero si consiguiera que el juez me adjudicara los bienes de los que Armando era propietario cuando le asesinaron, ¿comprende?

Tardó él en contestarle. Parecía sopesar lo que ella acababa de referirle, porque un pliegue hondo había surgido en su frente y su rostro traslucía claramente su preocupación.

—¿Y por qué no acude a la policía? — le preguntó al fin.

—¿Y qué le digo? ¿Qué tengo un tío muy desagradable, aunque todavía no puedo asegurar que tenga conmigo ese parentesco, que tampoco puedo asegurar que su hermano fuera mi padre y mucho menos que me quiera enviar al otro mundo para quitarme la herencia que no sé si heredaré? ¿Es eso lo que me aconseja que le diga a la policía?

Volvió a sonar en ese momento su teléfono móvil y al llevárselo al oído oyó una voz masculina desconocida.

—¿Es usted Claudia Varela?

—Sí, sí, dígame.

—La llamo del taller de reparaciones donde anoche trajo su coche la grúa que envió la Guardia Civil.

—Sí, ¿y qué?

—Que quería informarla del motivo por el que sufrió el accidente. Su coche tenía cortado el latiguillo del freno que lo une con la bomba.

—¿El latiguillo? ¿Qué latiguillo? — inquirió ella sin comprender nada de lo que su invisible interlocutor le estaba diciendo.

Oyó la risa del hombre a través de la línea.

—No sabe nada de mecánica, ¿verdad? Lo que le estoy diciendo es que alguien le gastó una broma muy pesada, si es que fue una broma, porque podía haberle costado la vida. Dejó deliberadamente su coche sin frenos, ¿me entiende? Cortó el sistema de frenado.

Se quedó muda, incapaz de responder, aunque había sospechado algo similar. Se sintió trasladada de nuevo a la noche anterior y vio ante sus ojos la larga y oscura carretera por la que su automóvil iba ganando velocidad conforme se deslizaba cuesta abajo sin que ella consiguiera controlarlo. Y luego aquella farola que surgió de la nada para abalanzarse contra el vehículo.

Debía de haber palidecido de improviso al rememorar el impacto, porque, como alelada, notó que Alfonso le quitaba el móvil y que hablaba con el mecánico, aunque no consiguió entender lo que decían. Luego cortó la comunicación y se volvió hacia ella desusadamente serio.

—Bueno, creo que ya puede decirle a la policía algo más concreto. ¿Quiere que la llame yo ahora o prefiere que esta tarde, cuando se encuentre algo mejor, vayamos a una comisaría a presentar la denuncia?

Lo sopesó Claudia en silencio e inspiró hondo antes de contestar.

—No puedo aún.

—¿Qué es lo que no puede?

—No puedo levantarme y andar derecha.

—Entonces iré yo, pero antes tendré que asegurarme de que la dejo en condiciones de quedarse sola. ¿Ha comido ya?

—No, todavía no.

—¿Y por qué no ha comido?

¿Cómo explicarle que el corto trayecto hasta la cocina se asemejaba para ella en ese momento a un tortuoso camino repleto de socavones? Debió de adivinarlo él, porque sonrió divertido.

—No se preocupe, porque la comida la haré yo.

Se olvidó Claudia momentáneamente de lo mal que se encontraba para observarle sorprendida.

—¿Sabe usted guisar?

Debió preguntárselo él a sí mismo, porque terminó por esbozar un gesto vago.

—Bueno, no estoy seguro. Como siempre en el hotel, pero creo que seré capaz de freír unos huevos. ¿Le gustan los huevos?

—Sí, sí. El chico del supermercado me acaba de traer una docena.

—Bueno, no serán necesarios tantos. Con dos para usted y otros dos para mí tendremos más que suficiente. ¿Qué más quiere comer?

—Pues… no sé. ¿Pan y mantequilla? También me los ha traído el chico del supermercado.

—Me parece una comida muy rara. ¿No tiene una lata de judías, de lentejas o de algo así? También podría llamar por teléfono y que nos mandaran una pizza.

Cerró Claudia los ojos y apoyó la cabeza en el respaldo de la butaca.

—¿No sabría preparar una sopa? Creo que es lo único que sería capaz de tomar.

A través de los párpados entrecerrados vio su gesto de consternación, pero fue algo momentáneo porque inmediatamente sonrió como si hubiera encontrado la solución.

—De acuerdo. ¿De qué le gusta la sopa? ¿De ajo, de marisco, de verduras… de qué?

—Si puedo elegir, me gustaría una sopita de arroz muy calentita. Tengo de todo en la cocina.

—Bien, pues espere unos segundos que esa sopa estará lista en un santiamén.

Le vio sacar su móvil del bolsillo y hacer una llamada a alguien que sin duda le fue dando instrucciones del proceso que debería seguir, porque poco después se levantaba decidido del sofá.

—¿Con quién hablaba? — le preguntó ella entreabriendo nuevamente los ojos.

—Con el cocinero del hotel. Me ha explicado paso a paso cómo se hace esa sopa y no me ha parecido muy difícil. Enseguida estaré de vuelta.

Tardó más en regresar de lo que había anunciado, pero apareció al fin con una bandeja que sostenía el plato anunciado, una cuchara y un vaso de agua y se lo colocó a ella sobre las rodillas. Levantó Claudia la mirada hasta su rostro, extrañada de que no trajera nada para él.

—¿Pero y sus huevos fritos? ¿No se iba a freír un par de huevos?

Levantó una mano con un ademán que parecía querer decir que le había sido imposible realizar tal proeza.

—¿Qué sucede? — insistió ella—. ¿No es usted capaz de hacer una sopa y freír unos huevos a la vez?

Esbozó Alfonso un cómico gesto de disculpa.

—Pues no. A decir verdad, en mi casa llevo años preparándome el desayuno sin ninguna ayuda, pero solamente el desayuno. Su sopa ya me ha supuesto un esfuerzo considerable. Si al mismo tiempo hubiera tenido que freír dos huevos… pues no sé.

—Pero usted también tendrá que comer algo— se empeñó Claudia—. Ayúdeme a levantarme y me ocuparé yo.

—Ni hablar. Usted tómese la sopa como una buena chica y déjeme a mí, que ya soy mayorcito.

Se marchó seguidamente a la cocina y Claudia probó desconfiadamente la sopa, pero estaba buena y además le calentó el estómago. Estaba acabándosela cuando regresó él con aire victorioso y un plato en el que campeaban dos huevos fritos bastante chamuscados y un trozo de pan en la mano.

—Lo he conseguido, ¿ve? — fanfarroneó, tomando asiento en el sofá con el plato sobre las rodillas.

—Será mejor que vayamos a la mesa, para que coma con un mínimo de comodidad— le sugirió Claudia— La tiene a su izquierda.

Efectivamente al otro lado del sofá había una mesa redonda con cuatro sillas, en la que Alfonso no se había fijado y los dos se trasladaron a ésta, ella son su plato de sopa vacío y él con el de sus huevos fritos, que pese a su lamentable aspecto se tomó con auténtica satisfacción.

—Creo que aprenderé a guisar de ahora en adelante— le anunció rebañando los yema que aún tenía en el plato—. Hay que saber hacer de todo y no siempre tendré a mano a Benigno.

—¿Y quién es Benigno?— se interesó Claudia.

—Es el chef del Oasis. Presume mucho de sus artes culinarias, que, por lo que he podido apreciar hoy, no son tan complicadas como él dice.

Pensó Claudia que sin duda el tal Benigno sería capaz de preparar un menú de mucho mayor nivel que el que había cocinado él y unos huevos que no parecieran dos tiznones, pero no quiso desilusionarle y no efectuó el menor comentario al respecto. Cuando terminó Alfonso con el pan y se llevó los platos sucios a la cocina, hizo intención al regresar de ayudarla a levantarse de la silla en la que había estado sentada, acompañándole mientras comía.

—Y ahora la voy a llevar a la cama, donde se va a echar un rato— le dijo uniendo la acción a la palabra—. Si me necesita, volveré esta noche a hacerle la cena.

—No, muchas gracias, porque puedo apañármelas. ¿Ha sobrado sopa?

—Sí, una olla completa, que he dejado en la cocina.

Pensó Claudia que el chef estaría acostumbrado a calcular la cantidad de ingredientes necesarios para satisfacer la demanda de los huéspedes del hotel y que en esa ocasión se había excedido al darle las cantidades que debía utilizar en la receta, pero se alegró de que así hubiera sido y le dijo:

—Pues me la tomaré esta noche y me iré a dormir a continuación. No se preocupe por mí, porque estaré bien.

—Pero me llamará, si se marea— insistió como si fuera un chiquillo tozudo.

—Descuide. Ya le he dicho que no será necesario. Mañana tiene que venir la señora que me hace la limpieza y ella se ocupará de echarme una mano. Se lo agradezco mucho y ahora voy a acompañarle hasta la puerta.

—De eso, nada— protestó en el acto—. Usted se va a acostar y yo me marcharé, porque conozco perfectamente el camino, pero prométame antes que si lo precisa me llamará al móvil.

—Se lo prometo. Adiós.

—Hasta mañana entonces. La llamaré.

—CAPÍTULO XVIII—

La clínica psiquiátrica no se diferenciaba demasiado de los demás sanatorios que había visitado y Noelia se acercó taconeando al mostrador, tras el que se hallaba una señora bajita y rolliza que le sonrió al verla aproximarse.

—¿Me ha dicho que viene a ver a don Fabián Alfaro? — se interesó, cuando ella le expuso el motivo de su visita—. Pues tiene suerte porque hoy se encuentra más animado que de costumbre. ¿Es usted pariente suya?

—No, solo una amiga, pero hace tiempo que no le veo y espero que se alegre y que me reconozca— repuso ella cruzando los dedos a su espalda—. ¿Está en su habitación?

Meneó negativamente la recepcionista la cabeza.

—No, en el jardín. Hace una mañana espléndida y uno de nuestros enfermeros le ha sacado a tomar el aire en una silla de ruedas. Vaya por ese pasillo— añadió señalándole uno que comenzaba a la izquierda del mostrador—. Es la segunda puerta de la derecha.

Hizo Noelia un gesto afirmativo e intención de encaminarse en esa dirección, pero la señora la retuvo indicándole que se le aproximase.

—Tengo que advertirle que debe de ser usted prudente y no alterarle recordándole los retazos de su vida que ha borrado de su mente. Limítese a comentarle banalidades y a escucharle, si es que quiere comentarle algo él. Ya le he dicho que hoy está más comunicativo que de costumbre.

Volvió ella a afirmar con la cabeza y se alejó de su lado para enfilar el pasillo que le había indicado. La primera puerta daba acceso al servicio de señoras y la segunda, de dos hojas y metálica, a un jardín de regulares dimensiones, plantado de césped, en el que algunos residentes de ambos sexos paseaban y otros tomaban el sol tumbados en hamacas bajo la mirada vigilante de los enfermeros. Paseó Noelia su mirada por el jardín preguntándose cuál de todos aquellos hombres podría ser don Fabián Alfaro. No había llegado a conocer a su hijo, por lo que no podía guiarse por un posible parecido entre ellos y había varios en silla de ruedas y de una edad similar a la que debería haber alcanzado el hombre que buscaba, por lo que terminó por preguntarle al cuidador más cercano.

—He venido a visitar a don Fabián Alfaro, pero no le localizo— le dijo.

Su interlocutor, alto y fornido, la envolvió en una conmiserativa mirada.

—No es de extrañar que no le reconozca, porque no es ni la sombra del hombre que llegó aquí hace unos años. Es aquél que está sentado en una silla de ruedas tomando el sol.

Le señalaba un individuo que se hallaba en la zona más alejada del jardín, inmóvil en la silla aludida y junto al seto que lo cercaba y Noelia se dirigió hacia él con una inseguridad creciente, notando la garganta seca y preguntándose si habría sido una buena idea acercarse a visitar a aquel desconocido. Si como consecuencia del golpe en la cabeza que había recibido había olvidado lo que sucediera la tarde en la que asesinaron a Armando, no era fácil que por conversar durante un rato con una chica a la que no había visto en su vida pudiera venirle a la memoria algo que pudiera servirle a ella de utilidad. No era tímida, pero se sintió cohibida cuando al aproximarse se situó dentro del campo de visión de un hombre alto, sumamente delgado, de cabello blanco y manos largas y huesudas que sin moverse levantó hacia ella una mirada vaga.

—¿Me recuerda, don Fabian? — le preguntó ella, fingiendo que se habían conocido con anterioridad, ya que le pareció la forma más adecuada de entablar conversación.

Apenas si manifestó él algún interés cuando recorrió con los ojos el moreno y atractivo semblante de la chica que tenía enfrente y que se inclinaba hacia él y su estilizada figura enfundada en un traje pantalón gris, por lo que continuó ella:

—Me llamo Noelia Villarroel. Soy abogado, y trato de resolver algunos asuntos relacionados con el hotel Oasis del que usted es copropietario.

—¿Del hotel Oasis? — repitió él en un murmullo.

—Sí, ¿recuerda el hotel? — inquirió ella con precaución.

—Sí, claro y también la habitación 421. Era la de él.

Su voz era profunda y la había dejado escapar de su garganta como un murmullo apenas audible que su mente no hubiera procesado. Se dejó caer ella en el césped a su lado, agarrándose las rodillas con las manos e inquirió en tono monocorde para sin alterarle recuperar en lo posible los recuerdos de él:

—¿La de Armando Valdés?

—Sí— musitó él con la mirada perdida en un punto indefinido.

—¿Recuerda a Armando?

Meneó apenas la cabeza para afirmar:

—Sí, era su habitación. Se marchó un día, pero no volvió.

—¿Se marchó? ¿Y dónde se fue?

Por primera vez pareció descender él de aquella especie de limbo en el que residía para fijar sus ojos vacuos en su rostro. Luego se rebulló imperceptiblemente en la silla para clavar en el rostro de ella una mirada interrogante.

—¿Nos conocemos? — le preguntó—. No recuerdo haberla visto antes. ¿Se aloja usted en el hotel?

—Sí, sí, claro. Ya le he dicho que estoy tratando de resolver algunas cuestiones que dejó pendientes. No me ha dicho dónde se fue Armando.

Creyó ver una chispita que no existía antes en las pupilas de su interlocutor como si estuviera haciendo un esfuerzo por visionar algo que tuviera archivado en su mente y no consiguiera verlo con claridad.

—Se fue— repitió.

—¿Pero a dónde?

Inspiró él aire profundamente y lo dejó luego escapar a la par que murmuraba:

—Se lo llevó el pantano.

—¿Se lo llevó?

Un soplo de brisa alborotó los cabellos de los dos y apagó el repentino conato de lucidez que había aflorado durante una décima de segundo al cerebro de él. Parpadeó aturdido y luego balbuceó:

—Si, pero va a volver. Va a volver, porque tiene su cuarto preparado. Nadie debe tocar sus cosas ni entrar en ese cuarto. Va a volver.

—Su cuarto está clausurado, como usted ordenó— le aseguró Noelia—. ¿Pero por qué está tan seguro de que va a regresar? Si se lo llevó el pantano… ¿Cómo se lo llevó?

Pasó don Fabián una huesuda mano por su frente. Parecía estar intentando poner en orden sus recuerdos, porque su semblante reflejaba la impotencia de no conseguir hilarlos con claridad. Cruzó las manos e hizo crujir sus nudillos visiblemente nervioso.

—No lo sé.

—¿Fue ella?— se aventuró a inquirir Noelia analizando atentamente la reacción de él.

Parpadeó inquieto y se llevó los dedos a la frente en la que destacaba nítidamente una cicatriz.

—¿Ella? — repitió como un autómata—. Yo… yo no lo recuerdo, pero…—. Se interrumpió, apretó los párpados como si quisiera borrar la imagen de su mente y pareció ascender luego a la extraña dimensión en la que parecía aislarse de la realidad.

—¿Qué ocurrió entonces? — insistió Noelia—. ¿Qué fue lo que pasó?

—¿Lo que pasó? — repitió don Fabián en tono interrogante como si hubiera perdido el hilo de la conversación.

—Sí, lo que motivó la desaparición de Armando.

La envolvió él en una mirada con la que no parecía verla.

—¿Quién es usted? No la conozco.

—Soy Noelia Villarroel. Ya le he dicho que intento resolver algunas cuestiones de su hotel y usted me estaba hablando de la desaparición de Armando— le aclaró ella pacientemente—. Me ha dicho que él iba a volver y que se lo había llevado el pantano.

—El pantano— musitó él—. Sí, fue el pantano el que se lo llevó, pero no quiero hablar de ese asunto— protestó levantando la voz—. Váyase.

Un enfermero de una edad similar a la suya se les acercaba a largas zancadas y al llegar a su lado le dijo en voz baja:

—Me parece que su visita le ha alterado, así que tengo que pedirle que la abrevie por hoy y que se despida. Puede volver otro día, pero no le recuerde el pasado, porque es precisamente lo que no quiere recordar, ¿me entiende?

Esbozó Noelia un ademán de asentimiento y se apartó de la silla de ruedas de don Fabián en cuyo rostro había aparecido nuevamente la expresión vacua con la que se lo había encontrado a su llegada.

—Sí, ya me marcho.

Siguió al enfermero hacia la puerta metálica del jardín y cuando ya don Fabián no podía oírla le preguntó al joven:

—¿Alguna vez les ha aclarado a ustedes lo que le sucedió? Al parecer ha olvidado lo que ocurrió la tarde en la que, hace muchos años, le agredieron propinándole un golpe en la cabeza.

Asintió él con expresión pesarosa.

—Sí, ha olvidado eso y todo lo que guarda relación con el tiempo que ha transcurrido desde entonces. No siempre nos reconoce ni sabe dónde se encuentra. Los días en los que está más lúcido cree vivir aún en esa época.

—¿Y no ha experimentado ninguna mejoría?

Se encogió él de hombros, antes de responder:

—El psiquiatra que le trata dice que sí, que se resiste a enfrentarse con el pasado, pero que es posible que uno de estos días se despierte sabiendo quién es y que un amigo suyo que se llamaba Armando murió. Le nombra muy a menudo y repite que va a volver. Que tiene su cuarto preparado para recibirle. Tengo entendido que a ese amigo le mataron y que él estaba presente, pero me da a mí la impresión de que pretende convencerse a sí mismo de que eso no ha ocurrido.

—¿Y por qué?

—No lo sé. Quizás haya sido para él un trauma demasiado penoso y se niega a recordarlo. El doctor dice que es una reacción frecuente con la que el paciente pretende defenderse de una experiencia dolorosa que no es capaz de soportar, ¿comprende?

—Sí, claro. Llevo unos asuntos del hotel Oasis del que es propietario y es difícil a veces resolver los problemas que se plantean sin poder consultarlos con él.

—Sí, también habla a menudo de ese hotel, pero no se preocupe. Si recuerda algo o necesita verla la avisaremos al Oasis. Mi cuñado se alojó en él durante un fin de semana y quedó encantado. Me dijo que era como un castillo de cuento.

Noelia le dio las gracias y se despidió de él, entrando nuevamente en el edificio. Cuando salió a la calle y mientras caminaba hacia su automóvil se preguntó por primera vez si don Fabián habría tenido algo que ver con el asesinato de Armando. Por lo que le había referido Claudia, tanto su hijo Alfonso como Ramona les habían visto salir del hotel a los dos a eso de las cuatro de la tarde y tomar con sus respectivos coches la dirección del pantano. Horas más tarde habían hallado allí a don Fabián caído en el suelo e inconsciente por haber recibido un golpe en la cabeza que le había abierto una brecha de la que había manado bastante sangre, pero no fue capaz de responder a las preguntas de la Guardia Civil cuando ésta pretendió interrogarle más tarde en el hospital en el que le ingresaron, porque no recordaba lo sucedido. ¿Habría sido él el que agrediera a Armando con una piedra u otro objeto similar, le subiera al asiento del conductor del vehículo de éste y le arrojara al pantano? Habían discutido los dos hombres durante la comida y Ramona le había asegurado a Claudia que cuando se marcharon del hotel estaban furiosos. Quizás habían saldado sus diferencias junto al pantano, pero alguien le había atizado el golpe en la cabeza a don Fabián que le había dejado inconsciente. ¿Quién podía haber sido? ¿Manuela?

En ese caso quizás lo hubiera presenciado todo ésta, con la que, según la nota que había encontrado Claudia en la habitación 421, había quedado Armando esa tarde para mostrarle la sentencia de divorcio y pedirle que abandonara definitivamente el hotel. Aunque también podía haber sido ella la autora del asesinato de Armando y la que agrediera después a don Fabián. Quizás hubiera tratado él de defender a su amigo y Manuela le hubiera atacado, dejándole inconsciente.

Lo comentó con Alex cuando esa noche llegó a su casa y le refirió su visita a la clínica y él estuvo de acuerdo en lo esencial con su punto de vista.

—No soy un especialista en la materia, pero tengo entendido que por una agresión de esas características el sujeto que la sufre puede padecer lagunas de memoria el resto de su vida— le dijo contestando a su pregunta—. Y en muchos casos no se recupera nunca.

Se habían sentado los dos después de cenar en el sofá de la sala de estar y pensativamente apoyó ella la cabeza en el respaldo.

—Pero sería posible que don Fabián, un buen día y sin previo aviso, recobrara la lucidez y que recompusiera en su cerebro la escena que vivió a orillas del pantano y que se ha empeñado en olvidar. ¿No sería posible?

—Ya te he dicho que mis conocimientos de psiquiatría son limitados, pero supongo que sí.

—¿Y qué ocurriría entonces?

—Que reviviría aquello como si hubiera ocurrido hoy.

—Y podría decirnos entonces quién fue el autor del asesinato de Armando, ¿no es así?

—Supongo que sí. ¿Qué estás pensando?

Se incorporó ella a medias en el sofá para volverse hacia él y mirarle de frente.

—Estoy pensando que, si no fue él el que mató a Armando, correría un gran riesgo si de pronto colocara en su sitio las piezas de su mente que le dañó el golpe que recibió e hiciera memoria.

—¿Quieres decir que el asesino de Armando trataría de silenciarle antes de que tuviera oportunidad de denunciarle a la policía? Me has dicho en varias ocasiones que ese delito ha prescrito y que la justicia no podría ya procesar al asesino.

—Eso es cierto, pero también podría suceder que el autor de la muerte de Armando no lo sepa. La gente es muy ignorante.

Se echó a reír Alex de buen humor.

—Tú pareces creer que todo el que no se sabe de memoria los mil artículos del código penal es un ignorante y no es así.

—El código penal no tiene mil artículos— rezongó ella con suficiencia—. Solo tiene seiscientos treinta y nueve, más varias disposiciones adicionales un montón de transitorias, una derogatoria y siete finales.

—¿Y te sabes todos esos artículos y todas esas disposiciones? — se burló él—. No cabe duda de que eres un pozo de sabiduría.

—No seas tonto— se enfadó Noelia—. ¿No crees que don Fabián correría un grave peligro si fuera inocente y recuperara la memoria? Tiene muchos años y es un señor delgadísimo, casi esquelético, que está en una silla de ruedas y que no se puede defender.

—¿Y para qué habría de querer quitarle de en medio el asesino de su amigo si ya no se le pueden pedir responsabilidades por lo que hizo al autor del delito? — objetó Alex.

—Pues no lo sé— reconoció Noelia— pero no las tengo todas conmigo y más que lo que pudo suceder en el pasado me preocupa Claudia. Han intentado matarla averiándole el sistema de frenado de su coche y eso puede volver a repetirse. Si yo fuera tan lista como los abogados de las películas americanas de suspense, habría averiguado ya quien fue el asesino de su padre y evitaría así que el desaprensivo que lo hizo la mande ahora a ella al otro mundo.

—¿Es que piensas que se trata de la misma persona?

—No lo sé. ¿Cómo quieres que lo sepa?

—Lo deseable sería que el juicio de paternidad de esa cliente tuya se viera cuanto antes— opinó él—. Que se reconozca por el juzgado que era hija extramatrimonial de su padre, que reclame su herencia y que el juez se la conceda. Así podrías quedarte tranquila durante una temporada, porque imagino que no tardarías en obsesionarte con el caso de otro cliente que fuera igualmente peliagudo.

Se rebulló ella indignada en el sofá.

—Lo dices como si solo me preocupara yo por los asuntos profesionales que llevo entre manos. ¿Y tú? Cuando a alguno de tus pacientes se le estropea el corazón y tienes que operarle, la noche anterior das seis mil vueltas en la cama y cuando al fin consigues conciliar el sueño mascullas toda clase de palabrejas, dormido como un ceporro.

—¿De verdad? — inquirió con sorna.

—Y tan de verdad,

—A lo mejor tienes razón— le concedió él con aire magnánimo—. Pero tendrás que reconocerme que tú te pones de un humor de perros y que durante los días que preceden al juicio no se te puede hablar. ¿Para cuándo calculas que te señalarán la vista del de esa chica?

—Ya no puede tardar y aunque no lo creas yo también lo estoy deseando.

—CAPÍTULO XIX—

Febrero llegaba a su fin cuando se recibió en el despacho la providencia del juzgado de familia señalando el día de la vista del juicio de paternidad de Claudia. Flor se lo comunicó a Noelia, cuando ésta regresó de la Audiencia Provincial, donde la había enviado Daniela a defender de un delito de desórdenes públicos a un chico de dieciocho años, hijo de uno de sus clientes. La retuvo para entregarle la citación que le había llevado Tomás, cuando entró en la oficina y pasó por delante de su mesa y aunque había estado ella deseando que el juzgado fijase el día en el que debería celebrarse, experimentó como siempre un sobresalto y la paradójica sensación de que le faltaban horas para preparar el interrogatorio de los testigos y sus conclusiones provisionales.

—Todo llega— le comentó risueñamente la secretaria, que la conocía bien y podía seguir sin miedo a equivocarse el proceso mental que estaba siguiendo la chica tras la noticia—. Estarás contenta, ¿no?

Más que contenta lo que se sentía era nerviosa. Inquieta ante la perspectiva que se avecinaba, pero como consideró que para mantener el prestigio que había adquirido ya ante la secretaria debía aparentar un aplastante aplomo, le sonrió a la otra, que la observaba sin pestañear.

—Por supuesto que sí. Salvo imponderables que nunca puede asegurarse que no ocurran, ganaremos este asunto, se le reconocerá a Claudia su filiación y después demandaremos a Manuela o a Felipe para que le restituya a esa chica la herencia que le corresponde por ser hija de Armando Valdés.

—¿Aún no sabes a cuál de los dos vas a tener que demandar? — se interesó Flor, recogiéndose maquinalmente un mechón de cabello que se le había escapado del moño.

—De momento a Manuela, que sigue manejando el hotel Oasis como si fuera su dueña y que por esa razón continúa peleándose a diario con su actual socio, con Alfonso Alfaro. Es el jefe de Claudia, el director del hotel en representación de su padre, que además le tiene sorbido el seso.

—¿El padre del director le tiene sorbido el seso a Claudia? — inquirió Flor desconcertada.

—No, el hijo es el que la tiene traspuesta. Un hombre más o menos de mi edad.

Se acodó Flor en su mesa, deseosa de conocer algo más sobre las últimas palabras de Noelia.

—¿Te lo ha dicho ella?

—No, claro que no, pero no hace falta ser un lince para advertirlo. Se pone como un tomate cada vez que oye pronunciar su nombre y daba la impresión de que se le había hundido el mundo los días en los que a raíz de su accidente tuvo que quedarse en su casa y no pudo ir a trabajar al hotel. Y eso que él la llamaba todos los días, aunque se recuperó ella casi enseguida y le faltó tiempo para volver a trabajar al hotel, ya que el seguro le envió un coche de sustitución hasta que le arreglaron el suyo.

—Qué romántico— se emocionó la secretaria imaginándolo— ¿Tendremos boda entonces?

Se encogió Noelia de hombros, quitándole importancia al asunto.

—No lo sé. ¿Por qué habrían de casarse? Puede que sea un asunto pasajero o que no pasen de ser buenos amigos en adelante. Previsiblemente ella se convertirá en su socia, mejor dicho, en la socia del padre de él, que de momento está ingresado en una clínica. Le conocí el otro día. Es muy mayor y el pobre hombre está hecho polvo, sentado en una silla de ruedas y con la mirada perdida en no se sabe qué. Debió presenciar el asesinato de Armando Valdés o quizás fuera él el que le mató, pero como consecuencia de un golpe que recibió en la cabeza en esa ocasión y que tampoco sabe quién se lo atizó, no lo recuerda.

—¿Y por esa razón está ingresado?

—Sí, cree que el tiempo no ha transcurrido, que Armando Valdés vive aún y que en cualquier momento volverá y ocupará de nuevo la suite que ya tenía reservada entonces en el hotel. La clausuró a raíz de su muerte y para no contrariarle se mantiene cerrada a cal y canto.

—Le habrá costado mucho a Manuela permitirlo— consideró Flor, con una mueca desdeñosa dedicada a la aludida., pues, aunque no la conocía, había oído hablar de ella en términos poco elogiosos.

—Supongo que sí, pero es en lo único en lo que don Fabián se mantuvo firme desde entonces mientras pudo valerse por sí mismo y ahora es su hijo quien no permite que se utilice esa habitación por respeto a los deseos de su padre.

Hizo intención Noelia de continuar camino hacia su despacho, pero la secretaria la retuvo nuevamente.

—Espera un momento. ¿Por qué piensas que la relación de ese chico y de Claudia no llegará a ninguna parte? No todo el mundo es tan reacio al matrimonio como tú.

Se encogió de hombros ella. Hacía ya varios meses que vivía con Alex y no se había planteado todavía casarse con él, pese a la insistencia de su madre, de sus hermanas e incluso del mismo Alex.

—No soy reacia al matrimonio. Me parece muy bien que la gente se case con un traje blanco o de otro color y que los invitados le tiren arroz a la pareja con la marcha nupcial de Mendelssohn como música de fondo, pero creo que hay que pensarlo bien y estar seguro antes de dar ese paso.

—¿Y tú no estás segura?

Se lo preguntó Noelia a sí misma y tras unos segundos de meditarlo llegó a la conclusión de que no sabía por qué se resistía a formalizar la relación que mantenía con él.

—Sí lo estoy, pero no hay prisa. Mis hermanas, que son menores que yo, van a fijar próximamente la fecha de su boda y mi madre y ellas tienen todas las horas del día ocupadas con los preparativos. Yo estoy demasiado liada con mi trabajo para perder el tiempo con la lista de invitados y con elegir el lugar de la celebración de la ceremonia. Además, a Alex y a mí nos gustaría casarnos algún día en la más absoluta intimidad, en una ermita románica ubicada en un paraje solitario y poco desconocido. A ser posible en lo alto de un monte. Mi madre pondría el grito en el cielo si lo decidiéramos así.

Dejó escapar Flor un decepcionado suspiro.

—¿No piensas invitar a nadie ajeno a la familia? Yo me había hecho la ilusión de asistir a tu boda algún día.

Apretó cariñosamente ella la mano de Flor que descansaba sobre su mesa.

—Por supuesto que contaría con tu asistencia. Puedes estar segura de que el día que me decida recibirás un e-mail invitándote.

El enjuto semblante de la otra dejó traslucir nuevamente su decepción.

—¿Un e-mail? ¿No me vas a enviar un tarjetón participándome el evento como ha sido siempre la costumbre?

Lo consideró Noelia con el ceño fruncido.

—¿No crees que está un poco anticuado lo del tarjetón?

—Pues no, es como todas las parejas invitan a su boda.

—Si te hace ilusión te mandaré un tarjetón, pero no es lo que tenía pensado

—¿Y la ermita tendrá que ser románica?

También ahora se lo planteó Noelia, pero terminó por encogerse de hombros.

—No necesariamente. Alex preferiría que fuese gótica y a mí me da igual, pero eso sí, tendrá que ser pequeña y estar en un lugar apartado.

—¿Para que quepa poca gente?

—Para que quepan solo los imprescindibles, tú entre ellos y Miriam.

Sonrió Flor imaginándolo y Noelia le dio unas palmaditas en la espalda a modo de despedida.

—Eres una romántica, Flor. Puede que si Claudia decide casarse con Alfonso nos invite a las dos a la boda. ¿Qué te parece?

—Que si acaso te invitará a ti. Conmigo no ha intercambiado más que algún que otro saludo y no creo que sepa siquiera como me llamo.

—Pues voy ahora a darle desde mi despacho la noticia de que ya se ha señalado la fecha de su juicio— le dijo Noelia apartándose de la mesa de la secretaria para enfilar el pasillo. Desde la puerta, que en ese momento estaba abierta y que daba acceso al mismo, se volvió hacia la mesa de la secretaria para añadir—: Ya se ha recuperado del accidente que sufrió y a estas horas debe de estar arreglándose para dirigirse al hotel a trabajar, así que voy a darme prisa para no pillarla conduciendo por la carretera. Hasta ahora.

Tal y como había supuesto, Claudia estaba terminando de vestirse para salir a continuación hacia

Pelayos de la Presa y recibió la noticia con un entrecortado monosílabo.

—¡Ah!

—¿No te alegras?

—Sí, claro, es solo que no me lo esperaba y me has cogido de improviso. ¿Qué crees que va a pasar?

—Que todo va a salir bien. Solicité la prueba biológica en la demanda y el abogado de Manuela se ha opuesto al contestarla. Esperemos que en la Vista el juez le haga recapacitar.

—¿Manuela se ha opuesto? ¿Qué pinta Manuela en el juicio?

—Es la supuesta heredera de Armando Valdés, por lo que es también la parte demandada.

Se hizo un silencio al otro lado de la línea, de lo que dedujo Noelia que no había esperado su interlocutora esa noticia y que la había impactado. Tal y como suponía, la voz temblona de la chica lo corroboró.

—¿Y qué hará el juez si Manuela se niega a permitir que contrasten el ADN de mi padre con el mío?

—Pues...— vaciló ella sin decidirse a aclararle que era un asunto problemático—. Finalmente replicó—: Si el juez nos inadmite esa prueba recurriremos en todas las instancias posibles, no te preocupes.

Ante el mutismo que siguió a sus palabras, añadió:

—Cuento con tu amiga Ramona para que testifique y también con ese hombre del que me has hablado, que se llama Herminio, y que es la mano derecha del director del hotel. No tardarán en recibir la citación—. Al no recibir contestación, insistió Noelia:

—¿Qué sucede? Me dijiste que los dos estaban dispuestos a declarar a tu favor y les iba a proponer como testigos.

—Sí, no me hagas caso. Es solo que estaba preguntándome que para qué les necesitamos. Lo importante es la prueba biológica y lo que informe el perito del Instituto Nacional de Toxicología, ¿no es eso?

—Sí, pero nunca está de más aportar testimonios de personas que conocieron a los padres del demandante y que puedan declarar que estaban al tanto de la relación que mantuvieron, en este caso extramatrimonial.

—Ya— musitó Claudia—. Se lo comentaré a los dos esta tarde y supongo que no pondrán pegas, aunque probablemente les siente fatal. A nadie le gusta acudir a un juzgado en calidad de testigo.

—Puede que no— admitió Noelia—. Es más divertido ir al cine a ver una película, pero no disponemos de otros, así que no les va a quedar más remedio que aguantarse. Tú harías lo mismo en el caso de que hubieran sido cualquiera de los dos los que te necesitaran en un caso similar.

—Sí, claro, pero no sé.

Efectivamente Ramona se quedó como en suspenso cuando Claudia llegó al hotel esa tarde y se reunió con ella en la recepción. Con sus grandes ojos oscuros clavados en su rostro intentó sonreírle, pero solo logró esbozar una mueca.

—¿Y qué es lo que tengo que decir? No me consta que don Armando estuviera enrollado con tu madre y si lo declaro así no te beneficiaré, sino al contrario.

—Pero te ofreciste a testificar a mi favor cuando te lo comenté. ¿Es que se te ha olvidado?

—No, claro que no, pero no pensé entonces en que podría meter la pata ni en que podría incurrir en un delito de falso testimonio.

—No vas a incurrir en ningún delito. Tendrás únicamente que contestar a las preguntas de mi abogado y prepararás las respuestas con ella previamente.

—¡Ah!, bueno— se resignó Ramona.

—Y tendrás también que contestar a las preguntas del abogado de la otra parte— recordó Claudia temiendo la reacción de la otra.

—¿Y qué me va a preguntar ese otro abogado? — se inquietó nuevamente su interlocutora.

—Eso no lo sé, pero Noelia lo suele adivinar y también ensayarás con ella lo que debes contestar. Supongo que te preguntará lo que le convenga probar. O sea, que te consta que soy hija de Armando Valdés.

—¿Y quién es la otra parte? —quiso saber Ramona— . ¿Contra quién habéis interpuesto la demanda?

Vaciló Claudia antes de aclarárselo.

—Contra Manuela. En el presente es la supuesta heredera de mi padre, ya que él ha muerto. A menudo me has dicho que estabas deseando que yo ganara este pleito y verla como consecuencia salir por la puerta, abandonando para siempre este hotel.

Parpadeó Ramona y luego clavó sus grandes y oscuros ojos en su rostro con una sombra de duda.

—¿Te dije eso?

—Sí, claro que me lo dijiste.

Se mordió los labios la otra y luego objetó:

—¿Y qué sucedería si el juez fallara a su favor y perdieras el juicio? Me refiero al supuesto de que no pudieras probar que Armando fue tu padre. Manuela nos despediría en el acto a Herminio y a mí y los dos vivimos de este trabajo que hemos desempeñado además durante toda nuestra vida. Ninguno de los dos sabemos hacer otra cosa y no tenemos edad de que nos contraten en otra empresa. No estamos en tu caso.

Empezó Claudia a impacientarse ante tantas objeciones e iba contestarle con algo de acritud, cuando el sonido de unos pasos en lo alto de la escalera la impulsó a posponer su réplica para más adelante y a levantar la mirada para averiguar quién era la persona que se disponía a bajar por la escalera. Esa escalera, con la elipse que describía, su dorado entramado metálico y el terciopelo rojo del pasamanos le proporcionaba un indudable ornamento al vestíbulo. Un toque ostentoso y refinado, aunque apenas si se utilizaba porque los huéspedes preferían tomar el ascensor, incluso por los que estaban hospedados en las habitaciones de la primera planta. Por lo inusual de que alguien se paseara por el corredor que daba acceso a esas habitaciones y que desde lo alto circunvalaba el vestíbulo, también Ramona enmudeció y alzó sus ojazos en esa dirección. Manuela las observaba apoyada en la barandilla y tras unos segundos se dirigió hacia la escalera bajando pausadamente los peldaños uno por uno con la altanería de una reina.

Intentó tragar Claudia la bola de algodón que se le había formado en la garganta temiendo lo que se avecinaba y mientras la veía aproximarse se preguntó cómo habría reaccionado ante la demanda que había interpuesto Noelia y si estaría rumiando toda clase de invectivas contra ella. La petulancia que traslucía le provocó un imperioso deseo de salir corriendo en dirección contraria y notó que producía un efecto similar en Ramona, pese a que ésta aparentaba ser capaz de comerse el mundo. Su actitud, mientras descendía los escalones uno por uno y sin apresurarse, presagiaba un claro enfrentamiento y probablemente algo peor, porque la miraba con un odio que no se molestaba en disimular y supuso, no sin fundamento, que la otra le iba a mostrar la puerta en ese mismo momento.

Se equivocó, sin embargo. Con movimientos lentos y estudiados terminó Manuela el descenso y se acercó a la recepción para apoyarse en el mostrador y mascullarle con una voz fría como el hielo:

—De modo que crees ser hija de mi marido y pretendes que un juez te lo reconozca así, ¿no es cierto?

Le pareció a Claudia que la suya se le había perdido en un lugar recóndito de su garganta, pero logró encontrarla y aunque con dificultad consiguió emitir un monosílabo apenas audible:

—Sí.

—Dudo mucho de que seas hija de él— replicó Manuela despectivamente—. Te pareces mucho a tu madre, a la que conocí en la fábrica de la que aún ahora nos valemos para que nos surta de cosméticos las tiendas de este hotel. Yo diría que eres su calco. Se creía muy guapa, pero a mi marido no le interesaban las empleadas de poca monta. Él picaba más alto y nunca le hizo caso, aunque ella le perseguía. Me lo comentó en alguna ocasión en la que los dos nos reímos de las pretensiones de esa pobre mujer, porque nunca consiguió que Armando la mirase dos veces.

De la indignación que sintió Claudia al oírla se quedó sin habla. Pensó que Noelia le hubiera contestado adecuadamente y envidió los exabruptos con los que se despachaba su abogado cuando se enfadaba. Hubiera dado ella algo por poseer la facilidad de la otra para ensartar epítetos demoledores para la autoestima de sus contrincantes, pero pese a que le hervía la sangre en las venas solo fue capaz de decirle inexpresivamente:

—Creo que está usted equivocada y disponemos de pruebas con las que acreditarlo.

Enarcó Manuela ambas cejas y luego se ahuecó la rubia melena como si fuera una leona que se aprestase para la lucha.

—¿Es eso lo que te ha dicho tu abogada? Me ha comentado el mío que es una chiquilla que ha tenido la suerte de ser admitida en un despacho tan prestigioso como el de Daniela Rivero, pero que tiene poca experiencia y mucha labia para engañar a sus clientes y hacerles creer que puede ganar sus pleitos.

Clavó desdeñosamente Claudia sus claros ojos verdes en el crispado semblante de su jefe y replicó:

—Noelia es una magnífica abogado, aunque efectivamente es muy joven. Y no engaña a sus clientes, lo que no estoy segura de que pueda afirmarse del suyo, al que no tengo la desgracia de conocer.

Dejó escapar Manuela una risita que pretendió ser condescendiente.

—También eres muy joven tú y porque no sabes nada de la vida y porque me das pena te voy a hacer una proposición.

Estuvo a punto Claudia de responderle que llamara a su abogado y que se la hiciera a ésta, pero Ramona se había repuesto ya de la desagradable impresión que le había producido el ver aproximarse a su jefe en son de guerra y apartó a la chica para parapetarla y enfrentarse a su jefe:

—¿Qué le va a proponer? Yo no soy tan joven y puedo aconsejarle a Claudia si debe aceptar o no lo que le ofrezca.

Con un ademán displicente acogió Manuela sus palabras al tiempo que se acodaba en el mostrador.

—Como queráis. Estoy dispuesta a contratarla como gobernanta y a subirle el sueldo al doble de lo que gana en este momento, si retira la demanda. Y no porque tema perder ese juicio— añadió con un ademán pretendidamente magnánimo—. Sé que mi marido nunca me fue infiel, porque solo me quería a mí, pero me disgusta ser citada en un pleito en el que se va a discutir precisamente si él era o no capaz de enrollarse con cualquiera de las mujeres que le perseguían. Sería tanto como denigrar su memoria y no lo voy a consentir, si puedo evitarlo. ¿Qué me contestas?

Se lo preguntaba a Claudia, pero fue Ramona la que repuso por ella:

—Que no le interesa. Claudia es arqueóloga y lo que busca es un puesto en un museo en el que tenga ocasión de descifrar los jeroglíficos de Ramsés II.

Su respuesta cogió a Manuela de improviso y parpadeó desconcertada.

—¿De Ramsés II? ¿Y por qué de Ramsés II? — inquirió.

—Era un faraón egipcio y los jeroglíficos son la especialidad de Claudia.

Aquello no era totalmente cierto, pero la aludida se cuidó muy bien de abrir la boca. Ramona seguía hablando por ella disfrutando ante la perplejidad de su jefe.

—Claudia está aquí en estos momentos sustituyendo a Rosario porque yo le pedí que me hiciera ese favor, pero no constituye ningún aliciente para ella dirigir las tareas de las camareras de planta si puede realizar un cometido profesional diferente y de mayor nivel ¿comprende?

Debió de comprenderlo Manuela, porque sus ojos castaños, grandes y perfilados con un lápiz negro, despidieron chispas.

—Como queráis. No necesito deciros que os consideréis despedidas las dos desde este momento. Podéis pasar por el despacho de Herminio para que os dé la carta de despido y el finiquito. No quiero volver a veros por aquí.

Abrió Claudia la boca dispuesta a replicarle, aunque no consiguió emitir ningún sonido. Ramona, por el contrario, soltó un bufido y la empujó para que saliera delante de ella del recinto de la recepción. Le dedicó otro a Manuela al pasar por su lado y echó a andar con la cabeza muy alta detrás de la otra hacia el pasillo por el que se bajaba al sótano, con la intención de cambiarse antes de marcharse del edificio.

En ese preciso instante se detuvieron dos autobuses frente a la puerta del hotel y de ellos bajaron varios grupos de turistas que con sus correspondientes guías traspusieron la puerta giratoria y se aglomeraron frente al mostrador que acababan de abandonar ellas con una algarabía creciente que pareció adueñarse del vestíbulo, silencioso hasta unos segundos antes.

Sin volver la cabeza siguieron ambas su camino, captando a sus espaldas el desconcierto de Manuela a la que oían luchando por entenderse en inglés con los recién llegados, que hablaban en diversos idiomas, algunos ininteligibles. Había ocupado el puesto que desempeñaban ellas tras el mostrador, al tiempo que intentaba entrar también en la aplicación informática del ordenador, lo que no les pareció que acabara de conseguir. Estaban dispuestas las dos a dejarla que se las apañara, pero no consiguieron siquiera enfilar el pasillo que conducía a la puerta a la que se dirigían. Provenientes del corredor frontero, Alfonso y Herminio acababan de desembocar en el vestíbulo y al reparar en el desorden reinante se detuvieron en seco intentando comprender el motivo por el que Manuela, tras el mostrador que ellas habían abandonado, estaba desempeñando el papel de recepcionista ante un sinfín de turistas que arrastraban sus maletas sobre la brillante superficie de mármol de la estancia y aporreaba las teclas del ordenador visiblemente nerviosa.

Fue Alfonso el que se les aproximó en dos zancadas y no precisamente para felicitarlas por su mutis. No recordaba Claudia haberle visto anteriormente tan enfadado.

—¿Se puede saber a dónde van ustedes dos? — les preguntó autoritariamente en un susurro— ¿O es que no se han dado cuenta de que acaban de llegar unos grupos muy numerosos de clientes y de que su alojamiento se ha convertido en un caos?

Se volvieron las dos hacia él, a quien había seguido Herminio que también las observaba sorprendido.

—Nos han despedido y nos vamos a nuestras casas— replicó arrogantemente Ramona.

—¿Os han despedido? — se sorprendió Herminio—. ¿Quién os ha despedido?

—Doña Manuela. Nos ha dicho que nos largáramos en el acto y que nos volviéramos a aparecer por aquí.

—¿Y por qué? — insistió el pobre hombre abarcando de una sola ojeada la debacle en la que se había convertido la recepción.

—Porque doña Manuela le ha exigido a Claudia que retire la demanda de paternidad que ha interpuesto en el juzgado y ella se ha negado.

Desvió Alfonso su mirada del semblante de Ramona al de ésta última y pareció comprender en el acto lo sucedido, porque un segundo más tarde bramaba:

—Vuelvan ustedes dos en el acto a su puesto y alojen inmediatamente a nuestros nuevos huéspedes. Ya hablaremos más tarde.

Las empujó seguidamente delante de él con cierta brusquedad y cuando alcanzaron el recinto al que se dirigían sacó de él a Manuela, que, roja como un pimiento, luchaba con el teclado del ordenador. Las metió detrás del mostrador a las dos y les ordenó en un susurro:

—Atiendan a toda esta gente—. Luego se volvió hacia la otra—: Y tú, Manuela, ven a mi despacho que tenemos que hablar.

Levantó la aludida la cabeza para envolverle en una furibunda mirada, pero quizás porque la confusión que habían creado los recién llegados iba en aumento o quizás porque ella misma se percató de que no sabía manejar el ordenador y que los turistas empezaban ya a levantar la voz irritados y a protestar por el mal servicio que prestaba aquel hotel, le obedeció y siguió a Alfonso, que en compañía de ella y de Herminio desapareció por el pasillo que comenzaba a la derecha de los ascensores.

Ramona se hizo cargo inmediatamente de la situación. Estaba más que acostumbrada a resolver aglomeraciones similares y, aunque Claudia no lo estaba, la secundó repartiendo las llaves que la otra le indicaba. Los dos botones que habían aparecido instantes antes cargaron sus carritos con las maletas y una media hora más tarde el vestíbulo se había despejado, recuperando su acostumbrado ambiente silencioso.

—¿Qué crees que va a pasar ahora? — le preguntó Claudia a Ramona cuando el último grupo de viajeros despareció dentro de la cabina del ascensor.

—Que don Alfonso le gritará a doña Manuela, que ella le contestará en el mismo tono y que Herminio intentará escurrir el bulto.

—Bueno, sí, pero lo que te pregunto es lo que pasará con nosotras. Sentiría que por mi culpa te despidieran a ti.

—No te preocupes, porque don Alfonso no lo permitirá. Le vociferará a doña Manuela que él, en representación de su padre, es tan dueño de este hotel como ella y que no está dispuesto a prescindir de nosotras. Herminio le hará recapacitar a la jefa sobre la decisión que ha tomado y de lo caro que le resultaría despedirme por la indemnización a la que tendría derecho yo por los años en los que he prestado servicio en este puesto. Estoy segura de que doña Manuela no volverá a aparecer por aquí en varios días, de que Herminio vendrá dentro de un ratito a decirnos que cuenta con las dos para seguir realizando este trabajo y de que don Alfonso… — se interrumpió durante unos segundos y pareció meditarlo—. Bueno, no estoy muy segura de lo que hará don Alfonso. De lo único que no me cabe la menor duda es de que el día en que consiga perderla de vista, lo celebrará con una botella de cava. Me refiero a doña Manuela. A ver si ganas tu juicio de una vez y conseguimos celebrarlo también nosotras dos. ¿Qué tienes pensado hacer cuando seas socia de don Alfonso?

Una sombra de duda veló el agraciado semblante de la muchacha.

—Tengo entendido que no es tan sencillo. Primero tengo que conseguir que se me reconozca como hija de mi padre y después tendría que reclamarle mi herencia a doña Manuela.

—¿Y cuándo ganes todos esos juicios? Espero que si decides regentar el hotel a medias con don Alfonso me cambies este turno por el de la mañana. No me gusta salir hacia el aparcamiento de noche al término de la jornada y buscar mi coche dando tropezones en la oscuridad. Eres una miedosa y me lo has contagiado.

Enmudeció al ver a Herminio que acababa de doblar la esquina del pasillo y avanzaba hacia ellas por el vestíbulo. A Claudia le recordó más que nunca a un pajarito tristón, cuando se apoyó en el mostrador y les comunicó:

—Considerad las dos que doña Manuela no os ha dicho nada esta tarde ni habéis hablado con ella. No se va a disculpar con vosotras, porque conseguir eso sería poco menos que imposible, pero guardará las distancias y no creo que se os acerque por lo menos hasta que recaiga sentencia en tu pleito— les dijo, dirigiéndole a Claudia su último comentario—. A todos nos gustaría que eso ocurriera lo más pronto posible.

Su deseo se hizo realidad antes de lo que Claudia había previsto, porque la fecha del juicio fue aproximándose a una velocidad tan increíble que llegó a preguntarse ella si alguien habría ido arrancando las hojas del calendario de dos en dos. Lo había deseado durante mucho tiempo, pero la mañana en la que tuvo que madrugar para presentarse en el juzgado, mientras se arreglaba ante el espejo del cuarto de baño decidió que si le hubieran dado opción hubiera pospuesto la celebración del juicio para más adelante, aunque probablemente se hubiera arrepentido más tarde de haberlo decidido así. Con el ritmo cardíaco acelerado y una inquietud creciente eligió un traje de chaqueta color avellana para la ocasión, una blusa blanca y unos zapatos de tacón alto. Era una indumentaria parecida a la que usaba en el hotel como uniforme, aunque variaba el color del traje, y se sentía cómoda con esa ropa, que además le favorecía. A primeros de marzo aún no se hacía sentir el comienzo de la primavera, por lo que se puso seguidamente un abrigo marrón sobre el traje de chaqueta, se colgó el bolso del hombro y bajó a la calle para tomar un taxi y dirigirse al juzgado de familia en el que había recaído la demanda, sito en la calle Francisco Gervás, próxima a la plaza de Castilla. Había quedado con Noelia en la pequeña sala de espera que precedía a la de la Vista, que más que a una sala se asemejaba a un ensanche del pasillo y la encontró allí sentada en un banco adosado a la pared y en compañía del mismo procurador que la había representado en el juicio en el que se había enfrentado con Gerardo Marín. No vio a ningún otro conocido y tomó asiento junto a los dos con la sensación de que le pinchaban con alfileres por todo el cuerpo.

—¿Qué me van a preguntar? — le preguntó a la otra, que a diferencia de ella parecía tranquila—. ¿Y qué tengo que contestarle al abogado de Manuela?

Llevaban tanto Noelia como Tomás unas amplias togas negras sobre su ropa y ambos le sonrieron con la intención de tranquilizarla.

—Probablemente lo mismo que al abogado de Gerardo Marín— le respondió este último—. Si el juez nos admite la prueba biológica y tu jefa manifiesta su conformidad, suspenderá a continuación la Vista para nombrar al perito.

—¿Y si no nos la admite?

—En ese caso, rezaremos lo que sepamos.

—¿Porque perderemos el juicio?

Hizo Tomás un gesto ambiguo.

—Digamos que lo tendremos bastante difícil. Pero atenta, que ahí viene la viuda de tu padre con su letrado y con su procurador.

Efectivamente acababa de aparecer en el pequeño recinto en el que se hallaban Manuela, alta, rubia e imponente, con un traje de chaqueta negro que realzaba su estilizada figura y el abrigo al brazo, acompañada de un hombre de mediana edad, muy alto y sumamente enjuto, y de otro más bajo de semblante redondeado que le aporreó la espalda a Tomás, como si fueran íntimos amigos y no contrincantes. El tipo alto, que supuso ella que sería el letrado, se limitó a levantar una mano para saludar a Noelia y luego se sentó en el banco de enfrente estirando sus largas piernas en el escaso espacio disponible. Tenía cara de amargado, pero pensó Claudia que era natural que no se sintiera feliz si vivía a diario experiencias como la que ella estaba soportando en ese momento. Manuela mientras tanto había salido al pasillo y con el aire de una esfinge avinagrada lo recorría a largas zancadas y se apartó para cederle el paso a Ramona y a Herminio, no sin manifestar su extrañeza al encontrárselos allí. Los recién llegados se presentaron jadeantes por la carrera que se habían dado por el pasillo pensando que llegaban tarde. Les presentó Claudia a Noelia y a Tomás y como no había sitio ya donde pudieran sentarse, salieron también al pasillo a recorrerlo en sentido contrario al de Manuela.

Notó Claudia que empezaban a sudarle las manos y que en la garganta se le estaba formando una molesta bola de algodón que no lograba deglutir. Lo más grave fue que antes de que lo hubiera conseguido, se presentó una chica jovencita que debía de ser el agente judicial y que les informó en voz alta del procedimiento que iba a verse a continuación en la sala de Vistas y que era el suyo, para abrirle la puerta de esa sala a continuación. En contra de lo que había temido no era una sala inmensa de muebles oscuros e imponentes. Era de tamaño regular, iluminada por un ventanal en la pared del fondo y con la mesa del juez, de madera de color castaño, delante del mismo.

La misma chica le indicó a Claudia que tomara asiento en una silla frente a esa mesa y delante de los desiertos bancos del público, ya que la Vista se celebraba a puerta cerrada. Noelia y Tomás ocuparon una mesa que flanqueaba la del juez por la izquierda y el letrado enjuto y el procurador de cara redonda la de su derecha. Finalmente, Manuela se sentó en otra silla idéntica a la suya, separada tan solo por un metro de distancia, y sin mirar a su supuesta contrincante.

Tras los trámites preliminares que corrían a cargo del secretario judicial, al que recientemente le habían cambiado el nombre por el de letrado de la administración de justicia, el juez, un hombre de mediana edad y cabello ralo que les observaba atentamente a Manuela y a ella tras sus gafas de concha, le dio la palabra a Noelia, quién se ratificó en la demanda y solicitó el recibimiento a prueba. Consistía ésta en el interrogatorio de Manuela, el de los testigos que citó y que habían permanecido fuera de la sala, así como en el informe pericial sobre la prueba biológica que debería ser efectuada para determinar la paternidad de don Armando Valdés respecto de doña Claudia Valero Romero.

Cuando seguidamente el juez le concedió la palabra al letrado de Manuela, éste se expresó en términos similares a Noelia, si bien se opuso a la prueba pericial que había solicitado ésta, alegando que se vulneraría el derecho a la intimidad del fallecido esposo de doña Manuela, por lo que ésta no estaba dispuesta a permitir la exhumación de sus restos.

El juez les escuchó atentamente a los dos y decidió que se celebrase el interrogatorio de las partes y la declaración de los testigos y se pospusiese el debate sobre la prueba pericial para más tarde. Fue llamada por tanto a declarar Manuela, lo que efectuó desde la misma silla en la que estaba sentada y que volvió la cabeza hacia Noelia cuando ésta le preguntó:

—Diga ser cierto que conoció usted a doña Regina Romero, madre de la aquí demandante, en la empresa que producía los artículos de perfumería de los que se surtían las tiendas del hotel Oasis que usted regentaba.

Esbozó la interpelada un gesto desdeñoso dedicado a la aludida y repuso:

—Sí, es cierto. Era una empleada de la empresa, pero nunca hablé con ella en las ocasiones en las que me presenté en las oficinas de esa entidad a encargar un pedido ni mi marido tampoco. En realidad, la única que mantenía relación con los proveedores era yo y él únicamente apareció por esa oficina un par de veces y en mi compañía, por lo que puedo asegurar que ni tan siquiera le dirigió la palabra a esa chica.

La escuchó Noelia impertérrita e inquirió:

—Diga ser cierto que el mismo día en el que desapareció su marido se presentó doña Regina Romero en el hotel del que aquél era propietario con la llave de la suite que tenía él reservada para su propio uso y que durmió dos noches en esa habitación esperándole.

—No es cierto—repuso Manuela—. Sí lo es que apareció esa mujer en el hotel en esa fecha y que durmió en la habitación 421, pero creo que la llave la pidió en la recepción.

Desvió la mirada Noelia hacia Claudia que la miraba roja de indignación, pero pasó por alto que ésta pretendía decirle con los ojos que lo que decía era falso y se aprestó en el acto a continuar con el interrogatorio.

—Diga ser cierto que don Armando Valdés se había reservado la habitación 421 para su uso exclusivo, ya que a menudo se quedaba a dormir en el hotel.

Frunció Manuela desdeñosamente los labios y meneó negativamente la cabeza.

—No es cierto. Mi marido dormía en esa habitación en las escasas ocasiones en las que se le hacía tarde para regresar a nuestra casa, pero habitualmente se alojaba en ella a los huéspedes que solicitan una suite.

Al oírla mentir con tanto descaro, giró Claudia la cabeza hacia ella y la envolvió en una indignada mirada, en la que la otra no se molestó en reparar. Noelia, por el contrario, no manifestó la impresión que le habían producido sus palabras y continuó con el interrogatorio.

—Diga ser cierto que un año después del fallecimiento de don Armando Valdés volvió a encontrarse usted con doña Regina Romero en un piso propiedad de su marido, sito en el Paseo de Rosales de Madrid, donde cohabitaba con él con anterioridad al fallecimiento de éste último y que usted la echó de ese piso.

Parpadeó Manuela como si hubiera sido cogida de improviso e intercambió una mirada con su abogado que, tieso como un huso torció el gesto.

—No es cierto— dijo al fin.

—¿No es cierto? — insistió el juez—. ¿No es cierto que se presentó usted en esa vivienda en cuanto se enteró de que su marido lo había comprado un año antes y que se encontró con que doña Regina Romero vivía allí con una niña de meses?

—Bueno, sí— admitió ella con reticencia—. Lo que no es cierto es que la echara de la casa sin ningún motivo. A esa mujer le habíamos alquilado el piso mi marido y yo y no pagaba la renta. Nos debía el importe de varios meses, por lo que le pedí que se marchara si no quería que nos encontrásemos en el al juzgado.

—¿Y se marchó? — insistió el juez.

—Sí, ese mismo día. Debió de asustarse y se fue.

La había escuchado Noelia apoyada en la mesa sin que su semblante trasluciese tampoco ahora sorpresa ni indignación, ya que esperaba una respuesta similar. En cambio, el gesto del otro letrado se distendió un tanto, satisfecho con lo que había inventado sobre la marcha su cliente. La Constitución autorizaba a las partes a no decir la verdad al responder en ese interrogatorio a las preguntas que se les formulaban y por esa razón no habían prestado juramento ni promesa en tal sentido.

Le tocó el turno de declarar seguidamente a Claudia a instancia de la parte demandada y su letrado se dirigió a ella en un tono seco y manifiestamente hostil.

—Diga ser cierto que cuando fue concebida usted sus padres cohabitaban en la misma casa y que cuando se divorciaron usted había cumplido ya el año.

—Sí, es cierto, pero…

El letrado se apresuró a interrumpirla antes de que pudiera explayarse.

—Diga ser cierto que no le consta a usted que su madre y don Armando Valdés se conocieran ni que hubieran mantenido una relación extramatrimonial, porque por aquel entonces no había nacido y que lo que cree saber es porque se lo ha oído decir a su madre.

—Sí, es cierto, aunque hay testigos que…

Tampoco ahora la dejó terminar e insistió sobre la pregunta que Noelia le había hecho a Claudia sobre el piso en el que había vivido con su madre durante sus primeros meses.

—Diga ser cierto que tampoco le consta que su madre hubiera vivido con don Armando Valdés en el piso del Paseo de Rosales, propiedad de éste, y que si lo cree así es también por habérselo oído decir a su madre.

Con la sangre hirviéndole por dentro de pura indignación asintió ella.

—Sí es cierto, pero porque cuando doña Manuela nos echó de esa casa yo solo tenía dos meses. Como es natural no lo puedo recordar.

El abogado no le permitió ni tan siquiera recuperar el aliento e inquirió con la velocidad de una ametralladora:

—Diga ser cierto que con la demanda que usted ha interpuesto lo que pretende es que se le reconozca una filiación que es falsa, con la intención de heredar los bienes de don Armando.

—No es cierto— protestó furiosa.

—¿No lo es?

—Claro que no.

Dio el letrado por finalizado su interrogatorio y a continuación dio paso el juez a la prueba testifical y la agente judicial llamó en primer término a Ramona que entró con paso firme en la sala, juró decir la verdad, y por indicación de aquella tomó asiento en una silla próxima a la mesa del juez. Vestía un traje de chaqueta de cuadritos blancos y negros y llevaba suelta la ondulada y oscura melena, lo que le favorecía e incrementaba lo llamativo de su aspecto. Consciente de que había atraído sobre sí todas las miradas clavó displicentemente sus ojos negros como el carbón en el abogado de Manuela como si estuviera midiendo sus fuerzas con él y luego los desvió hacia Noelia que dio comienzo al interrogatorio.

—Diga ser cierto que conoció a doña Regina Romero la tarde anterior a que desapareciera don Armando Valdés, cuando llegó ella al hotel Oasis donde usted trabajaba entonces y ahora como recepcionista.

—Sí es cierto.

—Diga ser cierto que don Armando Valdés ocupaba en exclusiva la habitación 421.

—Sí, sí lo es.

—Diga ser cierto que doña Regina Romero, se presentó en el hotel y que sin pedir la llave de la suite que don Armando ocupaba en exclusiva, subió a esa habitación y durmió en ella dos noches.

—Sí, también es cierto.

—Diga ser cierto que durante ese período de tiempo bajó ella varias veces a la recepción a preguntar por don Armando y que cuando tuvo conocimiento por la Guardia Civil de que su coche había aparecido hundido en el pantano se desmayó.

—Sí— afirmó con aplomo—. Lo recuerdo como si fuera hoy.

Le tocaba el turno al abogado de Manuela que se dirigió a ella con más suavidad que a Claudia, probablemente porque la consideró una enemiga más agresiva.

—Diga ser cierto que, aunque doña Regina durmió durante dos noches en la suite de don Armando no le consta a usted que tuviera previsto dormir con él.

Sonrió ella con su boca carnosa y bien dibujada, pintada de un rojo intenso y repuso:

—Bueno, creo que la cosa era obvia. Vino buscándole con la llave de la habitación de él en el bolso y pasó dos noches en su cuarto.

Se le había quedado mirando desafiantemente, por lo que se apresuró él a leerle la siguiente pregunta que llevaba anotada.

—Diga ser cierto que cabe en lo posible que le hubiera prestado él ese cuarto para que esa señora pasara la noche, porque no pensaba dormir él en el hotel.

Se adelantó Noelia a Ramona, inclinándose sobre su mesa.

—Protesto, señoría. La pregunta es sugestiva

—Se admite— decidió el juez—. Que no conste en acta.

Se resignó el letrado a la inadmisión de la pregunta y a continuación, y a requerimiento de la agente judicial, entró Herminio en la sala, cuyo interrogatorio por ambas partes discurrió en términos similares, por lo que cuando le tocó el turno al abogado de Manuela se vio obligada Noelia a intervenir en varias ocasiones formulando la pertinente protesta.

Ese abogado no había solicitado la prueba testifical, por lo que, finalizado el interrogatorio del contable, se centró el debate en la pericial solicitada por Noelia. Ante la oposición de la parte demandada a que fuese admitida, le preguntó el juez a ella:

—¿No tenía el fallecido ningún pariente cercano dispuesto a someterse a la prueba biológica?

Rememoró Noelia la altanera negativa de Felipe Valdés cuando se lo propuso y la oferta que le hizo posteriormente en su despacho y que ella rechazó. Era claramente abusiva, un chantaje inadmisible, ya que pretendía que Claudia le donase a cambio sus acciones del hotel cuando le fuesen adjudicadas por herencia de su padre, pero en ese momento pensó que quizás se hubiera equivocado al no aceptarla, ya que, si el juez no admitía la prueba biológica, sería muy improbable que pudiera acreditar la filiación de la chica. No obstante, nadie que la hubiera estado observando atentamente hubiera adivinado lo que pasaba por su mente. Impasible y con aparente seguridad repuso con voz clara:

—Don Armando tenía un hermano, don Felipe Valdés, al que ya nos dirigimos en su día, pero no está dispuesto a someterse a esa prueba. Sin embargo, esta parte entiende que no sería necesaria la exhumación de los restos de referencia. Como se expone en nuestro escrito de demanda, don Armando se ahogó en el pantano de San Juan y fueron hallados sus restos veintitrés años más tarde. El análisis genético realizado por el Instituto Nacional de Toxicología para determinar su identidad, contrastando su ADN con el de su hermano, don Felipe Valdés, obra actualmente en la Base de Datos Nacional de Perfiles Genéticos donde fue enviada en su momento por el citado Instituto. También se halla en ese organismo la muestra de doña Claudia Valero Romero, analizada también por el Instituto Nacional de Toxicología en otro procedimiento judicial en el que acreditó no ser hija del demandante, por lo que únicamente sería necesario contrastar el ADN de esa muestra de don Armando con la de doña Claudia para determinar si es hija de él como pretende esta parte.

Hizo el juez un gesto de asentimiento, a la par que Manuela se revolvía indignada en su silla y le dirigía a Claudia una mirada asesina. A su letrado, aunque tan impasible como Noelia, pareció alargársele aún más el gesto y volvió a negar la necesidad de su práctica, alegando ahora que Claudia había sido concebida cuando su madre estaba casada con otro hombre con el que cohabitaba, por lo que resultaba innecesario e inútil realizar esa prueba pericial, dado además su elevado coste, existiendo otras muchas pruebas posibles que la demandante no había aportado y de las que indudablemente carecía. Añadió seguidamente que las muestras conservadas en la Base de Datos citada por la demandante estaban referidas exclusivamente a los procedimientos de investigación criminal, por lo que no eran de aplicación al supuesto de naturaleza civil que allí se debatía.

Le había escuchado el juez sin interrumpirle y cuando terminó de exponer sus argumentos, se quitó las gafas y con ellas en la mano se giró de medio lado hacia la mesa que ocupaba él.

—Si en contra de lo que ha alegado, fueran esas muestras aplicables también en vía civil, ¿estaría la demandada conforme en que se contrastaran con las de la demandante para que el perito que fuera designado emitiera su informe? Es una prueba absolutamente fiable y entiendo que la más idónea para resolver de modo concluyente este litigio.

Intercambió el letrado una mirada con Manuela, que no debió de entender lo que el juez preguntaba, porque se encogió de hombros, lo que motivó que el juez insistiera:

—¿Estaría usted de acuerdo en que se contrastaran las pruebas de ADN de su esposo y de la demandante, obrantes en la citada Base de Datos? Con ello evitaríamos tener que acudir a la exhumación de los restos de su esposo. Entiendo que su negativa carecería de fundamento alguno y que vulneraría el derecho de la demandante a conocer la verdad sobre su concepción.

Se quedó mirándole Manuela desconcertada y finalmente volvió a encogerse de hombros.

—Bueno, no sé. No pretendo vulnerar ningún derecho. Si no tengo que comprometerme a nada y solo se trata de comparar muestras… no me voy a oponer, aunque me parece una pérdida de tiempo, porque esa chica no es hija de mi marido, sino del marido de su madre, del que se divorció mucho después.

Disimuló el juez una sonrisa socarrona mientras se dirigía al letrado de administración de justicia para decirle:

—Que conste en acta que la demandada ha prestado su consentimiento a la realización de la prueba biológica cotejando para ello las muestras existentes en la Base de Datos citada—. Volvió luego sucesivamente la cabeza izquierda y derecha hacia las mesas de los letrados de las partes y anunció levantando la voz—: Se admite la prueba biológica propuesta por la parte demandante y se suspende la Vista para realizar la designación de un perito y la aceptación del cargo por éste y su posterior nombramiento, lo que será notificado a las partes.

Disimularon Noelia y Tomás su satisfacción, pero se limitaron a ponerse en pie, recogieron sus papeles y la primera asió a la desconcertada Claudia del brazo para sacarla de la sala, mientras el letrado de la parte contraria hacía lo mismo con Manuela que le discutía algo por lo bajo.

—¿Qué ha sucedido? — le preguntó Claudia a Noelia mientras caminaban hacia la puerta—. ¿Por qué se ha suspendido la Vista?

—Porque el juez va a nombrar a un perito que contraste tu ADN con el de tu padre— le explicó la otra—. Utilizará las muestras que se tomaron por el Instituto Nacional de Toxicología para identificarle cuando apareció su cuerpo en el pantano y las que te tomó a ti el mismo Instituto en el juicio que interpuso Gerardo Marín. Aseguraría yo que Manuela no lo ha entendido, pero ha dado su consentimiento que es lo importante y se ha hecho constar en acta, por lo que no puede volverse atrás.

—¿Entonces…?

—Entonces, es casi seguro que ganaremos este asunto.

Acababan de salir de la sala de Vistas y Noelia la empujó hacia el pasillo para dejar atrás el reducido recinto que hacía las veces de sala de espera y que estaba ocupado ya por otros litigantes que aguardaban su turno para que comenzase su juicio, con la intención de no coincidir allí con Manuela y su letrado, lo que siempre podría dar lugar a un enfrentamiento desagradable, pero al desembocar en el corredor y ver al hombre que venía a su encuentro se detuvo como si hubiera echado raíces en el suelo. Tomás les había dado alcance en ese momento a las dos y al percatarse de la identidad del individuo que se les aproximaba también, reaccionó parándose en seco y dejó escapar una palabra malsonante de la que inmediatamente pidió perdón. Era Gerardo Marín el tipo que caminaba hacia ellos con su largo abrigo flotándole entre las piernas, por lo que Noelia optó por darse media vuelta tirando del brazo de Claudia que, aturdida, se dejaba conducir. Lo malo fue que al retroceder sobre sus pasos en el corredor tropezaron materialmente con Manuela, que, seguida de su abogado y de su procurador, les cortó el paso.

—Vas a perder este juicio, estúpida— masculló dirigiéndose a Claudia y mordiendo las palabras—. Sé lo que pretendes, pero lo único que vas a conseguir es que tu madre quede en evidencia y tú con ella.

—Vamos, vamos, doña Manuela— trató de intervenir su letrado intentando apartarla del grupo que formaban los otros tres.

También los dos procuradores se interpusieron entre ellas y Noelia tomó nuevamente a Claudia por el brazo y se giró en redondo para chocar con Gerardo, que, con la mirada extraviada, extendió una mano huesuda hacia Claudia.

—Regina— murmuró—. Regina.

—Se llama Claudia— la aclaró desdeñosamente Manuela encarando a Gerardo y envolviéndole en una mirada de extrañeza—. La confunde usted con otra— Ésta no es más que una buscavidas que consiguió con malas artes un empleo en mi hotel y a la que voy a poner de patitas en la calle con la conformidad de mi socio o sin ella. Una pécora como su madre, que intentó arruinarme la vida. Su madre era la que se llamaba Regina.

Desvió Gerardo la mirada de la chica para clavarla en Manuela y sus ojos que brillaban extraviados como los de un demente, centellearon iracundos.

—Usted sí que es una pécora. Una bruja que la ha escondido en ese hotel para que no la encuentre y que la mantiene apartada de mí. ¿Sabe lo que se merece?

Había levantado la mano con la clara intención de sacudirle un tortazo, y al impedírselo los otros tres hombres, la agarró por el cuello mascullando entrecortadamente amenazas de muerte, mientras Noelia y Claudia echaban a correr por el pasillo y les dejaban atrás. Consiguieron llegar al ascensor sin volver la cabeza por lo que no llegaron a advertir que el abogado de Manuela le había sujetado a Gerardo los brazos a la espalda, mientras Tomás luchaba por separarles a los dos y el procurador de la cara redonda impedía que Manuela se abalanzara sobre Gerardo y recibía estoicamente los puntapiés con los que pretendía alcanzarle en las espinillas. En cuanto el ascensor se detuvo en la planta baja, devolvió apresuradamente Noelia la toga en la sala del mismo nombre y sin dejar de correr salieron a la calle, donde detuvieron al primer taxi que pasó. Ya en su interior respiraron aliviadas.

—Ese tipo está completamente chalado— comentó Noelia aún jadeante—. Me refiero a Gerardo Marín— Y como no había llegado a ver lo que había sucedido después de que salieran a escape y dejaran a los otros en el pasillo, añadió—: Ha faltado un pelo para que se liara a tortas con Manuela. Tendré que poner en conocimiento del juzgado que ha incumplido la orden de alejamiento.

—¡Qué horror! — murmuró a duras penas Claudia—. Me ha dado un susto de muerte.

—Bueno, tranquilízate. Ya ha pasado todo.

—Sí, pero imagina que en lugar de en un juzgado lleno de gente, me hubiera encontrado con él de noche, al salir del hotel. Le creo muy capaz de estrangularme.

También lo creía Noelia y se sentía tan afectada por el encuentro que había tenido lugar unos minutos antes como la otra, pero como el papel que debía representar era el de una abogada segura de sí misma y de que a su cliente no le sucediera nada malo gracias a sus buenos oficios, replicó:

—Ya te he dicho que se lo comunicaré al juzgado para que adopte las medidas oportunas y ese hombre no pueda acercársete.

—¿Y servirá de algo?

Dudaba mucho Noelia de que Gerardo entendiera su significado cuando le fuera notificada y menos aún que cumpliera lo que se le exigía, pero hizo un esfuerzo por sonreírle a Claudia y contestarle:

—Claro que sí. Además, por el incumplimiento puede ir a la cárcel, lo que sería magnífico para las dos. Con ese hombre a la sombra, nos evitaríamos muchos sobresaltos.

Dejó escapar Claudia una risita sardónica.

—Pues en esta ocasión y a decir verdad, no hubiera sentido que le atizara a Manuela un buen guantazo. Todo lo que ha declarado en el juicio es mentira y encima ha querido aparentar que su marido y ella eran uña y carne y que no está dispuesta a permitir que se profanen sus restos ni se mancille su memoria,

—No tenía otra defensa— consideró Noelia especulativamente—. ¿Qué querías que dijera? ¿Que eres hija de Armando y que por lo tanto te corresponden todos los bienes que eran de él y que ella se apropió?

Esbozó Claudia un gesto dubitativo.

—No sé. A mí me ha cogido un odio mortal. Si no fuera por Alfonso, que se ha negado en redondo, nos habría despedido ya a Ramona y a mí. Y por cierto, ¿Dónde está Ramona?

Al salir de la sala de Vistas y ver cómo se aproximaba Gerardo hacia ella, del pánico que habían experimentado se habían olvidado por completo de la aludida y de Herminio.

—Le explicaré esta tarde el motivo por el que hemos salido corriendo de la sala— continuó Claudia preocupada— Cualquiera dirigía que nos sentimos culpables por pretender yo que se me reconozca que he tenido un padre y tú por iniciar los trámites legales para que el juez me dé la razón.

—No nos sentimos culpables, sino al contrario— la rebatió Noelia con firmeza—. Hemos hecho lo que debíamos hacer, pero en las ocasiones en las que aparece un chiflado que unas veces cree ser tu padre y otras tu marido y en las que la contraparte se deja llevar por un ataque de ira, como nos ha sucedido hoy, lo mejor es poner tierra por medio.

—¿Y quién es la contraparte? — inquirió Claudia sin comprender.

—La contraparte en este caso es Manuela.

—¿Y te sucede con frecuencia que la contraparte arremeta contra tu cliente?

Se echó a reír Noelia.

—Pues, a decir verdad, no. Algunas veces les dedican epítetos bastante desafortunados, pero no suelen pasar de ahí.

El taxi dejó a Noelia en el despacho y Claudia continuó en él hasta su casa. Cuando la primera entró en la antesala, levantó Flor la vista del ordenador y la retuvo con un gesto.

—Espera, Noelia, tengo que darte un recado.

—¿Qué clase de recado? — le preguntó ella aproximándose a su mesa—. No estoy en condiciones que llevarme más sustos hoy.

—¿Por qué? ¿Qué te ha sucedido? ¿Ha sido muy desagradable el juicio?

—El juicio, no, como otros muchos similares. Ha sido espantoso el numerito que se ha montado a la salida. Al salir al pasillo hemos visto a Gerardo Marín que venía a nuestro encuentro. Es un tipo muy alto y muy flaco, con un sorprendente parecido con un esqueleto andante y hemos retrocedido las dos para evitarle, con tan mala fortuna que nos hemos tropezado con Manuela, que ha empezado a gritarle a Claudia y la ha puesto a los pies de los caballos. Entonces Gerardo ha arremetido contra Manuela y los dos procuradores y el otro abogado se han interpuesto entre los dos, mientras nosotras salíamos corriendo.

—¿Cómo dos conejos asustados? — inquirió socarronamente Flor.

—Más o menos— admitió Noelia, que luego objetó—: pero no nos íbamos a quedar quietecitas en mitad de la refriega. Nos hemos largado y les hemos dejado vociferando en mitad del pasillo. No sabemos si la cosa habrá llegado a mayores. Pero lo mejor será que lo olvidemos por hoy y que me digas ese recado que me has anunciado.

Hizo la secretaria un gesto de asentimiento.

—Sí, te han llamado del hotel Oasis con el que se ha puesto en contacto un enfermero de una clínica que se llama Alborada de parte de un tal don Fabián Alfaro. ¿Te suena el nombre?

—Sí, claro que sí. ¿Y que quería?

—Que fueses a verle lo más pronto posible. Al parecer, conociste a ese enfermero el otro día e intercambiaste con él algunos comentarios. Cuando esta mañana le han llevado el desayuno a don Fabián a su cuarto parecía haber recobrado la lucidez que perdió a consecuencia de un accidente. A petición suya han llamado a ese enfermero y ese señor le ha pedido que te localizara a través del hotel y que te llamara con urgencia. ¿Sabes de qué se trata?

—Sí, sí, claro que lo sé— replicó sintiendo que se le aceleraba el pulso—. ¿Te ha aclarado qué es lo que ha recordado?

—No, solo ha insistido en que te acercaras a la clínica en cuanto te fuera posible. ¿Vas a ir?

—Sí, es una clínica psiquiátrica— repuso Noelia como si que ella visitara esa clase de entidades fuera lo más natural del mundo.

—¿Y ese don Fabián está loco?

—No, no precisamente. Cuando le visité el otro día, estaba como ausente, como si vagara por otra dimensión. No recordaba quién asesinó al padre de Claudia, aunque seguramente estaba presente porque recibió también un golpe en la cabeza que le dejó en el estado en el que se encuentra. O que se encontraba hasta esta mañana.

—¿Chalado?

—Bueno, yo diría más bien que obnubilado. Sin conciencia de la realidad.

—¿Y no correrás peligro presentándote en esa clínica? Habrá otros tan chiflados como él.

—No me lo pareció, pero no te preocupes. Voy a llamar a Claudia para decírselo, porque se alegrará de saber que al fin alguien puede aclararnos lo que pasó a la orilla del pantano de San Juan hace veintitrés años y en cuanto tome algo comestible en mi casa, cogeré el coche y me acercaré a visitar a ese hombre. Si pregunta por mí Daniela, dile…

—¿Qué le digo?

—Que he ido a descubrir un crimen.

Parpadeó confusa la secretaria.

—¿Le digo eso?

—Sí.

—Pues se extrañará y no le parecerá bien.

—Sí se lo parecerá, si añades que la víctima era una persona muy importante y que el suceso salió en todos los periódicos, porque ya sabes que lo que más le importa a Daniela es el lustre de este bufete. ¡Ah! y termina tu relato comentándole que el asesino era más importante todavía que la víctima.

Aturdida, se apoyó Flor en la mesa.

—¿El asesino? ¿pero es que sabes ya quién fue el asesino?

El agraciado semblante de Noelia se contrajo en un rictus de consternación.

—No, claro que no. ¿Cómo lo voy a saber? Quizás consiga averiguarlo esta tarde, si don Fabián continúa consciente. Esperemos que así sea.

—CAPÍTULO XX—

Lloviznaba esa tarde, cuando tras hacerse precipitadamente en su casa una tortilla francesa y tomarse una taza de café, salió hacia la clínica en su automóvil. Pese a que se encontraban ya a primeros de marzo, soplaba un viento helado que zarandeaba el coche como si fuera una hoja de papel cuando dejó atrás la Moncloa y enfiló la carretera de la Coruña. El invierno se resistía a retirarse y a dejar paso a una estación más alegre y soleada y pensó Noelia que el mal tiempo reinante no habría permitido que ese día hubieran salido los residentes de la clínica a tomar el aire al jardín, por lo que encontraría a don Fabián en alguna sala del edificio, sentado en su silla de ruedas. Pero el escenario no era lo importante, se dijo. Lo importante era lo que ese pobre señor tenía que decirle. Quizás hubiera regresado al presente y recordara con claridad el suceso que durante tantos años había olvidado, relegándolo a algún lugar de su cerebro. ¿Sufriría por ello?, se preguntó. El enfermero le había comentado días antes que el médico que le trataba entendía que podía suponer para don Fabián un recuerdo demasiado penoso y que por esa razón podría haberlo sepultado en una zona de su mente a la que no alcanzaba la memoria. Bueno no se lo había dicho exactamente así. Era su interpretación, pero para no herirle trataría ella esa tarde de dirigir la conversación con suma delicadeza hacia el pasado y concretamente hacia aquella tarde de verano en la que su socio y amigo se había ido. O como le había dicho él, a aquella tarde en la que se lo había llevado el pantano.

Le pareció que en el vestíbulo de la clínica no se respiraba el ambiente apacible de la vez anterior, cuando se acercó a la mesa de la recepcionista y le preguntó por el enfermo. Revolvía ésta nerviosamente un cerro de papeles y apenas si levantó la cabeza hacia ella, cuando replicó:

—Lo siento, pero no podrá verle. ¿Es usted pariente de él?

—No, soy una amiga, pero estuve visitándole la semana pasada y me han avisado hoy de que él quería hablar conmigo cuanto antes.

Por primera vez se olvidó de sus papeles para enfrentar su mirada.

—¿Quién le ha llamado?

—Creo que ha sido un enfermero con el que estuve hablando el otro día y que me ha localizado por medio del hotel del que es dueño don Fabián. Soy abogado y llevo algunos asuntos que tienen que ver con ese hotel que ahora dirige su hijo.

—¿Su hijo? — repitió la otra en tono interrogante.

—Sí, don Alfonso Alfaro, ¿por qué?

—Ha estado aquí esta mañana visitándole.

Empezó Noelia a impacientarse.

—Bueno, sí, ¿pero ¿dónde se encuentra don Fabián en este momento? Ya le he dicho que me ha llamado esta mañana. Tengo que hablar con él y no puedo demorarme mucho, porque esta tarde tengo citados a varios clientes en a mi despacho.

Meneó despacio la cabeza la secretaria y abrió la boca, pero tardó en emitir los primeros sonidos y cuando lo hizo pareció medir cuidadosamente las palabras.

—Lo siento, pero ya le he dicho que no podrá verle. Estaba bien cuando se ha despertado esta mañana. Yo no le he visto, pero me lo ha comentado el enfermero que le atiende, que le atendía— se corrigió—. El caso es que ha recibido algunas visitas y se encontraba animado, pero después de comer ha sufrido un síncope.

—¿Un síncope? —

—Sí, una parada cardio respiratoria.

—¿Y le han ingresado en un hospital?

Volvió a menear la cabeza su interlocutora señora, pero en esa ocasión pesarosamente.

—No, no, no ha habido tiempo. Cuando Julián ha subido a su cuarto para bajarle a la sala de reuniones donde nuestros enfermos ven la televisión cuando el mal tiempo no permite que les saquemos al jardín, le ha encontrado sentado en la silla de ruedas, de frente a la ventana. Parecía estar viendo como chorreaba el agua por los cristales, pero no respiraba ya.

Abrió desmesuradamente Noelia sus ojos oscuros.

—¿Quiere decir que ha muerto?

—Sí.

Le pareció a ella que las piernas le flojeaban y se apoyó en la mesa de la otra.

—¿Era previsible ese desenlace? — le preguntó— No me dio la impresión el otro día de que su estado fuera grave.

—No, no lo era. No le regía la cabeza y se resistía a caminar, pero el doctor opinaba que su corazón era muy fuerte. Claro que ninguno sabemos con certeza cuando nos llegará la hora.

Esbozó ella un gesto de asentimiento mientras imaginaba la escena y el sobresalto del enfermero que le había hallado en su cuarto sin vida. Luego le preguntó a la secretaria en un apagado susurro:

—¿Lo sabe su hijo?

—Sí, ha sido un golpe muy duro para él. Ya le he dicho que le ha visitado esta mañana y cuando se ha marchado, al despedirse de mí, me ha dicho que le había encontrado más animado que de costumbre y que le había comentado su padre que esta tarde iba a ver a una persona con la que iba a comentar un tema importante. Según don Alfonso, parecía como si la esperara con impaciencia y como si en parte hubiera recobrado la lucidez.

Sin decidirse Noelia a hacer la siguiente pregunta, buscó las palabras más adecuadas y finalmente las dejó escapar.

—¿Y... y ha recibido después don Fabián alguna visita más?

Apartó la recepcionista la mirada de su rostro para fijarla en la ventana que tenía enfrente, contra la que se abatía la lluvia. Arrugó luego el ceño y finalmente golpeó la mesa con el bolígrafo que tenía en la mano, como si hubiera conseguido ordenar sus ideas.

—Sí, creo que sí, aunque no estoy segura. Creo que le ha visitado alguien después de la hora de comer. Aquí comemos a la una, así que calculo que habrá sido a eso de las tres de la tarde, Hoy ha sido un día muy ajetreado. Como si todas las familias de nuestros residentes se hubieran puesto de acuerdo para venir a pasar la tarde con sus parientes y me parece que también ha venido una persona a ver a don Fabián, pero no he anotado su nombre.

—Pero recordará al menos si era un hombre o una mujer.

Parpadeó la recepcionista luchando por hacer memoria.

—Pues... Ya le he dicho que no estoy segura, aunque creo... Puede que se tratara de una mujer.

Sintió Noelia que el corazón le daba un vuelco.

—¿Una mujer? — repitió rememorando a Manuela y la iracunda manifestación de la que había hecho gala en el pasillo del edificio de los juzgados de familia. Después de haber vivido ese episodio esa misma mañana, la consideraba capaz de haber removido cruelmente el pasado que don Fabián se empeñaba en olvidar e incluso de haberle agredido físicamente, pero procuró que lo que estaba pensando no aflorara a su semblante y le preguntó a su interlocutora disimulando el interés que sentía por conocer la respuesta—: ¿Recuerda al menos qué aspecto tenía esa mujer?

La envolvió la otra en una mirada vacua.

—Pues…

—¿Era alta, rubia, bien vestida, con una melena que le llegaba hasta los hombros?

Volvió a fruncir su interlocutora el ceño y también los labios, muy delgados y pintados de rojo oscuro, y terminó por encogerse de hombros.

—Es posible, pero ya le he dicho que ha venido mucha gente esta tarde y no he podido fijarme.

—¿Y no tienen ustedes cámaras de seguridad? Habrán grabado a todos los que hayan traspasado la puerta de la calle.

Levantó la otra ambas manos en un gesto de impotencia.

—Las tenemos sí, pero ayer se produjo un cortocircuito en la instalación y ha quedado la empresa en venir esta tarde a arreglar la avería.

—Así que esas cámaras no han grabado nada.

—Nada, a partir de las once de esta mañana— reconoció su interlocutora.

—¿Y… reconocería a la mujer que ha venido a visitar a don Fabián si volviera a verla?

La observó la secretaria con extrañeza.

—¿Si volviera a verla? Ya no aparecerá más por aquí, porque don Fabián ya no está. Pero no, no estoy segura de reconocerla. Comprenda que vienen muchos visitantes que entran y salen continuamente y no me suelo quedar con sus caras. ¿Es que piensa que esa mujer le ha contado algo que ha disgustado a don Fabián y que como consecuencia ha sufrido él una parada cardíaca? Le alteraba mucho que trataran de recordarle el pasado, pero ya le he dicho que tenía un corazón muy fuerte. ¿Qué es lo que está pensando?

—Nada— mintió Noelia—. ¿Sabe si van a hacerle la autopsia?

—Sí, se lo han llevado al Instituto Anatómico Forense hace un rato. Don Alfonso Alfaro estaba hecho polvo y se ha marchado con su coche detrás del furgón. Pobre hombre.

Aún permaneció Noelia unos segundos más asida al mostrador de la recepcionista, tratando de asimilar la noticia. Finalmente consiguió que le respondieran los músculos de sus piernas que le flojeaban ostensiblemente y se despidió de la otra para volver al lugar donde había dejado su coche. Ya en su interior llamó a Claudia por el móvil. La chica atendió en el acto su llamada con una voz que denotaba claramente su nerviosismo.

—¿Te has enterado? — le preguntó de inmediato—. ¿Te has enterado de lo que le ha ocurrido a don Fabián? Aquí está todo el mundo muy impresionado porque nadie esperaba que pudiera suceder tan de improviso lo que le ha ocurrido y menos que nadie su hijo, que le había visitado esta mañana y que le había encontrado más animado que de costumbre. ¿Sabes algo tú?

—Acabo de salir de la clínica— repuso Noelia en tono monocorde—. La recepcionista ha recordado que don Fabián había recibido una visita a eso de las tres de la tarde y por un momento he sospechado…

—¿Qué pudiera haberse tratado de Manuela? — terminó Claudia por ella—. No ha aparecido todavía por el hotel. ¿Es que piensas que…? —. No terminó de decir lo que estaba sospechando y fue Noelia la que completó la frase.

—Podría ser, ¿no? Si don Fabián iba a decirme lo que sucedió aquella tarde, quién mató a tu padre y quién le atizó un golpe en la cabeza a él, es posible que esa mujer haya decidido silenciarle.

—Pero ella no sabía que don Fabián había recordado algo y que su enfermero había contactado contigo— objetó Claudia pensativa.

—No ha sido el enfermero el que me ha llamado— replicó ella—. Hablé con él el otro día y le dije que me ocupaba de los asuntos del hotel de don Fabián. Por esa razón ese hombre ha pedido al recepcionista del turno de mañana que me localizara. ¿Quién es el recepcionista del turno de mañana?

—Son dos, Isidoro y Carmen. Unos chicos muy jóvenes. Cualquiera de los dos habrá tomado el recado y habrá buscado el número de teléfono de tu despacho para avisarte. Recuerda que Manuela estaba esta mañana con nosotras en el juicio—. Enmudeció de repente para añadir a continuación—: Lo que sí ha podido suceder es que cualquiera de esos dos, Isidoro o Carmen, se lo haya comunicado a Manuela cuando se haya presentado aquí después del juicio y del enfrentamiento que ha tenido con Gerardo y en ese caso…

—Y en ese caso haya decidido Manuela aparecer en la clínica antes de que lo hiciera yo— terminó Noelia reflexionando—. Ya te he dicho que la recepcionista de la clínica ha recordado que esa visita se ha presentado a eso de las tres de la tarde. Ha tenido tiempo de visitarle y quizás le ha llevado algo contundente a don Fabián.

—¿Algo cómo qué? — inquirió Claudia con un hilo de voz.

—No lo sé, la autopsia nos lo dirá, pero me temo que no haya sido precisamente un refresco. Y… creo que no deberías seguir en ese hotel ni un minuto más. Dile a

Herminio que has encontrado otro trabajo y márchate hoy mismo.

—No puedo, Noelia. Tengo la mala costumbre de comer tres veces todos los días. Necesito el dinero, ¿no lo entiendes?

—Lo entiendo perfectamente, pero puedes buscar cualquier otra cosa que te permita resistir hasta que des con un museo que te contrate. Porque lo que quieres es un puesto de arqueóloga en un museo, ¿no?

Se hizo un silencio al otro lado del hilo antes de que le llegara de nuevo la voz de Claudia, tímida y balbuceante.

—No… no puedo dejar vacante este puesto hasta que regrese Rosario.

—¿Por qué no? Manuela tiene otra candidata y podría sustituirte en el acto.

—Porque no. No puedo hacerle esa faena a Alfonso. Él se ha portado muy bien conmigo y también Ramona y Herminio.

Pensó Noelia que lo que quería era no perderle de vista a él e insistió.

—Es que no creo, Claudia, que estés segura ahí, a pocos pasos de Manuela para la que supones un peligro y vigilada por Gerardo que piensa, si es que piensa algo, que te escondes de él en ese edificio y que puede darte un susto cualquier noche. Y eso sin contar con tu tío Felipe, que no te adora precisamente, Hazme caso. Compórtate como una persona razonable y lárgate de ahí.

El silencio fue la única respuesta. Al fin volvió a oír su voz titubeante.

—Haremos una cosa— le propuso—. Esperaremos a saber el resultado de la autopsia. Es posible que don Fabián haya sufrido un ictus y que haya fallecido de muerte natural, ¿no lo crees posible?

—Sí, podría ser. Ojalá lo sea.

—Pues entonces asunto resuelto. Esperaremos.

Cortó Noelia la llamada y dejó escapar un preocupado suspiro. Estaba claro como el agua para ella que Claudia no quería perder la oportunidad de seguir viendo a diario a Alfonso Alfaro y que por esa razón se resistía a abandonar el hotel, pese a que era consciente del riesgo que corría, si, como suponía, había sido Manuela la autora del asesinato de don Fabián. En el caso de que se confirmaran sus sospechas, cabía también la posibilidad de que esa mujer tratara de quitarse de en medio a todos los que le estorbaban y Claudia se encontraba entre ellos.

Fue Ramona la que unos días más tarde le dio la noticia a Claudia. Acababa de llegar ésta al hotel y antes de que hubiera tenido tiempo de bajar al sótano a cambiarse la ropa que llevaba la retuvo cuando pasó por delante de la recepción para comunicárselo.

—¿Te has enterado? — le preguntó.

—¿De qué?

—Del resultado de la autopsia. Don Fabián ha muerto asesinado. Alguien le mató la misma tarde en la que tu abogada fue a visitarla. Le inyectaron aire en vena con una jeringuilla hipodérmica.

Retrocedió Claudia con los ojos desmesuradamente abiertos por la sorpresa, para aproximarse al mostrador tras el cual ya se encontraba la otra y apoyarse en él.

—Así que no ha sido a consecuencia de un ictus ni de un síncope.

—No.

—¿Y se sospecha de alguien?

—No recuerda la recepcionista quién le visitó a eso de las tres de la tarde y las cámaras de seguridad de la clínica no lo grabaron porque se estropearon esa mañana. Cree que fue una mujer alta y rubia, pero no está segura.

—¿Y ha encontrado la policía esa jeringuilla?

—Sí, estaba dentro de la papelera con un montón de pañuelos de papel y de gasas y algodones encima, pero quien lo hizo llevaba guantes, porque no ha dejado huellas.

Le pareció a Claudia que algo en su interior le oprimía las costillas y le impedía respirar con normalidad y trató de disimularlo recostándose sobre el mostrador con una inquietud creciente.

—¿Y no podría haber sido…? — inquirió sin decidirse a pronunciar el nombre.

No terminó la pregunta, pero Ramona lo hizo por ella.

—¿Doña Manuela? Es posible, porque es un mal bicho y porque tiene motivos. La mañana del juicio salimos Herminio y yo de la sala detrás de vosotros, pero cuando vimos la trifulca que armó ella con un tipo muy alto que no sé quién era y que estaba en el pasillo… No sé si se conocían. Él la llamaba de todo y la acusaba de haber escondido a alguien en este hotel y ella le sacudía puntapiés y con seguridad le hubiera arañado si no se lo hubieran impedido el abogado de Manuela y los otros dos que creo que eran los procuradores de las partes. Fue un numerito que nos dejó abochornados a los que la conocíamos.

—¿A Herminio y a ti?

—Sí, claro.

—¿Y qué hicisteis?

—Salir de pira. Herminio regresó aquí, al hotel, pero yo decidí darme una vuelta por Madrid, donde voy muy de tarde en tarde, y me fui a visitar el Museo del Prado y luego comí en un mesón. El caso es que yo había visto antes al tipo con el que ella se peleó. ¿Pero dónde?

Obvió Claudia el aclarárselo y en su lugar inquirió:

—¿Y dónde estabas cuando te llamó Carmen al móvil?

El atractivo semblante de Ramona expresó desconcierto.

—¿Carmen?

—O Isidoro. Uno de los dos te llamó desde aquí, desde esta recepción para preguntarte el teléfono del despacho de Noelia.

Lo recordó Ramona de repente, porque hizo un gesto de asentimiento.

—¡Ah!, sí. Estaba en el museo, frente al cuadro de la familia de Goya. Tenía el número de ese despacho en la agenda de mi móvil y se lo di. Y, por cierto, ¿sabes algo ya sobre el informe del perito que solicitasteis en el juicio?

—No, aún no, pero ya no puede tardar. Noelia me ha dicho que el juzgado le dará traslado telemáticamente a su procurador de ese informe y que éste se lo enviará a ella. Estoy sobre ascuas.

—Lo comprendo, pero ten un poco de paciencia. Todo va a salir bien.

—Esperémoslo. Ahora voy a llamarla para comunicarle el resultado de la autopsia. Me temo lo que me va a decir en cuanto se lo cuente.

Como suponía, le recordó Noelia el acuerdo al que habían llegado las dos sobre la conveniencia de abandonar inmediatamente el trabajo que tenía en el hotel y poner tierra por medio para que Manuela no pudiera localizarla, pero aún se resistió Claudia a tomar esa decisión y replicó:

—A Rosario le han dado ya el alta en el hospital en el que la operaron y tiene previsto volver a España la semana que viene. En cuanto se incorpore a este trabajo me marcharé. No te preocupes por mí. A Manuela la he visto de lejos, pero no se me ha acercado ni una sola vez.

—¿Y a Alfonso Alfaro?

—¿Qué le pasa? — le preguntó desconcertada Claudia sin comprender dónde quería ir a parar la otra.

—¿Qué si le has visto?

—Sí, pero también de lejos. Desde que murió su padre no parece el mismo, pero es natural, ¿no crees?

—Claro.

—Y no dejes de llamarme en cuanto sepas el resultado del informe del perito.

—Descuida. Lo haré en el acto.

Fue dos días más tarde, cuando Flor avisó a Noelia por el teléfono interior de que el procurador tenía algo que comunicarle.

—Tomás quiere hablar contigo. Te paso la comunicación.

Experimentó ella un sobresaltado vuelco. Llevaba días esperando la noticia de la que él iba a informarla y cómo tenía un genio más que vivo y los nervios se le disparaban con facilidad, se le escapó un exabrupto.

—¿Cómo puedes ser tan tranquilona? Déjate de divagaciones y ponme con él. ¿No comprendes que tengo los nervios de punta?

No solía enfadarse la secretaria con ella cuando tenía una salida de tono, pero en esa ocasión se molestó.

—Estoy segura de no haber divagado en absoluto y de haber ido directamente al grano. En cuanto a tus nervios, creo que te vendría bien desayunar tila nada más salir de la cama por la mañana, porque vives en un estrés permanente y lo pagas con todos los que te rodeamos.

Se hubiera disculpado Noelia en cualquiera otra ocasión, pero en ese momento en el que le urgía enterarse de lo que el procurador tenía que decirle sus palabras la exasperaron aún más y la interrumpió.

—¿Quieres pasarme de una vez la comunicación?

Con un indignado resoplido obedeció Flor y oyó a continuación la voz de Tomás que le llegó optimista a los oídos. Sus palabras le confirmaron a continuación que era portador de buenas noticias.

—Enhorabuena Noelia. El perito le ha dado la razón a la chica de los ojos verdes.

—Sí, sí, ¿qué dice el informe?

—Un galimatías sobre los marcadores de ella y de Armando Valdés. Resumiendo quieren a decir que es su hija sin el menor género de dudas. Se lo he enviado al ordenador de Flor, pero quería darte personalmente la noticia. La Vista se reanudará el lunes próximo. También le he enviado a Flor la providencia del señalamiento.

De la alegría que experimentó al oírle, dio un par de saltitos Noelia en la butaca incapaz de contener su júbilo, porque hasta ese mismo momento había mantenido una prudente duda sobre la historia que a ese respecto le había referido Claudia. No había conocido ella a Regina, pero cabía en lo posible que la romántica relación que según su hija había mantenido con Armando no hubiera sido la única.

—Eso es fantástico, Tomás, hemos ganado.

—Sí que lo es, pero todavía no podemos apuntarnos el tanto. ¿Vas a llevarla a ella el lunes a la Vista?

Meneó Noelia negativamente la cabeza, pese a que Tomás no podía verla.

—No, salvo que se empeñe. Ya se celebró su interrogatorio y el de Manuela el otro día, así que no es necesario que comparezcan ninguna de la las dos. De ese modo nos evitaremos problemas.

Se echó a reír Tomás con ganas recordando el incidente.

—Sí, vosotras no lo visteis porque echasteis a correr como dos conejos asustados, pero ese tipo desgalichado que tenía cara de muerto organizó un fregado de cuidado. En un juicio que le ganamos el mes pasado se empeñó el mismo individuo que la chica de los ojos verdes era su hija. Creo recordar que se llamaba Gerardo no sé qué más. En el pasillo del juzgado se decantó el otro día porque esa muchacha era su mujer y se lió a tortas con la demandada, a la que acusó de esconderla en su hotel para que él no la encontrara. Puede que aparezca también en la reanudación de la Vista que se celebrará el lunes y que en esa ocasión vocifere a todo el que quiera oírle que la chica es su nieta, su abuela o la vecina del piso de enfrente y agreda nuevamente a esa tal Manuela.

—Esperemos que no— deseó Noelia desde lo más profundo de su corazón— Sabes que el juez decretó contra él una orden de alejamiento.

—Sí, pero sé también que él no ha hecho el menor caso. Podríamos considerar que fue hasta divertido lo del otro día, porque esa señora es como una estaca tiesa que ni siquiera mueve el cuello para no despeinarse. Pero bueno, te estoy entreteniendo y estarás deseando llamar a esa chica para darle la noticia y aún tengo que darte otra.

—¿Qué más tienes que decirme?

—Que tengo la sentencia. Al fin la he conseguido.

—¿Qué sentencia?

—La del divorcio de Armando Valdés y Manuela Ríos. Ya era firme cuando le asesinaron a él de modo que ella no podía heredarle. ¿Qué te parece?

—Me parece fenomenal, pero no lo vamos a alegar para no complicar las cosas. En cuanto obtengamos una sentencia favorable en el tema de la filiación, nos meteremos con ese otro asunto.

—De acuerdo. Y ahora te dejo para que puedas llamar a esa chica y le des las buenas noticias.

También Claudia reaccionó eufóricamente cuando Noelia le resumió el informe pericial y se empeñó en acudir a la reanudación de la Vista el lunes siguiente, lo que ésta le desaconsejó.

—¿Para qué quieres ir? — le rebatió—. Tu interrogatorio se ha celebrado ya y ni el abogado ni el juez te van a preguntar nada ni te van a dar la oportunidad de que abras la boca. Correrías el riesgo además de que volvieras a encontrarte en la sala con Manuela y que te siguiera a la salida o... o que tramara cualquier barbaridad contra tí. Tienes que procurar mantenerte lo más alejada posible de ella. ¿Cuándo regresa esa tal Rosario?

Por una parte, deseaba Claudia que volviera cuanto antes, pero por otra la retrasaría si estuviera en su mano posponerla unos días más.

—Ya no puede tardar— le contestó—. Lo malo es que ha anunciado la televisión que se avecina una borrasca de viento y de nieve que va a asolar toda Europa para los próximos días, pese a que nos encontramos ya en marzo y cabe la posibilidad de que su avión no pueda salir del aeropuerto.

—Pero las islas Malvinas no están en Europa, sino en América del Sur— le hizo notar Noelia.

—Sí, ya lo sé, pero es posible que su avión no pudiera aterrizar al llegar a Madrid. ¿No te parece que está el tiempo loco? Debería sentirse ya la proximidad de la primavera y sigue haciendo un frío de mil demonios. Además, en un hotel que se encuentra en plena naturaleza el mal tiempo no es en absoluto deseable, porque los futuros huéspedes suelen cancelar sus reservas.

—Esperemos que a pesar de las predicciones meteorológicas vuelva Rosario de una vez— deseó Noelia—. No veo llegar el momento de que te despidas de la gente del hotel y de que empieces a trabajar en un museo repleto de momias y de escarabajos sagrados. ¿No te apetece la idea?

—Claro que sí— mintió.

En ese momento no le apetecía en absoluto la idea a Claudia. Se vio a sí misma muy lejos del lugar en el que se hallaba, en el oscuro despacho de un museo y se dio cuenta de que cuando se marchara sentiría una terrible añoranza del entorno que podía atisbar a través de la ventana, De la montaña cubierta de pinos en cuya cúspide se ubicaba el hotel y del olor que desprendían esos árboles que rodeaban el edificio y descendían por la ladera hasta la misma orilla del pantano. Su aroma se filtraba a través de la puerta giratoria cada vez que entraba o salía alguien por ella y se expandía luego por el vestíbulo. No lo había comprobado, pero seguramente ascendería también por la artística escalera que tenía ante su vista contagiando el aire de la primera planta con esa misma fragancia. Y añoraría también de la proximidad del pantano y de sus aguas oscuras y perezosas, que oía deslizarse por las noches cuando los huéspedes se habían acostado y el silencio se adueñaba de todo lo que la rodeaba. Podría volver algún día a visitar a sus amigos, pero sería una persona ajena a todo aquello y ya no sería lo mismo.

Le asaltó una duda al imaginarlo y se preguntó a sí misma si sería oportuno incluir a Alfonso entre las personas a las que debería saludar cuando realizara esa visita y no llegó a una conclusión. ¿Cuál sería su reacción cuando llamara ella a la puerta de su despacho? ¿Se alegraría de verla o su rostro adoptaría una expresión vacua al no recordar quién era ella? Quizás cuando dejara de verla a diario, se olvidara de ella por completo y se viera obligada a recordarle que había trabajado recientemente como recepcionista en el hotel. Hasta era posible que enarcara él las cejas, con ese gesto tan habitual que adoptaba cuando pretendía hacer memoria y que finalmente se encogiera de hombros sin conseguirlo.

Como no le gustó el giro que estaban tomando sus pensamientos, decidió que no. Que no volvería como una visita, sino como socia de Alfonso en cuanto el juzgado de familia dictara sentencia reconociéndola hija de Armando Valdés y pudiera reclamarle consecuentemente su herencia a Manuela. Alfonso le había dicho que lo estaba deseando y en ese caso, si trabajara codo con codo con él, sería posible que algún día....

La marcha de algunos viajeros que acababan de salir del ascensor tirando de sus maletas interrumpió sus elucubraciones. Le había dicho Manuela que el anuncio de la borrasca que se avecinaba había provocado ya la cancelación de muchas de las reservas de los futuros huéspedes y parecía también que se hubieran puesto de acuerdo los que todavía estaban alojados en sus habitaciones para acortar la duración de sus vacaciones junto al pantano. La lluvia y el viento impedían las actividades al aire libre y muchos habían considerado a la vista de las predicciones meteorológicas que permanecer en los días próximos dentro del hotel carecía de aliciente, por lo que habían adelantado su marcha. Ramona debía de estar pensando lo mismo que ella, porque la oyó gruñir por lo bajo:

—Otros que se largan. A este paso nos vamos a quedar tú y yo aquí solas para recibir a la borrasca. ¿No te parece una catástrofe? Ahora que vas a ser socia de don Alfonso deberían preocuparte las finanzas. ¿Cuándo te ha dicho tu abogada que va a reanudarse la Vista?

—El lunes próximo.

—Pues me gustaría estar en la sala para ver la cara de doña Manuela cuando se dé cuenta de que su reinado en este hotel ha llegado a su fin. ¿No podrías hacerle una foto con el móvil?

Se echó a reír Claudia y meneó negativamente la cabeza.

—No. Noelia me ha dicho que no es necesario que vaya y que es preferible que me mantenga apartada de doña Manuela.

—¿Y le vas a hacer caso?

—Sí, creo que sí. Ella me contará a la salida lo que haya sucedido. Estoy deseando que todo esto termine y pasar a llamarme Claudia Valdés Romero. Suena bien, ¿verdad?

—CAPÍTULO XXI—

La reanudación de la vista tuvo lugar en los términos previstos en aquella mañana en la que comenzó a nevar nada más despuntar el alba. Soplaba un viento helado que zarandeaba los cristales de los ventanales del pasillo del edificio de los juzgados de familia y que parecía filtrarse hasta el banco en el que Noelia, en compañía de Tomás, aguardaba a que la agente judicial les informara de que podían entrar en la sala de Vistas para dar comienzo al juicio.

Al fin les llegó el turno. El juez estaba ya sentado tras su mesa y ellos tomaron asiento en la misma que habían ocupado unos días antes y que flanqueaba la de éste, enfrente del abogado y del procurador de Manuela, que también se presentó y que se dirigió sin vacilar a la silla que le había indicado la agente judicial la vez anterior. La chica hizo entrar seguidamente en la sala a un facultativo de mediana edad que se ratificó en el informe pericial que había efectuado y que había sido notificado previamente a las partes, en el que se dictaminaba que Claudia era hija de Armando Valdés.

Manuela le escuchó con expresión hosca sabiendo que el juez no le daría el uso de la palabra, pero fue su abogado el que le formuló al perito diversas preguntas, cuestionando la fiabilidad de las pruebas realizadas que, en su opinión, contradecían las restantes que se habían practicado.

Por el contrario, en sus conclusiones definitivas Noelia dio por acreditada la filiación de Claudia en base a la mencionada prueba pericial, solicitando finalmente del juez un pronunciamiento favorable y el otro abogado puso en duda que se hubiera guardado debidamente la cadena de custodia al archivar las muestras de la demandante y de don Armando Valdés y pidió que la demanda fuera desestimada.

Dio el juez la Vista por finalizada con la frase ritual: "Visto para sentencia" y los asistentes abandonaron la sala. Ya en el pasillo, el abogado de Manuela se acercó a Noelia con el aire amargado que le caracterizaba para comunicarle su intención de recurrir la sentencia, a lo que le correspondió ella con un encogimiento de hombros.

—¿Y qué vas a ganar alargando el proceso? — le cuestionó levantando retadoramente la barbilla—. Cuanto antes se haga a la idea tu cliente de que su marido tuvo una hija con otra mujer, con todas las consecuencias que eso conlleva, tanto mejor.

Mostró él los dientes al hacer un esfuerzo por sonreír.

—No cantes victoria, porque no está tan claro que la Base de Datos Nacional de Perfiles Genéticos para el uso forense del ADN pueda utilizarse al margen del proceso penal, como se ha efectuado en este caso a instancia tuya.

—¿Y qué? — se engalló ella envolviéndole en una desdeñosa mirada—. ¿Hubieras preferido que solicitara la exhumación de los restos de Armando Valdés? Él fue el padre de mi cliente os guste o no y voy a probar ahora que fue asesinado cuando ya estaba divorciado de Manuela Ríos, lo que ella ocultó impidiendo que la sentencia fuera inscrita en el Registro Civil para heredar sus bienes. ¿Qué te parece? Tengo esa sentencia que le fue notificada a tu cliente con anterioridad a la muerte de Armando Valdés. Puedo demostrar con el testimonio de la procuradora que la representó en el procedimiento de divorcio que la escamoteó intencionadamente con el propósito de heredar al que ya no era su marido, lo que es más que posible que le cueste un serio disgusto.

El semblante de él permaneció imperturbable, pero Noelia notó que había palidecido al oírla.

—No, no, espera. Podemos llegar a un acuerdo satisfactorio para ambas partes. Te propongo comprometernos nosotros a no recurrir la sentencia que dicte el juez y a no oponernos a que tu cliente herede los bienes que dejó a su fallecimiento Armando Valdés, puesto que éste murió sin testamento, a cambio de que no utilicéis lo que me acabas de decir. ¿Qué te parece?

—Que tengo que pensarlo y que necesito antes de contestarte poner en antecedentes a mi cliente y que ella lo decida— replicó Noelia, pese a que estaba segura de que Claudia aceptaría.

—Bien, llámame cuanto antes a mi despacho. Podemos resolver este asunto por las buenas.

Le dio ella en el acto la razón.

—Sí, es una lástima que no hayamos llegado a esa conclusión hace mucho tiempo.

Se alejó Noelia por el pasillo y Tomás se le reunió unos metros más allá.

—¿Qué te decía ese letrado? — le preguntó.

—Que no va a presentar recurso contra la sentencia. Que va a tirar la toalla, vamos.

—Pero eso es estupendo— se alegró el otro.

—Sí que lo es. Voy a llamar a Claudia para decírselo. Eso y que ya va siendo hora de que deje el trabajo de recepcionista de ese hotel, donde, en mi opinión, está corriendo un serio peligro. Si Manuela fue capaz de asesinar a su marido cuando le convino, podría hacer lo mismo con la hija de éste que en este momento y tras el informe del perito supone un grave obstáculo para sus intereses.

Se detuvieron los dos unos pasos más allá para que Noelia buscara el número en la agenda de su móvil y Claudia manifestó claramente su euforia cuando le refirió cómo se había desarrollado la reanudación de la Vista y la tranquilizó cuando ésta insistió en que debería despedirse y dejar cuanto antes el puesto que desempeñaba.

—No tienes que repetírmelo más, porque hoy es mi último día — le comunicó con aparente indiferencia, aunque experimentaba una enorme melancolía ante la perspectiva de no volver por el momento al entorno que relacionaba con su padre y que ahora también había hecho suyo—. Hoy es viernes, por lo que libraría mañana, pero como el lunes próximo se incorporará Rosario, hoy a las doce de la noche pondré punto final a mi trabajo en el hotel, así que no te preocupes por mí. Me estoy arreglando para salir hacia el pueblo y veo desde mi dormitorio que está cayendo una nevada imponente.

Se giró Noelia hacia el ventanal que tenía a su espalda, a través del cual se veía revolotear al compás del viento la blanca cortina que se estampaba contra los cristales y que se deslizaba luego por ellos convertida en acuosos regueros.

—¿Vas a coger el coche con este tiempo? — se intranquilizó.

—Claro. No sé si quedará algún huésped en el hotel cuando llegue, porque ayer se marchó la mayoría, pero mi obligación es permanecer como un poste tras el mostrador de recepción por si algún chalado decide alojarse, pese a esta ventisca tan inoportuna. Ya te contaré.

—De acuerdo, llámame si hay alguna novedad— le recomendó Noelia, al tiempo que pulsaba el botón de llamada del ascensor y aguardaba junto a Tomás a que la cabina llegase a la planta en la que se hallaba.

Volvió a quejarse Claudia del tiempo, cuando un par de horas más tarde se reunió con Ramona en la recepción, aunque antes le refirió las novedades de las que le había informado Noelia, que la otra celebró, abrazándola. Luego y mientras por la ventana veía caer los copos que poco a poco iban cuajando sobre el pedregoso terreno tiñéndolo de blanco, le comentó:

—Voy a echar mucho de menos esto y también a ti. Lo hemos pasado bien, ¿verdad? Tendré que buscar ahora un museo que me admita y que me encargue el cometido de clasificar pedruscos milenarios, hallados por otros arqueólogos más afortunados que yo.

Giró Ramona la cabeza hacia ella con algo de extrañeza.

—¿No te gusta tu profesión? Pensaba que estabas deseando dejar esta rutina tan cansina en la que un día es igual a otro y no sucede nunca nada digno de mención.

No le pareció a Claudia oportuno aclararle el motivo. Su compañera además parecía taciturna en contra de lo que en ella era habitual, lo que no dejó de extrañarle.

—¿Te pasa algo? — le preguntó.

—Me pasa lo que a ti, que te voy a echar de menos— replicó Ramona en el acto.

—Por eso no te preocupes, porque pienso venir a menudo a visitaros. Además, por lo que me ha dicho Noelia, el abogado de Manuela está dispuesto a no oponerse a mi inmediata reclamación sobre la herencia de mi padre en la que hay que incluir las acciones de este hotel, así que no tardaré en volver para quedarme definitivamente.

—Sí, claro, pero no será lo mismo, porque regresarás como mandamás— objetó Ramona pensativa—. Y no es que no me apetezca ver salir a doña Manuela por la puerta, lo estoy deseando, pero puede que a ti se te suba a la cabeza y que te conviertas en un ser tan insoportable como ella. ¿Cómo tendré que llamarte?, ¿Doña Claudia?

Se echó a reír ella.

—Claro— admitió con sorna—. Y tendrás que hacerme una reverencia en cuanto me veas aparecer por la puerta—. Con aire ilusionado le recordó—: Quedamos en que cuando llegara ese momento te cambiaría el turno por el de la mañana, así que podremos comer las dos en el restaurante o en la cafetería, donde más te guste, y luego dispondrás de toda la tarde libre. ¿No te apetece?

En contra de lo que esperaba no expresó Ramona la satisfacción que suponía que debía producirle la noticia, porque ni tan siquiera sonrió.

—Gracias, aunque te repito que no será lo mismo. No me hagas caso— añadió al captar la decepción que reflejaba el semblante de la otra al oír su respuesta—. Es que tengo un mal día y no solo por lo que estamos comentando. Es que mi novio ha tenido la ocurrencia de invitar esta noche a unos amigos a mi casa. Sabe de sobra que salgo de este trabajo a las doce de la noche, por lo que lo último que me apetece es encontrármelos a todos sentados en el salón cuando llego a las tantas, esperando que improvise yo algo que nos sirva de cena a todos. Le he repetido hasta el aburrimiento que reserve esas reuniones para los sábados, pero no me ha hecho caso.

—¿Y has dejado preparado lo que vais a tomar? —inquirió Claudia solidarizándose con su compañera en contra de su desconocido novio, al que le colocó el calificativo de egoísta, incapaz de ponerse en la piel de Ramona.

—Bueno, sí. He dejado apilados los platos que vamos a necesitar sobre la encimera de la cocina y he preparado esta mañana una ensalada, un flan de huevo y en una fuente de horno he colocado ya un solomillo de cerdo con patatas para meterlo en el microondas, pero tardará unos veinte minutos en estar listo, así que imagina a qué hora vamos a empezar a cenar y a qué hora me voy a acostar. No sé tú, pero yo suelo salir de aquí por las noches hecha puré y cayéndome de sueño.

Le dio ella la razón, porque ella llegaba también a su casa dispuesta a meterse en el acto en la cama.

—Si, te comprendo, pero… ¿por qué no…?

—¿Qué ibas a decir? — se interesó Ramona.

—Que por qué no te marchas esta noche un poco antes. No queda un solo huésped en el hotel y con la nevada que está cayendo no es fácil que se presente alguno. Además, si por alguna equivocación apareciera alguien, ya le alojaría yo.

La observó la otra con la cabeza ladeada y su ondulada melena enmarcándole el rostro, mientras la sugerencia iba penetrando en su cerebro y la iba asimilando.

—Pero… ¿qué diría doña Manuela si al cruzar el vestíbulo se diera cuenta de que estabas tú sola en la recepción? Preguntaría por mí.

—No diría nada y no preguntaría por tí, porque suele marcharse a eso de las ocho de la tarde y hoy ni siquiera la he visto llegar. Es muy posible que después de haber tenido que admitir que soy hija del que fue su marido y que como consecuencia va a dejar de ser copropietaria de este hotel, haya decidido tomarse por adelantado unas vacaciones. ¿La has visto tú hoy?

Arrugó el ceño Ramona reflexionando y terminó por menear negativamente la cabeza.

—No, he llegado un cuarto de hora antes que tú y no ha cruzado ella por delante de este privilegiado observatorio que tenemos. Ni tampoco don Alfonso. Pero es que éste, desde que murió su padre, parece otro. Puede que hayas acertado y que no aparezcan hoy por el hotel. Con esta nevada yo tampoco habría venido si fuera jefe en lugar de soldado raso.

En ese preciso instante una ráfaga de viento helado que las hizo tiritar se filtró por la puerta giratoria y se expandió por el vestíbulo a la par que rotaban sus hojas de cristales impulsadas por un individuo. No traía esa ráfaga olor a monte, como siempre. Olía a frío y a nieve y arrebujándose en sus respectivas chaquetas se aprestaron las dos a recibir al recién llegado que venía con una indumentaria adecuada para presentarse en una estación de esquí y con la cabeza cubierta por una capucha. Se echó ésta hacia atrás nada más entrar y se sacudió la nieve que le había caído encima como si fuera un perro de lanas, sembrando el suelo de copos que se deshicieron en segundos sobre el pavimento de mármol. Era Alfonso Alfaro y a Claudia se le aceleró el pulso, aunque le pareció distinto a cómo le recordaba. Desde la muerte de su padre no había intercambiado con él una sola palabra y solo le había visto de lejos. Había dejado incluso de detenerse a saludarlas cuando llegada al hotel, como acostumbraba anteriormente. A partir de ese día se había limitado a mascullar alguna frase ininteligible con la cabeza baja, cuando pasaba por delante del mostrador de la recepción y a seguir camino hacia su despacho. Esa tarde fue una excepción, aunque las enfrentó a las dos sin el aire jovial que le caracterizaba anteriormente. Había adelgazado y su moreno semblante reflejaba cierta vacuidad, como si se sintiera ajeno al lugar en el que se hallaba y su mente vagara muy lejos de allí.

—Vaya tiempecito que hace— les dijo apoyándose en el mostrador—. No es extraño que se hayan marchado todos los huéspedes. Yo también me habría marchado si me encontrara en su caso. ¿Esperamos a algún turista esta tarde? — les preguntó.

Se notaba a la legua que se había sentido obligado a preguntarlo y que no le interesaba demasiado la respuesta. Fue Ramona la que contestó por las dos.

—No. Hasta la semana que viene, en la que ya no estará aquí Claudia, no tenemos registrada ninguna reserva. Para entonces y, según el parte meteorológico, habrá remitido esta borrasca de origen polar tan fuera de época y se reanudará la actividad de esta casa.

Al oírla, había levantado él la cabeza para desviar la mirada hacia la aludida.

—¿Nos deja usted? — le preguntó.

Hizo Claudia un gesto de asentimiento.

—Sí, Hoy termina mi contrato, concretamente esta noche. El lunes se incorporará Rosario, que ya se ha recuperado de su operación de apendicitis.

—¡Ah! — dijo él por todo comentario. Había abatido los párpados para fijar los ojos en sus manos y permaneció así unos segundos como si le costara asimilar la noticia. Luego volvió a levantarlos hasta el semblante de Claudia con un brillo en sus pupilas que a Ramona no le pasó desapercibido— ¿Y... cómo va su juicio? — le preguntó a ella— Creo recordar que la Vista iba a celebrarse uno de estos días.

—Se ha reanudado esta mañana, porque se suspendió para nombrar el perito que solicitó mi abogada— repuso Claudia sintiéndose incómoda sin saber por qué. Llegó a la conclusión casi inmediatamente de que el tener a Ramona a su lado, como testigo de la conversación, le impedía comportarse con naturalidad, porque estaba segura de que les estaría observando a los dos para captar algún detalle que confirmara que las sospechas que mantenía sobre la relación que habían iniciado los dos eran fundadas.

Ajeno por completo a lo que pudiera estar pensando Ramona, le preguntó él:

—¿Y qué ha dictaminado el perito?

—Que sin género de dudas soy hija de Armando Valdés— le informó con orgullo.

La observó con una expresión inescrutable.

—Enhorabuena, me alegro. Eso significa que regresará a este hotel como socia mía. ¿No es así?

Levantó ella ambas manos con un ademán ambiguo.

—Supongo que sí, pero no sé cuándo. Al parecer, doña Manuela está dispuesta a reconocer que la heredera de mi padre soy yo y no ella, por lo que no se opondría a la reclamación que interpusiéramos en tal sentido mi abogada y yo, pero eso lleva tiempo. No sé cuánto, pero calculo que al menos unos meses.

—Sí, supongo que sí— admitió él—. De todas formas, creo que ha llegado el momento de que nos apeemos el tratamiento y de que nos tuteemos. Me dijiste que no te parecía oportuno mientras estuvieras empleada en este hotel, pero ya no lo estás.

Se azaró tontamente. Volvió a sentir la incomodidad de tener a Ramona a su lado, y en lugar de lo que hubiera querido responderle, le dijo como si fuera una niña boba que acabara de salir de un internado y no supiera desenvolverse:

—Todavía estoy empleada aquí. Hasta esta noche a las doce y después… ya le he dicho que no sé cuánto tiempo tendrá que transcurrir hasta que sea su socia. Entonces…

Se había dado cuenta Ramona poco antes de que constituía para los dos un testigo inoportuno y había retrocedido discretamente para dejarles hablar, hasta que su espalda chocó con la pared. Al ver el sesgo que tomaba la conversación se retiró al despachito contiguo, lo que agradecieron ellos. Sobre todo, Claudia que había llegado a temer tener que despedirse de él con la otra delante, lo que en esos momentos le hacía sentirse torpe.

—Entonces tendré que esperar hasta que el reloj dé las doce para volver aquí y hablar contigo de acuerdo con tu nuevo estatus, ¿no es eso? — insistió él con sorna—. ¿No te parece que llevas estas tonterías demasiado lejos?

—A mi me parece que no— replicó muy seria.

—¿Y por qué no celebramos el resultado del juicio cenando esta noche en el restaurante?— le sugirió en tono distendido, aunque había algo en su manera de expresarse que a ella le sonó extraño— Con seguridad estaremos solos, porque no ha quedado un alma en el hotel, pero ya que vamos a ser socios, tendremos que comentar muchas cosas.

Giró ella a medias la cabeza hacia el despachito que tenía a su espalda y como le dio la impresión de que, aunque no veía a Ramona, que se hallaba al otro lado del tabique, ésta les estaría escuchando, repuso lo primero que se le ocurrió.

—Porque todavía no lo soy y porque puede aparecer algún huésped al que tendré que atender.

—Descuida, con esta nevada tan imponente no va a aparecer. Y además, en ese supuesto tan improbable ¿no puede ocuparse Ramona?

Recordó a tiempo Claudia que su compañera había aceptado su consejo de que se marchara antes de la hora en la que finalizaba su jornada de trabajo, por lo que meneó negativamente la cabeza.

—No, no puedo.

—¿Y mañana? — insistió él. Continuaba serio y con la misma expresión extraña, inusual en su moreno semblante—. Mañana es sábado y afortunadamente estarás en paro, lo que para una persona tan maniáticamente responsable como tú puede ser hasta una suerte. Desde luego para mí lo va a ser. ¿Qué te parece? Podríamos ir a cenar en Madrid a un mesón muy típico, próximo a la plaza Mayor ¿Te gustan los mesones?

Volvió ella nuevamente la cabeza hacia el despachito que tenía a su espalda, donde se hallaba la otra con la puerta abierta y se rebulló inquieta sintiéndose expiada por su compañera y la imaginó reprimiendo las ganas de reír. ¿Por qué no se le ocurriría nada que decir?

—Bueno… sí… no sé. Sí me gustan— consiguió decir.

—Pues hasta mañana entonces— se despidió él alejándose hacia el pasillo por el que se accedía a su despacho.

Ramona reapareció en el acto con una sonrisa guasona en sus labios y tomó asiento a su lado en una banqueta alta de las dos que disponían y que solían utilizar cuando estaban solas y no tenían que atender a los huéspedes.

—¿Tendremos boda? — le preguntó con sorna.

—¿Quiénes?— replicó ella haciéndose de nuevas.

—Don Alfonso y tú.

—A la que iremos, será a la tuya. Y, por cierto, ¿tenéis pensado pasar por el altar o vuestra intención es ser novios eternos?

Frunció Ramona los labios con disgusto.

—A mí sí me gustaría casarme en una iglesia y con un traje largo, pero él cambia de conversación cuando se lo insinúo, aunque hace un montón de años que estamos saliendo. Pasamos juntos los fines de semana, pero él sigue viviendo en Madrid en su casa y yo en la mía, en Pelayos de la Presa. Vas a tener que darme lecciones.

—¿Lecciones de qué?

—De cómo pescar al tío que te gusta. Se te da de miedo.

—¿A mí?

—Sí, la misma mañana en la que llegaste le echaste el anzuelo a don Alfonso y picó inmediatamente.

—¡Bah!, tú ves visiones— replicó Claudia desdeñosamente—. Para que lo sepas, cuando me entrevistó en su despacho ni siquiera me miró a la cara y además parecía estar pensando en otra cosa. No me llegó a preguntar si hablaba inglés con corrección ni si tenía experiencia en este tipo de trabajo y yo no abaniqué las pestañas mirándole de medio lado como haces tú en cuanto un hombre se te pone a tiro.

—Para lo que me sirve— gruñó la otra—. Voy a cumplir cincuenta y ocho y va siendo hora de que formalice una relación que va durando siglos. ¿No crees que tengo razón?

Se lo preguntaba con una ansiedad que no acabó de entender Claudia, quizás porque hasta la fecha no se había planteado casarse con ninguno de los chicos que había conocido y porque tampoco el matrimonio constituía para ella una meta, pero como le estaba pidiendo su opinión, le recomendó:

—Pues coméntaselo esta noche, después de que se vayan vuestros amigos. Si la reunión ha sido agradable y se encuentra feliz y relajado, sugiéreselo.

Meneó pesarosamente Ramona la cabeza.

—No sé. Me da miedo estropearlo y que si me pongo pesada con el tema eche a correr y no le vuelva a ver. Su primer matrimonio le salió mal y se muestra reacio a repetir lo que considera una atadura. ¿Tú crees que el matrimonio puede ser una atadura?

Como Claudia no se había casado nunca no supo en un primer momento qué contestarle.

—Pues no sé qué decirte. Supongo que con la persona adecuada no tiene por qué serlo, pero no me hagas mucho caso porque no tengo experiencia en ese asunto ni en casi ninguno. Mientras vivió mi madre no necesitamos a nadie más ninguna de las dos y hace solamente tres meses que ha fallecido así, que no soy quién para dar consejos.

—No, claro.

Previendo que aquella tarde iba a ser interminable por absoluta falta de trabajo, se retiró Ramona al despachito y extrajo un libro de uno de los armarios abismándose inmediatamente en su lectura. Claudia bostezó aburrida y como no se le había ocurrido llevarse al hotel una novela, terminó por hacer solitarios en el ordenador mientras en el exterior soplaba el viento cada vez con mayor fuerza y arreciaba la nevada. De vez en cuando el vendaval arremetía contra la puerta giratoria y la cubría de nieve, haciéndola rotar sobre sí misma al compás de sus ráfagas. En una de esas ocasiones apartó Claudia la mirada de la pantalla del ordenador para observar preocupada el blanquecino paisaje que podía atisbar a través de la ventana.

—Está cuajando la nieve fuera y dentro de poco alcanzará el espesor de varios centímetros. Espero que no tengamos problema con el coche al marcharnos— comentó preocupada.

—¿Qué clase de problemas? — oyó decir a Ramona.

—Que patinemos en el hielo o que corten alguna carretera. Lo tengo yo peor que tú, que vives aquí cerca.

—Tienes razón. Deberías acercarte al despacho de don Alfonso para decirle que te vas tú también por ese motivo.

Se olvidó Claudia de su solitario para acercarse más al ventanal e intentar distinguir el estado del camino que se iniciaba algo más allá, pero solo logró ver tras la cortina de copos un difuso y helado paisaje en blanco y negro.

—¿Tú crees que pueden cortar la autovía?

—No lo sé, alguna vez ha sucedido en invierno— contestó la otra a través de la puerta abierta.

—¿Y cómo me voy a marchar entonces a mi casa?

La voz de Ramona le sonó evasiva.

—Espero que eso no suceda, pero en caso de que la carretera está intransitable y no pudiéramos salir de aquí ninguna de las dos, podríamos dormir en cualquiera de las habitaciones que les asignamos a los huéspedes. Hoy las tenemos todas a nuestra disposición. El lunes se lo diríamos a Rosa y… bueno se lo diría yo, porque tú estarías en la cola del INEM para darte de alta en el paro, y ya se ocuparía la camarera de planta de cambiar las sábanas de la cama y de arreglar el cuarto.

—¿Y has tenido que quedarte a dormir alguna vez? — se inquietó Claudia.

Apareció Ramona en el umbral y luego se le acercó para acodarse en el mostrador a su lado.

—¿Yo?, puede ser, pero no recuerdo otra nevada como ésta. Tal como se están poniendo las cosas deberíamos llamar a Joachim y a Roberto para que se presenten aquí más temprano y adelanten su turno. Viven los dos en el pueblo y no tardarán en llegar. Les pediremos ese favor.

—De acuerdo, ¿qué hora es?

—Las seis.

—¿No es demasiado temprano para que nos sustituyan?

—Sí. Les llamaré a las ocho y en cuanto se presenten nos marcharemos las dos.

—Bien.

Las horas se desgranaron en minutos y segundos interminables en el silencio absoluto del edificio solo interrumpido de cuando en cuando por el fragor del viento. Una media hora más tarde apareció en el vestíbulo Herminio con el abrigo puesto y la bufanda al cuello, que se les aproximó para despedirse.

—Me marcho, chicas. El lunes continuaré con mis papeles, pero quiero llegar a mi casa antes de que este temporal me lo impida. ¿Te veremos el lunes, Claudia?

La aludida meneó negativamente la cabeza.

—No, el lunes se incorporará ya Rosario, así que…

—Tienes que venir a que te liquide tus haberes— le recordó él—. El lunes o el día que más te convenga.

—De acuerdo, ya nos veremos.

Salió él al exterior, borroso tras la cortina de nieve y las dos le siguieron con la vista. Poco después se despidió de ellas Rosa y a continuación los dos botones y algunos camareros, a los que después vieron por la ventana pisotear la nieve para dirigirse hacia sus respectivos vehículos. A las ocho llamó Ramona por el móvil a los dos chicos que debían sustituirlas a las doce la noche y como los dos se mostraron conformes en presentarse antes del horario que les correspondía, su compañera salió decididamente del recinto en el que trabajaban.

—Me voy yo también— le comunicó a Claudia—. Los chicos no tardarán y así podré preparar la cena para los amigos que vienen a mi casa esta noche sin tanto agobio. En cuanto aparezcan, márchate tú también.

—Vale— murmuró ella con una nueva ojeada a lo poco que podía distinguir a través de la ventana. Ya había oscurecido y el cristal estaba enturbiado y salpicado por los copos que arrojaba el viento contra él.

Se encaminó Ramona hacia el pasillo por el que se bajaba al sótano y no tardó en volver con unos gruesos pantalones, el anorak, unas botas altas y un gorro de punto en la cabeza.

—Espero llegar a mi casa sin problemas y que tú tampoco los tengas. Mándame un mensaje por el móvil en cuanto llegues para que me quede tranquila. Y ve a cambiarte ya. Los chicos no pueden tardar.

—Ahora iré. Voy a esperar un poco.

La siguió Claudia con la vista cuando traspuso la puerta giratoria y cuando su borrosa figura se perdió en la oscuridad experimentó de improviso una abrumadora soledad. En el silencio que envolvía el hotel, solo podía percibirse el fragor del viento que zarandeaba los cristales de la ventana e impulsaba sobre sí misma la puerta giratoria, lo que le produjo la sensación de hallarse en un edificio abandonado. Pero no estaba sola, se dijo. Alfonso debía de estar en su despacho y quizás Manuela se encontrara en el suyo, porque era posible que hubiera regresado del juzgado antes de la llegada de Ramona. También en la cocina deberían estar el cocinero y los pinches y en la cafetería el resto de los camareros, porque resultaba obvio que no se habían marchado todos aún.

Efectivamente, poco después, fueron pasado por el vestíbulo, uno detrás de otro, los que quedaban en la cafetería y luego los que trabajaban en la cocina. Pasaron por delante del mostrador tras el que se hallaba Claudia para decirle adiós y perderse en la noche. Uno de los camareros se detuvo un instante a hablar con ella.

—Deberías marcharte ya. No va a venir ningún viajero y doña Manuela nos ha dado permiso para que nos larguemos.

—¿Doña Manuela' ¿Es que está doña Manuela en el hotel?

—Claro, como todos los días. He oído por la radio que han avisado a las máquinas quitanieves, porque la carretera 501 está intransitable y no tardarán en cortarla. Como no te des prisa, no vas a poder salir de aquí.

Se alarmó ella, pero trató de disimularlo con una sonrisa.

—Gracias, pero estoy esperando a Roberto y a Joaquim que ya no tardarán. En cuanto aparezcan me marcharé.

—Está bien. Lleva cuidado y hasta mañana.

Se perdió también en la oscuridad en cuanto salió, pese a que Claudia trató de seguirle con la vista cuando traspuso la puerta giratoria, y empezó a sentir una inquietud creciente. Consultó el reloj comprobando que había transcurrido media hora ya desde que se había ido Ramona.

¿Por qué no aparecían los chicos que la iban a sustituir, tal y como habían quedado?

Pensó bajar a cambiarse, pero no se atrevió. Era su última tarde y no quería correr el riesgo de que Alfonso o Manuela salieran al vestíbulo y se encontraran con que no había nadie en la recepción. No iba a volver a ocupar el puesto que aún desempeñaba, pero quería dejar un buen recuerdo para que cuando regresara como socia de Alfonso y jefe por lo tanto de los empleados, pudiera exigir a éstos el cumplimiento de su trabajo en la medida del ejemplo que había dado ella.

Transcurrió una hora más y con los nervios desatados decidió llamarles por el teléfono fijo que tenía sobre el mostrador. No tardó en oír la voz de Roberto, pero no sonaba distendida y alegre como acostumbraba a hablar el chico, siempre de buen humor. Se le oía mal, y sus entrecortadas palabras le llegaban de muy lejos, acalladas por el fragor del viento.

—Claudia, ¿eres tú? Vamos para allá, pero el camino está cubierto de placas de hielo y hemos patinado varias veces con la moto. He oído que la autovía está cortada, así que…

Le pareció oír una imprecación, luego un grito y finalmente un golpetazo que dio paso al silencio.

—¡Roberto! — le llamó—. ¡Roberto! ¿Os ha pasado algo? ¿Pero por qué no me contestas?

Volvió a marcar el número, pero no oyó a continuación la señal de llamada. Debían de haber patinado los dos con la moto y el teléfono móvil se le habría estrellado al chico contra el suelo. ¿Les habría ocurrido algo grave? Sintió que la frente se le perlaba de sudor y bruscamente tomó una decisión. Se acercaría al despacho de Alfonso para comunicarle que probablemente los dos chicos habían sufrido un accidente y anunciarle que se marchaba, dado el peligroso estado de la carretera. Él se ocuparía de cerrar la puerta de entrada del hotel y de tomar las medidas de seguridad necesarias hasta que el establecimiento pudiera abrirse de nuevo.

Salió apresuradamente del recinto de recepción bordeando el mostrador y echó a andar hacia el pasillo de la derecha. No tardó en apretar el paso volviendo la cabeza para comprobar si alguien la seguía y finalmente echó a correr. El pasillo en el que acababa de desembocar estaba tenuemente iluminado por los apliques de la pared y le pareció en esos momentos que era más largo y más oscuro que en otras ocasiones en las que lo había recorrido sin la agobiante sensación de que algo estaba a punto de sucederle. Debería haber hecho caso a Noelia, pensó. Le había insistido ésta en que corría peligro en el hotel en el que se hallaba y no había querido seguir su consejo. Claro que ella no había podido imaginar que a causa de un temporal de viento y de nieve se iba a quedar sola en aquel enorme el edificio y mucho menos que Ramona se iba a marchar, abandonándola a su suerte en esas circunstancias, por la ocurrencia del novio que le tenía sorbido el seso y que no debía pensar más que en sus propios intereses.

Sin aliento llegó hasta la puerta del despacho de Alfonso y le propinó unos golpecitos, pero no oyó su voz invitándola a entrar. Tomó aire e insistió de nuevo con el mismo resultado negativo. ¿Qué debía hacer?, se preguntó.

Finalmente se decidió. Asió el picaporte y cuidadosamente lo accionó entreabriendo la puerta de madera. La habitación estaba a oscuras, por lo que extendió la mano pulsando el conmutador de la luz. Al iluminarse la estancia parpadeó deslumbrada, pero le bastó una décima de segundo para comprobar que en el despacho no había nadie. Desordenadamente apilados sobre la mesa vio el cerro de papeles que sin duda había estado consultando él y con la sensación de que estaba violando su intimidad retrocedió hasta el pasillo. Entonces vio el filo de luz que salía por debajo de la puerta del despacho contiguo, que era el de Manuela. Debía de haberse encerrado allí nada más salir del juzgado, quizás pensando que no le quedaba mucho tiempo de disfrutar de ese escenario, porque no se había dado una vuelta por la recepción y por las restantes dependencias del hotel como tenía por costumbre.

Temía enfrentarse a ella, ahora que había quedado acreditado que era hija del que había sido su marido y que como consecuencia la iba a desposeer de todo lo que había considerado suyo, por lo que vaciló preguntándose si no debería marcharse sin comunicárselo previamente. Indecisa llegó hasta la puerta y se quedó allí quieta, con mil dudas bulléndole en la mente. ¿Qué sucedería si se largaba por las buenas? Nada en absoluto, se dijo. Era su último día. El lunes próximo se levantaría de la cama cuando le apeteciera y trataría de llenar el día leyendo, paseando o viendo la televisión, porque no regresaría al hotel para desempeñar el puesto de recepcionista, por lo que probablemente tampoco volvería a encontrarse con la otra en toda su vida, porque de los subsiguientes trámites legales para reclamarle a Manuela la herencia de su padre se ocuparían Noelia y el abogado de cara de funeral. A nadie le extrañaría que esa noche se hubiera marchado sin pedirle permiso a nadie, dada la situación. De hecho, todos se habían ido ya y ninguno se había preocupado de que pudiera volver ella esa noche a su casa. Lo que tenía que hacer era bajar al sótano a cambiarse y poner pies en polvorosa a continuación.

Se lo repitió varias veces y aún se lo estaba repitiendo cuando llamó a la puerta con los nudillos. Tampoco ahora recibió contestación alguna e insistió. Tras el tercer intento la entreabrió y asomó la cabeza por la abertura. El despacho estaba vacío, aunque la lamparita que estaba sobre la mesa tenía la luz encendida. No había entrado anteriormente nunca en él, por lo que por curiosidad y porque pensó que en una fecha próxima quizás lo utilizara como propio echó una ojeada en derredor. Era idéntico al de Alfonso, con la misma disposición del mobiliario y el mismo ventanal al fondo. La persiana estaba echada, pero dada la orientación de la estancia dio por hecho que el panorama que se divisaría desde allí sería el mismo y que a lo lejos se vería también al pantano deslizándose hacia la presa con sus aguas turbias y verdosas. Al contrario que la de Alfonso, la mesa estaba en orden, sin libros y sin papeles. Tan solo vio unas fotografías que debía de haber estado contemplando Manuela y que había dejado desparramadas sobre el tablero antes de salir de la habitación. Aunque pensó que la que todavía era su jefe podría regresar en cualquier momento y encontrarla curioseando lo que no debía, se aproximó a la mesa y las cogió en sus manos. Luego abrió desmesuradamente los ojos, parpadeó incrédulamente y volvió a examinar la primera fotografía. Porque en la instantánea reconoció a su padre, joven, con una indumentaria veraniega y con el brazo sobre los hombros de una chica de unos veintitantos años, morena y guapa. Tendría una edad similar a la de él y los dos se miraban como se suelen mirar las parejas entre las que existe una relación sentimental.

Pero la chica no era su madre, se dijo, ni tampoco era Manuela. ¿Habría tenido una aventura con esa joven al mismo tiempo que con las otras dos?

Le vino de golpe a la memoria el comentario que le había hecho Alfonso sobre su padre a orillas del pantano, la tarde en la que le encontró allí arrojando piedrecitas al agua. Le había dicho que Armando Valdés había sido un mujeriego y luego se había disculpado alegando que él era un niño entonces y que solo lo sabía de oídas. ¿Sería cierto que su madre en la misma época no había sido la única?

Le hubiera dolido su descubrimiento si un nuevo envite del vendaval contra la ventana no la hubiera sobresaltado, obligándola a olvidarse de esa cuestión y a reaccionar. Lo importante en ese momento era salir del hotel y llegar a su casa. Quién era esa chica y qué había significado para su padre ya lo averiguaría después. O no lo averiguaría nunca, se dijo rectificando su primera impresión. Seguramente la había conocido antes que a su madre, porque estaba segura de que era con ésta con la que deseaba pasar el resto de su vida.

Un sonido en el pasillo la alertó. Unas pisadas cercanas, que se alejaban y que dio por hecho que debían pertenecer a Alfonso o a Manuela, la impulsaron a dirigirse de puntillas hacia la puerta, a apagar la luz y a asomar cautelosamente la cabeza hacia el corredor. Al fondo y envuelta en sombras creyó distinguir una silueta que caminaba hacia el final de éste. Temía encontrarse con Manuela, pero podía tratarse de Alfonso y sería un alivio reunirse con él y dejar de sentirse sola en las inmensas proporciones de un edificio solitario, zarandeado por el fragor de un viento huracanado al que la nieve iba aislando de todo contacto humano.

Sabía que al fondo de ese corredor había un ascensor y adivinó que la difusa figura que avanzaba delante de ella tenía la intención de tomarlo y que era Alfonso y no Manuela cuando se detuvo un instante bajo uno de los apliques de la pared para consultar algo que extrajo del bolsillo de su pantalón. A la incierta luz del farol que iluminó su cabello corto de color castaño distinguió también parte de su rostro e hizo intención de llamarle, pero él continuó alejándose y cuando ella llegó ante la puerta de la cabina del ascensor ya había arrancado aquella con él dentro. Por los botones que iban iluminándose en el panel de la pared conforme el ascensor iba ascendiendo, comprobó que se había detenido la cabina en la planta cuarta. Probablemente habría decidido Alfonso dormir esa noche en la suite que tenía reservada y decidió ella subir también para informarle de que los dos chicos que realizaban el turno de noche podían haber sufrido un accidente al patinar por el camino que desde el pueblo llevaba al hotel y que ella se marchaba, por lo que debería él bajar para cerrar a continuación todas las puertas exteriores antes de acostarse, ya que en el edificio no quedaba nadie. Por la luz encendida de su despacho cabía pensar que aún no se hubiera marchado Manuela, pero como ésta no se ocupaba de esos cometidos era importante que le advirtiera a él. Además, pensó, así tendría ocasión de despedirse sin testigos presenciales y podría concretar la cita que le había propuesto él para la noche siguiente.

Sin dudarlo llamó al ascensor y luego pulsó el botón de la planta cuarta, donde no tardó en desembocar en un oscuro pasillo en el que se hallaban las habitaciones de los números pares, cuyas puertas, cerradas e idénticas, se sucedían a lo largo de la pared. Lo recorrió deprisa y llegó a la salita a la que daban acceso los dos ascensores del vestíbulo. También se hallaba a oscuras y tanteó Claudia la moqueta del pavimento temiendo tropezar. Solamente había estado en esa planta en dos ocasiones y no sabía dónde podría encontrarse el conmutador de la luz. A través del gran ventanal que ocupaba todo el muro de su izquierda no se filtraba otra cosa que la oscuridad más absoluta, aunque sí podía distinguirse el aluvión de copos blanquecinos que se estampaban contra el cristal, pero logró a orientarse, recordando que el pasillo que conducía a la habitación 423 comenzaba precisamente en el lado contrario.

También ese pasillo estaba a oscuras. Había llegado hasta él tanteando las paredes y avanzó sin dejar de palparlas, preguntándose por qué Alfonso no habría encendido la luz para dirigirse con más comodidad a su habitación. Debía de haber alcanzado ya ésta y haberse introducido dentro cerrando la puerta a continuación, porque delante de ella no vio a nadie. Solo la oscuridad más absoluta, aunque…

Había ido contando los números de las habitaciones y se detuvo súbitamente ante la 421 al advertir que la puerta estaba entreabierta. ¿Habría entrado Alfonso en esa habitación, que estaba clausurada desde la muerte de su padre para… ¿para qué?

Reparó también en que la llave estaba puesta en la cerradura. Tenía que ser él el que se encontrara dentro, porque solo él disponía de esa llave. La habría extraído de la caja fuerte de su despacho y habría querido inspeccionarla, porque sentiría curiosidad por aspirar la atmósfera de un escenario que le había sido vedado desde niño. ¿Pero por qué esa noche? No dejaba de ser extraño que hubiera tomado esa decisión en unas circunstancias tan adversas en las que cualquier otra persona habría dejado atrás un edificio perdido en la montaña, en el que el viento gemía alrededor de sus muros zarandeando los cristales de las ventanas y en el que no quedaba nadie. En la habitación 421 sacudiría en cambio los cristales del balcón y probablemente se filtraría por las contraventanas con un gemido lúgubre, como el que creía estar oyendo desde el pasillo.

Experimentó un escalofrío al imaginarlo y volvió a sentir la frente perlada de sudor y que algo húmedo y helado le corría por la espalda. ¿Y si se marchara en ese mismo instante sin pedirle permiso a él? No era responsabilidad suya la seguridad del edificio, pero debería informarle de que Roberto y Joachim no se iban a presentar esa noche a cumplir su turno, de que consiguientemente no había recepcionista alguno en el vestíbulo y de que la puerta giratoria daba vueltas intermitentemente impulsada por el viento, por lo que debería cerrarla por dentro en cuanto ella se fuera.

En ese preciso instante oyó algo dentro de la habitación y eso la decidió. Empujó la hoja de madera y se detuvo en el umbral al no percibir a su alrededor más que oscuridad. No estaba la luz encendida y cómo la tarde en la que visitó muchos días antes, olía a cerrado, a rancio y... sí también a algo más. A algo dulzón a lo que no supo darle el nombre. Y había alguien más en la habitación, porque se había movido, aunque imperceptiblemente. ¿Sería acaso...?

Sudando de miedo alargó la mano y palpó la pared junto a la puerta hasta que dio con la llave de la luz y la accionó. No había nadie. Recordaba esa habitación hasta en sus menores detalles y la abarcó de una sola ojeada comprobando que se hallaba igual a como la había dejado entonces. La dorada colcha de damasco, a juego con las cortinas cubría la cama sin una sola arruga con las alfombrillas de pie de cama bien colocadas, la butaca seguía junto al balcón y éste con las contraventanas herméticamente cerradas y la cómoda adosada a la pared de enfrente con un fino polvillo sobre su superficie. De improviso notó algo distinto. Ella había dejado cerrada la puerta del cuarto de baño antes de salir de la habitación, la tarde en la que habían encontrado la llave en la caja fuerte del despacho de Alfonso. Era una manía suya heredada de su madre la de cerrar la puerta de las habitaciones de las que salía y estaba segura de que esa habitación no se había limpiado después. Ahora esa puerta estaba entreabierta.

Avanzó un par de pasos en esa dirección, preguntándose qué estaría haciendo Alfonso a oscuras en el cuarto de baño de la habitación 421 y entonces tropezó con algo que estaba en el suelo bajo la cama. Eran unos pies calzados con unos zapatos de tacón alto y se llevó ambas manos a la boca para no dejar escapar ningún sonido, porque los conocía demasiado bien. Eran los zapatos de Manuela que asomaban por debajo del lecho y tiró de sus pies hasta que, arrastrándola, la sacó a ella de debajo de la cama. Hubiera gritado de haber podido, pero no consiguió emitir ningún sonido. Con los ojos desorbitados contempló la parte del rostro de ella que su rubia y desparramada melena dejaba al descubierto y el color cerúleo que imprimía una extraña rigidez a sus facciones y desvió luego su mirada hacia el cuchillo que tenía clavado en el pecho y del que había manado un charco de sangre que había dejado un rastro oscuro sobre el pavimento.

Como había visto hacer en las películas, le tomó el pulso en la carótida y le acercó luego a la nariz un espejito que vio sobre la cómoda. No respiraba ya. ¿Pero por qué Alfonso…?

Sabía que se peleaban a menudo y que no la soportaba, ¿pero por qué había tenido que matarla precisamente cuando estaba a punto Manuela de cederle el puesto a ella y marcharse para siempre del hotel?

Pensó que debería irse cuanto antes sin que él pudiera sospechar que le había seguido y que había descubierto que había asesinado a la que todavía era su socia, pero incomprensiblemente reaccionó dirigiéndose hacia la puerta entreabierta del cuarto de baño. Él estaba allí escondido, porque le había oído al entrar ella en la habitación. Y tendría que aclararle el motivo. No se le ocurrió que correría un riesgo muy serio si se daba por enterada de lo que había sucedido. Abrió la hoja de madera de un empujón y encendió la luz. Luego abrió desmesuradamente los ojos y la boca y se quedó inmóvil, como alelada, con los ojos fijos en Ramona que apoyada contra la pared alicatada de mármol travertino la miraba sin pestañear.

—¿Tú? — murmuró apenas con la voz estrangulada por la sorpresa—. ¿Qué haces aquí? ¿No te habías marchado?

El semblante de la otra se contrajo en un rictus duro, que no parecía corresponder a la expresión que traslucían habitualmente sus facciones.

—Ya ves que no.

—¿Y por qué? — inquirió Claudia sin comprender. Se le había corrido a la otra el rímel con el que ennegrecía sus pestañas y su oscura melena le caía despeinada sobre la cara.

Esbozó Ramona un gesto evasivo.

—Porque sí, porque todo se ha complicado hoy.

Parpadeó ella sin que le pasara por la mente lo que su compañera estaba insinuando.

—¿Qué es lo que se ha complicado?

—Todo, ¿no lo entiendes?

—No, ¿qué es lo que tengo que entender?

—Sospeché que nos había visto aquella tarde— empezó Ramona en tono monocorde como si hablara consigo misma apartándose el cabello de las mejillas— Regresó del pantano poco después que yo. Subió la cuesta andando, pero no me comentó nada. Durante todos estos años ha guardado el secreto, porque a ella también le interesaba que no se supiera lo que pasó. Pero esta misma noche… Ha sido el resultado de la prueba de tu ADN el que ha modificado la perspectiva de su futuro, porque ya no le quedaba nada que defender.

—¿De qué estás hablando?

—De la muerte de Armando.

Analizó Claudia su expresión. Parecía serena, apática incluso.

—¿Qué has tenido que ver tú con la muerte de mi padre? — inquirió con una voz más aguda que la suya habitual.

—Me la he tropezado por el pasillo— continuó la otra como si no la hubiera oído—. Salía ella de la cafetería, cuando iba a bajar yo a cambiarme y me ha pedido que la acompañara a su despacho para enseñarme unas fotos. Unas fotos en las que estábamos los dos y que nos tomó ella hace años a escondidas, porque pensó que podían serle útiles para el divorcio que ya había interpuesto el abogado de Armando.

En el obnubilado cerebro de Claudia fue haciéndose paulatinamente la luz.

—¿La joven morena de la fotografía eres tú?

—¿Has visto esa foto?

—Sí. Estaba sobre la mesa del despacho de Manuela, que tenía la luz encendida y he entrado a despedirme. ¿Eres tú?

—Sí. Estoy algo distinta, porque entonces tenía veinticinco años y era bastante bonita.

—¿Mi padre y tú…? — empezó a preguntarle sin querérselo creer.

—Sí. Él y Manuela no se podían soportar y yo era muy joven entonces y trabajaba aquí. Me llevó una noche a mi casa en la que al salir del trabajo me encontré con una rueda del coche pinchada y… y no sé cómo pasó. A partir de esa noche subía con él a su habitación cuando se quedaba a dormir en el hotel y me marchaba antes de que amaneciera para que nadie se enterara. Me hice ilusiones, ¿comprendes?

—¿Y qué pasó?

—Nunca me dijo nada que pudiera hacerme creer que planeaba un futuro juntos— continuó Ramona con la mirada fija en la mampara de la bañera que tenía enfrente—. Pero la relación entre ellos iba de mal en peor y pensé que no tardaría él en interponer la demanda de divorcio y que a partir de entonces no tendríamos que escondernos, pero de improviso todo cambió.

—¿Qué ocurrió?

—No me lo dijo, pero debió encontrar a tu madre en alguna parte y a partir de ese momento no volvió a quedarse a dormir en el hotel ni a acercárseme, aunque lo intenté por todos los medios. Le hice incluso una escena en su despacho, que interrumpió Herminio, y él me citó entonces a las cuatro del día siguiente junto al pantano en un lugar en el que nos habíamos reunido a menudo. Me dijo que allí me lo explicaría todo.

Rememoró Claudia la nota que había encontrado dentro de un bolsito bajo la cama la primera vez que visitó la misma habitación en la que se encontraba. Le decía a su madre que iba a encontrarse con "ella" para aclararle que todo había acabado entre los dos. Qué estúpida había sido— pensó horrorizada. Había dado por supuesto que esa "ella" era Manuela.

—¿Y te lo explicó? — le preguntó sin que su semblante denotara lo que pasaba por su mente.

—Sí. Se disculpó conmigo y me pidió que le dejara en paz, de una forma más suave, claro, más edulcorada. Me dijo que lo nuestro se había terminado para siempre y que no insistiera más en verle ni en retomar lo que había llegado a su final. Que aún era yo muy joven y que no tardaría en encontrar a un hombre más apropiado para mí. En una palabra, que le olvidara—. Una sombra de amargura veló su semblante y añadió—: Como si olvidarle fuera tan fácil.

—¿Y qué hiciste?

La envolvió Ramona en una mirada ausente.

—Sentí un rapto de furor incontrolable. Siempre he sido muy temperamental y me había hecho tantas ilusiones… El caso es que cuando terminó de decirme todo aquello se sentó en el suelo junto a la orilla del pantano y empezó a tirar guijarros al agua. Entonces yo… yo cogí una piedra y le aticé con ella en la cabeza. No pensé en matarle. No creo que llegara a pensar en nada, solo en descargar mi ira contra él.

La contempló Claudia horrorizada.

—¿Tú? ¿Mataste a mi padre tú?

Esbozó la otra un gesto de disculpa.

—No tenía esa intención, te lo aseguro. De no habernos encontrado los dos en ese lugar, le hubiera dado un tortazo o le hubiera arañado, pero allí... esa piedra fue lo primero que encontré a mano y le sacudí con ella. Cayó al suelo con la cabeza ensangrentada. Le manaba la sangre por la brecha que le había abierto con el pedrusco y cuando me acerqué a él y le tomé el pulso me di cuenta de que estaba muerto.

—Y entonces apareció don Fabián— dedujo Claudia observándola como si no la conociera.

—Sí, habían discutido mientras comían y como habían salido juntos del hotel y habían cogido sus respectivos coches, sabía que Armando había tomado el camino del pantano. El caso es que debió plantearse hacer las paces con él y aparcó cerca del lugar en el que nos hallábamos los dos. Dobló a pie el último recodo del cauce del pantano cuando yo me había arrodillado junto a Armando y había comprobado que ya no respiraba. Debió pensar al verle sangrar de aquella manera que le estaba atacando en ese momento y se abalanzó sobre mí para defender a su amigo. Traté entonces de repeler su agresión y con la misma piedra le sacudí a él, también en la cabeza.

—Y le dejaste inconsciente, tirado en el suelo.

—Sí. Lo demás ya lo sabes. Me asusté conforme me fui tranquilizando y comprendiendo lo que había hecho. Armando pesaba mucho, pero yo era muy fuerte entonces. Le subí a su coche, que había aparcado cerca, y aprovechando el declive del terreno, lo empujé hasta que sumergí el automóvil en el agua con él dentro. No esperé a verlo completamente hundido. Me lavé las manos en el pantano y subí a pie al hotel, donde llegué tarde para iniciar mi turno en la recepción con Martina, que entonces era mi compañera. Horas después y a través de la ventana vi llegar a Manuela, que también venía del pantano por la misma cuesta que había subido yo. Pensé que quizás hubiera sido testigo de la escena que se había desarrollado poco antes en la orilla, pero no manifestó que tuviera conocimiento de lo que le había ocurrido al que había sido su marido, puesto que, por lo que he sabido después, el juez les había divorciado ya. Probablemente no me dijo nada, porque agradeció que le hubiera quitado del medio a él y que encima le hubiera abierto el camino para hacerse con la mitad de las acciones del hotel.

Le costó trabajo a Claudia asimilar lo que Ramona le estaba refiriendo y murmuró:

—¿Y don Fabián?

—Le encontró la Guardia Civil el día siguiente, pero no recordaba nada y había perdido además sus facultades mentales. Día a día fue recuperando algo de clarividencia y digo algo, porque se empeñó en que su amigo iba a volver y que había que reservarle su habitación de siempre, la 421, para que la encontrara como la había dejado. Tampoco fue capaz a partir de entonces de enfrentarse a doña Manuela en las decisiones que ésta tomaba, lo que también a ella le vino muy bien, porque pudo comportarse a partir de entonces como dueña y señora de este establecimiento.

—Y de pronto lo recordó todo él— aventuró Claudia.

—Sí, tuvo la culpa esa chica que es tu abogado. Fue a visitarle y removió su pasado, lo que ninguno nos habíamos atrevido a hacer. Le pidió don Fabián a su enfermero que la avisara, porque quería verla de nuevo y él llamó a la recepción del hotel para que le dieran el recado. Carmen se puso al aparato y como suponía que tendría yo el número del móvil de esa chica, de Noelia, me localizó a mí en mi casa para decirme que mi antiguo jefe quería verla y me alarmó. No podía consentir que don Fabián le refiriera a ella lo que había visto aquella tarde. Lo demás te lo puedes imaginar.

—Sí, claro que sí. No te quedaste en Madrid al finalizar el juicio, sino que te fuiste a tu casa, desde donde hablaste con Carmen. Saliste seguidamente hacia la residencia de don Fabián sin perder un segundo, a eso de las tres de la tarde. Le encontraste solo en su habitación y le inyectaste aire en vena. Supongo que el pobre ni siquiera se pudo defender.

—No— admitió la otra—. Estaba inválido en una silla de ruedas y se me quedó mirando horrorizado, pero apenas si consiguió empujarme, aunque lo intentó.

—¿Y Manuela? Era una engreída y una estúpida, pero no se merecía que la mataras también.

Se encogió Ramona de hombros como quitándole importancia y luego pasó a rebatirle lo que acababa de decir.

—Me ha amenazado esta noche con contárselo todo a él.

—¿A Él? ¿Y quién es él?

—Mi novio. La pérdida de este hotel ha debido de ser un rudo golpe para ella, pero puesto que ya no iba a poder conservarlo ni tampoco el piso del Paseo de Rosales donde vive, ha debido querer arrastrarme en su caída. Nunca le he caído bien, pero la otra tarde, cuando nos despidió a las dos y don Alfonso la desautorizó readmitiéndonos, noté que me la había jurado. Ya te he dicho que me he tropezado con ella en el pasillo cuando ha salido de la cafetería. Iba yo a bajar al sótano a cambiarme y. me ha pedido que la acompañara a su despacho. Allí me ha enseñado las fotos que nos tomó a Armando y a mí hace veintitantos años y me ha dicho que aquella tarde nos oyó discutir a los dos junto al pantano y que se acercó para averiguar qué nos sucedía. En resumen, que lo había visto todo y que se lo iba a contar a mi novio.

—¿Para que te dejara?

—También, pero lo que era más importante, para que me denunciara a la policía por asesinato.

—Pero mi abogada me dijo que ese delito había prescrito.

—El de Armando, sí, pero el de don Fabián, no. ¿Qué importa además que haya prescrito el de Armando? No iría a la cárcel, pero perdería mi trabajo en este hotel y nadie volvería a hablarme en el pueblo y lo que es peor, él me dejaría con toda seguridad, porque su hermano, aunque no se hablaban, era como un ídolo para él.

Enarcó Claudia las cejas absolutamente perplejas.

—¿Su hermano? ¿De qué hermano me estás hablando?

La observó Ramona con la cabeza ladeada, como si se estuviera preguntando si la chica sería estúpida o lo fingiría.

—Su hermano era Armando. Creí que habrías comprendido la noche en la que vino Felipe, se te acercó, habló contigo en la recepción y te asustaste tanto, que a quien había venido a recogerme era a mí. Le había hablado yo de ti y sintió curiosidad por conocer a la chica que pretendía ser hija de su hermano.

Observó Claudia a Ramona, sin querer creer lo que le había oído decir.

—¿Tu novio es Felipe Valdés? ¿Mi tío?

—Sí. Le conocí años después de que muriera Armando. Me costó mucho reponerme de la pérdida de éste y aunque no se parecen en nada, pensé que con Felipe recuperaba algo de él.

Rememoró Claudia el pánico que experimentó aquella noche frente a aquel hombre que la miraba de aquella forma tan extraña mientras pretendía que le alojara en la habitación 421 y le pareció sentir después, cuando salió del hotel y tras arrancar su coche bajó por el camino que llevaba a la carretera, el pánico que experimentó cuando le fallaron los frenos y sin poder controlar el vehículo siguió recorriendo kilómetros y kilómetros hasta que se estampó contra una farola que pareció surgir de la nada. Incluso creyó revivir de nuevo el agudo dolor en las costillas que le produjo el encontronazo y la sensación de que se abismaba seguidamente en un vacío absoluto y desconocido.

—Él me averió el sistema de frenado de mi coche— murmuró acusadoramente con un hilo de voz.

—Sí— reconoció sencillamente Ramona como si se estuviera refiriendo a un asunto absolutamente natural—. Le estorbas. Sigue empeñado en poseer lo que le fue adjudicado injustamente a su hermano y si no existieras tú y demostrara que Manuela ya estaba divorciada cuando falleció Armando, lo conseguiría.

—Pero tú te ofreciste a ayudarme testificando a mi favor en el juicio.

—Sí.

—¿Y por qué? Ayudándome le perjudicabas.

Volvió Ramona a encogerse de hombros.

—¿Y qué ganábamos Felipe y yo posponiendo el momento en el que demostraras que eras hija de Armando? Para mí ha estado claro desde el principio que lo eras. La misma tarde en la que él había quedado conmigo en el pantano para decirme que no quería volver a verme llegó ella al hotel. Me refiero a tu madre, que subió a la suite que él tenía reservada para su uso personal con la llave que tenía que haberle dado previamente él. Que me había sustituido a mí con ella era obvio y que estaba embarazada también.

—Sí, pero si no te hubieras ofrecido a testificar en el juicio es muy posible que no hubieran admitido a trámite la demanda.

—Se hubiera ofrecido Herminio y el resultado hubiera sido el mismo— objetó Ramona frunciendo desdeñosamente sus gruesos labios—. Una vez que te hubiera sido reconocida judicialmente la paternidad de él, tomaríamos las medidas oportunas, porque Felipe sería tu más próximo pariente, así que, cuanto antes, mejor.

Pese a que por la situación en la que se hallaba no debería Claudia mantener fría la cabeza y ser capaz de razonar, encontró un fallo en lo que había argumentado la otra y lo expuso inmediatamente.

—Pero él decidió quitarme de en medio con anterioridad. Ni tan siquiera había interpuesto Noelia la demanda de paternidad cuando se molestó en buscar mi coche en el estacionamiento de este hotel y de averiarme los frenos del coche para que me estampara por la carretera.

Se echó a reír la otra, pero su risa le sonó a Claudia distinta, como si la emitiera otra persona.

—Sí. Felipe ha sido siempre muy impulsivo y ya le recriminé por haberse empeñado en adelantarse a los acontecimientos. Cuando me has informado del resultado de la prueba del ADN de Armando y de la tuya, he tomado una decisión porque no podíamos esperar más. Para colmo, Manuela ha tenido la ocurrencia de llamarme a su despacho para decirme que me iba a denunciar a la policía, porque lo había visto todo aquella tarde.

—¿Y por eso la has matado a ella?

—Sí. La he escuchado en silencio y luego le he pedido que me acompañara a esta habitación. Esta planta está vacía y en esta suite no entra nadie ni se inspeccionaría en mucho tiempo, por lo que podría deshacerme del cadáver cualquier noche en la que no me lo impidiera el temporal que mantiene incomunicados. Le he dicho que aquí le enseñaría algo que le iba a interesar y la muy tonta me ha creído.

—Pero yo te he visto marcharte.

—Sí, pero he vuelto a entrar por la puerta de la cocina y luego me he presentado en su despacho, donde había quedado con ella. Allí me ha enseñado la foto y se me ha ocurrido entonces que la habitación 421 sería un buen lugar para hacerle callar para siempre.

—¿Y la llave de esa habitación? La guarda don Alfonso en una caja fuerte.

—Pero ella la utiliza también. Cuando le he sugerido que subiéramos las dos, ha ido a buscarla.

—¿Y habéis planeado entre los dos mandarme a continuación a mí al otro mundo? — le preguntó a aquella desconocida que tenía enfrente y que no guardaba punto de contacto con la compañera de trabajo con la que compartía las tardes en la recepción.

—Sí, como te he dicho, en el caso de que las pruebas de ADN confirmaran que eras hija de Armando. En otro caso, ¿para qué? Te habrías largado la semana próxima y ponto te contratarían en un museo donde te consolarías enseguida de no haber tenido padre conocido y pasarías los días catalogando pedruscos—. Clavó en ella sus ojazos negros, que relucían como si tuviera fiebre—. —Es una lástima que al final tenga que hacerte seguir el mismo camino que a Manuela, porque en el fondo me caías bien.

Aterrada, bajó Claudia su mirada hacia las manos de ella. No sostenía un cuchillo ni vio que portara ningún arma. ¿Cómo pensaría matarla?, se preguntó. Era una mujer fornida y muy corpulenta a la que ella no se podría enfrentar. Al levantar sus claras pupilas hacia su rostro la vio sonreír, como si adivinara lo que estaba pensando.

—Estamos en una cuarta planta— le dijo con una voz sin inflexiones—. Una caída desde aquí arriba tiene que ser mortal de necesidad.

¿Tendría previsto arrojarla por el balcón?, se preguntó horrorizada.

—¿Y piensas acaso que no me voy a defender? — replicó retadoramente, aunque le temblaban las piernas, mientras retrocedía hasta la puerta del cuarto de baño.

Volvió Ramona a reír, en esta ocasión desdeñosamente.

—¿Tú? Si no tienes media torta…

Resultaba obvio que Ramona era más alta y más fuerte que ella y que le resultaría imposible salir con bien de una agresión de la otra. Lo comprobó cuando inmediatamente se abalanzó sobre ella y la rodeó con sus brazos a la manera de un oso, le sujetó los suyos a la espalda y se la cargó sobre el hombro como si fuera un fardo. Aun pataleando, no pudo evitar que Ramona saliera con ella a cuestas al dormitorio y que con la mano que le quedaba libre abriera las contraventanas del balcón. Una ráfaga de viento helado le dio de lleno en el rostro a Claudia y una lluvia de copos la cegó durante un segundo, pero afortunadamente a Ramona también, por lo que trastabilló ésta y para no caerse le soltó las manos, aunque sin dejar de aproximarse a la balaustrada de piedra con ella a cuestas. La levantó con un esfuerzo sobre la baranda y ella miró sin ver la negrura infinita que tras la cortina de nieve se abría a sus pies. Un segundo tan solo la separaba de la aparatosa caída al abismo, oscuro como boca de lobo, del que solo era capaz de distinguir que se hallaba a muchos metros más abajo. Tan solo un segundo y dejaría ella de existir para siempre. Se rebeló ante la idea. Su instinto de supervivencia se superpuso a cualquier otra consideración y agudizó su instinto, por lo que, sin que la manera de oponerse a ese final llegara a pasar por su mente se agarró con ambas manos a la barandilla, levantó las piernas y lanzó con todas sus fuerzas los pies contra el estómago de Ramona que se cayó al suelo de espaldas dentro de la habitación, arrastrándola en su caída. No llegó a percibir Claudia el crujido de su falda cuando se le rajó de arriba abajo. Ni tampoco se enteró de que al intentar Ramona incorporarse agarrándola por un brazo le había arrancado de cuajo la manga de la chaqueta. Luchó solo por ponerse de rodillas sobre el suelo antes que la otra, para intentar gatear a continuación hacia la puerta de la habitación, no sin antes alcanzar a la otra con un puntapié en pleno rostro.

Ramona se recuperó sorprendentemente del impacto. Se puso en pie y cojeando se echó sobre ella, la agarró por el cuello de la chaqueta y la puso en pie, empujándola contra la columna de cerámica de la esquina que soportaba el jarrón de porcelana china. Sintió Claudia cómo ese soporte se le clavaba en la parte baja de la espalda, mientras la otra intentaba cogerla nuevamente en brazos. Los suyos estaban libres, por lo que los echó hacia atrás, asió con las dos manos el jarrón y se lo estampó a Ramona en la cabeza.

La porcelana saltó hecha añicos que se desparramaron por el suelo y su oponente se tambaleó durante unos segundos sobre sus pies con la mirada extraviada, segundos que aprovechó Claudia para empujarla con toda la fuerza de que fue capaz y para echar a correr hacia la puerta de la habitación.

Se rehízo la otra cuando ella asía ya el picaporte y se lanzó en su persecución. Estuvo a punto de alcanzarla, pero una décima de segundo antes consiguió Claudia salir al pasillo y cerrar la puerta del cuarto a su espalda. La otra intentaba abrirla desde dentro y tiraba de la hoja de madera, por lo que se arrojó ella con todo su peso contra aquélla para impedírselo y al ver la llave en la cerradura le dio dos vueltas. La emprendió a patadas Ramona contra ésta gritando toda clase de amenazas y temió Claudia que consiguiera astillar la madera y salir al corredor. Aunque éste estaba a oscuras le pareció ver brillar entre las sombras el extintor que colgaba de la pared. Se puso de puntillas para alcanzarlo y en ese momento se abrió la puerta de la habitación 423, que estaba iluminada, y salió Alfonso despeinado y en pijama. El haz de luz que salía de ese cuarto se abrió paso en la oscuridad del pasillo para posarse en la silueta de ella y aclararla.

—¿Qué sucede? — le preguntó desorientado al ver a Claudia blandiendo belicosamente en el aire el aparato.

Se lo hubiera explicado de haber encontrado las palabras, pero solo fue capaz de emitir un hipido.

Desconcertado, enarcó él las cejas y le quitó de las manos el extintor.

—¿Hay fuego? ¿Qué es lo que ha quemado usted? ¿Y quién es esa loca que grita?

—Es Ramona— consiguió decir entre sollozos—. Ha matado a doña Manuela y quería matarme a mí también. Llame inmediatamente a la Guardia Civil.

Se rascó Alfonso el cogote e intentó luego poner en orden su alborotado cabello con los dedos.

—¿Pero ¿qué dice? ¿Ha sido Ramona la que ha prendido fuego a esa habitación? ¿Y por qué le ha prendido fuego? Mi padre ordenó que no entrara nadie en ese cuarto.

Le costó que la entendiera, pero finalmente logró que efectuara esa llamada desde la habitación 423 y aguardó en el pasillo con ella vigilando frente a la 421 hasta que aparecieran dos agentes cubiertos de nieve que, según les refirieron después, para llegar hasta el hotel habían tenido que avisar a una máquina quitanieves y seguirla primero por la carretera y luego por el camino que llevaba hasta la misma puerta de entrada.

Consiguió al fin Claudia explicarse y aunque envolvieron en una mirada de escepticismo a la chica desgreñada, sudorosa, que, con la manga de la chaqueta arrancada y la falda rajada por la mitad, les contaba una historia inverosímil, se aventuraron a abrir cautelosamente la puerta de la habitación 421 y a enfrentarse a Ramona, que se lanzó como una fiera contra los dos.

Por fortuna la redujeron en un instante y la esposaron. Después comprobaron que la denuncia que les había efectuado Alfonso por teléfono era cierta y que Manuela estaba dentro de la habitación en un charco de sangre, por lo que llamaron al cuartelillo pidiendo refuerzos. Avisaron también al secretario judicial para que pusiera en conocimiento del juez de guardia lo sucedido y cuando una hora más tarde se presentaron otros dos agentes se llevaron éstos últimos a Ramona y ellos se quedaron delante de la habitación 421, apoyados en la pared de enfrente a la de la puerta, con los dos agentes que montaban guardia.

—No pueden entrar ustedes— les dijeron éstos a Alfonso y a ella—. No pueden tocar el cadáver ni alterar el escenario del crimen, pero no se preocupen porque no tardarán en venir el juez y el forense a proceder a su levantamiento.

No se presentaron sin embargo los aludidos hasta que transcurrieron un par de horas y cuando acudió el furgón de la funeraria a hacerse cargo del cadáver y trasladarlo al Instituto Anatómico Forense, empezaba ya a apuntar el alba. Se lo llevaron en una caja de zinc pasillo adelante y cuando desaparecieron en la salita que daba acceso a los ascensores Alfonso y ella intercambiaron una mirada, en la que podía leerse la perplejidad en la de él y en la de Claudia el agotamiento.

—Vaya noche— comentó él por decir algo. Se había puesto un abrigado batín sobre el pijama y estaba con él mucho más presentable que Claudia, que, con la manga de la chaqueta desgarrada, la falda convertida en un pingajo y el rostro lleno de churretes parecía haber sobrevivido a un cataclismo—. Tendré que bajar a cerrar todas las puertas y después… después tendrá usted que pasar la noche aquí, porque la nevada no le permitirá utilizar el coche para volver a su casa. ¿Cómo se encuentra? ¿Está ya mejor?

¿Cómo iba a estar mejor? Sentía unas ganas espantosas de llorar. Además, tenía frío y le castañeteaban los dientes. Le hubiera gustado poder decírselo y que lo entendiera. Finalmente consiguió traducirlo en palabras, aunque no con todo el lujo de detalles que el horror que había vivido merecía.

—Estoy fatal. He pasado un miedo horroroso y aún me tiemblan las piernas. No he cenado tampoco y me estoy helando.

Su alusión a la cena produjo en él una clara consternación.

—¿No ha cenado? Pues son las tres de la mañana. Bajaremos entonces a la cafetería y encenderemos la plancha. Yo sí he cenado, pero estoy dispuesto a tomarme un sándwich con usted. ¿Le apetece un sándwich o tendré que prepararle una sopa de arroz como cuando sufrió aquel accidente por la carretera en el que se quedó sin frenos?

No se consideraba Claudia capaz de ingerir nada, aunque notaba el estómago completamente vacío, pero pensó que quizás tomar algo la entonaría y ayudaría a que dejara de sentir la angustiosa opresión en el pecho que aún experimentaba, por lo que le contestó:

—Un sándwich estaría bien. ¿Sabe prepararlo usted?

—Por supuesto que sí— replicó él con suficiencia—. Todo consiste en tostar dos rebanadas de pan en la plancha y en meter dentro jamón, queso o las dos cosas. Venga conmigo.

Bajaron juntos en el ascensor y en cuanto llegaron a la planta baja cerraron a cal y canto la puerta principal que era la única que aún permanecía abierta. Estaba cubierta de nieve y en el exterior seguía rugiendo el vendaval, pero se amortiguó un tanto ese sonido que parecía recorrer el edificio de extremo a extremo cuando clausuraron la entrada y cerraron sobre la puerta giratoria de cristales las pesadas hojas de madera. El vestíbulo, aunque con fangosas huellas de pisadas en el pavimento, recobró algo del aire señorial que le caracterizaba y la solitaria recepción le pareció a Claudia que había vuelto a ser la de siempre, la que ella había abandonado horas antes.

Más tranquilizada, siguió luego a Alfonso a la cafetería, donde prepararon entre los dos los sándwiches que pretendían tomar y con una botellita de vino se sentaron en una de las mesas. Se dio cuenta Claudia de que a pesar de los horribles acontecimientos que había vivido esa noche, tenía hambre, por lo que cuando terminaron con los emparedados asaltaron los expositores de cristal de la cafetería y acabaron con la bollería prevista para los desayunos de la mañana siguiente.

—¿Sabe una cosa? Hoy ya es mañana— comentó él cuando acabó de engullir la última magdalena que tenía en el plato.

—Sí ¿y qué?

—Que ya no es usted mi empleada, así que a partir de este momento podemos tutearnos. ¿No es sensacional? Algo bueno tenía que suceder hoy.

EPÍLOGO

—¿No te parece que es precioso este pantano? — le preguntó Noelia a Alex, con los ojos guiñados para defenderse del resplandor del sol, que le daba de lleno en el rostro.

Estaban sentados en la terraza de una cafetería, ubicada junto al muro de contención que embalsaba el caudal del rio Alberche y se dominaba desde allí, por un lado, el sinuoso devenir del agua, encajonada entre el verdor de sus márgenes y, próximo al lugar en el que se hallaban, el embarcadero, en el que sus motoras y sus veleros multicolores se balanceaban a impulsos de la corriente. Y por el otro, la ladera cubierta de pinos que atravesaba el camino que llevaba a la carretera y pasaba por delante de las ruinas de una abadía cisterciense.

—Sí que lo es— reconoció él—. ¿Y dónde está ese hotel del que tanto me has hablado?

Se lo indicó ella, señalándole la cumbre de la montaña.

—Allí arriba. Se asemeja a un castillo de cuento y produce la impresión al verlo de que ha sido edificado siglos atrás, con sus torrecillas y la hiedra que trepa por la fachada. El otro día me lo enseñó Claudia, que ahora se apellida Valdés, y que en el presente es la gerente. Es copropietaria de ese hotel a medias con Alfonso Alfaro, que en el presente es su novio.

Hizo él un gesto de asentimiento.

—Sí, me hago un lío con tus pleitos, pero creo recordar que reclamaste judicialmente el patrimonio que tenía a su fallecimiento el padre de esa chica, en cuanto el juez reconoció su filiación, ya que, por serlo era también su heredera, ¿no es así? —. Había desviado su mirada hacia lo lejos, hacía el velero que se aproximaba al embarcadero y que surcaba el agua dejando una brillante estela a su paso y añadió—: Afortunadamente ya acabaste con ese asunto, porque tenías los nervios de punta durante la temporada en la que estuviste defendiéndola y la víspera de los juicios civiles que le llevaste no se te podía dirigir la palabra. Parecía que te pinchaban con alfileres en cuanto se te dirigía la palabra.

Se echó a reír Noelia rememorando aquella etapa. Había puesto sus cinco sentidos en la defensa de esa chica y el esfuerzo que se había visto obligada a hacer había repercutido también en su modo de comportarse, aunque no había dado muestras él de haberlo notado, lo que en ese momento le agradeció.

—Bueno, sí, ya sabes que mi madre dice que tengo un carácter insufrible y que no tardarás en cansarte de mí y en buscarte otra chica más dulce, que guise bien, que te planche las camisas y que espere tu llegada a casa por las noches siempre sonriente— apuntó, disimulando lo mucho que le dolía la opinión de su progenitora—. Que aguantarme a mí es casi imposible.

—A mí no me parece imposible— replicó Alex, evocando mentalmente a su futura y anticuada suegra—. Te enfadas a menudo y no siempre con razón, pero tienes otras cualidades y desde luego no nos hemos aburrido nunca juntos. Lo que sí es imposible es aburrirse contigo y me gustó que te tomaras tan en serio los problemas de esa chica y de que hayan quedado atrás. ¿Qué sabes de ella?

—Que viven los dos en el piso del Paseo de Rosales, que ahora es propiedad de ella y en el que se veían sus padres a escondidas, porque su madre estaba casada por aquel entonces con un tipo bastante impresentable, que está chiflado, y al que ingresaron en un psiquiátrico, cuando incumplió la orden de alejamiento respecto de Claudia por segunda vez y los médicos que le reconocieron diagnosticaron que su mente no regía como Dios manda. Pensaban casarse los progenitores de Claudia cuando ella obtuviera el divorcio, pero no llegaron a hacerlo, porque a Armando Valdés le mataron a orillas de este pantano la tarde en la que ella abandonó a su marido y vino a reunirse con él en el hotel.

—¿Claudia Valdés es la jovencita de los ojos verdes de la que tanto me has hablado?

—Sí. Alfonso y ella piensan casarse pronto ¿y a que no sabes lo que me ha pedido que le regale por la boda?

—No, ¿qué te ha pedido?

—Un jarrón de porcelana china.

—Porque le gusta esa porcelana— dedujo él.

—No, no lo creo.

—Entonces, ¿por qué?

—Quiere reponer el jarrón que estaba colocado sobre un soporte en la esquina de una suite del hotel, de la habitación 421, que su padre tenía reservada para su uso exclusivo. Se lo estampó en la cabeza a su compañera de trabajo la noche en la que ésta intentó matarla y, como es natural, sembró el suelo de la habitación con los añicos del dichoso jarrón que quedó irreparable. Quiere conservar esa habitación tal y como se encontraba en la época en la que su padre la utilizaba. Incluso la mantiene fuera de servicio y duerme en ella las noches en las que no le da tiempo a regresar a Madrid.

—Ya. ¿Y qué fue de la mujer que estuvo a punto de matarla?

—¿De Ramona? Está en prisión provisional en la cárcel de Aranjuez y su novio, Felipe Valdés, en la de Alcalá Meco. Le denunciamos por intento de asesinato y pudimos probar que había sido él el que le había cortado los latiguillos de los frenos del coche de ella para que se estampara por la carretera cuando regresaba a Madrid al término de su jornada laboral. El muy estúpido no había utilizado guantes y había dejado sus huellas en el motor.

—O sea, que todo ha salido bien y que, durante una temporada que espero y deseo que sea larga, podremos disfrutar tú y yo de la vida y de preocuparnos por nosotros mismos. ¿No sientes envidia de esa chica?

—¿De quién? ¿De Claudia?

—Sí. Ha encontrado al padre que nunca tuvo y se va a casar con el hombre que quiere. Incluso va a recuperar como regalo de boda un jarrón similar al que adornaba esa habitación que para ella es tan especial— añadió con guasa—. El que destrozó contra la cabeza de esa loca que quería matarla.

Clavó ella sus ojos oscuros en el semblante de él sin acabar de entenderle.

—¿Y por qué tendría que sentir envidia de Claudia? Yo he sabido siempre quién es mi padre, estoy contigo y no necesito para nada un jarrón chino.

Se echó a reír Alex y luego esbozó un gesto ambiguo, preguntándose si sería oportuno que en ese momento insistiese sobre el tema en el que no conseguían ponerse de acuerdo. Luego apuntó con precaución:

—Ella te saca la ventaja de que sabe que quiere estar para el resto de su vida con el que va a ser su marido.

Parpadeó Noelia perpleja.

—¿Y qué? Eso también lo sé yo.

—¿Sabes que quieres estar conmigo para el resto de tu vida?

Se volvió hacia él, sorprendida de que le hiciera esa pregunta.

—Desde luego. De lo que no estoy segura es de que tú estés dispuesto a soportarme siempre, día a día, hasta que seamos viejos y nos jubilemos. Cuando me enfado, me pongo muy pesada.

—Mucho— admitió él aparentando seriedad.

—¿Entonces…?

—Entonces, deja que sea yo el que lo decida.

Lo consideró ella con el ceño fruncido y terminó por encogerse de hombros.

—Vale, pero ya sabes que quiero casarme en una ermita románica, alejada de la civilización, y en la que no quepan más de veinte personas.

—¿Con un traje blanco?

—Eso no lo he pensado todavía. Supongo que sí, porque de otra forma mi madre pondría el grito en el cielo. Quiero que, además de tu familia y de la mía, sean mis invitadas Flor, Miriam y… sí, también Claudia y su marido.

Volvió él a mirar hacia lo lejos y dudó de nuevo antes de hacerle la siguiente pregunta.

—¿Y… y qué fecha te parecería la adecuada? ¿Te gusta el mes de mayo?

Lo meditó ella con la cabeza baja y la mirada fija en sus manos y la subió luego hasta el rostro de él.

—¿El mes de mayo? Me da igual el mes. Lo que quiero es estar contigo siempre. ¿Es que todavía no te has dado cuenta?

www.ingramcontent.com/pod-product-compliance
Lightning Source LLC
Chambersburg PA
CBHW071143020726
47502CB00002B/250